Das Buch

Maggie ist Auktionatorin und lebt mit ihrer Familie in London. Eines Tages stößt sie auf einen aufwendig gearbeiteten Kragen und ist wie elektrisiert: Wer hat diese Kostbarkeit gefertigt, und wie kam sie nach London? Die Geschichte des Kragens beginnt in der Normandie 1891, wo Aimée ihn als Schmuck für ihr Hochzeitskleid anfertigt. Er gelangt dann in die Hände der Pariser Trapezartistin Lexi, von dort an die Tänzerin Zephyr in Shanghai, und über Rom und Istanbul schließlich nach London. Hinreißende Episoden, die das Lebensgefühl von Frauen zu unterschiedlichen Zeiten und in unterschiedlichen Metropolen beschreiben, wechseln ab mit der Geschichte Maggies, die in der heutigen Zeit vor allem mit den Problemen einer berufstätigen Mutter kämpft.
Kelly Doust ist ein wunderschöner Roman gelungen – fein gewebt und reich bestickt.

Die Autorin

Kelly Doust, geboren in England, lebt mit ihrem Mann und ihrer Tochter in Australien. Sie kennt sich mit Kleidung aus und hat u. a. zwei (auch auf Deutsch erschienene) Selber machen-Bücher geschrieben: »Kindersachen selber machen« und »Lieblingssachen selber machen«. Sie schreibt für die VOGUE und andere Frauenmagazine. Dies ist ihr erster Roman.

Die Übersetzerin

Cornelia Röser, geboren 1978, studierte in Münster unter anderem Germanistik. 2006 zog sie als freie Übersetzerin, Autorin und Lektorin nach Berlin, seit 2010 übersetzt sie Romane aus dem Englischen.

KiWi

1532

Kelly Doust

AIMÉES GEHEIMER WUNSCH

Roman

Aus dem Englischen
von
Cornelia Röser

Kiepenheuer
& Witsch

MIX
Papier aus verantwortungsvollen Quellen
FSC® C083411
Verlag Kiepenheuer & Witsch, FSC®-N001512

1. Auflage 2017

Titel der Originalausgabe: *Precious Things*

First published in Australia in 2016 by HarperCollinsPublisher Australia Pty Ltd.

Aus dem Englischen von Cornelia Röser

Umschlaggestaltung: Sabine Kwauka
Umschlagmotiv: © Getty Images / Cat Lane Photographer
Gesetzt aus der DTL Albertina
Satz: Felder KölnBerlin
Druck und Bindung: CPI books GmbH, Leck
ISBN 978-3-462-04987-9

Am Morgen und am Abend
Locken Goblins mit ihrem Geschrei
Kauft Früchte aus unserem Garten
Kommt herbei, kommt herbei, kommt herbei.

»Goblin Market«, Christina Rossetti

PROLOG

Aimée: Normandie, 1891

Mit Daumen und Zeigefinger ertastete Aimée die Mulden der nächsten Glasperle, einer silbriggrauen, die wie Quecksilber schimmerte. Sie nahm die Perle zwischen Hunderten anderen aus dem hölzernen Nähkästchen und hielt sie sich dicht vor die Augen, um den winzigen Lichtpunkt zu finden. Auf dem flachen Tischchen neben ihr lagen ihre Lieblingsutensilien: eine matt glänzend polierte Schere, ein Nadelkissen und Stickgarne in zarten Farben. Der Rosenholztisch war mit funkelnden Glassteinen und Pailletten übersät, die darauf warteten, zwischen die dunkel glänzenden Perlen gestickt zu werden.

Aimée stach eine haarfeine Nadel durch die Perlenmitte und zog einen Metallfaden in weitem Bogen durch die Öffnung. Geschmeidig wie ein Seiltänzer glitt die Perle über die Schnappseide, bis sie federnd auf dem Stoff landete.

Sie machte eine Pause und hielt den Kragen ins Licht, um ihre Arbeit zu begutachten. Von dem groben Leinenstoff war jetzt praktisch nichts mehr zu sehen, fast vollständig war er von glitzernden Verzierungen bedeckt. Als sie nach einer Stelle für den nächsten Nadelstich suchte, übte sie zu viel Druck aus und stach sich in den Finger. Leise fluchend ließ sie den Kragen auf ihren Schoß fallen, hielt den Finger ins Licht und presste eine tiefrote Perle unter dem Fingernagel hervor. Der Tropfen fiel herab und hinterließ einen Fleck auf dem Leinen.

Sie hob den Finger an die Lippen und schmeckte die metallische Note von Blut.

ERSTES KAPITEL

Maggie trug eine Schicht roten Lippenstift auf und warf einen prüfenden Blick in den Flurspiegel. Sie schlüpfte in ihren taillierten Reitblazer und strich sich die lockigen braunen Haare glatt.

»Das muss reichen. Himmel, ich bin spät dran … Was meinst du, was er von mir will, Tim?« Sie nahm ihre Tasche vom Garderobenhaken.

»Mach dich nicht verrückt, du siehst toll aus. Wahrscheinlich will er dich nur für sich allein haben, der lüsterne alte Bock.« Tim zog sie an sich und drückte das unrasierte Gesicht an ihren Hals.

Maggie wich lachend einen Schritt zurück. »Hör schon auf, ich muss los.« Sie stemmte sich gegen seine breite Brust. »Ach je, jetzt hab ich dich mit Lippenstift beschmiert.« Sie fuhr ihm mit dem Finger über die Wange. »Entschuldige … obwohl die Farbe gut zu deinen Augen passt.«

»Was willst du damit sagen?« Tim zwinkerte ihr zu.

»Vielleicht solltest du dir auch noch die Wimpern tuschen …«

Einen Augenblick lang tat Tim so, als dächte er darüber nach, nur um sich im nächsten Moment auf sie zu stürzen und sie auf den Hals zu küssen.

»Lass das!« Lachend schob sie ihn von sich.

»Ach ja, bevor ich es vergesse: Heute Abend wird es bei mir später. Tut mir leid, Termin mit einem Kunden.«

»Kein Problem«, sagte Maggie. »Ich mache das Abendessen.«

»Danke, weltbeste Ehefrau.«

Als sie gerade in der Handtasche nachsah, ob sie ihr Handy eingesteckt hatte, kamen kleine Schritte durch den Flur gesaust, und Pearl klammerte sich mit überraschender Kraft an Maggies Bein fest.

»Mummy!«, jammerte sie.

Ihre Tochter musste eine Art sechsten Sinn haben; sie schien immer ganz genau zu wissen, wann Maggie aus dem Haus wollte, vor allem dann, wann sie spät dran war.

»Tschüss, mein Küken. Ich muss los. Wer ist das liebste kleine Mädchen auf der Welt?« Maggie bückte sich, um Pearl zu umarmen und die kleinen Ärmchen von ihrem Bein zu lösen. Doch die wollte davon nichts wissen.

»Neeeiiin, Mummy! Geh nicht weg!«, schrie sie, zog Maggie zu sich herunter und klammerte sich verzweifelt an ihren Hals. Das feingliedrige Goldkettchen, das Maggie trug, drohte jeden Moment zu reißen.

»Tim, ich könnte hier deine Hilfe gebrauchen«, sagte sie, während in ihrem Inneren der altbekannte Ringkampf zwischen Arbeit und Familie ablief.

Tim nahm ihr Pearl ab und hielt das schreiende und wild um sich schlagende Mädchen fest. Mit einem lautlos artikulierten »Danke« winkte Maggie den beiden zu und ging rückwärts zur Haustür. »Tschüss, meine Schätze, habt einen schönen Tag. Bis heute Abend.«

Als sie die kobaltblaue Tür hinter sich zugezogen hatte, lehnte sie sich für einen Moment dagegen und wand sich innerlich, weil ihre Tochter immer lauter schrie. Wieder sah sie auf die Uhr und sprang im Laufschritt die Stufen hinunter. Pearls Geschrei begleitete sie noch durch die halbe Straße, bis es bei Hausnummer siebenundsechzig endlich verstummte. Maggie verdrängte ihre Schuldgefühle und dankte dem Himmel für ihren lieben, verlässlichen Tim.

Im Geiste ging sie die endlose Liste der Dinge durch, die sie erledigen musste. Ohne das Tempo zu verringern, kramte sie in ihrer Tasche nach dem Notizbuch, um die Aufgaben durchzugehen, und schlängelte sich dabei geschickt zwischen Müttern mit Kinderwagen, trödelnden Schülern und frühen Pendlern hindurch. *Angebot von den Handwerkern einholen, Gästeliste für Tims Vierzigsten aufstellen, den riesigen Wäscheberg sortieren, bevor die Waschküche aus den Nähten platzt, Termin für ein romantisches Abendessen mit Tim finden.* Der letzte Punkt war doppelt unterstrichen und stand schon seit Monaten auf der Liste.

Maggie sah von ihrem Notizbuch auf, um im Vorbeigehen die Vorgärten zu bewundern. Die Blumenkästen quollen förmlich über von Veilchen, Geranien und festen, vom Tau benetzten Knospen in der ersten Frühlingssonne. Es war ihre Lieblingsjahreszeit, wenn London den schweren, dunklen Mantel des Winters mit jedem Tag ein Stück weiter abstreifte. Selbst das Licht veränderte sich, und die tiefhängenden grauen Wolken machten Platz für frische, klare Tage. Eine zarte Vorahnung der bevorstehenden wärmeren Monate lag in der Luft, und trotz ihrer Nervosität wegen dieses frühen Termins bei ihrem Chef wurde Maggie von einer freudigen Aufregung erfasst.

Am Blumenstand vor der U-Bahn-Station East Putney blieb sie stehen und kramte wieder in ihrer Tasche, diesmal auf der Suche nach ihrem Portemonnaie – ein paar Minuten hatte sie noch, bis ihre Bahn fuhr. Ein kleiner, gedrungener Mann tauchte aus dem Dunkel des alten Jahrmarktwagens auf.

»Ciao, Maggie!« Gino breitete herzlich die Arme aus. »Wie geht's Ihnen heute, *bella*? Schöne Jacke – und erst diese Knöpfe! Sehr elegant.« Er strich über einen der geprägten Messingknöpfe, die ihre Ärmelaufschläge aus rotem Samt zierten. Genau das liebte Maggie so an ihrem Viertel – das Gemeinschaftsgefühl. Und Ginos Stand war fantastisch. Maggie begann die Woche gern mit einem Blumenstrauß auf dem Schreibtisch, und bei Gino waren sie immer am frischesten. »Was darf es denn heute für Sie sein?«

Ihr Blick fiel auf einige altrosa Päonien und weiße Rosen auf der Ladentheke – ihre Lieblingsblumen –, doch sie ermahnte sich, heute endlich einmal etwas anderes auszuprobieren.

»Wie wäre es mit diesen hier?« Gino zog einen Bund aus dem Eimer zu seinen Füßen. »Eine außergewöhnliche Farbe. Ein neuer Händler auf dem Großmarkt. Ich habe sie heute Morgen selbst ausgesucht und sofort gedacht: *Die würden Maggie gefallen.*«

»Oh, danke – hm, lassen Sie mal sehen.« Sie tat so, als würde sie die blassgrünen Hortensien, die Gino anpries, in Erwägung ziehen. Mit ihren violetten und grünen Streifen erinnerten sie die Blütenblätter vage an ein Potpourri; Maggie hasste Potpourris … vor allem den muffigen, angestaubten Geruch, den sie verbreiteten. Aber sie brachte es nicht übers Herz, Gino zu enttäuschen. »Wunderhübsch.« Sie strahlte ihn an. »Die nehme ich.«

Gino lächelte stolz. »Ich wusste, sie würden Ihnen gefallen, *bella*. Macht fünf Pfund. Für Sie geh ich ein bisschen runter.«

»Vielen Dank, Gino.« Sie musste sich zwingen, nicht ungeduldig von einem Bein aufs andere zu treten, während er die Hortensien überaus sorgfältig in Packpapier einwickelte und mit einem Band verschnürte.

Maggie rannte die Stufen hinunter und erreichte den Zug der District Line in letzter Sekunde, bevor sich die Türen schlossen. Seufzend ließ sie sich auf einen Sitzplatz sinken. Während die Bahn die Schienen entlangruckelte, sah Maggie wieder auf die Uhr. Verdammt, das wurde knapp. Als die Bahn ohne ersichtlichen Grund für zehn Minuten stehen blieb, um danach im Schritttempo weiterzufahren, konnte sie ein entnervtes Stöhnen nicht unterdrücken. Ein Banker in Nadelstreifen, der in seiner ordentlich gefalteten Times gelesen hatte, sah überrascht zu ihr auf, ein Lachen blitzte in seinen Augen. Maggie lächelte zurück und gab dann vor, sich außerordentlich für die Blumen auf ihrem Schoß zu interessieren.

So ganz hatte sie das U-Bahn-Fahren hier noch immer nicht begriffen. Die Totenstille und steife Zurückhaltung, als würde man nicht bemerken, dass in einer Ecke des Waggons der eigene Nachbar saß und leise weinte, oder dass sich einem die Einkaufstasche des anderen ins Knie bohrte … Manchmal wollte sie am liebsten lauthals singen, einfach nur, um ein bisschen Leben in die Sache zu bringen. Einmal mehr rief sie sich in Erinnerung, was für ein Glück sie gehabt hatte, hier in der Hauptstadt Fuß fassen zu können. Ein hübsches Zuhause, ein guter Job, tolle Freunde – sie und Tim konnten wirklich dankbar sein. Aber was um alles in der Welt mochte Bonningham heute Morgen von ihr wollen?

Als ihr autokratischer Chef ihr gestern am späten Abend geschrieben hatte, er wolle sie heute in aller Frühe sprechen, hatte Maggie sofort panische Schlüsse gezogen. *Das können nur schlechte Nachrichten sein,* hatte sie gedacht und sich seitdem unaufhörlich um ihre Hypothek gesorgt und um die Aufstockung, die sie gerade erst wegen der Renovierung beantragt hatten …

Maggie zupfte an den Knötchen an ihrem Jackenärmel und versuchte die Gedanken an die Arbeit wenigstens für ein paar Minuten aus dem Kopf zu bekommen.

Am Notting Hill Gate stieg sie in die U-Bahn zur Bond Street und hetzte dann, immer zwei Stufen auf einmal nehmend, die Treppe zum Ausgang hinauf. Die Hortensien die ganze Zeit über fest an die Brust gedrückt, schlängelte sie sich geschickt zwischen den Pendlerströmen hindurch und betrat Punkt halb acht das Auktionshaus Bonningham's – in Gedanken bei der kompromisslosen Haltung, die ihr Chef zum Thema Unpünktlichkeit vertrat. Sie ließ ihre Handtasche auf den Schreibtisch fallen und strich sich die Haare glatt. Um sich zu beruhigen, tastete sie nach dem Medaillon, das sie an einer langen goldenen Kette um den Hals trug, und rieb es zwischen den Fingern. Erst als sie vor dem holzvertäfelten Eckbüro ihres Chefs stand und schon die Hand zum Anklopfen erhoben hatte, fiel ihr auf, dass sie in der anderen Hand immer noch die Blumen hielt.

»Margaret? Sind Sie das? Kommen Sie doch rein.«

Nein, nein, nein, dachte sie. Suchend sah sie sich nach einem Platz für den Strauß um, doch es war zu spät.

»Entschuldigung, Mr Bonningham.« Sie öffnete die Tür. Das Ziffernblatt über seinem vornehmen silbergrauen Haarschopf zeigte 7:33 Uhr.

Als sie später in ihrem Büro saß, konnte Maggie sich an nichts von dem erinnern, was in der letzten Stunde geschehen war. Offenbar war die Besprechung mit Bonningham vorüber, und sie musste durch den Flur in ihr eigenes, deutlich kleineres

Büro gegangen sein (ein Büro ohne Fenster, nur mit Blick auf das Kopiergerät im Flur). Irgendwann musste sie sich eine Tasse Tee gekocht haben, denn die stand neben ihr auf dem Tisch und war unterdessen eiskalt geworden. Die Blumen, die sie heute Morgen gekauft hatte, standen in einer hübschen, handbemalten Vase ebenfalls auf dem Tisch, aber Maggie konnte sich beim besten Willen nicht erinnern, irgendetwas davon getan zu haben.

Vom Gespräch mit Bonningham schwirrte ihr immer noch der Kopf. Der Mann hatte das Talent, sie immer wieder aus der Fassung zu bringen.

»Sie müssen wissen, dass ich Sie schon seit einiger Zeit als eine Art Protegé betrachte«, hatte er ohne Vorrede gesagt, kaum dass sie sich gesetzt hatte. Bonningham redete nie lange um den heißen Brei herum.

»Entschuldigung?«, fragte Maggie. Die großen Mahagonivitrinen, randvoll mit kostbaren Antiquitäten, beeindruckten sie jedes Mal aufs Neue. Sie kam nur selten ins Büro ihres Chefs, und bei diesen Gelegenheiten konnte sie nicht widerstehen, sich von den Schätzen ablenken zu lassen. Spanische Dublonen, eine der ersten Winchester-Büchsen, die je hergestellt worden waren, ein zerbrochenes Steinrelief – ein Originalstück aus den Elgin Marbles, wenn die Papiere die Wahrheit sagten …

Seit sieben Jahren war Maggie Gutachterin und Auktionatorin im Auktionshaus Bonningham's. Das war kein alltäglicher Job; sie war ein bisschen Mädchen für alles und ein bisschen Führungskraft, aber die Arbeit hatte auch etwas herrlich Unberechenbares an sich. An einem Tag konnte man im Hintereingang eines Landsitzes, in dem sonst nur eine bunte Sammlung von Regenschirmen und Spazierstöcken aufbewahrt wurde, eine Sèvres-Vase entdecken und am nächsten staubige alte Bücher begutachten, die im besten Fall zwei Pfund wert waren. Maggie liebte die Schatzsucher-Momente ihrer Arbeit genauso wie den Wankelmut des Glücks, und es gefiel ihr, dass am Ende jeder Auktion alles wieder von vorn begann. Jeden Montagmorgen war der Auktionssaal bei Bonningham's wieder leer und bereit für einen Neubeginn. Dieses Muster kam Maggies stetigem Bedürfnis nach Erneuerung entgegen: Man nahm etwas Altes und Abgenutztes und ließ es mit ein bisschen Liebe und geschickter Inszenierung wieder neu und begehrenswert erscheinen.

»Die Geschäfte gehen gut«, fuhr Bonningham fort und klopfte zur Bekräftigung mit dem Füller auf die lederne Schreibtischunterlage. »Dank Ihnen laufen die Auktionen wie am Schnürchen, und außerdem haben Sie die ganzen neuen Systeme wie den Onlinekatalog und die Datenbank eingeführt. Nur deshalb sind wir im Moment noch wettbewerbsfähig. Sicher ist Ihnen bewusst, dass wir ohne Sie ganz anders dastünden.«

An dieser Stelle wurde Maggie rot und wusste nicht recht, ob sie ihm zustimmen oder lieber schweigen sollte. »Danke«, sagte sie verlegen.

Bonningham ließ seinen Füller auf den Tisch fallen und beugte sich vor. »Und deshalb biete ich Ihnen eine neue Position an: leitende Auktionatorin. Sie wären ab sofort für den Auktionssaal verantwortlich. Wie hört sich das an?«

Protegé? Beförderung?, dachte Maggie wie benommen. Sie hatte keine Ahnung gehabt, dass ihr Chef so große Stücke auf sie hielt. Die meiste Zeit war dieser Mann absolut undurchschaubar, und jetzt sagte er ihr, dass er ihre Arbeit bewunderte?

»Manche Auktionen würde ich auch weiterhin leiten – das jährliche Kunstfestival und die edlen Weine«, fuhr er fort, »aber hauptsächlich würde ich mich auf meine Aufgaben als Vorstandsvorsitzender konzentrieren.«

Maggie nickte und versuchte, den wachsenden Kloß in ihrem Hals hinunterzuschlucken. Warum wurde sie auf einmal so ... emotional? Die Vorstellung, mehr Arbeit zu übernehmen, war beängstigend – schon jetzt hatte sie das Gefühl, kaum noch hinterherzukommen. Doch daran lag es nicht. Harte Arbeit hatte sie noch nie gescheut. Aber da war diese leise Stimme in ihrem Kopf, die fragte: *Bist du wirklich bereit dafür? Hast du das verdient?* Es war die kritische, verletzende Stimme ihrer Mutter.

Bonningham musste ihr Zögern gespürt haben, denn er runzelte die Stirn. »Ich bin ja trotzdem noch da«, sagte er und musterte sie dabei von Kopf bis Fuß, als würde er überlegen, ob er sich in ihr getäuscht hatte. »Und ich kann Sie bei der Personalführung und solchen Dingen beraten, bis Sie sich eingefunden haben.«

Maggie sah ihn ausdruckslos an, und Bonningham erwiderte den Blick mit leicht gehobenen Mundwinkeln. »Darf ich Ihr Schweigen als ein Ja deuten?«

Erschrocken riss Maggie sich zusammen. »Ja, natürlich, ja«, sagte sie schnell. Was hätte sie auch sonst sagen sollen? »Das ist fantastisch, vielen Dank ...«

»Gut, gut.« Bonningham lächelte.

Ihr Enthusiasmus hatte seine Wirkung nicht verfehlt, aber plötzlich wurde ihr ein bisschen schwindelig. *Mein Gott, was habe ich getan?*

»Nun, dann fangen wir am besten gleich an«, sagte er energisch. »Ich gebe es heute noch bekannt, und dann sprechen wir einige Arrangements durch. Und jetzt legen Sie diese vermaledeiten Blumen weg und holen sich was zum Schreiben. Na los, Maggie, wir haben nicht den ganzen Tag Zeit.«

Gemeinsam stellten sie eine Liste der Dinge auf, die erledigt werden mussten; Maggie war wie betäubt und wurde dieses Gefühl den ganzen Vormittag nicht wieder los.

Jemand klopfte an ihre offen stehende Bürotür. »Hey – hatten Sie ein schönes Wochenende?«, fragte Zac, einer der Langzeitpraktikanten, den sie mit ihrem verschwindend geringen Personalbudget hauptsächlich dafür eingestellt hatte, den Bestand vor den wöchentlichen Auktionen zu organisieren. Er war ein netter Kerl, aber leider auch ein hoffnungsloser Fall. Oft dachte Maggie insgeheim, sie könnte so manche Aufgabe mit deutlich weniger Aufwand selbst erledigen, statt ihm alles zu erklären, damit er es dann nur zur Hälfte ausführte.

»Was soll ich mit diesem Los vom Freitag machen, Chefin?«, fragte er mit einem Blick auf den abgewetzten Pappkarton in seinen Armen. Über den Rand hingen ein paar gehäkelte Tischdecken und zerknitterte Wäschestücke, die Maggie vielversprechend erschienen waren. Für fünfzig Cent über dem Mindestgebot von fünf Pfund hatte sie sich das Los selbst gesichert.

»Stellen Sie es einfach hier ab. Danke, Zac.« Sie zeigte auf eine freie Stelle neben ihrem Schreibtisch.

Sie liebte es, Ramschposten nach alten Sachen zu durchforsten. Sicher, manchmal enthielten sie nichts als Müll, doch im Laufe der Jahre hatte sie auch schon so manchen wahren Schatz entdeckt. Wie zum Beispiel die durchsichtige Lucite-Handtasche ohne einen einzigen Kratzer, immer noch in der 1950er Originalverpackung von Saks Fifth Avenue in New York. Maggie wusste, dass diese Tasche mindestens fünfhundert Pfund einbringen würde, aber sie bewahrte sie auf, um sie eines Tages an Pearl weiterzugeben.

Bei der Vorstellung, ihrer Tochter solche wunderschönen, kostbaren Schätze wie diese Tasche zu vermachen, wurde ihr innerlich ganz warm. Sie besaß keine nennenswerten Familienerbstücke, und deshalb sollten solche Stücke Maggies Vermächtnis sein. Etwas, das ihre Tochter in Ehren halten oder eines Tages sogar verkaufen konnte, wenn es die Situation erforderte. Und wenn die Tasche schon jetzt so wertvoll war, konnte Maggie nur ahnen, was sie erst in zwanzig oder dreißig Jahren einbringen würde. Dennoch hoffte sie, dass Pearl die wunderschöne ovale Handtasche – mit winzigen Goldbarren und einem geätzten Sternmotiv auf dem festen Überschlag – nicht nur als Investition sehen würde. In Wahrheit, wenn sie ganz ehrlich zu sich war, hoffte sie, dass Pearl begreifen würde, was es wirklich mit dieser Sammlertasche auf sich hatte, und dass sie darüber auch ihre Mutter verstehen würde: ihre unsterbliche Liebe zu alten Dingen und den Respekt, den sie vor der handwerklichen Leistung und der Geschichte solcher erlesenen alten Objekte empfand. Ein solches Verständnis mit ihrer Tochter wünschte sie sich mehr als alles andere, weil es so etwas zwischen ihr und ihrer eigenen Mutter nie gegeben hatte.

Ein neuerliches Klopfen an der Tür riss Maggie aus ihren Träumereien. Diesmal war es die Büroleiterin Judy, die einen Stapel Manilamappen unter dem Arm trug und aussah, als wäre sie gerade auf dem Weg ins Archiv. Judy arbeitete seit fast zwanzig Jahren für die Firma. Die meisten Leute nahmen kaum Notiz von ihr, doch etwas an ihrer verblühten Schönheit und ihrer stillen Selbstsicherheit ließ Maggie vermuten, dass sie und Bonningham irgendwann einmal, vor langer Zeit, mehr als nur Kollegen gewesen waren. Auf jeden Fall kannte sie das Geschäft in- und auswendig, und mit Sicherheit gab es im Haus nicht ein einziges Geheimnis, in das sie nicht eingeweiht war.

»Und, meine Liebe?« Judy strich sich einige graue Haarsträhnen aus dem Gesicht. »Was wollte Bonningham?«

Als Maggie zögerte, beugte Judy sich zu ihr herab, um sie gründlich zu mustern. Sie runzelte die Stirn. »Geht's dir gut? Du siehst ein bisschen blass aus. Du bist doch nicht etwa …?«

»Nein, nein«, sagte Maggie schnell. »Definitiv nicht.« Warum glaubte nur jeder, wenn man ein kleines Kind hatte, würde man kurz danach das nächste planen? »Könntest du kurz die Tür zumachen, Jude? Mir geht's gut. Es ist nur, na ja … Bonningham hat mir gerade eine Stelle als leitende Auktionatorin angeboten.« Sie zog ungläubig die Augenbrauen hoch.

»Wirklich? Das sind ja tolle Nachrichten!«, rief Judy. »Wo ist dann das Problem? Du siehst ein bisschen überwältigt aus … Ach, natürlich.« Judy setzte sich. »Es ist wegen Tim.«

»Er wird es akzeptieren, denke ich«, sagte Maggie zögerlich. Sie dachte an ihren Mann, der trotz seines oft hitzigen Gemüts einen starken moralischen Kompass besaß und in fast jeder Lage ein sicheres Gefühl dafür hatte, was zu tun war. Ganz im Gegensatz zu ihr. »Nur hat er erst vor Kurzem mit diesem großen Projekt angefangen, und wir hatten uns darauf geeinigt, dass ich bei der Arbeit etwas kürzertreten würde …« Sie biss sich auf die Lippe. »Ach Mensch, sosehr ich diese Stelle auch will, aber das Timing ist einfach mies. Pearl kriegt mich jetzt schon so selten zu Gesicht, und dann ist da noch Stella, die sich gerade auf den Schulabschluss vorbereitet. Dieses Jahr müssten wir uns eher mehr um sie kümmern, nicht weniger.« Sie schüttelte den Kopf. »Nicht zu glauben, dass das ausgerechnet jetzt passiert.«

Maggie wusste, dass die lang ersehnte Beförderung viel zusätzliche Arbeit an den Abenden und Wochenenden mit sich bringen würde, aber Tim und sie stießen schon jetzt fast an ihre Belastungsgrenzen. Warum musste nur immer alles auf einmal passieren? Als sie damals, vor fast fünf Jahren, von ihrer Schwangerschaft erfahren hatte, war es dasselbe gewesen.

Sotheby's hatte sie für eine neue Position als Textilexpertin angeworben. Sie war gerade dreißig geworden (ihre unausgesprochene persönliche Deadline, um beruflich etwas zu erreichen), doch als der Schwangerschaftstest positiv ausfiel, musste sie die Stelle ablehnen; es war zu riskant, irgendwo neu anzufangen, nur um sich gleich wieder beurlauben zu lassen, wenn das Baby auf die Welt kam. In einer so kleinen Branche war der Ruf alles – das war es einfach nicht wert. »Wir müssen uns jetzt auf unsere Familie konzentrieren«, hatte Tim gesagt, und er hatte recht gehabt.

Maggies Arbeit war ihre Leidenschaft, und sie wusste, dass sie gut darin war. Sie hatte ein Händchen dafür, die schönsten und kostbarsten Stücke aufzuspüren, und ein schon beinahe unheimliches Gespür für deren unbekannte Vergangenheit. Für die kurze Zeitspanne, bis diese Schätze einen neuen Besitzer fanden, fühlte sich Maggie wie ihre Hüterin oder eine Art Ehevermittlerin, die sie mit den Menschen zusammenbrachte, die sie künftig lieben würden. Das wurde ihr nie langweilig. Auch die Auktionen mochte sie; immer wenn sie eine Versteigerung leitete, hatte sie das Gefühl, in eine andere Rolle zu schlüpfen und ein selbstbewussterer und professionellerer Mensch zu sein. Eine Expertin auf ihrem Gebiet.

»Du hast dir diese Stelle wirklich verdient, Maggie, und das weißt du auch.« Judy tätschelte ihr die Hand. »Und du wirst ein Star, ganz bestimmt.«

»Danke«, sagte Maggie, lächelte mit zitternden Lippen und spürte das verräterische Brennen von Tränen in den Augen.

»Tja, ich kann nicht den ganzen Tag hier rumsitzen und plaudern«, sagte Judy energisch und drückte die Mappen an sich. »Ich sollte mich lieber wieder an die Arbeit machen. Heute Morgen steht das Telefon überhaupt nicht still.« Sie wandte sich zum Gehen, warf Maggie aber noch einen Blick über die Schulter zu. »Mittagessen bei Pret?«

»Oh ja, gern.« Maggie richtete sich auf und lächelte Judy an, als diese die Tür hinter sich zuzog.

Doch kaum war die Tür geschlossen, sackte sie in sich zusammen und seufzte. Warum war sie bloß so aufgewühlt? Sie sollte Luftsprünge machen, statt den Tränen nahe zu sein. Ihr Blick fiel auf die Vase mit den Hortensien auf ihrem Schreibtisch, die gleich neben einer kleinen Fotogalerie stand. Die meisten Bilder zeigten Tim und Pearl, aber es waren auch ein paar von Maggies Jugendfreundin Kate und deren Eltern darunter, die sie seit Jahren nicht mehr gesehen hatte. Maggie verdrängte die altvertrauten Schuld- und Schamgefühle, nahm ein kleines, silbergerahmtes Foto in die Hand, auf dem Tim die winzige Pearl auf dem Arm hielt, und dachte an die ersten Monate nach der Geburt ihrer Tochter zurück.

»Was sollen wir nur machen, Tim?«, hatte sie gejammert, so erschöpft von den vielen schlaflosen Nächten, dass sie die Augen kaum noch aufbekam.

»Ohrstöpsel tragen?«, hatte er gesagt. Er war genauso ratlos wie sie, aber weniger beunruhigt. Sie mussten erst in ihre Elternrolle hineinwachsen; zwar hatte Tim das Ganze schon einmal mit Stella durchgemacht, doch das lag schon so lange zurück.

Maggie hatte das Gefühl, steuerlos auf dem Wasser zu treiben. Dieses winzige Menschlein, das über ihre Tage und Nächte bestimmte, war wie eine sehr kleine, übellaunige Diktatorin, die stets dann ihr Missfallen zum Ausdruck brachte, wenn gerade für kurze Zeit Ruhe eingekehrt zu sein schien. Tim hatte schon immer gut mit Stress umgehen können, während Maggie sich fortwährend fragte, ob sie auch das Richtige tat. Und in diese Unsicherheit mischten sich ihre Bedenken in Bezug auf die Arbeit. In den ersten Monaten nach Pearls Geburt machte sie sich praktisch ununterbrochen Sorgen: Sollte sie versuchen, einen Vollzeitjob mit der Mutterschaft unter einen Hut zu bringen? Oder lieber zu Hause bleiben, auch wenn die Familie dann von nur einem Einkommen leben musste? Sollte sie ihren beruflichen Erfolg ausbauen, oder wäre sie dann nicht die Art Mutter, die sie immer hatte sein wollen? Eine Teilzeitstelle bei Bonningham's war nicht möglich, und ihre Arbeit ganz aufzugeben, kam für Maggie gar nicht erst infrage. Sie musste an ihre Mutter denken, die sich damals dafür entschieden hatte, zu Hause zu bleiben, und darüber sehr unglücklich geworden war. Aber für ihr Dilemma fand Maggie einfach keine ideale Lösung.

»Wenn du arbeiten willst, arbeite«, war Tims Rat, pragmatisch wie immer. »Tu das, was gut für dich ist. Ich möchte nur nicht, dass du dich verrückt machst, weil du dich überfordert fühlst.«

Und er hatte recht. Tim war ihr Fels in der Brandung und immer da, um ihr Halt zu geben. Als Pearl schließlich fünf Monate alt wurde, gab Maggie sie in die Kindertagesstätte von

Tims Firma und fing wieder bei Bonningham's an. Zuerst fühlte sie sich scheußlich, als sie in ihr etwas zu enges und ein wenig kratziges Kostüm aus Vor-Baby-Zeiten schlüpfte und aus dem Haus ging. Doch später bei der Arbeit war es ein schönes Gefühl zu wissen, dass sie die nächsten sieben Stunden das tun durfte, was sie liebte.

Das war jetzt fast vier Jahre her, und Pearl war zu einem willensstarken, lebhaften kleinen Mädchen herangewachsen. Jedes Mal wenn Maggie an sie dachte, zog sich ihr Herz vor Liebe und Schuldgefühlen zusammen. Sie wollte arbeiten *und* mehr Zeit mit ihrer Tochter verbringen. Warum konnte sie nicht beides haben? Aber eine einfache Lösung gab es dafür nicht. Manchmal hatte Maggie den Eindruck, die Balance zwischen Arbeit und Familie war genauso empfindlich – und konnte unter Belastung genauso leicht kaputtgehen – wie das Goldkettchen an ihrem Hals.

Sie strich mit den Fingerspitzen über die Gesichter von Tim und Pearl in dem silbernen Bilderrahmen – ihre Familie. O Gott, wie sie die beiden liebte. So sehr, dass sie manchmal glaubte, sie würde sterben, wenn ihnen irgendetwas zustieße. Nach dem holprigen Start mit Pearl hatte es gerade so ausgesehen, als würde nun alles einfacher werden – und dann war Stella bei ihnen eingezogen.

Tims Tochter aus einer früheren Beziehung hatte vor einigen Monaten bei ihnen vor der Tür gestanden und Maggie ein wenig an eine streunende Katze erinnert. Die Augenbrauen zu einer pantomimischen Darstellung rasender Wut zusammengezogen, hatte sie Maggie einfach aus dem Weg geschoben und war in ihren klobigen schwarzen Stiefeln an ihr vorbeigestapft.

»Dad! Dad!«, rufend war sie durch den Flur in ihr Haus und ihr Leben gepoltert, als hätte jemand einen Felsbrocken in einen Teich geworfen, der nach einem heftigen Sturm endlich zur Ruhe gekommen war.

Stella, die mit ihren dunklen Augen, den langen, blassen Gliedmaßen und ihren blauschwarzen Locken an eine französische Chanteuse erinnerte. Stella mit ihren Jungsgeschichten, ihren kurzen Röcken und den Zigaretten, von denen sie glaubte, Maggie und Tim wären so blöd, sie nicht zu bemerken. Mit ihrer kolossal schlechten Laune. Wenn Stella ausnahmsweise mal eine angenehme Gesellschaft war, hieß das in der Regel, dass sie etwas wollte: Geld für ein All-Age-Musikfestival, für eine Shoppingtour durch die Modeläden in der Oxford Street oder jemanden, der sie zu einem Treffen mit ihren genauso aufsässigen Freundinnen fuhr. Stella betrachtete Maggie mit der Art Verachtung, die man üblicherweise einem alten, stark müffelnden Hund entgegenbringt, der einem das Gesicht lecken will.

Als auf ihrem Bildschirm eine E-Mail erschien, stellte Maggie das Foto zurück. Die Mail war von Bonningham, und in der Betreffzeile stand eine Telefonnummer. *Rufen Sie Eloise Thompson an, Producer bei Channel 4. Sie sucht für »Guten Morgen« einen Gutachter, der ein Statement zur Kostümversteigerung letzte Woche abgibt. Sehr wichtig, dass das klappt.*

Verblüfft lehnte Maggie sich zurück. Das war der unmittelbare Beweis, dass Bonningham ihr wirklich vertraute: So viel öffentliche Aufmerksamkeit war eine riesengroße Sache. Während Sotheby's und Christie's ihre Kunden und die Medien allein mit ihrem Namen beeindrucken konnten, musste sich Bonningham's seine Kunden vergleichsweise hart erarbeiten, sie umschmeicheln und umwerben, damit sie sich von ihren Schätzen trennten. Bei Journalisten oder Fernsehleuten – dem Heiligen Gral! – war es sogar noch schwieriger.

Na dann, dachte Maggie, nahm den Hörer ab und warf noch einen letzten Blick auf das Foto von Tim und Pearl, während sie bereits die Nummer wählte. *Nur kein Stress.*

Einige Stunden später, nach der Wilkinson-Versteigerung am Vormittag, hatten sich Maggies Pläne, den Papierkram aufzuarbeiten, so schnell verflüchtigt wie das falsche Lächeln von Suzanne Wilkinson. Anstelle des Mittagessens mit Judy hatte sie sich in der kleinen Teeküche bei Bonningham's eine Tasse Instantsuppe heiß gemacht und die Inventarliste in die Bücher übertragen. Sie musste schnell die Bestände neu arrangieren, bevor sie ein langes, umständliches Telefonat mit einer älteren Dame führte, die wissen wollte, wie viel sie für ihre »antiken« John-Lewis-Bücherregale und Sammlereditionen von Salz- und Pfefferstreuern bekommen würde.

Es hatte Maggie ziemlich zugesetzt zu sehen, wie sehr sich die Wilkinsons bemühten, während der Auktion zivilisiert miteinander umzugehen. Als Personen des öffentlichen Lebens, die mitten in einer hässlichen Scheidung steckten, machten sie im Streit keine Gefangenen. O Gott, diese Boshaftigkeit erinnerte sie an ihre eigenen Eltern – und von diesem Gedanken hatte sie pochende Kopfschmerzen bekommen, die sich auch mit Aspirin nicht vertreiben ließen.

»Unterschreiben Sie bitte einfach hier«, sagte sie nach der Auktion zu Suzanne Wilkinson. Das verkniffene, schönheitsoperierte Exmodel in Kamelhaar-Twinset und Perlenkette strich mit dem Finger über die Inventarliste mit den vielen kleinen Häkchen in der Spalte *Verkauft*. Sie wirkte zutiefst unbeeindruckt, obwohl Maggie drei- oder viermal so hohe Gebote erzielt hatte, wie sie ursprünglich als Schätzung angegeben hatte.

»Ich fange heute Nachmittag mit der Bearbeitung an, und am Montagmorgen müsste unsere Buchhaltung das Geld abzüglich unserer Provision auf Ihr Konto überweisen«, erklärte Maggie der Kundin und schob die Unterlagen zu ihr hinüber.

»Gott sei Dank. Ich muss die Rechtsanwälte bezahlen«, murmelte Suzanne. Nachdem sie ihre Unterschrift auf das Blatt gekritzelt hatte, warf sie einen Seitenblick auf Maggie. Mit ihrem knochigen Finger deutete sie auf deren linke Hand und fragte in säuerlichem Ton: »Ist das ein Ehering?«

»Ja«, antwortete Maggie. Den glänzenden Citrin-Cocktailring hatten sie und Tim gemeinsam in einem wunderschönen alten Antiquitätenladen in der Nähe von St. James ausgesucht.

»Wie lange sind Sie verheiratet?«, fragte Suzanne, während Maggie aufstand und ihre Sachen zusammenpackte.

»Zehn Jahre.« Es widerstrebte Maggie, noch mehr zu sagen.

»Warten Sie nur ab, irgendwann schauen sie sich alle nach was Neuem um.« Dabei zog Suzanne auf eine Art die Augenbrauen hoch, für die Maggie sie hasste.

Maggie wandte sich ab, vorgeblich, um einen Mitarbeiter vorbeizulassen, der sich mit einem geschnitzten indischen Hochzeitsstuhl abmühte, aber auch, um ihren unwillkürlichen Anflug von Empörung zu verbergen. *Nicht Tim*, sagte sie zu sich. *Lass uns bloß niemals so giftig und verbittert werden wie die Wilkinsons*. Sie munterte sich mit dem Gedanken daran auf, wie liebevoll und geduldig er in letzter Zeit gewesen war. Letztes

Wochenende, als er bemerkt hatte, wie angespannt sie wegen einer großen Auktion gewesen war, hatte er die Mädchen zu einer Vormittagsvorstellung ins National Film Theatre eingeladen und war anschließend mit ihnen zum London Eye gefahren, damit Maggie sich in die Arbeit stürzen konnte. »Du bist mein Märchenprinz«, hatte Maggie gesagt. Sie hatte dabei gelacht und ihm einen Kuss auf die Stirn gedrückt, aber natürlich hatte sie es ernst gemeint, weil es eben die Wahrheit war.

Sie sah auf die Uhr. Wenn sie jetzt aufbrach, konnte sie noch vor Tim und Pearl zu Hause sein. Vielleicht konnte sie sogar zwanzig Minuten in der Badewanne dazwischenschieben. Ein schönes, heißes Bad half ihr immer, ihre Gedanken zur Ruhe zu bringen und den Stress eines anstrengenden Tages abzuschütteln. Anschließend könnte sie sich bei einem Glas Wein mit Tim zusammensetzen und über diese Beförderung sprechen.

Plötzlich überkam sie der Wunsch, ihre Mutter anzurufen. Solche Ereignisse, dachte sie, sollte man doch mit seinen Eltern teilen: berufliche Erfolge und Beförderungen. Ohne weiter darüber nachzudenken, griff sie zum Telefon.

»Ja?«, drang die schneidende Stimme aus dem Hörer. Maggie sah ihre Mutter förmlich vor sich, wie sie mit unzufriedener Miene in dem alten Wohnzimmer stand.

»Mum? Hi, ich bin's.«

»Oh, Margaret. Warum rufst du an?«

»Äh …« Maggie sackte in sich zusammen. Ihre Stimme wurde leiser, und sie fühlte sich wieder wie mit zwölf. »Ich wollte nur Hallo sagen.«

»Wie nett«, sagte ihre Mutter, doch es klang, als würde sie genau das Gegenteil meinen. »Aber es passt gerade ganz schlecht. Dein Vater zieht wieder seine alte Masche ab, und was meinst du, wer sich mit den Konsequenzen rumschlagen darf? Ich natürlich. Dreimal wurde diese Woche schon aufgelegt, wenn ich ans Telefon gegangen bin. Tja, er wird schon sehen, dass er so nicht mit mir umspringen kann …« Maggie hörte sich die Schimpftiraden über die Verfehlungen ihres Vaters an, und als sie schließlich auflegte, fühlte sie sich erschöpfter als in der ganzen letzten Woche.

Sie schob ihren Stuhl vom Schreibtisch zurück, rieb sich die Augen und hatte schon nach ihrer Tasche gegriffen, als ihr Blick auf den Karton fiel, den Zac heute Vormittag vorbeigebracht hatte. Einem Impuls folgend, ließ sie die Tasche wieder fallen. Fünf Minuten hatte sie noch, sie würde nur einen ganz kurzen Blick riskieren. Eigentlich konnte sie im Moment wirklich nicht noch mehr Textilien gebrauchen, um sie zu Hause zu reinigen und auszubessern, aber einem schönen alten Stück Stoff konnte sie einfach nicht widerstehen. Und da war diese Bank vor der weiß getünchten Wand in ihrem Garten, auf der ein paar bunte Kissen im Sommer bestimmt besonders schön aussehen würden …

Maggie durchstöberte den Karton und inspizierte ihre Beute. Da war eine Bahn Paisleystoff, der allerdings bis auf wenige Stellen stark verschmutzt war. Aber vielleicht konnte sie ein paar Reste für Pearls Quilt retten. Und die vergilbte Spitze, die sie als Nächstes hervorholte, würde sich fantastisch auf dem Samtsessel im Schlafzimmer machen, wenn sie erst wieder schneeweiß war.

Während Maggie den Inhalt des Kartons in »retten« und »entsorgen« aufteilte, stieg ihr der düstere Geruch von Patschuli entgegen. Inzwischen hatte sie entdeckt, dass sich ganz unten in der Schachtel etwas an den Bodenklappen verfangen hatte. Ein angegrautes Stück Leinen, zusammengeballt zu einem steif wirkenden Knäuel. Da sie in Ramschposten schon auf so manch Widerwärtiges gestoßen war – fleischfarbene Prothesen und künstliche Gebisse, Servietten mit Essensresten und einmal sogar eine eklige, abgetragene Männerunterhose mit Eingriff – nahm Maggie einen Bleistift vom Tisch, um das zerknitterte Stück Stoff vorsichtig vom Karton zu lösen.

Sie wollte das schmutzige Ding schon auf den Entsorgen-Stapel legen, als ihr Blick an ein paar vereinzelten Perlen hängen blieb, die irgendwann einmal geglänzt haben mussten, jetzt aber matt und vom Alter vergilbt von der Unterseite eines Stofftaschentuchs hervorlugten. Es war mit den Initialen A. F. bestickt. Nein, es waren zwei Teile, die aneinanderhingen, erkannte Maggie jetzt. Das Monogramm-Taschentuch hatte sich an den scharfen Kanten einiger verstaubter Pailletten verhakt. Sie musste niesen.

Sie warf das Taschentuch auf den Retten-Stapel und rückte ihren Stuhl näher an den Tisch, um das perlenbestickte Stück genauer zu betrachten. Sie zog sich die Schreibtischlampe heran, glättete vorsichtig die starren Falten und zupfte den Stoff in Form. Etwas regte sich in Maggies Brust, ihr Herz schlug schneller, und sie richtete sich auf, um den Gegenstand genauer zu untersuchen. Der Anordnung der Steine und dem Material nach zu urteilen, schien es entweder viktorianisch oder edwardisch zu sein. Selbst in seinem schäbigen Zustand wirkte es auf eine düstere Weise verführerisch.

»Was könntest du sein?«, murmelte sie vor sich hin.

War es ein Kragen, eine Krone oder womöglich der Gürtel einer Frau mit Wespentaille? Sie wusste es nicht. Das Objekt funkelte stumm vor sich hin, als wollte es seine Geheimnisse für sich behalten. *Faszinierend,* dachte Maggie. Eigentlich sollte sie sich auf den Heimweg machen, doch sie konnte nicht aufhören, es anzusehen, wie um es durch bloße Willenskraft dazu zu bringen, mehr von sich preiszugeben … *Komm schon, erzähl mir etwas über dich* …, dachte sie und wartete ab. Doch dann schalt sie sich; das war jetzt wirklich albern. Aber irgendwie wirkte das Ding … beinahe lebendig.

Endlich riss sie den Blick von dem Stück los, steckte es in einen Ziploc-Beutel und verstaute ihn in den Tiefen ihrer Umhängetasche. *Ich spiele später mit dir,* dachte sie.

Sie klemmte sich den Laptop und ein paar Akten unter den Arm, nahm Tasche und Mantel und schaltete mit einem entschiedenen *Klick* das Licht aus.

ZWEITES KAPITEL

Aimée: Normandie 1891

»Nein, Aimée, es ist zu kalt. Du holst dir den Tod, denk doch an deine Lunge. Für eine solche Reise bist du noch zu empfindlich.« Ihr Vater wickelte sich in den groben grauen Paletot, den er stets trug, wenn er in die Stadt fuhr. Die gewachsten Schnurrbarthaare an seinen Mundwinkeln zuckten – Aimée sah ihm an, dass er es nicht erwarten konnte, aus dem Haus zu kommen.

»Außerdem hast du doch noch dein spezielles Projekt«, sagte er und tätschelte ihr die Wange. Er meinte das Nähen, anscheinend der einzige Zeitvertreib, den er bei ihr billigte. »Faustine sagt, es sei noch nicht fertig, und dir bleibt nicht mehr viel Zeit.« Es ging um den Kragen, den sie an Mamans Hochzeitskleid nähen sollte, der krönende Abschluss für ihre Aussteuer. Schon morgen sollte die Feier stattfinden. »Bleib lieber in deinem Gemach, mein Kind, dort ist es wärmer.«

»Ja, Vater.« Aimée hielt die Hände auf dem Rücken verschränkt, damit er ihre abgekauten Fingernägel nicht sah – sie wusste, wie sehr er das verabscheute.

Gaston hielt ihm die schwere Tür auf, und ein Schauer überlief Aimée, als sie sich gegen den kalten Windstoß wappnete. Ohne ein weiteres Wort ließ Vater sie stehen und ging die Steintreppe hinunter, vor der eine Kutsche wartete. Die Tür schlug hinter ihm zu, und Aimée stand in der zugigen Eingangshalle und verfluchte ihre Sanftmut. Noch immer konnte sie Gastons Blick spüren. Ihre Wangen brannten, als sie an seine Augen dachte und daran, dass er mitangesehen hatte, wie gönnerhaft Vater ihr die Wange getätschelt hatte. Von der Atemwegsinfektion, die sie sich letzten Winter zugezogen hatte, merkte sie so gut wie nichts mehr. Es war nur eine seiner Ausreden, um sie unter Kontrolle zu haben. Über seine Schulter hinweg hatte sie durch die offene Tür ein Stück von der Welt da draußen gesehen – raureifbedeckte Felder und einen frischen, klaren Morgenhimmel. Es war ein herrlicher Tag, und die Enttäuschung darüber, im Haus festzusitzen, trieb ihr beinahe die Tränen in die Augen.

Aimée kehrte der Tür den Rücken, fing in einem seltenen Moment der Kühnheit Gastons Blick auf und glaubte in seinem angedeuteten Lächeln etwas Komplizenhaftes zu sehen. Einen Moment lang blieb sie so stehen, ehe sie den Kopf senkte. Auf dem Weg zur Treppe fiel ihr Blick auf den verschnörkelten Flurspiegel. *Wie eine Vogelscheuche,* dachte sie und warf ihrem Spiegelbild einen finsteren Blick zu, der eigentlich ihrem Vater galt.

Seufzend raffte sie ihre Röcke und stieg die Steintreppe hinauf. Aber vermutlich hatte Vater recht – es gab noch so viel zu tun.

In ihrem Privatgemach, wo ein Feuer im Kamin knisterte, musste sich Aimée sehr überwinden, mit der Arbeit anzufangen. Es wäre leichter gewesen, wenn sie sich jemandem hätte anvertrauen können. Aber wie hätte sie je Freundschaften knüpfen sollen?

Selbst Faustine ist Vaters Handlangerin, dachte sie, als das hübsche, junge Dienstmädchen ein Tablett mit heißer Schokolade und Madeleines auf einen Beistelltisch stellte und dann lautlos die Tür hinter sich schloss. Für einen Moment wurde Aimée von Eifersucht auf ihre Zofe erfasst. Auf ihre Freiheit, ihre wilden roten Locken und die Sommersprossen, mit denen sie so viel jünger und frischer aussah, als Aimée sich fühlte.

Vielleicht würden sich die Dinge mit der Heirat ändern. Hoffnung flackerte in ihrer Brust auf, wurde aber sogleich von düsteren Gedanken erstickt … Es sei denn, Bernard war genauso wie ihr Vater. Und warum sollte er anders sein? Aimée ermahnte sich streng, sich zusammenzureißen, und nahm den Kragen zur Hand. *Wenn ich weiter so denke,* sagte sie sich, *werde ich noch verrückt.*

Sie stach sich an der Nadel, saugte das Blut aus dem brennenden Stich an ihrem Finger und sah, dass ein kleiner Tropfen auf den Stoff gefallen war.

»Auch das noch«, murmelte sie vor sich hin. Heiße Wut brodelte in ihr. Sie wurde auf dem Gut fast wie eine Gefangene gehalten und stand die meiste Zeit unter Spannung wie eine zusammengepresste Sprungfeder. Sie sehnte sich danach, aus dem Haus zu kommen. Aber irgendwie besaß die Bestimmtheit ihres Vaters – sein unnahbarer, kontrollierender Charakter, der sich hinter der Maske der Fürsorge verbarg – stets die Macht, sie zum Nachgeben zu bewegen. Er zerstreute ihre Entschlossenheit so leicht wie Löwenzahnsamen im Wind. Wenn Vater etwas verkündete, hätte es genauso gut in Stein gemeißelt sein können. Und als er gesagt hatte: »Bernard Montfort hat um deine Hand angehalten, und ich habe in deinem Namen akzeptiert«, war das Rauschen in ihren Ohren so laut geworden, dass es den Klang seiner Stimme übertönt hatte.

»Eure Vereinigung ist die beste Lösung für unsere … Probleme«, fuhr Vater fort. »Und Bernard profitiert von unserem angesehenen Namen. Er ist selbst nicht von vornehmer Abstammung, ist aber mit knapp über vierzig schon zu einem ansehnlichen Vermögen gekommen. Du sollst in dem Luxus leben, den einst alle de la Coursignons genossen haben. Du, mein Kind, wirst dieses Anwesen retten.«

Unartikulierte Laute kamen aus ihrem Mund, während sie fieberhaft nach Worten suchte. Erst als Vater die Stirn runzelte, begriff sie, dass sie nichts Verständliches herausgebracht hatte. Sie versuchte es erneut.

»Danke, Vater«, hatte sie gesagt, und aller Mut hatte sie verlassen.

Die Sonne sank tiefer und warf ihr Licht durch die Erkerfenster, Wolken jagten über den Himmel. Faustine kam und ging, brachte mittags ein Tablett mit Essen und einige Zeit später den Nachmittagstee. Aimée arbeitete unablässig, und als Faustine das Zimmer schließlich mit den letzten unberührten Tellern verließ, war sie beinahe fertig. Ihr Kopf schmerzte, und ihre rechte Schulter war stark verspannt. Ihr wurde bewusst, dass sie sich fast den ganzen Tag über ihre Näharbeit gebeugt hatte. Das Licht in ihrem Gemach war geschwunden, und der Himmel hinter dem Fenster hatte die hellviolette Farbe eines frischen Blutergusses angenommen.

Aimée sehnte sich danach, hinauszugehen und tief die kalte Luft einzuatmen. Fast konnte sie spüren, wie der böige Wind über ihre Haut blies, wenn sie über das Feld galoppierte. Aber ihre Chancen, heute noch auszureiten, standen schlecht. *Vielleicht kann ich es nie wieder tun,* dachte sie, und plötzlich war ihr trostlos zumute. *Wenn Bernard es nicht erlaubt.*

Wenn Aimée an ihren zukünftigen Ehemann Bernard dachte, spürte sie nichts außer einem Zittern ganz tief in ihrem Inneren, als hätte jemand die Saiten eines Instruments angeschlagen, um es zu stimmen. Sie versuchte, die Empfindung festzuhalten, bevor sie sich wieder verflüchtigte. Bernards ernstes Gesicht weckte eine tief sitzende, versteinerte Angst in ihr, aber auch noch etwas anderes, das sie nicht ganz zu fassen bekam … Bisher waren sie sich erst wenige Male begegnet: einmal, als er mit Vater aufs Château gekommen und ihr vorgestellt worden war, dann bei einem unerträglich langweiligen Essen, zu dem Vater eingeladen hatte, und zum dritten Mal erst gestern, als er sie allein hatte sprechen wollen. Schweigend waren sie nebeneinander durch die pappelgesäumte Auffahrt spaziert und unterwegs Gaston begegnet, der mit der Post aus der Stadt zurückkam. Einen Moment lang trafen sich ihre Blicke, und Aimée spürte die gleiche unwillkürliche Reaktion wie immer: Sie wurde rot, und ihr stockte der Atem. Gaston war erst seit Kurzem auf dem Château, aber Aimée hatte sich vom ersten Tag an unwiderstehlich von ihm angezogen gefühlt wie von einem dunklen Stern.

Für einen Moment schloss sie die Augen und sah wieder das kleine Stück olivfarbene Haut an der Stelle, wo seine dunklen Locken auf den gestärkten weißen Kragen fielen. Wie sehr sie sich danach sehnte, diese Stelle freizulegen und mit einer verstohlenen, katzenhaften Zunge zu erobern. Im Vorbeigehen nahm sie seinen Geruch wahr, eine Mischung aus Schweiß und

Wollwachs und einem schweren, undefinierbar würzigen Duft, der tief in ihre Seele drang.

»Ist das nicht der neue Diener deines Vaters?« Bernard warf einen Blick über die Schulter.

»Gaston«, sagte Aimée, und der Name lag ihr noch eine Weile auf der Zunge.

»Dein Vater hält große Stücke auf ihn«, sagte Bernard. »Besonders auf seine Diskretion.«

Verlegen ließ Aimée ihren Handschuh zu Boden fallen, und beide sahen ihn einen Augenblick lang nur an. Als sich Bernard bückte, um den Handschuh aufzuheben, fiel ihr Blick auf die rötliche, gegerbte Haut an seinem Nacken – das Ergebnis vieler Jahre unter der unerbittlichen Sonne auf See – und wieder, sie spürte ihn mehr, als dass sie ihn hörte, war da dieser eine, beharrliche Ton, der in ihrem Inneren angeschlagen wurde und immer drängender klang. Bernard richtete sich auf, gab ihr den Handschuh und sah ihr dabei in die Augen. Aimée senkte den Blick auf seine Hand – groß, mit kräftigen Knöcheln – und hatte plötzlich eine Vision von ihrer Hochzeitsnacht. Doch es waren nicht Bernards Hände, sondern die langen schlanken Finger Gastons, die sie unter den steifen Laken streichelten und ihr Nachthemd anhoben … Ein leichtes Zittern überlief sie, ohne dass sie hätte sagen können, ob vor Aufregung oder Abscheu. Bernard hatte den Blick abgewandt.

Als Leutnant bei der Handelsmarine hatte er den Großteil seines Lebens auf Schiffen verbracht. Warum er bisher nie verheiratet gewesen war, wusste Aimée nicht. Sie mochte zwar naiv sein, aber selbst sie kannte die Geschichten, die man sich von Seeleuten erzählte. Allerdings hätte man ihr die gleiche Frage stellen können. Nach den Maßstäben der meisten Menschen war Aimée mit siebenundzwanzig zu alt zum Heiraten. Uralt. Sie wusste, dass diese Hochzeit ein Glücksfall für sie war. Sie hatte Faustine mit den anderen Dienstmädchen über sie reden hören, war aber hastig davongelaufen, weil sie das falsche Mitleid nicht ertragen konnte.

Sie wandte den Blick vom Fenster ab, betrachtete den Kragen und stellte fest, dass er beinahe fertig war. Sie nahm ihn wieder auf und nähte einige winzige Samenperlen an. Und schließlich die letzte. Flink machte sie einen festen Knoten in den lose herabhängenden Faden und schnitt das überstehende Ende mit einer kleinen Stickschere ab.

Fertig.

Beim Aufstehen spürte sie die Taubheit in ihren Beinen. Sie machte einen Buckel wie die streunende schwarze Katze, die sich immer in der Küche herumtrieb und maunzend um Essensreste bettelte, bis sie fortgejagt wurde. Einige Augenblicke lang blieb sie in dieser gebückten Haltung stehen und versuchte die Schmerzen aus der Schulter zu vertreiben, indem sie sich mit jedem Ausatmen weiter dehnte. Dann schüttelte sie sich wie ein wildes, freies Tier und griff wieder nach dem verzierten Kragen mit seinen schimmernden Perlen. Sie trat vor den massiven vergoldeten Spiegel über dem Kaminsims und hielt sich die Handarbeit an den Hals. Als sie den Kopf von einer Seite zur anderen drehte, glänzte und funkelte der Kragen im Licht. Ursprünglich hatte sie sich eine Art perlenbesetzte Halskrause vorgestellt, ein glitzerndes Zierstück, das sie anstelle von edlem Schmuck tragen konnte. Nachdem Aimées Mutter gestorben war, hatte ihr Vater ihren gesamten Schmuck für sich behalten. Aimée hatte keine Ahnung, was er damit gemacht hatte, ihr jedenfalls hatte er nichts davon angeboten, nicht einmal zu ihrer

Verlobung. Weder die Ringe noch die Halsketten oder Armreifen, nicht einmal das Medaillon mit Mamans geflochtener Haarsträhne.

Doch im späten Nachmittagslicht wirkte der Kragen irgendwie anders, als sie ihn sich vorgestellt hatte. Während sie ihn mit halb geschlossenen Lidern betrachtete, kam er ihr eher wie eine Spange oder Falle vor, wie Zähne, die nach ihrem Hals schnappten, um sie zu ersticken. Gleichzeitig war er spektakulär – ihre beste Arbeit bisher. Bei jeder Bewegung reflektierten die Pailletten und Perlen Splitter aus Licht, das sanft auf die perlmuttfarbene Oberfläche fiel. Der Kragen schimmerte vor ihrer blassen Haut und schien sie von innen zum Leuchten zu bringen.

Es ist wunderschön, dachte sie. *Was mehr ist, als man von mir behaupten kann.*

Plötzlich überkam sie das Gefühl, der Kragen würde sie mit seinem Gewicht erdrücken, und sie legte ihn auf das Kaminsims, um stattdessen ihr eigenes Spiegelbild zu begutachten: die spitze Nase über den schmalen Lippen und die vorstehenden Knochen unter dem Mieder. Zum Glück hatte sie wenigstens reine Haut, wenn auch ein wenig blässlich. Gänzlich unscheinbar, dachte sie. *Bis auf die Augen. Gewiss das Beste an mir – nicht ganz so hübsch wie Mamans, aber die gleiche Mandelform. Man nannte sie nicht umsonst* Amandine …

Aimée erinnerte sich an Mamans Blick, an ihre hypnotischen Augen, aber ihre ganze Schönheit, ihre rußschwarzen Haare, waren aus ihren Erinnerungen verschwunden, waren nur noch ein flackernder Schatten am Rande ihres Bewusstseins. Ihre Erinnerungen an Maman waren verblasst, seit Vater das Porträt in der Eingangshalle abgehängt hatte. Ob er es vernichtet hatte? Aimée wagte nie, danach zu fragen, obwohl sie es so gern in ihrem eigenen Zimmer aufgehängt hätte. Als Maman starb, war sie fünf gewesen, alt genug, um sich an sie zu erinnern, aber zu jung, um es zu verstehen. Sie hatte die Endgültigkeit des Todes nicht begreifen können und Nounou immerzu gefragt, wann ihre Mutter wieder nach Hause kommen würde.

Der altbekannte Schmerz schnürte ihr die Brust zu. Wie anders wäre alles gekommen, wenn Maman noch am Leben wäre? Welchen Rat würde sie ihr für die Ehe geben? Niemals würde sie Aimée als erwachsene Frau sehen und nie erfahren, wie es war, ihre Enkelkinder auf dem Arm zu halten. Aimée schloss die Augen, um die Tränen zurückzuhalten.

Ich mag zwar unscheinbar sein, dachte sie, nahm den Kragen wieder auf und kehrte dem Spiegel den Rücken zu, *aber ich bin geschickt mit Nadel und Faden und in vielerlei Hinsicht gescheiter, als die anderen glauben.* Genau wie Maman. Nounou, die gute alte Nounou, die schon Mamans Kinderfrau gewesen war, hatte ihr die Geschichten über ihre Mutter erzählt: dass sie viele Verehrer gehabt hatte und dennoch unter allen Männern, die ihr den Hof gemacht hatten, Vater ausgewählt hatte. Weil sie seinen scharfen Verstand bewundert habe, hatte Nounou gesagt und dabei traurig den Kopf geschüttelt.

Zu gern hätte Aimée mehr über ihre Eltern erfahren, darüber, wie sie in ihrer Jugend gewesen waren, doch Nounou war schon seit vielen Jahren nicht mehr da. Sie war fortgegangen, als Aimée dreizehn gewesen war, und hatte sie allein der Obhut ihres Vaters überlassen. Der Verlust war ein harter Schlag für sie gewesen, zum zweiten Mal verlor sie ein Elternteil: erst Maman, dann Nounou. Noch nie zuvor hatte sie eine solche Leere empfunden. Damals hatte sie geglaubt, Nounou hätte sie nie geliebt – wie sonst hätte sie Aimée verlassen können? Vater wollte nie darüber sprechen, über keine der beiden Frauen, und Aimée hatte in seinem Blick gesehen, wie sehr ihn ihre Tränen ängstigten.

Während es in ihrem Zimmer nun dunkler wurde, dachte Aimée an die vielen Stunden, die sie mit Näharbeiten verbracht hatte. »Die einzig angemessene Beschäftigung für eine junge Dame deines Standes«, hatte Vater stets gesagt und anerkennend genickt, wenn er sie bei der Arbeit sah. Nur dass es bei Aimée anders war. Von den wenigen Besuchen, die Vater ihr gestattet hatte, wusste sie, dass die meisten Frauen zum Nähen in wohlriechenden Grüppchen zusammensaßen, tratschten und lachten und Vertraulichkeiten so selbstverständlich austauschten wie Nähgarne. Aimée hingegen blieb stets für sich und perfektionierte ihre Fertigkeiten in vollkommener Stille, wie in einem Grab.

Sie betrachtete den Kragen, der jetzt so bedeutungsschwer in ihren Händen lag. Seine aufwendigen Verzierungen – Tausende Perlen, Glassteine und tropfenförmige Samenperlen in Silbertönen waren zu einem filigranen, wiederkehrenden Lilienmuster gearbeitet. Auch Pailletten waren darunter, winzige kreisrunde Plättchen in schimmernden Farben. Die Arbeit hatte länger gedauert, als sie erwartet hatte. Sie wusste selbst nicht genau, warum sie sich auf ein so anspruchsvolles Projekt eingelassen hatte. Vielleicht, weil ihre Hochzeit unmittelbar bevorstand, sobald es vollendet war. Wenn sie doch nur die Macht besäße, das Unausweichliche hinauszuzögern.

Aber es gab kein Entrinnen. Morgen um diese Zeit würde sie die Braut sein und das einzige Zuhause verlassen, das sie je gekannt hatte. Sie wusste nicht, was ihr größere Angst machte: das Château zu verlassen – einen Ort, den sie sowohl liebte als auch hasste, wo sie jedes Zimmer, jede knarrende Stufe und jeden staubigen Korridor kannte – oder der Schritt ins Unbekannte mit einem Mann, den sie nur wenige Male gesehen hatte.

Aimée dachte an den Tag zurück, an dem sie mit der Arbeit am Kragen begonnen hatte. Es war der Tag, an dem Vater ihr von Bernards Antrag erzählt hatte. In dem alten Zedernholzschrank in Mamans staubigem, unberührtem Ankleidezimmer fand Aimée das Seidendamast-Hochzeitskleid ihrer Mutter. Das Spitzenkorsett zwischen den vielen Lavendelsäckchen fühlte sich eigentümlich warm an. Es gab keinen Grund, den Schneider zu bestellen – sie hatte die gleiche Größe wie ihre Mutter mit neunzehn, und für ein neues Kleid fehlte ohnehin das Geld. Abgesehen von einem Fleck am Kragen war es perfekt. Aimée schnupperte daran und bemerkte unter dem Lavendelduft einen schwachen, säuerlichen Geruch, der ihr seltsam bekannt vorkam. Sie drückte das Kleid an sich und atmete tief den Geruch ihrer Mutter ein.

Wieder in ihrem Zimmer, hatte Aimée die kleinen, festen Stiche mit einem Metallhäkchen aufgetrennt und den steif gewordenen, fleckigen Chiffonkragen vom Kleid entfernt. Sie überlegte, dass ihre Mutter irgendwann in ihrem Zimmer gesessen haben musste, um dieses Kleid zu nähen, genau wie sie jetzt. *Was mag sie damals gedacht haben?*, überlegte Aimée. *Hat sie sich auf die Hochzeit gefreut, oder war sie genauso nervös wie ich? Hätte sie gewollt, dass ich Bernard wegen seines Geldes heirate?* Sie legte den Kragen auf das fein gewebte Leinen, nahm die schwere Messingschere und schnitt einen passenden breiten Leinenstreifen zurecht. Der neue Kragen würde anders sein als das Original, er sollte alle Hochzeitsgäste blenden – Vater plante eine große Feier, um ein Zeichen zu setzen, dass sich die Geschicke der Familie wieder zum Guten gewendet hatten. Der Kragen sollte ihr Stolz und Kraft verleihen und ihre Angst verbergen.

Als die Form des Kragens fertig war – ein geschwungenes Band, etwas weiter als ihr schlanker Hals – nahm Aimée ein Blatt Transparentpapier und zeichnete ein Muster auf das Gewebe. Hin und wieder korrigierte sie einen Fehler und übertrug neue Linien auf den Stoff, bis der Abdruck tief genug war. Dann entfernte sie das Papier, um das Muster mit der feinen Federspitze auszufüllen. Aimée beobachtete, wie der Stoff die indigoblaue Tinte aufsog, und spürte vor Aufregung ein leichtes Zittern. Während sie in ihrem Nähkästchen aus poliertem Holz die winzigste von allen Perlen suchte, stellte sie sich vor, wie sich die Spitzen des Motivs in den Hals eines jungen Mädchens bohrten und ein rubinrotes Collier aus Einstichen hinterließen. Bildete sie sich das ein, oder war es wirklich beunruhigend? Die Texte von *Histoires ou contes du temps passé* kamen ihr in den Sinn, darunter auch die Geschichte über einen anderen gefürchteten Ehemann: Blaubart, der hässliche Bretonen-König. Wieder spürte sie ein aufgeregtes Kribbeln.

Nach dem Tod ihrer Mutter hatte Aimée eine Sammlung ledergebundener Bücher geerbt – französische Märchen, Mamans Lieblingslektüre. Vater hatte sie naserümpfend als »Schund« abgetan, aber Nounou hatte sie dennoch ins Kinderzimmer hinaufgebracht. Seit die Gouvernante ihr das Lesen beigebracht hatte, suchte Aimée Trost in den kunstvoll erzählten Geschichten von Königreichen, Prinzessinnen und Zauberei, durch die sie sich Maman irgendwie näher fühlte. In diesen

Märchen war kaum etwas so, wie es schien, und gerade das mochte sie so daran. Es war so ganz anders als die Langeweile und trostlose Vorhersehbarkeit ihres eigenen Lebens auf dem Château. Die grotesken und seltsam erregenden Details dieser Geschichten allerdings schienen der Aufmerksamkeit ihres Vaters entgangen zu sein, und darüber war Aimée froh. Davon abgesehen achtete er strikt darauf, was sie lesen durfte. Der Zutritt zu seiner – stets sorgsam verschlossenen – Bibliothek war ihr streng verboten. Wahrscheinlich fand er, dass sich Bildung für ein Mädchen nicht lohnte, zumal wenn es so linkisch und unscheinbar war wie sie.

Als sie so dastand und den Schmuckkragen in den Händen wog, dachte sie daran, wie unglaublich viel Arbeit darin steckte, wie viele Stunden sie darauf verwendet hatte. Tatsächlich empfand sie eine gewisse Erleichterung, dass er fertig war. Sie öffnete ein geheimes Fach in ihrem Nähkästchen, bettete den Kragen auf das burgunderrote Samtkissen darin und schloss das Fach behutsam. Jetzt musste sie ihn nur noch an Mamans Kleid nähen, dann war ihr Hochzeitskleid komplett. Sie würde Faustine bitten, es ihr zu bringen. Als Aimée das Fach wieder öffnete, hatte sie das Gefühl, den Kragen überrascht zu haben. Im schwachen Licht sahen die dunklen, quecksilbrig glänzenden Perlen irgendwie anders aus, fast bösartig. Doch dann schien er sich vor ihren Augen zusammenzureißen, schimmerte freundlich und war wieder die reine Schönheit.

Ein eigenartiges Gefühl ergriff von Aimée Besitz, und sie schlug das Geheimfach hastig zu. Das war ja wie in einem von Mamans Büchern. Für einen Augenblick ging die Fantasie mit ihr durch, ein ängstlicher Schauer überlief sie. Sie sank in ihren

Stuhl zurück und rief sich zur Vernunft – das war doch Unsinn! Sie tastete nach dem Buch unter ihrem Kissen. Das nämlich war die wahre Gefahr: ein Gedichtband von Christina Rossetti, den sie aus Vaters Bibliothek entwendet und letzte Woche nicht zurückgebracht hatte. Sie hatte es nicht wieder hergeben wollen, weil sie es mehr als alle anderen liebte. Das Buch war wie ein Rausch, Aimée war völlig hingerissen davon, wusste aber, dass es dumm war, es so lange zu behalten.

Maman hatte eine Vorliebe für alles Englische gehabt, hatte Nounou gesagt. Die Sprache, die Mode, die Poesie. Dann musste das schmale Bändchen doch sicher ihr gehört haben, oder? Anders ließ sich nicht erklären, wie es in Vaters Besitz gekommen sein sollte. Doch von allen Büchern in seiner Bibliothek war dies Aimées größtes Geheimnis. Sie wusste, warum Vater es ihr nicht zusammen mit den anderen Märchenbüchern gegeben hatte: Die Leidenschaft, die in diesen Seiten steckte, war so offensichtlich – und so unschicklich für eine Frau in ihrer gesellschaftlichen Stellung. Vater hatte stets gesagt: »Liebe ist eine vergeudete Emotion, Aimée. Pflicht und Ehre, darauf kommt es an.« Was für Aimée die Frage aufwarf, warum er ihre Mutter damals geheiratet hatte. Diese Ehe hatte ganz unverkennbar auf Leidenschaft basiert, nicht auf Zweckmäßigkeit.

Während sie aus dem Fenster zum dämmrigen Himmel hinaufblickte, überkam sie aufs Neue der Gedanke, dass dieses Château morgen um diese Zeit nicht mehr ihr Zuhause sein würde. Sie würde von hier fortgehen, wahrscheinlich für immer. *Mein Heim, mein Gefängnis,* dachte sie, betrachtete das Buch in ihren Händen und fragte sich, wie Bernards Haus aussehen mochte. Sie hatte nicht einmal gefragt, wo er wohnte. Besaß er auch eine Bibliothek? Und würde er sie hinaus in die Welt lassen? Würde er ihr erlauben zu lesen?

Aimée dachte an die vielen Male zurück, die sie sich mit dem gestohlenen Schlüssel in die Bibliothek gewagt hatte – Vaters weitläufige Kammer mit ihren hohen Decken. Lautlos hatte sie sich auf Strümpfen hineingeschlichen, hatte Bücher an ihren Platz in den Regalen zurückgestellt und immer darauf geachtet, die Buchrücken so umzustellen, dass keine Lücken entstanden. Von den Bediensteten hatte nur Gaston die Erlaubnis, die Bibliothek zu betreten, doch weder er noch Vater schienen Aimées verbotene Besuche bemerkt zu haben. Sie war sehr, sehr vorsichtig. Einmal, sie war gerade dreizehn gewesen, hatte Vater mitbekommen, wie sie sich im Gang vor der Bibliothek herumgedrückt hatte. Außer sich vor Wut hatte er sie zurück in ihre Gemächer geschickt.

»Wissen ist gefährlich, Aimée«, hatte er gebrüllt, und seine Hände hatten gezittert, als er voller Wucht die Tür zugeschlagen hatte. Seine nächsten Worte waren gedämpft durch die geschlossene Tür gedrungen: »Ich kann nicht zulassen, dass du genauso vergiftet wirst wie deine Mutter.«

Und dennoch war Aimée immer wieder an diesen Ort des Wissens gekommen, mehrmals pro Woche, und auch noch lange, nachdem der herrliche Nervenkitzel, ihren Vater zu überlisten, seinen Reiz verloren hatte. Die Bücher der Bibliothek zu verschlingen, war für sie lebensnotwendig geworden: ein Mittel, um der geisttötenden Langeweile zu entfliehen, die sie mehr und mehr zu ersticken drohte, während Vater im Laufe der Jahre immer strenger wurde. Schon als Kind hatte sie entdeckt, wo der Schlüssel zur Bibliothek aufbewahrt wurde, und festgestellt, dass es gar nicht so schwierig war, ihn hin und wieder auszuborgen. Er hing in einer Vitrine, die gleich neben der Gewehrsammlung ihres Vaters an der Wand stand, und es kostete nur einen Augenblick, ihn vom Haken zu nehmen, in ihrer Rocktasche verschwinden zu lassen und weiterzugehen. Fast jede Woche nahm sie den kleinen Eisenschlüssel an sich und brachte ihn stets wieder an seinen Platz zurück, bevor jemand sein Fehlen bemerkte. Doch auch wenn sie mit der Zeit mutiger wurde, hatte sie noch immer große Angst, erwischt zu werden.

Im Laufe der Jahre hatte sie sich gefragt, ob es Vater eigentlich auffiel, dass sie sich ohne sein Wissen und seine Einwilligung bildete. Ihre Gouvernante hatte ihr Lesen, Schreiben und ein bisschen Rechnen beigebracht, doch der Unterricht war mit Aimées zwölftem Geburtstag beendet worden. »Was braucht ein Mädchen mehr zu wissen?«, war die rhetorische Frage ihres Vaters gewesen, als er der altjüngferlichen Gouvernante die Stellung aufgekündigt hatte. Aimée hatte das Gespräch belauscht, das Ohr fest an die Tür gedrückt.

Und so kam es, dass sie sich an jenem Tag mit dreizehn, nicht lange nach Nounous Abschied, vor der Bibliothek wiedergefunden hatte. Die Neugier wollte sie schier umbringen, sie war mit den Jahren immer größer geworden und hatte schleichend um sich gegriffen. Anfangs hatte Aimée nur zögerlich erste Blicke in die dicken Wälzer über Geschichte und Wissenschaft geworfen und Dinge, die sie nicht verstand, einfach übersprungen. Doch sie las weiter und arbeitete sich durch die Texte über Medizin, Kunst und Philosophie – buchstäblich durch alles, was ihr in die Hände fiel. Ihr Wissensdurst war unstillbar. Wenn sie mit einem Satz oder einem Begriff Schwierigkeiten hatte, gab sie nicht auf, bis sie herausgefunden hatte, was er bedeutete. Doch schon bald sah Vater sie bei ihren vorsichtigen Fragen so seltsam an, dass sie lernte, ihre Zunge zu hüten.

Irgendwann entdeckte Aimée in Vaters Bibliothek Bücher, bei denen sie gar nicht glauben konnte, dass sie dort standen, und kehrte immer wieder zu ihnen zurück. Eines davon war der Band von Rossetti – auf den sie erst vor wenigen Monaten gestoßen war. An den Wänden der Bibliothek standen lange Leitern, die in gut geölten, umlaufenden Schienen hingen. Auf einer der obersten Sprossen balancierend, zog Aimée das in rotes Leder gebundene Buch hervor, das hoch oben auf einem staubigen Regalbrett hinter andern Bänden versteckt war. Aus den erhabenen, fast vollständig abgewetzten Buchstaben konnte sie nur den englischen Titel entziffern: *Goblin Market and Other Poems.* Beim Anblick der Titelillustration – zwei Frauen, die einander in den Armen lagen – hätte sie beinahe den Halt auf der Leiter verloren. Eine Mischung aus Aufregung und Vorahnung ließ ihren Atem schneller gehen.

Viele Wochen lang gingen ihr die Illustrationen nicht mehr aus dem Sinn. Während sie die Worte langsam ins Französische übersetzte, wühlte die Geschichte von verbotenen Früchten sie immer mehr auf. Das Schicksal von Laura und Lizzie – der beiden Schwestern, von denen das Gedicht handelte – und ihre Begegnung mit bösartigen Goblins gingen ihr unablässig durch den Kopf. Was für eine Versuchung. Etwas Ruhe fand sie in ihren Näharbeiten, doch während der Tag ihrer Hochzeit immer näher rückte, ertappte sie sich oft dabei, dass sie bei der Arbeit an ihrem Kragen Rossettis Verse vor sich hinmurmelte und ihre Stiche dem eindringlichen Rhythmus des Gedichts folgten. Sie stickte ihr ganzes unerfülltes Begehren und all ihre

Ängste hinein. »*Kommt herbei, kommt herbei, kommt herbei*«, flüsterte sie vor sich hin, und wenn sie den Faden abbiss, stellte sie sich vor, sie würde in die verbotenen Früchte beißen, die jene garstigen Kreaturen ihr feilboten. Dabei schwebte die ganze Zeit Gastons dunkles, undurchschaubares Gesicht am Rande ihres Bewusstseins, und ihr Atem ging flacher und schneller.

Während sie die schimmernden Perlen in akkuraten, scharfkantigen Schichten aufnähte, erinnerten die verschnörkelten Elemente des Musters sie an die beiden ineinander verschlungenen Frauen, und mit der Zeit war der Kragen für sie nicht mehr nur ein Talisman gegen das Böse, sondern auch ein sündiges Geheimnis geworden. Als sie die Arbeit jetzt aufnahm, um über die schimmernden, spitzen Perlen zu streichen, lag der Stoff kühl und schwer auf ihrer Handfläche, vollgesogen mit Sehnsüchten, Tagträumen und Schuldgefühlen. Nach der Hochzeit, sagte sie sich, würde sie als Bernards Frau einen großen Haushalt mit viel Personal zu führen haben. Sie würde mehr Möglichkeiten haben, ihre Tage auszufüllen. Sie würde viel zu tun haben, hoffte sie. Wenn der Kragen fertig und sie verheiratet wäre, würde sie sich nicht mehr danach verzehren, dass Vaters Hausdiener von ihr Notiz nahm, und nicht mehr in Versuchung geraten, ihn zu berühren. Das jedenfalls hatte sie sich immer und immer wieder eingeredet.

Aber nun war der Kragen fertig, und ihre Sehnsucht war nur noch größer geworden.

Ihr schoss das Blut in die Wangen. In einer Hand hielt sie das Buch, die andere lag auf ihrer Brust und spürte das beharrliche Pochen ihres Herzens und das Pulsieren ihres Blutes. »*Was sie noch nie zuvor gekostet*«, flüsterte sie und ließ sich die sinnlichen Worte auf der Zunge zergehen.

Plötzlich wurde die Tür aufgestoßen, und ein kalter Luftstrom drang ins Zimmer, dicht gefolgt von Faustines eilig klappernden Absätzen. »Monsieur wird heute Abend außer Haus sein, Mademoiselle«, sagte sie. »Er hat soeben eine Nachricht geschickt. Sie sollen ohne ihn zu Abend essen.«

»Warte nach dem Anklopfen, bevor du hereinkommst«, fuhr Aimée ihre Zofe an und schob das Buch wieder unter das Kissen. Ob Faustine das verbotene Objekt in ihrer Hand gesehen hatte?

Das Dienstmädchen neigte den Kopf, ihr Blick war kühl. »Gewiss. Es tut mir sehr leid, Mademoiselle«, sagte sie knicksend. »Das Essen ist in einer Stunde bereit.« Damit schloss sie die Tür hinter sich.

Aimée ließ sich in ihrem Stuhl zurücksinken und presste die Hände vor ihre Augen. Was war nur aus ihr geworden? Sie hing rührseligen Tagträumen nach und suchte die Liebe zwischen den Seiten eines Buches … Vielleicht war es gut, dass sie das Château verließ. Allerdings war noch fraglich, ob danach ein besseres Leben auf sie wartete. Würde sie ihren zukünftigen Mann jemals lieben können? Und ihr neues Zuhause?

Das Château war verwahrlost und heruntergekommen, viele Zimmer waren verstaubt und die Möbel darin mit Tüchern abgedeckt, und dennoch war es Aimées ganze Welt. Auch wenn sie sich an der strengen Kontrolle ihres Vaters aufgerieben hatte, waren das Château und der umliegende Landbesitz das einzige Zuhause, das sie je gekannt hatte. Auf dem hügeligen Anwesen gab es zahlreiche Pferdeweiden und Seen, wo sie als Kind umhergestreift war, und auch Nebengebäude, in denen früher jeden Monat ein kleiner Markt abgehalten worden war. Es gab Ställe und Küchen, eine stillgelegte Brauerei und eine Bäckerei, die Vater nicht mehr unterhielt. Orangerie und Gewächshaus waren noch in Betrieb, aber seit dem Tod ihrer Mutter war die Dienstbotenetage nur noch zur Hälfte belegt, und der große Saal sowie diverse Wohn- und Malzimmer wurden überhaupt nicht mehr genutzt. Das Musizierzimmer war verschlossen und das Klavier schon vor langer Zeit verkauft worden. In den kühlen Kellergewölben unter ihnen lagerte Vaters dezimierte Weinsammlung, und die kleine Kapelle bot immerhin Platz für hundert Gäste – doch so viele waren nur selten dort. Eigentlich hatten sie nie Besuch, nur hin und wieder kamen Lieferanten und, mit der Zeit immer häufiger, die Schuldeneintreiber.

In gewisser Weise war ihr das angenehm, denn Aimée war noch nie gut darin gewesen, mit Fremden zu sprechen. Bei den seltenen Gelegenheiten, wenn sie Vater zu gesellschaftlichen Anlässen begleiten durfte, hatte er stets darauf bestanden, dass sie an seiner Seite blieb. Und Aimée war so sehr an das Alleinsein gewöhnt, dass sie schnell verlegen und still wurde, sie war zu steif und zurückhaltend, um mehr als ein paar wenige Worte in den bedrohlichen Abgrund des Schweigens zu stoßen. Andere Mädchen durften sich frei in den Räumen bewegen und kicherten und schwatzten miteinander, Aimée aber kam sich neben ihrem Vater vor, als hätte sie die Sprache verloren oder als hätte ihr jemand einen Korken in den Mund gestopft. Wenn sie doch einmal ein Wort herausbrachte, schien sie die Leute unweigerlich vor den Kopf zu stoßen. Man hielt sie wohl für zu ernsthaft oder neugierig. Die Leute fanden sie komisch, das merkte sie an den befremdeten Blicken und dem Flüstern hinter ihrem Rücken.

Vielleicht ist es ganz richtig, dass Vater einen Mann für mich sucht. Ich selbst würde wohl nie einen finden.

Aimée beobachtete, wie das schwächer werdende Licht auf dem antiken Quecksilberspiegel über dem Kaminsims schimmerte. Was hatte sie gerade tun wollen? Sie hatte es vergessen. Nach Faustines Hereinplatzen waren ihre Gedanken abgeschweift … Vater würde spät nach Hause kommen, und ihr blieb noch etwa eine Stunde, bevor es dunkel wurde. Vielleicht sollte sie noch einen letzten Ausritt auf Onyx wagen, um sich von ihrem geliebten Pferd zu verabschieden.

Aimée eilte in ihr Zimmer und raffte ihre taillierte Jacke und die Reitgerte zusammen, die sie vor langer Zeit bei Mamans Sachen gefunden hatte und seitdem unter dem Bett aufbewahrte. Das Revers der Jacke war von dichten Stickereien bedeckt, mit denen Aimée sich monatelang abgemüht hatte – eine Kunst, die ihr eigentlich ihre Mutter hätte beibringen sollen, doch stattdessen war diese Aufgabe Nounou zugefallen. Dunkle, dornige Ranken kletterten über den braunen Velourslederkragen; sie symbolisierten die Rosenhecke, die Dornröschens vergessenes Königreich umschloss.

Aimée schlich sich durch die schmalen Korridore und die Treppen hinunter bis in die Küche im Kellergeschoss, wo auf dem Herd ein Schmorgericht unbewacht vor sich hin köchelte. Dann schlüpfte sie durch den Kräutergarten in den Hof und rannte zu den Ställen.

Onyx war das Geschenk eines wohlhabenden Nachbarn gewesen. Dessen ältestes Kind hatte sich von einem Fieber erholt, nachdem Vater darauf bestanden hatte, seinen Leibarzt nach dem Jungen sehen zu lassen. Der Mann war unendlich dankbar gewesen. Dass Vater den edlen schwarzen Friesen aus den Niederlanden selbst nicht ritt, betrachtete Aimée als einen Wink des Schicksals und beanspruchte das riesige Tier heimlich für sich. Dabei machte sie sich Vaters Bücher über Tierhaltung und Reitkunst zunutze.

Sie ritt nur bis zu den Grenzen des Anwesens und umrundete es mehrmals, entweder frühmorgens oder, an langen, heißen Tagen, auch abends nach dem Essen. Die Ländereien waren riesig, und wenn Vater nicht da war, konnte sie stundenlang unterwegs sein. In seiner Anwesenheit allerdings hätte sie das nie gewagt. Sie hatte ihn gar nicht erst um Erlaubnis gefragt, weil sie wusste, wie seine Antwort ausfallen würde: »Reiten? Lieber nicht. Bleib besser im Haus, deine Gesundheit.« Und so umging sie seine Missbilligung, indem sie ihn nicht nach seiner Meinung fragte, und bis heute hatte keiner der Angestellten sie verraten. Von plötzlicher Wut ergriffen, eilte sie mit langen Schritten durch das Gras.

So wie die Bücher ihre Seele trösteten, war Reiten Balsam für ihren Körper. Es waren die einzigen Freuden ihrer langen, einsamen Tage. Die körperliche Anstrengung beruhigte sie und verursachte einen tiefen, befriedigenden Schmerz in ihren Muskeln. Würde dies ihr letzter Ausritt sein? Würde auch Bernard ihr das Reiten verbieten? Sie konnte sich nicht vorstellen, dass sie nie wieder den Wind in den Haaren spüren sollte.

Nie wieder reiten?, dachte sie und blinzelte die heißen Tränen fort. *Dann kann ich genauso gut tot sein.*

In den Ställen angekommen, führte sie Onyx auf den Hof hinaus. Sie holte Mamans Sattel und einen Hocker zum Aufsitzen aus dem Schuppen, doch als sie gerade auf den Rücken des Friesen steigen wollte, hörte sie hinter sich das Knirschen schwerer Schritte auf den trockenen Blättern und fuhr erschrocken herum.

»Warten Sie, ich helfe Ihnen«, brummte Gaston, der überraschend aus dem Schatten trat.

Beobachtet er mich etwa, so wie ich ihn? Aimée stockte der Atem. War das möglich?

Mit verschränkten Händen griff er stützend unter ihren Stiefel und half ihr mühelos auf den mächtigen Hengst. Von oben betrachtete Aimée seine dunklen Locken und dachte: *Ich könnte sie anfassen.* Mit aller Macht musste sie sich zusammenreißen, die Hand stillzuhalten. Hoch über Gastons breiten Schultern saß sie steif auf dem majestätischen Pferderücken, und das Herz in ihrer Brust galoppierte.

»Es ist schon fast dunkel«, sagte Gaston, während er die Sattelgurte kontrollierte.

»Ich bleibe nicht lange weg«, erwiderte sie atemlos.

Sie saß im Damensitz auf Onyx' ebenholzschwarzem Rücken und sah zu, wie Gaston den Gurt inspizierte und sich vergewisserte, dass der lange Lederriemen ihrem Bein sicheren Halt gab. Eine Locke fiel ihm ins Gesicht, und seine Stirn war vor Konzentration tief gefurcht. Als seine Hand ihr Bein streifte, traf es Aimée wie ein Schlag, doch Gaston schien es nicht zu bemerken. Noch einmal überprüfte er die Gurte, zog sie strammer und sah dann auf. Ihre Blicke trafen sich, und Aimée spürte, wie die Hitze in ihr aufstieg.

Sie nickte ihm zum Dank knapp zu und trieb Onyx sacht zum Trab an. Sie zitterte. Als sie sich umsah, zeichneten sich Gastons Umrisse vor dem warmen Licht der Stallungen ab, bevor er sich abwandte. Sie mochte sich kaum vorstellen, dass sie ihn nach dem morgigen Tag nur noch selten sehen würde. Nur noch wenn sie zu Besuch nach Hause käme – und wie oft würde das sein?

Der kühle Wind peitschte ihr die losen Haarsträhnen ins Gesicht, als sie zum Rande des Feldes galoppierte und mit Leichtigkeit über das Gatter sprang. In der einsetzenden Dämmerung waren die Zäune beinahe unsichtbar. Aimée hielt auf den Horizont zu und dachte dabei an Gaston. Hatte sie sich unhöflich oder merkwürdig verhalten? *Bestimmt*, sagte sie zu sich, und ihr wurde übel. *So bin ich bei jedem. Sicher wird Bernard schon bald merken, was er für eine verstörte Frau geheiratet hat.*

Nachdem sie einige Minuten lang scharf geritten war, zügelte sie den Hengst zu einem leichten Galopp und brachte ihn schließlich hinter den Obstgärten am Ende des Feldes zum Stehen. Sie wandte den Kopf, um die dunklen, gedrungenen Umrisse des Châteaus zu betrachten, die sich hinter ihr auf dem Hügel abzeichneten. Stand Gaston dort und beobachtete sie? Oder war er ins Haus zurückgegangen? Keuchend rang sie nach Luft. Ihr Blick fiel auf das kleine Wäldchen ganz in der Nähe, das die Grundstücksgrenze markierte. Wenn sie jetzt weiterritt, könnte sie verschwinden – und endlich frei sein. Aimée straffte den Oberkörper und hielt die Zügel fest in der Hand, bereit, das Pferd anzutreiben. Doch dann sackte sie plötzlich im Sattel zusammen. Wovon sollte sie leben? Ohne Geld, ohne Ausbildung, ohne eine Ahnung, wie sie in der Welt zurechtkommen sollte? Seufzend zog sie die Zügel an und trieb Onyx zurück nach Hause.

Ihren schlammbespritzten Mantel ließ sie in der äußeren Stiefelkammer liegen und ging hinauf ins Ankleidezimmer. Faustine hatte ihr Mamans schneeweißes Hochzeitskleid bereitgelegt, es hing frisch gewaschen und gebügelt am Kleiderschrank. Der steife Damastrock und die Schleppe fielen bis auf den Boden, und mehrere Voile-Unterröcke verliehen ihm Volumen. Das Korsett war ein Meisterstück feinster Handwerkskunst: Es bestand aus rautenförmigen Flächen, in die handgemachte, mit Organza gesäumte französische Spitze eingearbeitet war. Über Taille und Büste verliefen sich überkreuzende Bänder mit transparenten Zwischenräumen über dem Dekolleté. Die Puffärmel waren mit schneeweißen, samtüberzogenen Knöpfen verschlossen. Einzig der Halsausschnitt war nicht makellos. Der Rand sah ausgefranst aus, als wäre der Kragen gewaltsam abgerissen worden.

Während Aimée das Kleid betrachtete, spürte sie ein ahnungsvolles Kribbeln in der Luft. *Das Kleid wartet auf seinen Kragen,* dachte sie.

Sie schloss die Augen und erinnerte sich an die Geschichte, die Nounou ihr so oft erzählt hatte. So lebendig wie eh und je spielte sich die Szene in ihrem Kopf ab: Maman lag in ihrem blauen Baumwollnachthemd vor der großen Marmortreppe im Château. Sie war schon kalt, ihr linkes Bein stand in einem unnatürlichen Winkel zur Seite ab, und ihr Kopf war von einer Aureole aus Blut umgeben wie von einer grausigen Krone. Vater ließ sich neben ihr auf die Knie nieder und nahm Mamans Hand, sein Gesicht zu einer todesstarren Maske eingefroren. Ihre Augen waren noch offen und blickten glasig an die Decke.

Die Bediensteten umringten Maman und Vater. Mit gesenkten Köpfen standen sie schweigend da und blickten aus Respekt vor der stummen Trauer ihres Herrn zu Boden. Mamans Stallknecht Terence, den sie bei ihrer Hochzeit mit aufs Château gebracht hatte, stand ein Stück außerhalb dieses Kreises. Er war groß und stark, die Arme sehnig und fest von der jahrelangen Arbeit mit den Pferden. Tränen rannen ihm über die Wangen. *Die Dienstboten haben sie geliebt,* hatte Nounou gesagt. *Amandine war stets freundlich zu ihnen.*

Maman war mitten in der Nacht die Treppe hinuntergefallen, berichtete Nounou. Ihr Tod war ein tragischer Unfall gewesen. Aber warum hatte sie nicht einmal eine Kerze mitgenommen, um sich zu orientieren? Hätte Vater nicht hören müssen, dass sie aufgestanden war, und sie drängen müssen, die Laterne mitzunehmen? Und wo hatte sie sich den Kopf aufgeschlagen? Insgeheim wusste Aimée, dass es ihre Schuld gewesen sein musste. Sicher hatte sie einen Albtraum gehabt und geschrien, und Maman war aus dem Bett gesprungen, um sie zu trösten. Aber warum war sie an der Treppe gestrauchelt?

Aimée sank vor dem Kleid auf die Knie und schmiegte es an ihre Wange. Sie stellte sich vor, Maman würde sie streicheln und tröstende Worte flüstern, ihre Hand so weich wie der Satin.

»Hilf mir, Maman«, flüsterte sie in die Falten des Kleides. Doch ihre Mutter blieb stumm.

Voller Verzweiflung ließ Aimée sich auf die Fersen sinken. Erst in diesem Moment war ihr bewusst geworden, dass sie sich nicht mehr an Mamans Stimme erinnern konnte.

Am nächsten Morgen erwachte Aimée noch in der Dunkelheit vor Sonnenaufgang, ihre Glieder waren vom fieberhaften Ausritt am Abend zuvor steif und schmerzten. Den größten Teil der Nacht hatte sie sich unruhig im Bett herumgewälzt und von Gastons Gesicht geträumt. *Heute,* dachte sie jedes Mal, wenn sie erwachte, *heute werde ich verheiratet.*

Dann traf sie ein Gedanke wie ein Schlag, und plötzlich war sie hellwach. Das Buch mit den Gedichten – sie musste es noch zurückbringen. Sie zog einen Umhang über ihr Nachthemd und tastete sich im Dunklen zum Nähzimmer. Dort entzündete sie eine Lampe, und das flackernde Licht schillerte auf den dunklen Pailletten und den Satinfalten von Mamans Hochzeitskleid, das wie ein leeres Gespenst am Schrank hing.

Aimée griff unter das Kissen und atmete erleichtert auf. Der Rossetti-Band lag noch sicher in seinem Versteck. Aber sie musste ihn in die Bibliothek zurückbringen, sie durfte nicht riskieren, das Buch hier zurückzulassen. Bei der Vorstellung, Vater könnte hinter ihr Geheimnis kommen, wurde ihr ganz beklommen zumute, selbst wenn sie dann schon längst fort sein würde. Und sosehr sie es sich auch wünschte, konnte sie das Buch nicht mitnehmen. Allein bei dem Gedanken, eine der Kammerzofen könnte es beim Auspacken ihrer Reisetasche finden, schoss ihr das Blut in die Wangen. Und was, wenn Bernard das dünne Bändchen entdeckte und sie danach fragte? Nein, es musste an seinen Platz zurück. Sie konnte sich jetzt nach unten schleichen, den Schlüssel an sich nehmen und es erledigen, bevor einer der Bediensteten aufwachte.

Als sie, das Buch fest an sich gedrückt, die Treppe hinunterschlich, kam ihr ein Gedanke – so kühn und zugleich so bestechend in seiner Einfachheit, dass sie fast gestolpert wäre und sich am Treppengeländer festhalten musste. Ihr Kopf und ihr Herz wollten unter der Wucht dieser Idee zerspringen. Sie konnte doch unmöglich fortgehen, das Château verlassen, ohne ein Wort zu sagen. Gaston musste von ihren Gefühlen erfahren. Den Rest würde das Schicksal entscheiden.

Aimée nahm ihren ganzen schwankenden Mut zusammen.

Ich schaffe das, dachte sie. *Ich muss einfach.* So leichtfüßig wie irgend möglich rannte sie hinauf in die Dienstbotenetage. Es war noch früh, selbst das Küchenpersonal schlief noch, und die Korridore lagen still und verlassen da. Als sie seine Tür gefunden hatte, kratzte sie mit den Fingernägeln daran.

Aus dem Zimmer kam ein Rascheln, und Aimée hörte, wie sich jemand bewegte.

»*Attendez* …«

Das tiefe Timbre von Gastons verschlafener Stimme ließ Aimée erzittern. Sie stellte sich vor, wie er sich die wilden Locken glättete und sich kurz im Raum umsah und die Bettdecke glatt strich, bevor er die Tür öffnete. Ihr wollte das Herz aus der Brust springen, sie bekam kaum noch Luft.

Die dünn vertäfelte Tür wurde vorsichtig einen Spalt geöffnet. Gaston trug ein weißes, offenes Nachthemd, unter dem seine tief gebräunte Brust zu sehen war. Verblüfft öffnete er den Mund.

»Bitte«, flüsterte Aimée. »Darf ich reinkommen?« Ohne eine Antwort abzuwarten, schob sie sich an ihm vorbei. Mitten in dem beengten Zimmer blieb sie stehen und sah sich um. Das Blut rauschte in ihren Ohren, ihre Kehle war wie zugeschnürt. Jetzt war sie also hier und brachte kein Wort heraus. Es hatte ihr die Sprache verschlagen.

»Ich … ich …«, stammelte sie.

Gaston kam auf sie zu und reichte ihr ein Glas Wasser vom Nachttisch. »Beruhigen Sie sich, Mademoiselle.«

Aimée trank hastig und in großen Schlucken und fuhr sich mit dem Handrücken über den Mund. Jetzt war sie hier, doch wie sollte sie es ihm sagen? Der Mut hatte sie verlassen. Da fiel ihr das Buch ein, das sie noch immer in der Hand hielt, und sie reichte es ihm wortlos. Er würde es verstehen. Sie drückte ihm den Band in die Hand und suchte seinen Blick. Verwirrung flackerte darin auf, doch als er das Buch entgegennahm, schien er es wiederzuerkennen. Aimée sah, dass er ein Grinsen unterdrückte. *Also wusste er es! Er wusste, was sie empfand!* Erleichterung durchströmte sie. Seine Hände streiften ihre, und die Berührung fuhr ihr wie ein Blitz durch den ganzen Körper.

»Keine Sorge, Mademoiselle«, sagte Gaston mit sanfter Stimme. Er nahm ihr das Buch aus der Hand und legte es auf sein Bett. »Ich stelle es zurück und werde niemandem etwas davon sagen. Ihr Geheimnis ist bei mir sicher.«

Ein Stich der Enttäuschung. Sie sah ihn an und versuchte, in diesem Blick ihre Liebe auszudrücken, konnte aber nicht einordnen, was sie in seinen Augen sah.

»Was sie noch nie zuvor gekostet …« Verlockend schwirrten ihr die Worte aus »Goblin Market« durch den Kopf. Und mit einem Mal trat sie einen Schritt vor und hob das Gesicht an. Jetzt schien er zu verstehen. Mit den Fingerspitzen strich er ihr über die Lippen. Schauer liefen ihr über den Rücken, und sie wagte es, die Hand an seine Brust zu legen. Mit geschlossenen Augen atmete sie seinen Duft ein. Er beugte sich zu ihr und sagte: »Nun gut, du kleine Dirne …« Leise lachend machte er sich an den Knöpfen ihres Nachthemds zu schaffen.

Erschrocken schlug sie die Augen auf. Was hatte er gerade gesagt?

Da war ein Geräusch, direkt vor der Tür. Gaston riss den Kopf hoch.

»Schnell – niemand darf dich hier sehen!«, sagte er und schob sie grob hinter die Tür, bevor er öffnete und sich nach beiden Seiten im Korridor umsah. Schritte verhallten.

»Die Luft ist rein«, sagte er dann, schob sie kurzerhand hinaus auf den Flur und scheuchte sie mit einer Handbewegung fort. »Geh schon, geh!«

Aimée fühlte sich wie geohrfeigt. Sie taumelte die Treppe hinunter, Wogen der Scham und Übelkeit schlugen in dichter Folge über ihr zusammen. Das war es also? Ihr ganzes Begehren, all ihr Sehnen, verschwendet an einen Mann, der in ihr nichts weiter sah als ein dummes Spielzeug? So viele Monate hatte sie sich nach ihm verzehrt, nur um jetzt … gedemütigt zu werden? Noch immer konnte sie seine Hände spüren, wie er sie gegen die Schulter stieß und zischte: »Geh!« Guter Gott, wie kurz war sie davor gewesen, sich von ihm entkleiden zu lassen!

Sie rannte in ihr Gemach und riss das Hochzeitskleid von seinem Bügel. Fieberhaft zerrte sie an dem cremefarbenen Organzastoff, um das Kragenfutter von dem groben, verzierten Leinen zu lösen. Gegen heiße Tränen der Wut anblinzelnd, nahm sie eine Nadel und begann, mit rotem Stickgarn hastig Worte in die Unterseite des Kragens zu sticken. Mutige, leere Worte für ihre Zukunft, trotzig und wahrhaftig. Der leuchtend rote Faden verschwamm hinter einem Tränenschleier. *Was für ein törichtes, dummes Ding ich doch war …* Sie arbeitete wie besessen. Die kleine Wunde an ihrem Finger öffnete sich wieder, und Blut sickerte in das Garn, während irgendetwas sie unerbittlich antrieb, schneller zu arbeiten als je zuvor. Die Aufgabe erschien ihr drängend und notwendig. Sie stickte und stickte, bis sie fertig war.

Anschließend schnitt sie ein Stück Voile aus dem unteren Teil der Tournüre, steckte es an der Unterseite des Kragens fest und nähte es mit schnellen, kleinen Stichen an. *Gut*, dachte sie, *die Worte sind versteckt, aber ich weiß, dass sie da sind.* Sie würden ihr Geheimnis sein und hoffentlich ein Ansporn für ihre Zukunft. Nachdem Aimée den Stoff glatt gestrichen hatte, betrachtete sie ihre Arbeit erneut. Die sündig roten Worte waren verschwunden, unsichtbar geworden unter dem umgenähten Voile. Sie fühlte sich so leicht wie schon seit Monaten nicht mehr, und eine eigenartige Ruhe legte sich über sie.

Sie hängte das lange weiße Kleid wieder auf den Bügel und diesen an eine Bilderschiene. Plötzlich fühlte sie sich völlig ausgelaugt, trat zurück und ließ sich erschöpft auf die Chaiselongue fallen. Nur noch wenige Stunden.

Aimée stand in ihrem Ankleidezimmer und hielt sich an der Tischkante fest, während Faustine die Schnüre ihres Korsetts anzog, bis sie keine Luft mehr bekam. Sie war praktisch bewegungsunfähig; ihr Brustkorb fühlte sich gequetscht und geschwollen an, und Aimée glaubte, jeden Augenblick unter dem Fischbein zu zerbrechen, das sich in ihren Oberkörper bohrte und ihre kleinen Brüste nach oben drückte.

»Nur noch ein kleines Stück, Mademoiselle. Es ist fast geschafft«, sagte die Zofe.

»Es reicht!«, rief Aimée mit heiserer, atemloser Stimme. In diesem Moment hasste sie Faustine. »Es ist straff genug. Muss es wirklich noch enger sein?«

»Ja, ein bisschen«, erwiderte Faustine emotionslos und stieß Aimée von einer Seite zur anderen, während sie die Schnüre noch ein paar kostbare Zentimeter fester anzog. Aimée schrie vor Schmerz auf, als ihr Busen nach vorn gepresst wurde. Faustine band ihr die Schnüre im Kreuz zu einer festen Schleife und verknotete sie.

Aimée betrachtete sich in dem hohen Spiegel an der Tür ihres Ankleidezimmers. Sie erkannte sich selbst kaum wieder … *auf dem Markt der Goblins, wo sie sich an prallen, tiefroten Früchten labte.* Von Faustines Kraftakt brannten zwei kreisrunde rote Flecken auf ihren Wangen. *Obszön,* dachte sie, *ich sehe obszön aus.* Sie zog die Augenbrauen zusammen, bis sie aussahen wie ein von Kinderhand gezeichneter fliegender Vogel.

Die Sekunden tickten dahin und verloren sich in Minuten, die unwiderruflich zu Stunden wurden. Unerbittlich marschierte die Zeit voran, bis endlich der Moment gekommen war und Aimée vor der Kirche aus der Kutsche stieg.

Die Hochzeitsgäste drehten sich zu ihr um, reckten die Hälse und rangelten sich um die besten Plätze, als sie neben ihren Vater trat. Alle versuchten, einen Blick auf die Braut zu erhaschen: ganz in jungfräuliches Weiß gekleidet und mit rosigen Wangen. Für einen Moment rauschte das Blut in ihren Adern, als sie einen Schritt näher zu Vater trat und seine Hand nahm. Ein Schleier legte sich über ihren Blick, ihre Hände fingen an zu zittern. Aus weiter Ferne drang der Gedanke zu ihr durch, dass sie sich vielleicht würde übergeben müssen. Vater warf ihr von der Seite einen scharfen Blick zu und befeuchtete sich die Lippen. Doch er blieb nicht stehen, sondern schritt weiter auf Bernard und den Altar zu.

Im violett und golden geschmückten Gewand stand der Priester vor ihnen, auf dem Kopf eine hoch aufragende Tiara. Als Vater ihre Hand in Bernards legte, drehte Aimée sich zu ihm um und sah ihn an, als wäre es das erste Mal. Seine braunen Augen wirkten sanft. Glänzend und ruhig. Nicht so unergründlich wie Gastons. Als er Aimée sah, hoben sich seine Mundwinkel ein wenig. Sie rang nach Atem, bekam aber keine Luft. Wie in ihrer Fantasie war der Kragen zu einer Falle geworden und zugeschnappt. Scharfe Zähne bohrten sich in ihren Hals und schnitten ihr die Luft ab. Während der Priester auf Latein die Messe las, schweiften ihre Gedanken in weite Ferne … Sie richtete den Blick auf Jesus Christus am Kreuz und hinauf zum Himmel, wo sie Maman suchte … doch Amandine hatte sie wieder im Stich gelassen. Ein dumpfer Schmerz traf sie mitten in die Brust.

Ihr Kopf fühlte sich hohl an. Sie griff sich an den Kragen, und ein paar winzige, lockere Perlen lösten sich. Ein Raunen ging durch die Hochzeitsgesellschaft. Perlen stürzten an ihrem Kleid hinab, sprangen lautlos über den Boden, rollten unter den Altar und waren verschwunden.

Der Priester verschwamm vor ihren Augen, dicht an ihrem Ohr hörte sie Bernards tiefe Stimme. Aimée fasste sich an den Hals, sie verdrehte die Augen zum Himmel, und in ihren Ohren hallte das Geräusch von hundert Menschen, die gleichzeitig die Luft anhielten.

Dann fiel sie, und die Welt wurde schwarz und kalt.

DRITTES KAPITEL

»Ich muss in fünf Minuten los«, rief Tim von unten.

Er ist in der Küche, dachte Maggie, die sich gerade damit abmühte, Pearls Fuß in eine mit Sternchen bedruckte Wollstrumpfhose zu kriegen. Sie sah ihn förmlich vor sich, wie er in Hose und einem dunkelblauen Businesshemd neben dem alten Landhaustisch stand, der mit dem üblichen Frühstückschaos aus Tellern, Krümeln und Tassen übersät war.

Wahrscheinlich isst er Toast und liest die Zeitung, dachte sie. *Hoffentlich wirft er die Wochenendbeilagen nicht weg …* Meistens kam sie morgens nicht dazu, die Nachrichten zu lesen – obwohl sie wusste, dass sie das öfter tun sollte – aber sie liebte es, in aller Ruhe die längeren Porträts in den Wochenendbeilagen zu studieren. Vor ein paar Tagen war sie auf ein besonders interessantes gestoßen und hatte sich die Stelle markiert, um es in einer freien Minute zu lesen. Es war ein Artikel über eine berühmte Künstlerin aus den Fünfzigern oder Sechzigern … Maggie hatte noch nie von ihr gehört, aber trotz ihres strahlenden cremeweißen Teints hatte diese Frau einen schmerzlichen Ausdruck in den Augen gehabt. Schon seit Tagen hatte Maggie den Artikel wieder hervorkramen wollen.

»Komm schon, Süße, hilf Mummy ein bisschen, ja?« Sie versuchte die Strumpfhose über Pearls rundliche Beinchen zu ziehen, doch die trat wild um sich, um das ungeliebte Kleidungsstück loszuwerden. Endlich hatte Maggie es geschafft, strich ihrer Tochter den Rock glatt und nahm sie kurz auf den Schoß, um ihr einen Kuss zu geben.

»Viel zu schmatzig, Mummy! Schmatzikuss.«

Lächelnd sah Maggie auf die Uhr. Wenn sie heute Morgen noch einen Kaffee wollte, würde sie ihn sich unterwegs kaufen müssen. Es war noch nicht mal halb acht, und sie war schon gestresst und außer Atem. In einer Stunde musste sie für ihren Gastauftritt im Studio von Channel 4 sein, aber sie war wieder mal spät dran. Und Pearl war immer noch nicht fertig.

»Komm, Schatz, jetzt die Schuhe.« Maggie bückte sich, um die Riemchen zu schließen, und Pearl hielt sich an ihrem Kopf fest, um das Gleichgewicht zu halten. Ein schmerzhaftes Ziehen im Nacken ließ Maggie keuchend zurückweichen.

»Nicht *diese* Schuhe, Mummy«, heulte Pearl. Sie nutzte den Moment, in dem Maggie nicht ganz bei der Sache war, und wand sich aus ihrem Griff. Das Mädchen flitzte in ihr Lieblingsversteck hinter einem quietschbunten, abgewetzten Sessel in der Ecke ihres Zimmers, ließ sich auf den Boden fallen und riss sich die blöde Strumpfhose vom Leib, die gleich darauf über den Sessel hinweg in Maggies Richtung segelte.

»Und *keine* Strumpfhose. Ich will meine Ballettschuhe!« Pearls Stimme klang undeutlich, weil sie sich den Daumen in den Mund gesteckt hatte. Sie drückte ihre geliebte, lebensgroße Babypuppe Lucy an sich.

»Komm da raus, mein Schatz«, flehte Maggie. Sie versuchte, Pearl aus der Ecke zu ziehen, in die sie sich verkrochen hatte. »Komm bitte, wir müssen fertig werden, sonst kommt Daddy unseretwegen zu spät.«

»Aber ich will nicht die mit den Sternen, Mummy. Ich will

die pinke. Die mit den Schmetterlingen. Lucy will das auch«, verkündete Pearl mit finsterer Miene.

»Die ist in der Wäsche«, sagte Maggie schnell. »Aber was ist mit der hier? Schau doch nur, wie hübsch sie ist.«

»Ballettschuhe«, beharrte Pearl und zog die Hand weg. »Keine Strumpfhose!«

Maggie hörte Tims Schritte auf der Treppe. »Wir kommen zu spät«, rief er. »Beeil dich, Mags – ich habe um neun ein Meeting mit den Bauträgern. Oder kannst du Pearl heute nehmen?«

»Geht nicht. Ich muss doch zum Fernsehen«, rief Maggie zurück.

»Pearl«, herrschte er sie an. »Raus da, sofort!«

»Ja, Daddy«, antwortete Pearl plötzlich gehorsam und kam, die Puppe hinter sich herschleifend, hinter dem Sessel hervor.

Maggie verdrehte die Augen, und er grinste sie über Pearls Kopf hinweg an. »Hat dir der kleine Frechdachs hier Ärger gemacht?« Er nahm das kleine Mädchen an die Hand. »Und wo ist Stella? Ist sie überhaupt schon wach? Ich wollte noch mit ihr über diesen Aufsatz reden …«

»Heute habe ich sie noch gar nicht gesehen. Aber ich achte darauf, dass sie aufsteht, bevor ich aus dem Haus gehe.« Bei diesen Worten hob Maggie die Stimme in der schwachen Hoffnung, Stella würde sie hören und von alleine aus dem Bett kommen.

Sie warf einen Blick auf Stellas geschlossene Zimmertür, als sie Tim und Pearl nach unten folgte, wo sie mit einem resignierten Seufzen sah, wie Pearl sich von ihm ohne Widerrede den Mantel anziehen ließ. Immerhin war es besser als letzte Woche: Da hatte Pearl behauptet, sie hätte »zu große Angst«, in die Kita zu gehen, und wegen ihres anschließenden Trotzanfalls hatten sie am Freitagmorgen alle die Bahn verpasst. Was war da los gewesen? Eigentlich liebte Pearl die Kita doch. Als Maggie ihr erklärt hatte, dass sie trotzdem gehen müsse und nicht zu Hause bei Mummy bleiben könne, weil Mummy arbeiten müsse, war Pearl in Tränen ausgebrochen. »Immer musst du arbeiten«, hatte sie geschrien, und Maggie hatte sich die ganze Woche über hundsmiserabel gefühlt.

»Die Strumpfhose, Tim«, fiel ihr plötzlich ein, und sie hielt ihm das Stoffknäuel hin.

»Keine Zeit, sie kann auch ohne gehen.« Tim zog sich den Mantel an und beugte sich zu Maggie, um ihr einen flüchtigen Kuss auf die Wange zu geben.

»Aber dann friert sie! Pearl, deine Stiefel«, rief sie verzweifelt, als Pearl an der Garderobe in ihre schmuddeligen Ballerinas schlüpfte, sich mit einem Arm an Tims Bein klammerte und mit dem anderen Lucy hinter sich herschleifte.

»Alles klar, wir sind dann weg. Saus schon mal los«, sagte Tim zu Pearl und schob sie sanft die Stufen hinunter. »Sag Mummy Tschüss.«

»Tschüss, Mummy«, rief Pearl und sprang die Treppe hinunter, bevor Maggie ihr die abstehenden Haare glatt streichen oder sie noch einmal kurz drücken und den himmlischen Morgenduft ihrer Haut einatmen konnte. Allerdings war sie ganz froh, dass sie heute Morgen nicht mit den beiden in der gleichen U-Bahn sitzen würde. Bestimmt würden sich die anderen Pendler fragen, was das für eine Mutter war, die ihre Tochter an so einem kühlen Tag mit nackten Beinen und schäbigen Ballerinas aus dem Haus gehen ließ … Aber manchmal war es den ganzen Streit einfach nicht wert.

Maggie schloss die Tür und lief eilig zurück in die Küche, wo sie seufzend die Unordnung auf dem Esstisch registrierte. Tim könnte sich wirklich ein bisschen mehr Mühe geben … Zügig sammelte sie die Teller ein und stapelte sie in dem großen Landhaus-Spülbecken, räumte das Brot weg und nahm ihr Lunchpaket, das sie bereits vorbereitet hatte. Sie sah sich im Raum um. Die große Küche mit dem gemütlichen Licht und dem langen honigbraunen Bauerntisch war ihr Lieblingsplatz im ganzen Haus.

Sie hatte eine Ewigkeit nach dem perfekten Küchentisch gesucht. Auf einer der zahlreichen Hausbesichtigungen, bei denen sie jede Woche frische Bestände für Bonningham's zu finden hoffte, hatte sie schließlich dieses robuste Stück entdeckt und sofort gewusst, dass es genau das Richtige für ihr Leben mit Tim war.

»Er stammt aus dem Burgund«, hatte ihr die müde aussehende Frau erklärt, die gerade die Besitztümer ihrer Mutter für den Verkauf vorbereitete, nachdem diese aus ihrem Haus in Berkshire in eine Senioreneinrichtung gezogen war. »Wir hatten dort früher ein Ferienhaus, aber nach Dads Schlaganfall mussten wir es aufgeben.« Sie strich über die Oberfläche des schönen goldbraunen Tischs, der mit tausend kleinen Kerben übersät und vom jahrzehntelangen Gebrauch blank poliert war. »Ich würde ihn ja selbst behalten, aber er passt unmöglich in meine Wohnung. Wenn Sie ihn nicht nehmen, bitte ich die Nachbarn, dass sie mir helfen, ihn an die Straße zu stellen.«

Maggie schauderte bei der Vorstellung, dass ein so wunderbares Stück den Elementen ausgesetzt sein würde – innerhalb weniger Tage wäre der Tisch völlig ruiniert. »Nein, er ist wunderschön«, sagte sie wahrheitsgemäß. »Ich liebe ihn. Aber sind Sie wirklich sicher, dass Sie ihn hergeben wollen?«

»Wir sind nur noch zu zweit.« Die Frau deutete mit dem Kinn auf eine hässliche getigerte Katze, die ihr um die Beine strich. »Zu uns kommt niemand mehr.«

Magie nickte höflich, um ihr Unbehagen zu überspielen. Es war verblüffend, was die Leute in ihrer Trauer alles von sich preisgaben. Zwar ging es bei Auktionen fast immer um Todesfälle, Scheidungen oder Schicksalsschläge, aber Maggie war doch immer wieder bestürzt über die sehr privaten Geschichten von zerbrochenen Familien, Untreue und Geldsorgen. Und manchmal über die erdrückende Einsamkeit. Menschen, denen sie zum ersten Mal begegnete, schütteten ihr schon nach wenigen Minuten das Herz aus. »Wenn Sie ihn mögen«, fuhr die Frau fort, »können Sie ihn gerne haben. Hoffentlich haben Sie daran so viel Freude wie wir früher.«

Und jetzt war dieser Tisch das Herzstück ihres Hauses, genau wie sie es sich vorgestellt hatte, und schien beinahe selbst ein lebendiges Wesen zu sein. Und wie er geliebt wurde. Von einem solchen Tisch hatte Maggie schon als kleines Mädchen geträumt: groß genug, um mit zehn oder mehr Freunden daran zu feiern, aber trotzdem so gemütlich, dass sie nach einem Arbeitstag bei einem Glas Wein mit Tim zusammensitzen konnte, während Pearl mit ihren Stiften und Malbüchern neben ihnen saß. Es war ein richtiger Familientisch, und als sie ihn jetzt betrachtete – sauber und leer bis auf einen alten Glaskrug mit ein paar Kirschblütenablegern, die Tim und sie am Wochenende auf dem Spitalfields Market besorgt hatten – gab er ihr das Gefühl, zu Hause zu sein.

Wie Maggie bewusst wurde, stammte dieser Tisch tatsächlich direkt aus ihren Erinnerungen an das einzige wirkliche Zuhause, das sie je gehabt hatte. Nicht ihr eigenes Elternhaus, sondern das ihrer damaligen besten Freundin Kate, bei der sie als Teenager praktisch gewohnt hatte.

Maggie war vierzehn gewesen, als ihre Mutter von den Affären ihres Vaters erfahren hatte. Ein mutiger Mensch aus dem Freundeskreis ihrer Eltern hatte erwähnt, ihn mit einer Frau aus seinem Büro gesehen zu haben – er leitete einen Buchgroßhandel am Stadtrand von Basingstoke. Maggies Mutter zufolge hatte die andere Frau ihn angefleht, seine Familie zu verlassen, aber er hatte die Sache beendet und sich beschämt und reumütig gezeigt. Dann aber kamen weitere Fehltritte ans Licht: Da waren die älteste Freundin von Maggies Mutter, die über Nacht aus ihrem Leben verschwunden war, und eine Nachbarin (Maggie hatte immer den Eindruck gehabt, die Frau würde sie komisch ansehen, wenn sie ihren Sohn zum Schulbus brachte). Außerdem Prostituierte in London, was Maggies Mutter herausfand, als sie die Kontoauszüge ihres Vaters durchsuchte. Ihr Vater schwor, nicht mehr zu trinken und keinen Frauen mehr nachzustellen. Aber er tat es trotzdem wieder.

Maggie erinnerte sich an die vielen Streits ihrer Eltern, wie sie auf dem vornehmen, beigen Axminsterteppich im Wohnzimmer, inmitten von Regalen voller Waterford-Kristall aufeinander losgegangen waren. Trotzdem ließ ihre Mutter sich nicht scheiden, obwohl Maggie nie so richtig verstanden hatte, warum.

»Ich will keine Geschiedene sein, Margaret. Diese Genugtuung gönne ich ihm nicht«, hatte sie einmal mit verbittert zusammengekniffenen Lippen gesagt. »Was bleibt mir denn dann noch? Ich habe alles aufgegeben, um bei deinem Vater zu sein, und sieh dir an, wohin es mich gebracht hat. Er wird für mich sorgen müssen, so lange er lebt. Weißt du, wie viele Frauen mittellos und allein enden? Ich werde dieses Haus nicht verkaufen.«

Maggie konnte nicht nachvollziehen, warum ihre Mutter so sehr an dem hässlichen Siebzigerjahre-Bungalow am Ende einer verschlafenen Sackgasse hing, und auch nicht, warum sie ihren Vater nicht einfach verließ. Das Gesetz musste doch auf ihrer Seite sein. Oder wollte sie nur nicht allein sein? Ihre Mutter war immer darauf bedacht gewesen, nach außen hin den Schein zu wahren … Maggie hatte sich immer gefragt, was sie den ganzen Tag tat. Wenn sie morgens zur Schule aufbrach, war ihre Mutter bereits fertig geschminkt und trug Großmutters Perlen, und wenn Maggie aus der Schule kam, sah sie noch genauso aus, nur dass mehr Zigarettenstummel im Aschenbecher lagen.

Maggie hatte alles getan, um der erstickenden Enge dieses Hauses zu entfliehen, in dem ihre Eltern kein anderes Ziel zu haben schienen, als sich gegenseitig kaputtzumachen. Sie konnte es nicht erwarten, erwachsen zu werden, mit der Schule fertig zu sein und mit ihrer besten Freundin Kate nach London zu ziehen. In jenen schwierigen Jahren hatte Kates Familie sie quasi adoptiert, und Maggie hatte dort mehr Zeit verbracht als bei ihren eigenen Eltern. Kate war klein, blond und lebhaft – in vielerlei Hinsicht das genaue Gegenteil von Maggie – aber sie standen sich so nahe wie Schwestern. Kate wohnte eine kurze Busfahrt entfernt in einem älteren, angeseheneren Stadtteil. Das Haus war weniger geräumig und ein bisschen heruntergekommen, aber es besaß viel mehr Charakter und Wärme als der ambitionierte Bungalow in der neu erschlossenen Vorstadt, an dem ihre Mutter mit aller Macht festhielt.

Da war es vielleicht nicht überraschend, dass Maggies Esstisch ein fast genaues Ebenbild jenes Tisches war, den Kates Familie besessen hatte. Als sie das Möbel jetzt betrachtete, fiel ihr auf, wie offensichtlich die Verbindung war: die gemeinsamen Mahlzeiten mit Kate, ihrem älterem Bruder David und ihren wunderbaren Eltern Jean und Don. Hier hatte Maggie das Gefühl gehabt, wirklich dazuzugehören … und hier hatte sie sich in jenen turbulenten Jahren am ehesten geliebt und geborgen gefühlt.

Wehmütig strich sie über die glatte Tischplatte, kniff kurz die Augen zusammen und sah auf die Uhr. Verflixt, was hatte sie sich nur dabei gedacht, hier sauber zu machen? Sie hatte kaum noch Zeit. Eilig rannte sie die Treppe hinauf und klopfte ans Zimmer ihrer Stieftochter. Drinnen herrschte Stille.

»Stella? Ich muss mich beeilen, aber es liegt Sauerteigbrot im Regal, und im Schrank steht Müsli. Es ist zehn vor acht.«

Maggie erwartete, dass ihr von der anderen Seite der Tür Beleidigungen entgegenschallen würden, doch alles blieb still. In den letzten Wochen war Stella immer unverschämter geworden, und Maggie hatte schon einige Male tief durchatmen müssen, um nicht in einen gewaltigen Streit mit ihr zu geraten.

Sie klopfte noch einmal, bevor sie die Tür zaghaft ein paar Zentimeter weit öffnete und ins Zimmer spähte. Doch Stella war nicht da. Ihr Bett war ein heilloses Durcheinander aus Laken, Kissen und dem Oberbett, durchs offene Fenster wehte der Wind herein und bauschte die Vorhänge, aber in dem zerwühlten Bett lag kein mürrischer Teenager. Stella musste heimlich über den Dachvorsprung und den Zaun hinausgeklettert sein, damit Tim sie nicht nach der Schule fragen konnte. Dass sie es unbemerkt die Treppe hinunter geschafft haben könnte, war schlicht unmöglich. Mit einem flauen Gefühl fragte sich

Maggie, was Tim wohl dazu sagen würde. Eigentlich sollte Stella für ihre Prüfungen lernen, doch wenn man ihr Zimmer betrachtete – mit den Bergen getragener Kleidung, leeren Teetassen und zerknüllten Chipstüten – gab es kaum eine Spur von Büchern, Notizen oder anderen Anzeichen dafür, dass hier jemand lernte.

Hektisch sah Maggie abermals auf die Uhr. Tim konnte sie nicht anrufen – der würde sich furchtbar aufregen, und sie hatte weder die Zeit noch die Nerven, sich in ein langwieriges Gespräch über Stella verwickeln zu lassen. Außerdem wusste sie, dass sie ihre aufsässige Stieftochter niemals finden würden, solange sie nicht gefunden werden wollte. Stella würde nach Hause kommen, wenn ihr danach war. Wie so oft.

In der Absicht, das Fenster zu schließen – um wenigstens den Anschein eines sicheren Haushalts zu erwecken – betrat Maggie das Zimmer. Der Boden war mit Kleidung und Accessoires, Make-up und Schulheften übersät, und überall lagen Hochglanzmagazine mit knalligen Titeln wie »SO MACHEN SIE IHREN MANN IM BETT GLÜCKLICH« oder »ZEHN TIPPS FÜR DEN SUPER-ORGASMUS« herum. Während Maggie über einen Haufen schmutziger Unterwäsche und T-Shirts stieg, um zum Fenster zu kommen, wurde ihr ganz schlecht bei dem Gedanken, dass diese Zeitschriften Pearl in die Hände fallen könnten – sie fing schon langsam an zu lesen, und die anschaulichen Abbildungen überließen kaum etwas der Fantasie.

Maggie fiel auf, dass Stellas Nachttischschublade einige Zentimeter offen stand. Sie sah sich kurz um und zog sie etwas weiter auf. Da lagen stapelweise abgerissene Tickets, billige Nagellackfläschchen in Pechschwarz und verschiedenen Neonfarben sowie ein Feuerzeug. Was hatte das hier zu suchen? Sie zog die Schublade noch weiter auf und entdeckte, ganz hinten versteckt, einen Softpack Marlboro Lights. Daneben lag eine ungeöffnete Zehnerpackung bunter Kondome.

Du meine Güte!, dachte Maggie. Sie wusste, dass Stella ein normaler, hormongesteuerter Teenager war, aber war es nicht ein bisschen zu früh, um ernsthaft mit so etwas anzufangen? Vermutlich nicht, dachte sie. Aber was wusste sie schon von modernen Teenagern? Fünfzehn kam ihr ziemlich jung vor, aber wie es aussah, würde jemand mit Stella über Verhütung sprechen müssen. Was Tim zu dem Thema sagen würde, konnte sie sich lebhaft vorstellen – also sollte sie es wohl lieber selbst übernehmen.

Aber warum bin ich dafür zuständig? Frustriert knallte sie das Fenster zu. *Ich fühle mich noch nicht bereit für solche Sachen. Was ist denn mit ihrer eigenen Mutter – wo ist die?* Seit Stella bei ihnen eingezogen war, hatten sie kaum etwas von Louisa gehört, und Stella blieb beharrlich wortkarg, wenn es um ihre Mutter ging. Weder Tim noch Maggie hatten eine Ahnung, was zwischen den beiden vorgefallen war, und Louisa verhielt sich bei diesem Thema ebenfalls ausweichend.

Nägelkauend überlegte Maggie, ob sie sich noch ein bisschen länger umsehen sollte, machte sich aber zugleich Sorgen, was sie finden könnte. In diesem Moment klingelte das Telefon auf ihrem Nachttisch im Schlafzimmer. Maggie rannte aus dem Zimmer und warf die Tür hinter sich zu.

»Hallo?« Sie hatte beim letzten Klingeln abgehoben und erst zu spät gemerkt, dass es ihre Freundin Rachel war.

»Mags. Hi. Entschuldige, dass ich so früh anrufe. Ich weiß ja, dass es morgens bei euch immer stressig ist. Aber ich muss mit jemandem reden. Hast du einen Moment?«

Maggie sah auf den Wecker neben dem Bett. »Ehrlich gesagt nur ein paar Minuten – ich habe heute Vormittag diesen Auftritt im Fernsehen und wollte gerade aus dem Haus.«

»Ach ja, richtig! Bei *Guten Morgen mit Penelope Smiley* … hatte ich vergessen, entschuldige. Dann will ich dich nicht aufhalten.« Rachel klang aufgewühlt. »Es ist nur … ich stecke ein bisschen in der Klemme …«

»Schon gut. Ein, zwei Minuten habe ich noch.«

Als Rachel ihr die Neuigkeiten erzählt hatte, machte Maggie große Augen und musste sich setzen.

»Wo hast du ihn denn kennengelernt?«, fragte sie, als Rachel endlich eine Atempause machte.

»Bei der Arbeit.« Rachel redete hastig weiter. »Wo sonst? Oh Mags, ich weiß nicht, was ich tun soll … Er ist so toll. Und …«

»Und was?« Maggie merkte, wie sich ein Hauch von Schärfe in ihre Stimme schlich.

»Wir haben schon … du weißt schon«, sagte Rachel. »Gestern Abend. Was soll ich nur machen?«

Maggie seufzte. »Ach, Rachel …« Die Worte waren ihr herausgerutscht, bevor sie sich bremsen konnte. Sie musste an Rachels Hochzeit mit John denken, einem Fotografen bei der *Daily Mail*. Es war ein rauschendes Fest in Henley-on-Thames gewesen, vor gerade mal einem Jahr. Sie hatten so glücklich ausgesehen, Rachel mit ihren feuerroten Haaren, die ihn angelächelt hatte, als er sie auf der Tanzfläche in den Armen gehalten hatte.

Maggie und Rachel kannten sich schon seit Jahren. Damals war Maggie noch Schadenssachbearbeiterin bei einer großen Versicherung gewesen, und Rachel hatte dort in der PR-Abteilung ein Praktikum gemacht. Heute war Rachel in einer leitenden Position bei Broadcast Music, einem Unternehmen, das Lizenzrechte für britische Künstler und Komponisten wahrnahm. In Maggies Ohren hatte Rachels alltägliche Arbeit immer ein wenig langweilig geklungen, aber dafür wurde sie oft zu supernoblen Events eingeladen – solche, für die man seine Großmutter verkaufen würde, um auf die Gästeliste zu kommen. Und während ihres beruflichen Aufstiegs hatte sie eine ganze Reihe berühmter Freunde um sich geschart.

»Tut mir leid, Rach, ich weiß nicht, was ich sagen soll …« Maggie suchte nach Worten. »Ich bin nur so … Du hast mich kalt erwischt. Aber du weißt doch, wie solche Sachen ausgehen, oder? Das nimmt nie ein gutes Ende … Und … na ja, … was ist jetzt mit John?«

»Ich liebe John, wirklich«, jammerte Rachel. »Ich meine, ich dachte es jedenfalls. Ach, ich weiß nicht. Alle haben mir gesagt, die Hochzeit würde alles verändern, es würde langweilig werden und so. Aber ich wollte das nicht glauben. Ich dachte, wir wären irgendwie anders. Aber jetzt … das Zeitunglesen im Bett, offene Klotüren … diese ganze erdrückende Häuslichkeit, die du so magst … Für dich und Tim ist das genau das Richtige, ihr seid ja praktisch an der Hüfte zusammengewachsen. Aber ich weiß nicht, ob ich wirklich dafür gemacht bin. Außerdem ist der Sex in den letzten Monaten … weniger geworden. Wir tun es nur noch ein paarmal pro Woche, nicht mehr jede Nacht wie früher.«

Maggie versuchte sich daran zu erinnern, wann sie und Tim zuletzt miteinander geschlafen hatten, und musste betrübt feststellen, dass es ihr nicht auf Anhieb einfiel. War es letztes Wochenende gewesen? Oder das davor? Sie waren beide immer so müde. Der Alltag ließ ihnen nicht viel Zeit, um sexy zu sein, und manchmal hatte Maggie das Gefühl, dass sie und Tim eher wie Freunde waren, seit sie Kinder hatten – enge Freunde, aber eben kein Liebespaar. An diesem Punkt in ihrem Leben klang Zeitunglesen im Bett für sie richtig nett. Und dass die Klotür offen stand … na ja, so was kam vor. Ihre Gedanken schweiften weiter ab, bis sie merkte, dass Rachel immer noch redete.

»… und letzte Nacht war einfach unglaublich … Ehrlich, Maggie, was er mit mir gemacht hat …«

Während sie ihrer Freundin zuhörte, fragte Maggie sich, woher Rachel die Energie für so viel … *Leidenschaft* nahm. Es schien so lange her zu sein, dass sie so etwas für Tim empfunden hatte. *Das kommt daher, dass sie keine Kinder haben,* dachte Maggie mit einem bleiernen Gefühl im Magen. *Kinder verändern alles.* Sie wusste, dass sie Rachel gar nicht erst zu fragen brauchte, ob sie glaubte, das Richtige zu tun. Jeder musste seine Fehler selbst machen. Diese Lektion hatte Maggie vor langer Zeit auf die harte Tour gelernt.

Mit Schrecken fiel ihr auf, wie spät es war.

»Entschuldige, Rach, aber ich muss los. Kann ich dich später zurückrufen?«

»Natürlich, klar … geh schon. Meldest du dich heute Nachmittag?«

»Mach ich«, versprach Maggie. Dann legte sie auf und fing an, hektisch durchs Zimmer zu laufen. Sie nahm eine frische Strumpfhose und Unterwäsche aus dem Schrank, streifte ihren Flanellpyjama ab und ließ ihn einfach auf dem Boden liegen.

Fünf Minuten später eilte sie die Stufen vor dem Haus hinunter, so schnell das in ihrem engen Sechzigerjahre-Etuikleid eben ging, und balancierte dabei mehrere Tüten und eine Kiste mit Material für die Sendung. Als sie den Kofferraum öffnete, um die Sachen zu verstauen, dachte sie, was sie jedes Mal beim Anblick ihres Wagens dachte: wie sehr sie sich für ihn schämte. Der elf Jahre alte Golf hatte Dellen in jedem Kotflügel und eine andersfarbige Fahrertür, weil Maggie sich einmal zu hastig in den Verkehr eingefädelt hatte und ihr ein Range Rover in die Seite geknallt war. Sehnsüchtig dachte sie an den Oldtimer, von dem sie schon ewig träumte: einen 1967er Jaguar. *Eines Tages*, dachte sie, *eines Tages*. Bevor sie zu alt war und es zu sehr nach Midlifecrisis aussehen würde. Das wäre doch nett.

Wenigstens war der Golf zuverlässig, dachte sie seufzend und setzte sich auf den Fahrersitz. Sie fragte sich, ob sie jemals ein Auto besitzen würde, in dem sie sich nicht wie ein unvorsichtiger Fahranfänger vorkommen würde.

Sie warf die Handtasche auf den Beifahrersitz, schnallte sich an und drehte den Schlüssel im Zündschloss. Nichts passierte.

Sie versuchte es noch einmal.

Nicht einmal ein Stottern.

Der Schlüssel ließ sich leicht drehen, aber der Motor sprang nicht an.

»O nein!«, rief sie und schlug mit der flachen Hand aufs Lenkrad. So viel zu deutscher Zuverlässigkeit. Maggie zog an dem Hebel, um den Kofferraum zu öffnen, stieg aus und knallte die Tür zu.

Ausgerechnet heute!, dachte sie und sah die Spiegelung ihrer abgehetzten Miene im Wagenfenster. Sie wollte gerade einen Sprint zur Hauptstraße einlegen, da sah sie ein paar Häuser weiter ein graues Taxi am Bordstein stehen. Das Licht auf dem

Dach ging an, als Jasper, der Krankenpfleger aus der Nachbarschaft, die Tür zu seinem Reihenhaus aufschloss, das absolut identisch mit ihrem war. *Perfekt*, dachte sie. *Vielleicht hat mich das Glück doch nicht ganz verlassen*. Sie winkte dem Fahrer wild zu, zerrte ihre Sachen aus dem Kofferraum und rannte zu dem Taxi hinüber. Dankbar ließ sie sich auf den Sitz fallen. »Waterloo, bitte«, keuchte sie, sank in die fleckigen Stoffpolster und versuchte wieder zu Atem zu kommen.

Der Fahrer nickte und brauste Richtung Channel 4 davon.

O Gott, das Diadem, dachte Maggie. Erschrocken hielt sie die Luft an. Hatte sie daran gedacht, es einzupacken? Sie durchwühlte die Taschen, bis sie das Schmuckstück fand, das sicher in mehrere Lagen rosa Seidenpapier eingeschlagen war. »Oh, Gott sei Dank«, sagte sie laut. Sie hatte nicht widerstehen können, es für die Sendung mitzunehmen. Sie faltete das Papier auseinander, um das Diadem zu betrachten. Es war so außergewöhnlich und wunderschön, dachte sie und betrachtete die aufwendig gestickten Muster aus Perlen und Pailletten und die flatternden Zierbänder, die sie selbst an den Seiten angenäht hatte.

Die wahre Schönheit dieses Gegenstands hatte sie am vergangenen Sonntag entdeckt. Pearl war bei *Mary Poppins* auf dem Sofa eingeschlafen, und Maggie hatte an ihrem Laptop gesessen und gehofft, sie könnte ihre E-Mails abarbeiten, bevor Pearl wieder wach wurde. An verregneten Wochenenden kochten sie normalerweise alle zusammen, sahen sich alte Filme an und spielten Brettspiele, aber in letzter Zeit, besonders seit Maggies Beförderung, griff ihre Arbeit immer mehr auf die Familienfreizeit über. Wenigstens hatte sie am Vormittag Zeit gefunden, mit ihrer Tochter Verkleiden zu spielen. Mit einer

Wolfsmaske hatte sie Pearl, die sich als Rotkäppchen verkleidet hatte, kreuz und quer durchs Erdgeschoss gejagt und so getan, als wollte sie das Mädchen fressen, wenn sie es zu fassen kriegte. Pearl hatte vor Freude gequietscht und »Mehr, Mummy, mehr!«, geschrien.

Als Maggie gerade auf einen Link zu einer Online-Boutique klickte (aus der E-Mail einer potenziellen Kundin, die ihre Sammlung von Belle-Époque-Kleidung und -Accessoires auflösen wollte), kam ihr aus dem Nichts ein Gedanke: Wo war dieses seltsame Etwas abgeblieben, das sie Anfang der Woche in dem Karton aus der Freitagsauktion gefunden hatte? Das zerknitterte Stoffband, das sie eilig in ihre Handtasche gesteckt hatte, um es sich später in Ruhe anzusehen? Sie sprang auf und suchte die Tasche. Der Gedanke, mit ihrem Fund zu spielen, während Pearl schlief, jagte ihr einen leisen Schauer der Aufregung über den Rücken.

»Ach, da bist du ja«, murmelte sie, als sie die Plastiktüte aus den Tiefen ihrer geräumigen Tasche fischte. Vorsichtig zog sie die Tür hinter sich zu, schaltete das Licht in der Waschküche ein und öffnete den Hängeschrank über dem großen Porzellanwaschbecken, das sie aus einer alten Molkerei in Somerset gerettet hatte. Sie steckte einen schwarzen Gummistopfen in den Abfluss, drehte beide Wasserhähne auf und vermengte das Wasser mit der Hand, bis es die richtige lauwarme Temperatur hatte. Sie gab eine Verschlusskappe Windelwaschmittel dazu und verrührte es, bis sich das weiße Granulat auflöste. Maggie besaß ein ganzes Regal voller Flaschen mit Weißweinessig, Natron, Teebaumöl zum Entfernen von Öl- und Fettflecken und anderen hochwirksamen Mitteln zum Waschen, Schrubben, Abwischen, Entstauben, Desinfizieren und Einweichen ihrer liebgewonnenen Fundstücke, an denen sie ihre ganz speziellen Widerbelebungsmaßnahmen durchführte.

Vorsichtig gab sie den Inhalt der Tüte in das flache Wasser und rieb das Leinen zwischen den Fingern. Sie bearbeitete das Gewebe liebevoll mit den Fingerspitzen, bis das Wasser im Becken ein schmieriges, gelbliches Grau annahm. Als sie die Glassteine unter dem Seifenschaum prüfend betrachtete, stellte sie fest, dass sie einen Teil des öligen Staubs von den kleinen Zacken gelöst hatte. Sie fischte eine Zahnbürste aus einem leeren Marmeladenglas und bürstete die Schmucksteine und schimmernden Perlen behutsam, wobei sie darauf achtete, den Pailletten nicht ihren quecksilbrigen Schimmer zu nehmen. Als sich der Schaum allmählich auflöste, fingen die Pailletten das Licht ein und funkelten Maggie regelrecht an. *Ein Schatz,* dachte sie lächelnd, spülte den Stoff unter kaltem Wasser aus und hielt ihn dann noch tropfnass ins Licht.

Es schien eine Art Kragen zu sein, und die geschwungene Form ließ vermuten, dass es früher einmal das Prunkstück eines fantastischen, größeren Meisterwerks gewesen war. Doch aus einem anderen Winkel betrachtet erinnerte es sie an eine Art Krone. Nein, das stimmte nicht – dafür war es zu zierlich. *Was war das richtige Wort dafür?*, überlegte sie, und dann fiel es ihr ein: *ein Diadem.* Das war es. Der Kopfschmuck einer jungen Dame. Oder einer Braut, dachte Maggie bezaubert.

Behutsam legte sie das Objekt auf einem weichen Baumwollhandtuch zum Trocknen auf den Arbeitstisch. *Außer Reichweite für neugierige kleine Hände,* dachte sie. Pearl war wirklich in einem fantastischen Alter, aber sie wollte alles anfassen, was sie sah, und hätte dieses zierliche Stück in nur wenigen Minuten in seine Einzelteile zerlegt. Maggie war ganz hingerissen davon, wie wunderschön es schon nach dieser kurzen Behandlung geworden war. Der schäbige Seidenvoile an der Unterseite war nicht mehr zu retten, und an einigen Stellen hatte der Perlenbesatz Lücken, in denen kurze, abgerissene Fäden zwischen den Stickreihen hervorstanden. Aber trotzdem war es einfach bezaubernd. Auch das Alter konnte Maggie ziemlich genau einschätzen – es war mindestens hundert Jahre alt, womöglich sogar noch älter. Aus England oder vielleicht aus Frankreich. Seine Schönheit hatte etwas Gotisches an sich, fand sie und spürte wieder dieses seltsame Ziehen, diesmal sogar noch stärker als neulich, als sie das Objekt im Auktionshaus entdeckt hatte.

Wie meistens, wenn sie sich in ein antikes Textilstück verliebte, machte sich Maggie Gedanken über das Leben der Frau, die es hergestellt hatte. War sie eine feine Dame gewesen, die eine prachtvolle Aussteuer für ihre heiratsfähigen Töchter gestickt hatte? Oder hatte eine reiche Kundin es bei einer besonders begabten Näherin in Auftrag gegeben, um es in der Oper oder im Theater zu tragen? Bei einem reizenden, verarmten Mädchen, das in seiner Wohnung an einer schmutzigen Londoner Straße voller Unrat und Fäulnis arbeitete und sich die Finger wund stickte, um die Kinder durchzubringen?

»Wir sind da«, sagte der Taxifahrer in ihre Gedanken, und Maggie fuhr der Schreck in die Glieder, als sie merkte, dass sie vor dem Fernsehstudio standen.

»Fünf, vier, drei, zwei, eins …«, zählte der Bühnenhelfer ein und ließ die Hand fallen. Sie waren live auf Sendung vor Studiopublikum.

»Bei uns ist Maggie Walsh-Mason von Bonningham's – Maggie wird uns von der großen Kostümversteigerung berichten, die Anfang der Woche Rekordsummen eingebracht hat. Also, Maggie, was meinen Sie, warum konnte der Theaterfundus derart astronomische Preise erzielen?« Penelope Smiley, die Moderatorin von *Guten Morgen*, machte ihrem Namen alle Ehre. Sie ließ das Ergebnis teurer kieferorthopädischer Arbeit aufblitzen und wirkte so elektrisiert, als hätte ihr jemand einen Unsterblichkeitstrank angeboten. Trotz des strahlenden Lächelns blieben Penelopes Stirn und Augenwinkel makellos glatt.

»Nun, Penelope«, antwortete Maggie, die sich wie eine Hochstaplerin vorkam und inständig hoffte, nichts Dummes zu sagen. »Wir verzeichnen in letzter Zeit ein reges Interesse an Vintage-Mode, und die Ausstatter im West End haben in ihrem Fundus eine Reihe von Kostümen mit echtem Kultstatus, die jetzt zum ersten Mal überhaupt öffentlich zum Verkauf standen. Sir Ian McKellan, Dame Helen Mirren, Cate Blanchett – sie alle haben schon in manchen dieser exquisit gearbeiteten Stücke auf der Bühne gestanden.«

Ein erregtes Murmeln ging durchs Publikum, und Maggie lächelte. Sie wusste, was diese Menschen empfanden: Es war aufregend, den Habseligkeiten der Stars so nahe zu sein. Aber noch mehr war es der Gedanke an die vielen Leben, die diese alten Kostüme geführt hatten, bevor sie in Bonningham's Auktionssaal gelandet waren. So ganz anders als in ihrem Elternhaus, wo alles nagelneu und langweilig gewesen war.

»Verraten Sie mir, warum Vintage-Kleider so angesagt sind?« Penelope zeigte ihre teuren Zähne.

»Nun ja, weil sie einfach so wundervoll gearbeitet sind. Nehmen Sie zum Beispiel diese Cocktailkleider aus den Fünfzigern, sie sind so schmeichelhaft …« Während Maggie vom Zauber altmodischer Schneiderarbeit plauderte, zeigte sie auf ein Holzgestell, an dem Tüllkleider in feinsten Pastelltönen und eine luxuriöse Sammlung von Nerzstolen hingen. Bei Bonningham's waren gestern sämtliche Auktionsgegenstände weggegangen – sogar die Schachteln mit kuriosen Knöpfen und Schildpattspangen –, daher stammten die Objekte für die Sendung allesamt aus Maggies privater Sammlung.

Begeistert erzählte sie, wie diese Kleider im modernen Kontext kombiniert werden konnten und wie Designer sich von ihnen inspirieren ließen, und zeigte Penelope den roten Militärmantel im Sergeant-Pepper-Stil, der auf einer wunderschönen alten Schneiderpuppe aus Leinen präsentiert wurde. Maggie fühlte sich immer sicherer und überredete Penelope schließlich sogar, einen der Nerze anzuprobieren. Das Publikum lachte, als die Moderatorin mit ihren toupierten Haaren im schimmernden Pelz auf und ab stolzierte und wie ein Model auf dem Laufsteg posierte.

»Und was ist das?«, fragte Penelope. Sie hatte die Nerzstola abgelegt und deutete mit ihrem glänzend rot lackierten Fingernagel auf das Diadem, das am Rand des Holzgestells hing. Plötzlich lag eine leichte Schärfe in ihrer Stimme.

Maggie nahm das Diadem vom Ständer und zeigte es dem Publikum. »Das ist ein ganz besonderes Stück. Wir wissen nicht genau, woher es stammt oder zu welchem Zweck es gemacht wurde, aber es ist um die hundert Jahre alt, wahrscheinlich noch älter. Ganz von Hand genäht und so wunderhübsch. Sehen Sie nur, wie sich das Licht in den Glassteinen und den schimmernden Perlen fängt? Es muss der Person sehr viel bedeutet haben, die so viel Zeit und Arbeit hineingesteckt hat. Finden Sie nicht, dass es aussieht wie eine Krone?« Maggie konnte spüren, wie das Publikum kollektiv den Atem anhielt und sich vorbeugte, um sich das Objekt anzusehen, dessen dunkler, bedrohlicher Zauber in ihren Händen funkelte.

Sie hielt das perlenbesetzte Diadem vor die große fahrbare Kamera, die auf sie zugesaust kam. »Wer könnte es getragen haben?«, überlegte sie laut. »Und was könnte es alles miterlebt haben?«

Penelope unterbrach ihre Gedanken. »Und warum sollte das jemanden interessieren?«, fragte sie. Sie rümpfte die Nase, als würde das Diadem irgendwie komisch riechen, und Maggie überkam das merkwürdige Gefühl, es beschützen zu müssen.

Sie sammelte sich. »Ich glaube, wenn man solche alten Gegenstände kauft, möchte man ein Stück Geschichte besitzen, aber es ist noch mehr als das. Etwas zu tragen, das eine Geschichte hat, stellt eine Verbindung mit dem Leben der Person her, der es früher gehört hat – eine tiefe, fast greifbare Beziehung zu dem Geheimnis des Objekts. Und diese Kleider sind so hochwertig gearbeitet, Penelope. Es ist gewissermaßen Haute Couture, nur ohne die horrenden Preise.«

Einen Augenblick lang schwieg Penelope, und Maggie merkte, dass sie etwas Falsches gesagt hatte.

Die blondierte Moderatorin spitzte die Lippen. »Ich muss sagen, ich verstehe die derzeitige Versessenheit auf diesen altmodischen Kram nicht. Sind das nicht eigentlich nur alte, gebrauchte Klamotten, wenn wir mal ehrlich sind?« Wieder rümpfte sie die Nase und lachte gekünstelt. »Kleider von toten Leuten? Daher kommen sie doch normalerweise, oder?«, fragte sie, als wäre ihr der Gedanke gerade erst gekommen. »Sagen Sie, Ms Walsh-Mason – vom Theaterfundus einmal abgesehen, woher bekommen Sie Ihr Material eigentlich sonst?«

Maggie sah die Boshaftigkeit im provozierenden Blick der Moderatorin. Im Studio war es so still, dass man eine Stecknadel hätte fallen hören können. Die Kamera hielt voll auf Maggies Gesicht, und in diesem Moment wusste sie, dass das Interview gefährlich aus dem Ruder zu laufen drohte. Diese Sendung war wichtig für Bonningham's – sie präsentierte das Auktionshaus einer ganz neuen Zielgruppe, und auch wenn die Zuschauer hier nicht unbedingt jung und hip waren, sah doch auch eine ganze Reihe von Müttern und Hausfrauen zu, die sich für Auktionen interessieren könnten.

»Nun, wir verkaufen tatsächlich viel aus Nachlässen«, sagte sie langsam. »Aber wie sollten wir auch sonst Zugang zu solchen Stücken bekommen? Sicher, einige Objekte bedürfen ein wenig liebevoller Pflege, aber denken Sie nur an ihre Geschichte … Eigentlich ist es doch eine Art Erbstück. Ich weiß nicht, wie es Ihnen geht«, Maggie sah enthusiastisch in die Kamera, »aber ich liebe es, im Geiste in die Vergangenheit solcher Objekte zu reisen … Dieses Schmuckstück war vielleicht dabei, als der Erste Weltkrieg ausbrach oder als jemand die Liebe seines Lebens geheiratet hat. Können Sie sich vorstellen, wie es ist, so etwas zu besitzen?« Sie wandte sich wieder an Penelope Smiley. »Es ist einfach nur aufregend. Und eine große Ehre.« Plötzlich blieb Maggie der Atem weg, und sie verstummte.

Es folgte absolute Stille. Dann hörte sie in der Dunkelheit jemanden klatschen. Während Maggie sich noch fragte, was sie bloß dazu getrieben hatte, sich so offen und leidenschaftlich zu äußern, wurde der Beifall aus dem Publikum lauter und steigerte sich zu einem tosenden Applaus, der kurzzeitig sogar das Rauschen in ihren Ohren übertönte.

»Und damit ist unsere Zeit für heute schon wieder um, Leute«, säuselte Penelope über den Applaus hinweg und strahlte in die Kameras. »Vielen Dank, dass Sie hier waren, um uns an Ihrem, äh, Wissen teilhaben zu lassen, Ms Walsh-Mason. Gleich in unserem Beauty-Beitrag sprechen wir über die mittelalterlichen Anwendungen, die Hollywood im Sturm erobern: Blutegel. Demi Moore schwört angeblich darauf!«

Die Kameras hielten an, und sofort war Penelopes strahlendes Lächeln verschwunden. Abrupt machte sie auf ihren Super-High-Heels kehrt, ließ Maggie stehen und stöckelte von der Bühne. Offenbar durfte sie jetzt gehen.

Das Diadem immer noch in der Hand, stieg sie verlegen über die Kabel und Geräte hinweg zu einem der Techniker. Während der Mann das kleine Mikrofon von ihrem Revers löste, hörte sie Penelope vom anderen Bühnenrand ziemlich laut sagen: »Ich weiß doch wohl, was *Couture* ist, nicht wahr, meine Lieben? Und zwar ganz sicher nicht der Müll, den die da angeschleppt hat. So was Lahmes.«

O Mist, dachte Maggie, der ganz flau in der Magengegend wurde, *was soll ich Bonningham nur sagen?* Sie hatte das Interview so richtig in den Sand gesetzt.

Der dünne, beunruhigend nervöse Producer kam, um sie abzuholen. »Ich bringe Sie raus«, sagte er und winkte Maggie, ihm zu folgen. Ihre Wangen brannten vor Scham, als sie ihren

Cardigan und ihre Handtasche nahm und dem Producer hinterhereilte, der sie mit zügigen Schritten durch das Labyrinth aus Fluren und Türen zum Empfang zurückbrachte.

»Sie waren fantastisch, das wissen Sie doch?« Mitfühlend sah der junge Mann sie von der Seite an. »Das Publikum war begeistert. Trotzdem können wir Sie leider nicht noch mal einladen. Penelope hat das Sagen darüber, wer in die Sendung kommt und wer nicht, und wenn sie einmal auf hundertachtzig ist … Sie wissen schon.«

Maggie nickte stumm. Der Producer öffnete die Tür zur heller erleuchteten Lobby. »Vielen Dank, dass Sie da waren«, sagte er, und dann machte er ihr die Tür vor der Nase zu.

Ihr zitterten ein wenig die Knie, als sie hinaus auf den Parkplatz ging. Ein einsames schwarzes Taxi stand auf der Wartefläche. Zum Glück brauchte sie die ganzen Sachen nicht selbst ins Büro zu schleppen. Sie hatten vereinbart, dass sie per Kurier zu Bonningham's gebracht werden würden – bis auf das Diadem, das sie sicher in ihrer Handtasche verstaut hatte. Vorausgesetzt, Penelope warf die Sachen nicht einfach auf den Müll. Sie fühlte sich elend und überlegte schon, ob sie sich krankmelden sollte, doch es wäre zu offensichtlich gewesen, dass sie sich nach dem Interview verstecken wollte. *Besser, ich stelle mich der Situation sofort,* beschloss sie, machte sich mit einem halbherzigen Winken beim Taxifahrer bemerkbar und öffnete die Wagentür.

Als sie sich vorbeugte, um dem Fahrer die Adresse zu nennen, klopfte jemand ans Fenster. Sie sah auf und stellte überrascht fest, dass neben dem Taxi einer der attraktivsten Männer stand, die sie je gesehen hatte. Er machte ihr ein Zeichen, die Scheibe herunterzufahren.

»Sie sind Maggie, richtig?« Lächelnd streckte er beide Arme ins Wageninnere, um ihr herzhaft die Hand zu schütteln.

Der Mann wirkte amüsiert, in den olivfarbenen Wangen waren tiefe Grübchen zu sehen, und sein Lächeln brachte seine Augen zum Strahlen. Maggie errötete. Er erinnerte sie an den jungen Gregory Peck, und sein Anzug hätte auch ihrem Vater gehört haben können (als der noch deutlich jünger und schlanker gewesen war, natürlich). Sogar die kurzen, seitlich gescheitelten Haare schienen einer Figur aus einem Ayn-Rand-Roman nachempfunden zu sein. Der graue Anzug war tadellos geschnitten, und in den steifen Ärmelaufschlägen steckten Manschettenknöpfe aus Platin. Maggie musste plötzlich voller Scham an das große Loch in der Achselhöhle ihres paillettenbesetzten Cardigans denken, schnell zog sie den Arm zurück und hielt ihn eng am Körper. Verunsichert lächelte sie den Mann an.

»J-ja … Kann ich Ihnen helfen?« Sie ließ den Blick suchend über den leeren Parkplatz schweifen; dieser Mann musste sie mit jemandem verwechseln.

»Ich bin Michael Masterson, Producer bei Channel 4. Ich habe gerade Ihren Beitrag gesehen – wirklich ausgezeichnet.

»Äh, danke.« Maggie wurde unbehaglich zumute. Wollte er sie auf den Arm nehmen? Es war nicht zu übersehen gewesen, dass sie es gehörig vergeigt hatte. Jedem Idioten musste aufgefallen sein, dass Penelope sie nicht ausstehen konnte.

»Das ist mein Ernst – Smiley ist immer so. Sie hasst weibliche Gäste. Vor allem, wenn sie hübsch sind.« Beim letzten Satz zwinkerte er ihr zu, und Maggie fiel auf, wie tiefgrün seine

Augen waren. *Fast wie Smaragde,* dachte sie und spürte, wie sie wieder rosa anlief. Unwillkürlich drehte sie den Citrin-Cocktailring an ihrer linken Hand.

»Der Taxameter läuft«, sagte der Fahrer schroff und sah Maggie im Rückspiegel an.

»Oh, natürlich – in Ordnung«, sagte sie schnell und wandte sich mit einem vorsichtigen Lächeln wieder an Michael.

»Sie lieben Antiquitäten wirklich, nicht wahr?«, sagte er. »Ich meine, das Kleid, das Sie da tragen, ist doch original aus den Sechzigern, oder? Steht Ihnen wirklich gut. Und man spürt richtig, dass Ihre Begeisterung echt ist. Das klingt jetzt vielleicht ziemlich forsch«, er beugte sich vor und sah ihr lächelnd in die Augen, »aber ich würde mich gern mit Ihnen treffen. Mein Onkel ist kürzlich verstorben und hat mir ein riesiges Haus voller altem Krempel hinterlassen, den ich nicht haben will, und ich habe keine Ahnung, was ich damit anstellen soll. Einiges davon ist recht wertvoll, aber selbst verkaufen möchte ich es nicht. Bevor ich Sie gehört habe, wollte ich es vorübergehend einlagern oder es meinem Vater überlassen, damit er sich darum kümmert.«

Maggie spürte ein Kribbeln in der Magengegend, als er sie mit einem schiefen Lächeln ansah.

»Äh, s-sicher«, stammelte sie.

Er beugte sich in den Wagen und gab ihr seine Visitenkarte. »Fahren Sie jetzt ins Büro? Schreiben Sie mir eine E-Mail, wenn Sie dort sind. Die Adresse steht auf der Rückseite.«

Maggie drehte die cremeweiße Karte um. Schwarzer Prägedruck. *Nicht schlecht,* dachte sie.

»Könnten Sie mich möglichst bald in meiner Wohnung aufsuchen? Ich bewahre dort zwar keine der Objekte auf, aber einige Fotos und eine Liste von allem, was verkauft werden soll … Ehrlich gesagt ist es eine ganze Menge.«

Bei ihm zu Hause? Maggies Magen schlug einen kleinen Purzelbaum. »Sicher«, sagte sie wieder, allerdings eine ganze Oktave höher als sonst. »Kein Problem.«

»Ausgezeichnet.« Michael lächelte breit. »Bis dann also.« Er klopfte mit der Handfläche aufs Wagendach und ging zurück ins Studiogebäude, als würde ihm die ganze Welt gehören.

Ein Vormittag voller Überraschungen, dachte Maggie perplex. *Und am Ende vielleicht doch keine völlige Katastrophe.* Die Vorstellung, dass dieser desaströse Fernsehauftritt doch noch zu etwas Gutem führen könnte, ließ ihr Herz schneller schlagen.

Während das Taxi vom Parkplatz auf die verkehrsreiche Straße fuhr, dachte Maggie über die Ereignisse dieses Vormittags nach.

»Verdammt!«, rief sie so laut, dass der Taxifahrer unter seinem Turban zusammenzuckte. Sie hatte vergessen, Tim anzurufen, um ihm von der Sache mit Stella zu berichten.

Seufzend kramte sie ihr Handy aus der Tasche und wählte seine Nummer. Himmel, wie ihr vor diesem Gespräch grauste.

VIERTES KAPITEL

Wenige Tage nach ihrem Fernsehauftritt machte Maggie sich auf das nächste schwierige Gespräch über Stella gefasst. Ihre Stieftochter hatte wieder einmal die Schule geschwänzt, und der Rektor bat sie zu einem Gespräch, um ihre »Optionen« zu besprechen, wie er es ausdrückte, und zwar möglichst bald, am besten noch am selben Abend.

Tim klang am Telefon enttäuscht und mürrisch. »Tut mir leid, aber ich schaffe es heute Abend nicht«, sagte er. »Wir haben noch ein Meeting wegen dieses Sozialbauprojekts, und Greg hat mich gebeten, länger zu bleiben, um ihm mit den Plänen zu helfen.« Maggie hörte die Anspannung in seiner Stimme.

Sie zögerte. Ihre eigene Arbeit nahm immer mehr Raum ein. Woher sollte sie die Zeit nehmen, um die Sache mit Stella auszubügeln? Aber sie wollte helfen.

»Mach dir keine Sorgen, ich gehe hin«, sagte sie und überlegte gleichzeitig, was Sie Bonningham sagen sollte. Sie hatte es immer gemocht, vor Tim zu Hause sein und Zeit mit Pearl zu verbringen oder mit beiden Mädchen das Abendessen vorzubereiten.

Aber seit sie die Stelle als leitende Auktionatorin angenommen hatte, war vieles anders geworden.

Bevor Stella bei ihnen eingezogen war, hatte sie in Maggies und Tims Leben kaum eine Rolle gespielt – nach der gescheiterten Beziehung mit ihrer Mutter hatte Tim die beiden vor vielen Jahren verlassen. Louisa und er hatten sich an der Uni kennengelernt, und er hatte sich Hals über Kopf in das wilde, verrückte Mädchen verliebt, das barfuß die Nächte durchtanzte. Als sie erfuhr, dass sie schwanger war, ging sie nicht mehr zu den Vorlesungen. Die Lage beruhigte sich etwas, nachdem das Baby auf der Welt war, doch als Stella drei oder vier Monate alt war, fing Louisa an, mit ihren alten Freunden von der Uni loszuziehen, und Tim musste immer öfter auf die Kleine aufpassen. Erst als er neben dem Hochstuhl im Kinderzimmer ein leeres Tütchen mit weißen Pulverspuren fand und die erstaunliche Menge an Tabletten in ihrem Schminktäschchen entdeckte, wurde Tim bewusst, dass Louisa Drogen nahm, und zwar nicht nur zum Vergnügen. Wenn Stella nun etwas davon verschluckt hätte? Das hätte sie umbringen können. Von diesem Moment an hatte er das Vertrauen zu Louisa verloren.

Verzweifelt wandte sich Tim an ihre Eltern, weil er hoffte, sie könnten sie dazu bringen, mit den Drogen aufzuhören. Doch das machte alles nur noch schlimmer. Nachdem Louisa (gesponsert von ihren Eltern) in einer teuren Klinik entzogen hatte, brachten sie sie in einer kleinen Wohnung ganz in ihrer Nähe unter, um ein Auge auf sie und das Baby haben zu können, und hielten Tim aus unerfindlichen Gründen dazu an, sie nicht zu besuchen. Das war jetzt fünfzehn Jahre her, und bald danach hatte Tim einen Job in London angenommen. Seitdem lebte Stella in Nordengland bei ihrer Mutter und kam nur ein, zwei Mal im Jahr für ein paar Tage zu Besuch. Mehr hatte Tim nicht durchsetzen können.

»Ich habe es wirklich versucht«, hatte er bei ihrer ersten Begegnung erklärt, und Maggie hatte den Schmerz in seiner Stimme gehört. »Aber sie wollten nichts mit mir zu tun haben.

Und da wir nie verheiratet waren, könnte ich vor Gericht kaum etwas ausrichten … Ihren Eltern war ich nie gut genug. Weder reich noch gut aussehend genug für ihre kostbare Tochter. Außerdem wollte ich nicht, dass Louisa mich hasst – Stella sollte nicht schlecht von ihrem Vater denken. Damals erschien es mir klüger, mich ihren Plänen zu fügen, aber jetzt sehe ich sie kaum noch … Es war der größte Fehler meines Lebens.«

Dann, vor etwa einem halben Jahr, war Stella aus unerfindlichen Gründen bei Maggie und Tim aufgetaucht und hatte ihr Leben auf den Kopf gestellt. Da sie keinen Grund nennen wollte und Louisa behauptete, ihn auch nicht zu kennen, waren Maggie und Tim vom Schlimmsten ausgegangen: Womöglich hatte sie Ärger mit einem von Louisas Freunden gehabt oder sich in der Schule mit den falschen Typen angelegt. Die Vorstellung, was das Mädchen durchgemacht haben mochte, half Maggie, Stellas unverschämtes Benehmen zu ertragen, aber im Endeffekt hatte sie keine Ahnung, warum Stella jetzt bei ihnen leben wollte. Eines allerdings wusste sie: Dieses Benehmen musste aufhören. Sie mochte gar nicht daran denken, welche Auswirkungen die Streits und das Wettschreien zwischen Stella und Tim (Stella schrie, Tim bemühte sich nach Kräften, nicht auch die Stimme zu erheben, scheiterte letzten Endes aber kläglich) auf Pearl und auch auf ihre Beziehung zu Tim haben könnten. In letzter Zeit wachte Pearl nachts auffallend oft auf und klagte über Albträume, aber ob es da einen Zusammenhang gab, wusste Maggie nicht.

Sie rieb ihr Medaillon zwischen den Fingern. Genau diesem ganzen Drama hatte sie in ihrer ersten Lebenshälfte zu entfliehen versucht. Schlimm genug, dass sie in der vergifteten Atmosphäre ihres Elternhauses hatte aufwachsen müssen, wo ihre Mutter jeden Abend die theatralische Interpretation einer englischen Märtyrerin gegeben hatte und ihr Vater sich im Wohnzimmer hatte volllaufen lassen. Auf keinen Fall wollte Maggie so etwas in ihrem eigenen Zuhause haben, in dem Pearl aufwuchs.

»Maggie, bist du noch da?« Tim war immer noch in der Leitung.

»Ja, ja, kein Problem«, sagte sie. »Ich gehe hin.«

»Danke, du bist die Beste«, sagte Tim dankbar. »Vielleicht kannst du sie ja zur Vernunft bringen. Alles, was ich sage, scheint sie nur noch wütender zu machen.«

»Das stimmt doch nicht. Man merkt, dass sie dich lieb hat. Sie ist nur in einem schwierigen Alter … Bestimmt fängt sie sich bald wieder.« Doch so ganz glaubte Maggie selbst nicht daran. Stella geriet auf die schiefe Bahn, und Maggie hatte das Gefühl, dass sie trotz aller Liebe und Fürsorge einfach nicht zu ihr durchdringen konnten.

Sie legte auf und versuchte sich auf die Arbeit zu konzentrieren, doch ihre Gedanken schweiften immer wieder ab. Warum kam sie selbst nicht besser mit ihrer Mutter aus? Sie war doch als Teenager bestimmt nicht so anstrengend gewesen wie Stella. Kate und sie hatten hin und wieder die Schule geschwänzt, und es hatte die normale Experimentierphase mit Alkohol gegeben, aber nichts, was mit der eisigen, dramatischen Stille zwischen Tim und Stella oder ihren lautstarken Streits vergleichbar gewesen wäre. So etwas hätte Kates Mutter einfach nicht geduldet. Maggie musste lächeln, als sie an Jeans ruhige, verlässliche Wärme dachte. Ihre Reaktion auf die meisten Probleme mit Kate oder Maggie war es gewesen, Tee aufzusetzen und so lange geduldig mit ihnen am Küchentisch zu sitzen, bis alles von allein aus den Mädchen heraussprudelte. Eine hinterhältige Verhörmethode, da waren sich Kate und Maggie immer einig gewesen. Und Don hatte sie als Vater stets so sanftmütig unterstützt, wie man es sich nur wünschen konnte.

Ihre eigenen Eltern hatten nie verstanden, warum Maggie im letzten Schuljahr quasi bei Kate eingezogen war. Sie hatten ihr vorgeworfen, dass sie kaum noch zu Hause war, und waren ihr gegenüber kalt und abweisend geworden. Am schlimmsten war es bei ihrer Mutter. Deren Zermürbungstaktik bewirkte, dass Maggie sich klein und schuldig fühlte, als wäre sie der wahre Grund für die zerrüttete Ehe, und nicht etwa die Affären ihres Vaters. Sie hatte die ganze Zeit das Gefühl, etwas wiedergutmachen zu müssen, indem sie sich regelmäßig bei ihren Eltern meldete. Doch die schien das überhaupt nicht zu interessieren. Es war, als würden sie Maggie nach und nach aus ihrer Erinnerung verbannen.

In diesem Moment kam Zac in ihr Büro.

»Da ist eine Frau, die Sie sprechen möchte. Sie sagt, sie hätte Sie im Fernsehen gesehen«, sagte er und ging gleich wieder.

»Warten Sie, Zac …«, rief sie ihm nach, doch er war schon verschwunden. Offenbar hielt er es nicht für nötig, ihr die Einzelheiten dieser Information mitzuteilen – wer genau auf sie wartete, und warum diejenige sie sprechen wollte. Seufzend stand Maggie von ihrem Schreibtisch auf und reckte die Arme über den Kopf. Dieser Fernsehbeitrag war gar nicht so übel gewesen, auch wenn Bonningham sich nicht gerade begeistert darüber gezeigt hatte, dass sie mit Penelope Smiley aneinandergeraten war. Seit der Ausstrahlung waren schon fast zehn Menschen mit ihr in Kontakt getreten, und einige hatten vielversprechende Verkäufe angekündigt.

Maggie sah die Frau sofort, als sie auf den Flur hinaustrat. Sie war zierlich, hatte einen dunklen Teint, tiefschwarze, kurz geschnittene Haare und wirkte hier so fehl am Platz wie eine japanische Frauenschuh-Orchidee in einem Garten voller Unkraut … *Wir brauchen dringend neue Waren,* dachte Maggie, als sie auf die Frau zuging. Neben ihrem dezenten, aber klassischen Stil wirkte alles andere irgendwie schäbig.

Während sie abwartend bei den antiken Bügeleisen und Dreifüßen stand, lag ein eigentümlicher Ausdruck auf ihrem Gesicht, als wäre sie gar nicht wirklich hier, sondern ganz woanders. Während sich die übrigen Menschen hier eher zwanglos bewegten, wirkte die Besucherin zerbrechlich und angespannt, als würde sie mühsam ihre Fassung bewahren. Die Frau, die Maggie auf etwas über fünfzig schätzte – gut erhaltene fünfzig – tauchte aus ihren Gedanken auf und lächelte schwach, und Maggie fiel auf, dass sie die wohl blauesten Augen hatte, die ihr je begegnet waren.

»So eins habe ich ja seit Jahren nicht mehr gesehen.« Die Frau strich über die schwarze Oberfläche eines antiken Bügeleisens. Sie sprach mit einem Akzent, den Maggie nicht genau einordnen konnte. »Dabei waren sie früher überall – erinnern Sie sich? Wunderhübsch.«

»Nicht wahr?«, sagte Maggie lächelnd. Die Frau war ihr auf Anhieb sympathisch.

Bei näherem Hinsehen erkannte Maggie, dass sie mindestens sechzig sein musste. Hieß es nicht, dass man in diesem Alter das Gesicht bekam, das man verdiente? Diese Frau sah aus, als hätte sie ihre Jugend entspannt unter einem großen Sonnenschirm auf einem Liegestuhl in Portofino verbracht und sich in den späteren Jahren von einer ganzen Schar Dienstboten von Kopf bis Fuß bedienen lassen. Ihr cremeweißes Dekolleté und das hübsche, make-up-freie Gesicht hatten etwas Adeliges, beinahe Majestätisches an sich, als hätte man sie als Kind ausschließlich mit Erdbeeren, Sahne und blanchierten Mandeln ernährt. Ihre Kleidung war modern und elegant, ganz im Stil von Jil Sander, und sichtlich teuer. Allein die Handtasche hatte vermutlich mehr gekostet, als Maggie im Monat verdiente, auch wenn sie keine erkennbaren Markensymbole trug.

»Hallo, entschuldigen Sie, dass ich Ihren Namen nicht weiß. Mein Assistent …«, Maggie brach ab und sah die Frau erwartungsvoll an. »Ich bin Maggie Walsh-Mason, kann ich Ihnen behilflich sein?«

»Oh ja – entschuldigen Sie.« Sie hob die Hände vor die Brust. »Francesca Jeschow. Ich musste Sie einfach kennenlernen, nachdem ich die …« Sie unterbrach sich und bemühte sich sichtlich, langsamer zu sprechen. »Wo soll ich anfangen? Es geht um Folgendes: Vor Kurzem musste ich meine Mutter in ein Pflegeheim geben; sie leidet unter Demenz, und mein Vater ist schon vor Jahren verstorben.«

Das erklärte also die dunklen Ringe unter ihren Augen. Maggie lächelte mitfühlend und nahm an, dass die Frau gekommen war, um über den Verkauf einiger Antiquitäten ihrer Mutter zu sprechen. »Mein Beileid. Das muss sehr schwer für Sie sein.«

»Das ist es …« Die Stimme der Frau verlor sich. »Aber deswegen bin ich nicht hier.« Sie atmete tief durch. »Ich weiß, es klingt seltsam, aber diesen Gegenstand, den Sie in die Kamera gehalten haben, der hat einmal mir gehört, vor langer, sehr langer Zeit. Dieser Kopfschmuck, oder das Krönchen … wie haben Sie es genannt? Sie müssen mich für verrückt halten, aber ich habe es sofort wiedererkannt … Als ich es im Fernsehen sah, hat es mich wie der Blitz getroffen. Ich musste Sie einfach fragen, was Sie darüber wissen. Woher stammt es?«

»Tut mir leid, ich …« Die Fragen und der eindringlich suchende Blick der Frau brachten Maggie ein wenig aus dem Konzept. Sie wusste, dass das Diadem handgearbeitet war, und auch wenn sie den Stil einordnen konnte, war es eindeutig ein Original, ein echtes Einzelstück.

Francesca bemerkte die Verwirrung auf Maggies Gesicht. »Entschuldigen Sie, ich sollte Ihnen das erklären«, sagte sie und atmete noch einmal tief durch. »Ich bin in Italien aufgewachsen, aber meine Eltern waren Russen – also, meine Adoptiveltern. Sie sind immer sehr offen damit umgegangen, dass ich adoptiert bin. Sie haben mir gesagt, meine Eltern wären Freunde von ihnen gewesen und gestorben, als ich noch klein war. Aber in letzter Zeit ist meine Mutter immer verwirrter geworden, und neulich hat sie etwas gesagt, das mir komisch vorkam. Ich habe keine richtige Geburtsurkunde – damals muss wohl alles ziemlich unbürokratisch zugegangen sein, und ich habe meinen Adoptiveltern geglaubt, als sie sagten, meine leiblichen Eltern wären vor langer Zeit verstorben. Aber vor ein paar Monaten sagte meine Mutter etwas über meinen Vater – meinen richtigen Vater –, das mich vermuten lässt, dass er zumindest in meiner Teenagerzeit noch gelebt haben muss, vielleicht auch noch Jahre danach. Und ich begreife einfach nicht, warum sie mich angelogen haben.«

Maggie hatte keine Ahnung, worauf das hinauslief, aber sie merkte, dass die Frau erschüttert war – das war auf ihrem Gesicht deutlich zu lesen.

»Meine Eltern haben sehr gut für mich gesorgt. Sie waren erfolgreiche Geschäftsleute und hatten überall in Europa Grundbesitz. Die Kunstwelt war nur eines ihrer Steckenpferde … und inzwischen habe ich die Geschäfte übernommen.«

Sie schien etwas erklären zu wollen, und Maggie hörte weiter geduldig zu, obwohl sie nicht genau wusste, warum Francesca ihr diese Informationen gab.

»Wie dem auch sei, das interessiert Sie sicher alles nicht … Es ist nur … mir ist so etwas vorher noch nie passiert, aber plötzlich war mir, als hätte mich ein früheres Leben eingeholt, als ich dieses … dieses Schmuckstück sah … wie haben Sie es genannt?«

»Ein Diadem«, sagte Maggie.

»Genau, das Diadem.« Die Frau nickte energisch. »Ich habe das Gefühl, nein, ich weiß einfach, dass es etwas mit meiner Herkunft zu tun hat … meiner wahren Herkunft, meine ich.«

Maggie sog unwillkürlich scharf die Luft ein, ein Schauer lief ihr über den Rücken. Solche Momente hatte sie selbst schon einige Male erlebt. Es war seltsam und unerklärlich, aber wenn sie einen Gegenstand in der Hand hielt, glaubte sie, hin und wieder spüren zu können, wie seine Vergangenheit (und manchmal sogar seine innere Kraft, die ganze Bedeutung seiner Geschichte) durch ihre Hände strömte. Sie hatte dieses Phänomen sogar einmal gegoogelt und fasziniert festgestellt, dass es darüber mehrere Bücher gab. »Cording« nannte man die Vorstellung, dass jemand einen Teil seiner selbst oder besonders starke Emotionen, die er zu einem bestimmten Zeitpunkt empfindet, auf einen Gegenstand überträgt. Die ganze Sache hatte ihr zu esoterisch geklungen, daher hatte sie nicht weitergelesen, sondern sich ermahnt, nicht so albern zu sein.

Aber von Zeit zu Zeit überkam sie diese Empfindung einfach wie eine Art Déjà-vu.

»Ich weiß nicht, ob es irgendetwas ändert, aber können Sie mir sagen, woher Sie es haben?«

»Es war in einem Ramsch-Los, das ich hier gekauft habe – nur alter Plunder, wirklich. Ich weiß nicht genau, woher es stammt«, sagte Maggie wahrheitsgemäß. Francesca wandte sich ab, doch ihre hängenden Schultern verrieten, wie enttäuscht sie war.

»Allerdings …«, begann Maggie, zögerte dann aber.

Hoffnungsvoll drehte Francesca sich wieder zu ihr um, und als Maggie ihre dunklen, flehenden Augen sah, wusste sie, dass sie der Frau helfen würde. Aus irgendeinem Grund, den sie selbst nicht kannte, fühlte sie sich dazu verpflichtet. Irgendetwas würde sie schon in Erfahrung bringen, sie konnte zumindest versuchen, der Frau einen Teil der Antworten zu verschaffen, die sie verdiente.

Außerdem war da noch etwas anderes. Wie musste es für Francesca gewesen sein, bei jemand anderem aufzuwachsen als den eigenen Eltern? Und wie würde es Maggie ergehen, wenn sie Pearls Kindheit nicht miterleben könnte? Oder ihr ganzes Leben? Mit allen Höhen und Tiefen, allen ersten Malen, den vielen gemeinsamen Jahren und kostbaren Momenten … Allein bei der Vorstellung spürte sie einen Schmerz in der Brust. Sie holte tief Luft. »Ich weiß nicht, wie viel ich herausfinden kann. Aber ich werde mein Bestes tun.«

Francesca atmete mit bebenden Lippen aus und strich sich die elegante schwarze Palazzo-Hose glatt. »Dafür wäre ich Ihnen sehr dankbar. Es würde mir viel bedeuten.«

»Selbstverständlich«, sagte Maggie und fasste Francesca am

Arm. »Zac … Zac!«, rief sie, weil sie fürchtete, dass sie womöglich Hilfe brauchen würde. Sie spürte, wie die Frau zitterte. »Möchten Sie eine Tasse Tee? Stark und süß, würde ich sagen …« Sie führte Francesca in die Teeküche und half ihr, sich auf einen vergoldeten und mit Schnitzereien verzierten Louis-XV.-Stuhl zu setzen. Die Frau schien so selbstverständlich auf diesen Stuhl zu passen, dass Maggie darüber staunte, wie sich zwei Schönheiten gegenseitig zum Strahlen bringen konnten.

»Hier, Chefin.« Zac kam in die Teeküche geschlurft, doch Maggie schob ihn sanft wieder hinaus, um Francesca, die ziemlich blass aussah, einen Moment Ruhe zu gönnen.

»Gerade war noch jemand da, der Sie sprechen wollte«, sagte Zac. »Aber er ist wieder gegangen. Ein Michael irgendwas.«

»Masterson?« Schmetterlinge flatterten in ihrem Bauch. Was wollte er hier?

»Er sagte, er wäre gerade in der Nähe gewesen und wollte fragen, ob Sie mit ihm zu Mittag essen möchten, aber ich habe ihm gesagt, Sie wären in einer Besprechung mit Bonningham. Wer ist der Typ?«

Maggie hoffte, dass Zac nicht mitbekam, wie ihr die Röte in die Wangen stieg. »Ein potenzieller Kunde – ich habe nächste Woche einen Termin mit ihm«, sagte sie schnell. »Es scheint dringend zu sein, auch wenn ich nicht ganz verstehe, warum.«

Maggie strich sich die Haare aus dem Gesicht und setzte ein strahlendes Lächeln auf, ihre Gedanken rasten. Michael war also vorbeigekommen, um sie zu sehen? Ziemlich kurios.

Was für ein seltsamer, aufregender Tag.

FÜNFTES KAPITEL

Lexi: Paris, 1926

Lexi warf den Kopf in den Nacken, bog den Rücken durch und breitete die Arme weit aus. Der Goldstaub auf ihren Augenlidern glitzerte im sengend heißen Licht der Scheinwerfer. Ihre Sehnen zitterten. Mit geschlossenen Augen wandte sie das Gesicht zum Zelthimmel und wartete.

Einen Moment herrschte Schweigen. Dann brach der Lärm los. Der Applaus traf sie stürmisch und warm wie ein Monsun.

Eine Woge der Erleichterung überlief sie, ein Gefühl, das süchtig machte. Durch ihre Füße strömte die Anspannung aus ihrem Körper in die fest gestampfte Erde, und Lexi badete im Jubel und den Pfiffen. Das Orchester setzte wieder ein. Ihre Haltung entspannte sich ein klein wenig.

Ich kann es noch.

Ihre besten Zeiten waren nicht vorbei. Noch nicht.

Anmutig ließ sie den Oberkörper zu einer tiefen, langen Verbeugung nach vorn fallen, eine Hand streifte ihren Fuß, die andere wölbte sich über ihrem Kopf. Ihre Oberschenkelmuskeln zitterten warnend. Im Vorbeugen registrierte sie die Menschen in der ersten Reihe. Einige Frauen beäugten sie skeptisch, sie waren offenbar schwer zu beeindrucken. Bei den Kindern, manche nicht älter als drei, war es leichter: kreisrund standen ihnen die Münder vor Staunen offen. Auch die Männer beobachteten sie, doch ihre Blicke wirkten eher begehrlich. Einer warf ihr eine einzelne Rose zu Füßen. *Nur, weil er mich nicht aus der Nähe sehen kann,* dachte Lexi und zog sich an den hinteren Rand der Manege zum Spalt zwischen den Falten des Samtvorhangs zurück.

Während der Boden unter dem Stampfen Tausender Füße bebte, winkte Lexi dem Publikum zu und schenkte ihm ihr strahlendstes Lächeln. Schweiß brannte in ihren Augen. Rutherford schlug den Vorhang beiseite und trat neben sie in die Manege.

»*Mesieurs et Mesdames,* gewiss werden Sie mir zustimmen, dass das einfach verblüffend war. Der Star unserer Show!« Trotz des Megafons musste Rutherford schreien, um das Getöse der Menge und den anschwellenden Trommelwirbel zu übertönen. Seine Wangen waren gerötet. »Lexi Dömötör – Trapezkünstlerin *extraordinaire,* unser schwebender Engel. Und ihr Team, die *Saltimbanchi*!«

Ha, dachte Lexi, als die Trommeln ertönten und Becken schallten. *Ein Engel der Buße vielleicht.*

Auf ihr Stichwort streckte sie graziös den Arm zur Seite, um die ganz in Silber gekleidete Akrobatentruppe zu würdigen. Die sechzehn Artisten begleiteten ihren Auftritt und intensivierten die frenetische Energie der Show, während Lexi in ihrem gewagten Ikarus-Kostüm durch die Luft wirbelte. Sie schlugen Purzelbäume und Räder wie Mäuse im Laufrad und zogen die Blicke des Publikums auf sich, wenn Lexi verschnaufen oder sich auf einen Sprung in die Tiefe vorbereiten musste, damit sie die Zuschauer immer aufs Neue überraschen konnte …

Die Drahtflügel mit den schneeweißen Federn, die sie auf den Rücken geschnallt trug, schnitten ihr schmerzhaft in die Schultern, doch nichts konnte ihr diesen Moment verderben. Sie war die Königin der Welt. Wie sehr sie das vermissen würde, wenn der Vorhang für sie zum letzten Mal gefallen sein würde. Sie fragte sich, wie viele Shows sie noch in sich hatte. Wie lange würde ihr Körper durchhalten, bevor er zusammenbrach – oder Schlimmeres? Sie verbannte die düsteren Gedanken und lächelte weiter, bis ihre Kiefermuskeln vor Anstrengung schmerzten. Als sie den Eindruck hatte, der Lärm der Zuschauer und der Trommelwirbel hätten ihren Höhepunkt erreicht, schlüpfte sie hinter den Vorhang.

Als sie hinter die Bühne kam, war Dariusz sofort da, und sie fielen sich hinter dem scharlachroten Vorhang in die Arme. Er drückte sie fest an sich und nahm ihr behutsam die Flügel ab. »Du warst sensationell, mein Schatz«, sagte er und zog sie noch einmal an sich, um sie innig zu küssen. Seine harten Brustmuskeln drückten gegen ihr Kostüm. Heute Abend würde sie rote Striemen an den Stellen haben, wo ihr das Fischbein in die Haut schnitt. Ihr zierlicher Körper schmiegte sich an ihn, ihre Zungen umschlangen einander. Dariusz drückte sie gegen die Zeltwand und strich über ihr paillettenbesetztes Trikot. Für einen Augenblick vergaß sie alles um sich herum.

»O bitte!«, rief Maxmillian. »Erspart uns das.« Seine roten Schuhe klatschten auf den Boden, als er sich Richtung Manege an ihnen vorbeidrängte. Er schob einen winzigen Hund auf einem Rad vor sich her. Übergroße Tränen liefen über die geschminkten Wangen des zur tragischen Grimasse erstarrten Clownsgesichts.

Dariusz löste sich von Lexi und lächelte. »Seretlek«, flüsterte er in seiner Muttersprache Ungarisch und beugte sich vor, um ihr mit seinem vernarbten Finger eine lose Haarsträhne aus dem Gesicht zu streichen. Ihre platinblonden Haare glänzten von Festiger, Schweiß und Glitzerstaub.

»Ich liebe dich auch.« Lexi sah ihm tief in die dunklen Augen. Sie fragte sich, warum er nicht einfach in ihrer Garderobe auf sie gewartet hatte. Liebe war für sie immer wieder eine Überraschung, und seine war unerschütterlich und wahrhaftig. Sie nahm seine Faust in beide Hände und küsste zärtlich die rauen Knöchel, einen nach dem anderen. Er sah ihr dabei zu, bevor er die Faust plötzlich öffnete und sie am Arm fasste.

»Komm mit, ich muss dir etwas zeigen.« Er führte sie durch das Labyrinth aus miteinander verbundenen Zelten und Laufbühnen, vorbei an vereinzelten Artisten, die auf ihren Auftritt warteten. Lexi spürte ein leises Flattern in der Brust – seine Aufregung war ansteckend.

In diesem Augenblick stieß Samuel eine Stichflamme aus, die sein scharf geschnittenes Gesicht erhellte. Beißender Brandgeruch erfüllte die Luft. »Hey, pass auf, wohin du dein Feuer spuckst!«, schnauzte Bertha, die einen Schritt rückwärts gemacht hatte und dabei beinahe den Liliputaner erdrückt hätte, der zu dicht hinter ihr jonglierte. Sie waren die Nebenattraktionen, und bald würde Rutherford sie auf die Bühne rufen, um dem Publikum die Angebote außerhalb des Hauptzelts schmackhaft zu machen.

Erschrocken machte Samuel einen Satz zurück. »E-e-entschuldige, Bertha«, sagte er, drehte sich um und fing den Blick der jungen Hirsutia auf, die von Kopf bis Fuß mit langem, seidigem Fell bedeckt war und nervös einen Schritt zurückwich.

Lexi sah ihr an, wie verblüfft sie war, dass Samuel sie überhaupt bemerkt hatte. Sehnsüchtig sah sie dem drahtigen Schweden nach, als der sich wieder seinen petroleumgetränkten Stäben zuwandte.

Das müsste das Publikum mal zu sehen bekommen, dachte Lexi. Die echten Dramen, die sich in dieser sonderbaren Welt abspielten. Hirsutia himmelte Samuel schon seit dem Tag an, an dem sie zur Truppe gestoßen war. Natürlich wussten es alle, waren aber zu höflich, es zu erwähnen. Das gehörte zum Schaustellerkodex: Sollte sich die Welt da draußen über sie lustig machen und zum Narren halten – hier im Zirkus waren sie alle vereint zu einer großen Familie, die mit ihrem Können oder ihren Besonderheiten gegen die gewöhnliche Welt antrat.

Dariusz hielt Lexi immer noch am Handgelenk fest und führte sie an dem abblätternden Porträt des Verblüffenden Mercurio vorbei, das an eine Zeltwand geheftet war. Die Angst, die Lexi ständig unterschwellig begleitete, wurde stärker. So sehr Rutherford sich auch für seine Zirkusfamilie einsetzte, regierte am Ende doch immer das Geld. *Heute ein Star, morgen ein Niemand.* Mercurio war Vergangenheit. Mühsam schluckte Lexi den bitteren Geschmack hinunter, den sie plötzlich auf der Zunge hatte, und ließ sich von Dariusz weiterziehen.

Wie allzu oft in letzter Zeit war eine Woche vor ihrer Ankunft in Turin ein Impresario durch die Stadt gerauscht. Obwohl Rutherford das Geheimnis ihrer Reiseroute höchstpersönlich wie einen Schatz hütete, schien der Impresario immer genau zu wissen, wohin sie als Nächstes fahren würden, und dort kam er ihnen zuvor und befriedigte das Bedürfnis der Einheimischen nach Entfesselungskünsten. Nachdem er in zwölf weiteren Städten aufgetreten war, bevor der Zirkus mit seinen achtzig Wagen einrollte, hatte Rutherford Mercurios Nummer schließlich aus dem Programm genommen. Es war eine unheilvolle Mahnung an sie alle: Sie mussten sich vorsehen. In der Zirkustruppe des Großen Renzini herrschte eine strikte Rangordnung. Noch nie hatte sich jemand lange an der Spitze gehalten. Lexi dachte an all die Artisten, die sie hatte kommen und gehen sehen, und war dankbar, dass Dariusz und sie verschont geblieben waren.

Während sie mit Dariusz die Wiese überquerte, schmerzte ihre Beinmuskulatur, und sie sehnte sich nach ihrer behaglichen Garderobe. Sie hatten ihr Lager auf dem Festplatz am Rande des neunzehnten Arrondissements aufgeschlagen, am Boulevard de Maréchaux, unweit der Metrostation Porte de la Villette und in der Nähe der Seine. Als sie sich jetzt ihrem Wohnwagen näherten, sah sie, dass ihnen noch ein weiteres Hindernis bevorstand: Suki. Die Schlangenfrau saß auf einer umgedrehten Kiste und trank ein großes Glas Absinth.

»Gut gemacht«, sagte sie und prostete Lexi mit der hellgrünen Flüssigkeit zu. »Salut!« Sie kippte es in einem Zug hinunter, knallte das Glas auf den provisorischen Tisch und schenkte sich erneut ein.

Lexi überlegte, ob sie stehen bleiben und ein paar Worte mit ihr wechseln sollte. Früher war Suki ihr Vorprogramm gewesen, um das Publikum anzuheizen. Doch jetzt, da Lexis Luftakrobatik den Spitzenplatz im Programm eingenommen hatte, schien für alte Verbindungen kein Platz mehr zu sein, und Suki rutschte immer weiter nach hinten … Lexi wich ihrem Blick aus. Sie hatten sich einmal sehr nahegestanden, Lexi hatte ihr vertraut … und wünschte jetzt, sie hätte es nicht getan.

Dariusz fasste ihre Hand fester. »Lass gut sein«, sagte er aus dem Mundwinkel. »Das ist es nicht wert.« Aber wie sollte er es auch verstehen? Er kannte nicht einmal die halbe Geschichte. Mit gesenktem Blick ging sie weiter, doch Sukis verbitterter und zugleich hinterhältiger Gesichtsausdruck verfolgte sie in Gedanken.

Endlich hatten sie ihren privaten Wohnwagen erreicht, dessen Vorhänge zugezogen waren. Dariusz stand davor im Gras, während stämmige Männer in kleinen Grüppchen Requisiten von und zur Bühne trugen und die dicken Spannseile überprüften. Das Zirkuszelt leuchtete vor dem sternlosen Nachthimmel. Obwohl niemand auf sie achtete, spürte sie, dass Dariusz zögerte. »Was ist?«, fragte sie. »Warum gehen wir nicht rein?« Plötzlich wurde sie von einer überwältigenden Erschöpfung erfasst – Gott, sie war fertig für heute. Worum es auch ging, das konnte doch bestimmt warten, oder? Ihre Schultermuskulatur verkrampfte sich. Kaum hatte sie ihren Auftritt beendet, setzten die Schmerzen wieder ein. Es wurde immer schlimmer. *Ich werde alt,* dachte Lexi. *Ich brauche meine Massage – und zwar schnell.*

Dariusz schien mit den Gedanken woanders zu sein. Er drehte sie zu sich um, zog einen weißen Seidenschal aus der Tasche und verband ihr damit die Augen. »Nur einen Augenblick, versprochen«, flüsterte er.

»Dariusz«, flehte sie. Ihre Geduld war am Ende. »Es reicht jetzt. Hör bitte auf.«

»Sieh nur«, sagte er, indem er ihr mit einer überschwänglichen Geste den Schal abnahm und seine warmen Hände auf ihre Schultern legte. Lexi öffnete die Augen. Sie sah die weißen Blumen, die jeden Zentimeter des Raums bedeckten, die ungeöffneten Pralinenschachteln, Liebesgaben ihrer Fans … Plötzlich verstand sie, warum Dariusz so eingeschüchtert gewirkt hatte. Die unterschiedlichen Düfte ihrer Lieblingsblumen – Rosen, Lilien und Freesien – vermischten sich miteinander, doch allen gemeinsam war ihre Farbe – beziehungsweise deren Abwesenheit: pures, reines Weiß. Wie ihre Engelsflügel. Das Gegenstück zu ihrem schwarzen Herzen. Ungeöffnete Briefumschläge lagen neben Tellern mit köstlichem Gebäck. Lexi schlug die Hände vor den Mund; das hatte sie nicht verdient. Sie rang hörbar nach Luft. Das war zu viel.

»Sie lieben dich, mein Liebling!«, rief Dariusz aus, und jetzt lachte er. »Meine Frau, der Star. Habe ich es dir nicht gesagt?«

Er umarmte sie, hob sie von den Füßen und drückte sie fest an seine Brust. Geschwächt und überwältigt schloss sie die Augen, er drückte ihr die Luft ab. Er war so ein Berg von einem Mann, dass er manchmal vergaß, wie viel Kraft er hatte. Sie trat erst seit einer Woche mit dieser Nummer auf, aber offenbar hatte sich die Neuigkeit schnell verbreitet. Sie sollte es genießen, solange es währte, dachte sie bei sich. Ein angenehmes Kribbeln überlief sie und ließ sie die Müdigkeit für einen Moment vergessen. Sie lehnte sich an die starke Brust ihres Mannes und spürte seinen Herzschlag.

»Hier. Eigentlich wollte ich es dir erst nach der Tournee geben, aber ich konnte nicht länger warten.« Er ließ sie los, bückte sich und zog ein kleines Päckchen unter der vor Geschenken überquellenden Bank hervor. Es war in mehrere Lagen weißes Seidenpapier gewickelt und mit einem hübschen Satinband verschnürt. »Ich habe es auf dem Marché aux Puces bei einem komischen Kauz gekauft, der mir geschworen hat, dass es von einer sehr vornehmen Dame stammt – von Adel, vielleicht sogar ein Mitglied des Königshauses. Es hat mich an dich erinnert, meine Königin.«

Lexi nahm das Geschenk entgegen und blickte in Dariusz' offenes Gesicht. »Was ist es, Liebster? Du sollst mir doch nicht so viel kaufen. Wir müssen sparen.« Trotzdem konnte sie es kaum erwarten zu sehen, was sich unter den leise raschelnden Schichten verbarg. Dariusz fand immer so wundervolle Dinge für sie, während sie selbst nie wusste, was sie ihm schenken sollte, denn er behauptete immer, dass er nichts wolle bis auf sie. Und der einen Sache, die sie nicht bereit war, ihm zu geben.

»Es war nicht teuer, und ich konnte nicht widerstehen. Wie findest du es?«

Lexi faltete das hauchdünne Papier auseinander und sah die Glassteine im Kerzenlicht funkeln. Die aufgestickten Pailletten und Perlen glänzten wie Silber und Gold, nur in der Mitte waren ein paar lose Fäden. »Aber … das ist wunderschön«, sagte sie atemlos. Zärtlich strich sie über den seidigen Organzastoff auf der Unterseite, und ein eigenartiges Gefühl befiel sie. *Wo bist du schon gewesen?*, fragte sie sich. *Und wem hast du wohl vor mir gehört?* Das Krönchen glitzerte und blinkte und schien förmlich in ihren Händen zu tanzen. Genau in der Mitte sah es aus, als wäre ein Schmuckstein abgerissen worden, aber den konnte sie ersetzen. Das Blut rauschte schneller durch ihre Adern und schien die Richtung zu wechseln. Das hier war … etwas Besonderes. Anders als alles, was sie bisher gesehen hatte, und sie hatte in ihrem Leben schon eine Menge hübscher Schmuckstücke gesehen – sie sich aber nie leisten können. Wie hatte ihr Mann einen solchen Schatz nur gefunden? Wen kümmerte es schon, ob es beschädigt war. Es war nur ein klein wenig ausgefranst, das konnte sie leicht ausbessern.

Dariusz nahm ihr das zarte, perlenbesetzte Band aus der Hand und legte es ihr um den Kopf. »Ich dachte, du könntest es in eines deiner Kostüme einarbeiten. Als Diadem vielleicht, oder als Armband bei deinen Beschwörungen? Du könntest die Mondgöttin Artemis sein.« Als er ihr den glitzernden Gegenstand an den Hals legte, sah sie, dass auch am Rand einige Perlen fehlten. Das ließe sich im Nu beheben. Er drückte es ihr in die Hand und schloss seine darum. »Dann wäre ich dein Apollon, damit ich vom Moment deiner Geburt an jeden deiner Atemzüge miterleben kann.« Er zog sie an sich und streichelte sie zärtlich, doch sie wich zurück, weil ihre Schultern schmerzhaft zu pochen begannen. Sie legte ihre kleine Hand an seine Brust. Wieder hatte sie das Gefühl, das alles nicht verdient zu haben.

»Danke, mein Liebster«, sagte Lexi. »Wie kann es sein, dass du mich so gut kennst?« *Und mich trotzdem liebst?*, ging die Frage in ihrem Kopf weiter. Doch statt einer Antwort lächelte Dariusz nur. Auch wenn sie als Paar die Blicke auf sich zogen – der riesenhafte Muskelmann mit seiner winzigen, zierlichen Braut – ergänzte er sie, wie es niemand sonst vermochte. Er war der Mann ihrer Träume und jedes wachen Augenblicks. Er war immer der Einzige für sie gewesen und würde es immer sein.

»Ein Diadem, sagst du?« Lexi betrachtete den Perlenschmuck in ihren Händen. »Es gefällt mir.« Sie nickte. »Ich könnte es auf eins meiner Kostüme nähen, aber du hast recht, als Kopfschmuck wäre es wunderschön. Ich müsste nur ein paar Bänder daran befestigen. Irgendwo müssten hier noch silberne Ripsbänder sein.« Lexi ließ den Blick über die übervollen Regale an den Wänden des kleinen Wohnraums wandern. *Aber wo könnten sie sein?* Nicht in den alten Zigarrenkisten mit Spitzenresten und Perlmuttknöpfen, und auch in keinem der vielen Gläser mit Nadeln und Fäden zwischen den Ballen leuchtender, hauchzarter Seidenstoffe, die sie aus Indien mitgebracht hatte. Ein Schatten legte sich auf ihr Gesicht.

»Was ist los?«, fragte Dariusz, der ihren Stimmungswechsel bemerkt hatte. Er nahm die Champagnerflasche aus dem reich verzierten Messingkübel und rang mit dem Korken. Mit einem satten *Plopp* perlte der Schaum über den dunklen Flaschenhals.

»Ach, nichts. Es ist nur … die letzte Landung war alles andere als perfekt …« Sie verstummte. Das musste besser werden. Sie gab es auf, einen Ehrenplatz für Dariusz' Geschenk finden zu wollen. Auf den überfüllten Regalbrettern war kein Zentimeter mehr frei. Hier war einfach kein Platz – genervt fragte sie sich, wie sie hier überhaupt zu zweit leben konnten. Aber eigentlich liebte sie genau das, denn so waren sie sich immer nahe. Als sie sich über die Bank beugte, unter der Dariusz ihr Geschenk versteckt hatte, spürte sie einen scharfen Stich im Rücken, und unterdrückte einen Schrei. Ein Krampf. Trotz der vielen Proben – der unzähligen Stunden des Übens, um ihren Auftritt zu perfektionieren – hatte sie es nicht geschafft. Jedenfalls nicht, ohne sich zu verletzen. Sie seufzte und legte das Diadem auf die Bank. Als Dariusz nicht hinsah, rieb sie sich schnell die schmerzende Stelle am Rücken.

War sie jetzt an ihre Grenzen gestoßen? Aber sie mussten weitermachen, wenn sie sich eine kleine Wohnung in Prag kaufen wollten. Was sollten sie sonst tun, wenn sie nicht mehr auftraten? Am Trapez und auf dem Seil war sie am besten, und ihre Kunstfertigkeit fing nach jahrelangen Strapazen gerade erst an, sich auszuzahlen. Mit einem Verdienst als Revuetänzerin würden sie nicht annähernd auskommen, und Dariusz' Karriere war fast am Ende. Wie viel Zeit mochte er noch haben, bevor er sich zur Ruhe setzen musste? Ein paar Jahre? Höchstens fünf. Fünf Jahre, um Geld fürs Alter zurückzulegen …

Es wird funktionieren, sagte sie sich und richtete sich wieder auf. *Solange sich nur nichts ändert.*

Dariusz reichte ihr ein Glas Champagner, und Lexi konzentrierte sich auf die schimmernden Bläschen, die unablässig an die Oberfläche stiegen.

»Du siehst besorgt aus, Liebling. Aber das brauchst du nicht. Deine Show ist immer noch die beste der Welt. Selbst der neue Star von Benikoffs Zirkus, wie heißt sie noch mal? Valeria? Selbst sie schafft die Bewegungen nicht so elegant wie du. Und übrigens auch sonst niemand. Du schwebst zur Erde wie in einem Traum … Hab Vertrauen in dich. So wie ich.« Er schüttelte den Kopf, Fältchen bildeten sich an seinen Augenwinkeln, und die Pomade in den seitlich gescheitelten Haaren schimmerte im Kerzenschein. Das eng anliegende Achselhemd und die schwarze Hose spannten über seinen prallen Brust- und Beinmuskeln. Seine Haut war glatt rasiert, und er war so groß, dass er selbst mit gebeugtem Kopf beinahe an die Wohnwagendecke stieß.

Als Lexis Blick in den Spiegel fiel, erschrak sie. *Ich bin ein Wrack*, dachte sie beim Anblick des halb verwischten granatroten Lippenstifts und der dunklen, bläulichen Augenringe. Ihre Schminke verklumpte und setzte sich in den Fältchen ab, sodass es wie Krähenfüße aussah. Die zusätzlichen Vorstellungen forderten ihren Tribut: zwölf Auftritte diese Woche, und der Sonntag lag noch vor ihnen. Sie war so müde. Aber auf jede Matinee folgte fast ohne Pause eine Abendvorstellung …

Wenn wir nur noch die letzte Etappe dieser Tournee zu Ende bringen und dann anfangen zu suchen, dachte sie. Zwei Zimmer, mehr brauchen wir nicht. Ein Wohnzimmer und ein Schlafzimmer für uns beide. Ein gemeinsames Bad würde schon gehen, wenn es sein musste … Jahre voller Shows lagen hinter ihnen, und nun hatten sie nur noch wenige Stationen auf ihrer Route vor sich, bevor sie mit dem Zug nach Prag zurückfahren würden. Nach Hause. Sie hatten es fast geschafft, ihr eigenes Zuhause war zum Greifen nahe. Ein fester Ort, der nur ihnen gehörte.

Sie dachte daran zurück, wie sie Dariusz zum ersten Mal gesehen hatte. In einem einzigen Augenblick hatte sie sich unsterblich in ihn verliebt. Schon damals hatte er so eindrucksvoll und exotisch gewirkt, so groß und massiv. Dariusz füllte einen Raum aus wie kein anderer Mann, dem sie je begegnet war. Damals mit siebzehn hatte Lexi vor Verlangen gebebt, als sie die Parade vorbeiziehen sah. Noch nie zuvor hatte sie etwas Ähnliches empfunden. Ihre Blicke waren sich begegnet, und von einem Moment auf den anderen hatte ihr Leben eine neue Richtung bekommen.

»Stell dir nur vor, wie es ist, wenn du schwanger wirst«, sagte er. In seinem Blick glomm der alte Funke. Er konnte nicht anders, aber Lexi hatte das Gespräch, das nun folgen würde, gründlich satt. »Einen kleinen Jungen. Oder ein Mädchen. Du hättest gern ein Mädchen, nicht wahr? Sie würde natürlich nach dir kommen.«

Plötzlich ergriff Lexi eine tiefe Schwermut, und sie unterdrückte ein Seufzen. *Unmöglich,* dachte sie. Wie stellte er sich das vor? Das Geld reichte jetzt schon hinten und vorne nicht, selbst wenn sie nur zu zweit waren.

»Dariusz.« Sie drehte sich zu ihm um. »Kannst du dir vorstellen, hier ein Kind großzuziehen?« Sie deutete mit einer weiten Geste auf den Wohnraum und bemühte sich, nicht wütend zu klingen.

»Vielleicht nicht.« Hoffnung lag in seinem Blick. »Aber wir haben immer noch Prag.«

Lexi ließ sich schwer auf den Stuhl vor ihrer Frisierkommode sinken. Sie fühlte sich hilflos, wie immer, wenn dieses heikle Thema sein hässliches Haupt erhob. Sosehr sie die kleinen Kinder liebte, die zu den Auftritten kamen, so wenig konnte sie sich vorstellen, selbst ein Baby auszutragen. Oder Mutter zu sein. Sie hatte sich für einen anderen Weg entschieden. Sie strich sich eine Haarsträhne aus der Stirn und verzog das Gesicht, weil sie so erschöpft war. *Vor der Zugabe muss ich mich unbedingt frisch machen,* dachte sie und ließ die Anspielung ihres Mannes unerwidert in der Luft hängen. Sie beobachtete ihn im Spiegel und sah ihm an, dass er sich Mühe gab, sie nicht zu drängen. Doch sie sah auch die Enttäuschung in seinem Blick, als er sich abwandte, und das brach ihr das Herz.

Jemand klopfte laut an die Tür und rüttelte an der Klinke. Lexi zog das durchsichtige, hautfarbene Netz über ihren Schultern glatt, mit dem sie im Scheinwerferlicht aussah, als wäre sie in einen Wirbel aus silbernen Sternen gestürzt, und beugte sich zum Spiegel, um den granatroten Lippenstift nachzuziehen.

»Wir könnten ja später üben?«, schlug Dariusz in verführerischem Ton vor, als er wieder hinter ihrer Schulter auftauchte. Lange hielt er es nie aus, nicht in ihrer Nähe zu sein. Er ließ die

Hand unter ihr Trikot gleiten und entlockte ihr einen leisen Seufzer. Lachend schlug sie seine Hand weg, und ihr wurde wieder leichter ums Herz.

»Was denn? Was hab ich gemacht?« Er hob die Hände in einer Unschuldsgeste. Dann zog er den geölten Riegel an der Tür zurück und hielt mit der anderen Hand die schwankenden Kostüme auf ihrem Ständer fest. Wieder erbebte die Tür, diesmal kräftiger. »Herein«, rief Lexi und zwang sich zu einem strahlenden Lächeln.

Rutherford kam die Stufen herauf. Er stützte sich schwer auf seinen Stock, den er weniger aus Notwendigkeit als des Effekts wegen trug.

»Was willst du hier?«, brummte Dariusz unbehaglich und zog sich tiefer in den Wohnwagen zurück. »Ich habe noch zehn Minuten bis zu meinem Auftritt.«

Lexi war überrascht, den Zirkusdirektor zu sehen. Die Vorstellung ging noch mindestens eine halbe Stunde, er musste bald wieder vor dem Vorhang stehen.

»Ah, Dariusz.« Rutherford nahm seinen Zylinder ab. »Bereit für deinen kleinen Auftritt?«

Dariusz sah den kleinen Mann gelassen an. Nur Lexi bemerkte das winzige Zucken in seinem Kiefer, als er die Zähne zusammenbiss.

»Du willst immer mehr, stimmt's, Rutherford? Jedes Mal. Das ist es doch, was du willst, oder? Keine Sorge, heute habe ich eine ganz besondere Show für dich geplant. Das wird garantiert eine echte … *Sensation.*« Er verschränkte die Arme vor der Brust.

Rutherford zog die Augenbrauen hoch, und Dariusz machte mit blitzenden Augen einen Schritt auf ihn zu. Der alte Mann versteifte sich, doch Lexi konnte sehen, wie es in seinem Kopf arbeitete, ehe er die weise Entscheidung fällte, Dariusz beim Wort zu nehmen.

»Aber gewiss, mein Junge«, sagte er und ließ sein Krokodilgebiss aufblitzen. »Mein Muskelmann. Du wirst Baumstämme wie Zweiglein durch die Luft werfen.« Zur Bekräftigung klopfte er mit dem Spazierstock auf den Boden.

Dariusz wandte sich ab und ölte sich in stummer Wut den Bizeps ein.

Da erst fiel Lexi auf, dass sie die ganze Zeit die Luft angehalten hatte, und sie atmete vorsichtig aus. Sie hatte mit einem Mal das Gefühl, an der aufgeladenen Atmosphäre zu ersticken. Die Kerzen schienen allen Sauerstoff geraubt zu haben, und der Duft der Blumen war überwältigend.

Als Rutherford sich an sie wandte, bleckte er die Zähne zu etwas, das entfernt an ein Lächeln erinnerte. »Lexi, mein Engel!«, sagte er. »Wie läuft es heute Abend, meine Liebe? Du warst übrigens fabelhaft. Diese Landung war einfach ergreifend, obwohl du mich um ein Haar getäuscht hättest.« Er wedelte mahnend mit dem erhobenen Zeigefinger. »Für einen Moment dachte ich wirklich, du würdest abstürzen! Diese letzte Drehung war selbst für dich ziemlich gefährlich.«

Lexi spürte die Drohung unter seinem Charme. »Danke, mein Lieber. Du bist zu freundlich. Das war alles geplant, einschließlich dieser … Andeutung des Fallens – damit das Publikum den Atem anhält.« Sie winkte achtlos ab. »Du weißt ja, wie wir arbeiten.« Eilig beugte sie sich zum Spiegel vor und zupfte sich die Locken zurecht, um Rutherfords Blick auszuweichen.

»Aber solltest du nicht in der Manege sein, *cher?*«, fragte sie, während sie etwas Puder auflegte. »Was können wir für dich tun?«

»Ach Gott, das hätte ich ja fast vergessen!« Der Zirkusdirektor schlug sich vor die Stirn. »Ihr habt sicherlich gesehen, dass die Benikoffs drüben bei den Pferden sitzen?«

Dariusz' Kopf fuhr hoch. Nein, das hatten sie nicht, dachte Lexi. Sie sah die Panik in Dariusz' Blick und schluckte ihren Schrecken hinunter.

»Nein, habe ich nicht«, sagte sie, so kühl sie konnte. »Warum hat man sie reingelassen?«

»Ich nehme an, das war dieser ungeschickte Neue, der die Billets verkauft … Bestimmt wollen sie wieder deine Nummer stehlen.« Rutherford hob das Kinn. »Sei dir gewiss, dass ich mir das nicht bieten lasse.« Er wippte auf den Fersen. Obwohl er selbst mit seinen erhöhten Absätzen, die sich unter seinen Gamaschen verbargen, kaum größer war als die zierliche Lexi, hatte er eine einschüchternde Ausstrahlung. Es war nicht leicht, mit einer so geringen Körpergröße einen Zirkus zu führen. Doch ganz egal, was die anderen sagten, Rutherford war immer noch eine eindrucksvolle Erscheinung. Und er sorgte immer dafür, dass sie ihre Gehaltsumschläge bekamen – was in diesen mageren Zeiten eine beachtliche Leistung war.

»Ich dachte, die Benikoffs hätten Europa bereits verlassen?«, fragte Lexi beiläufig.

»Offenbar noch nicht … Jedenfalls dachte ich, du solltest es wissen. Wir müssen allmählich unsere Show für den Orient planen, wenn wir auf Vorbestellungen hoffen wollen. Heute Abend warst du überragend, meine Liebe, aber es muss immer frisch bleiben. Frisch, frisch, frisch. Besonders, wenn wir in den Nahen Osten weiterreisen wollen … Es darf nicht noch einen *Vorfall* geben.« Er verzog den Mund, als hätte er in eine Zitrone gebissen.

»Das wird es nicht.« Lexi dachte an Turin zurück. Die vielen Vorstellungen, die wahrscheinlich alle ausverkauft gewesen wären, von einem Moment auf den anderen abgesagt … So etwas passierte, wenn man nicht in absoluter Bestform war und die Konkurrenz an sich vorbeiziehen ließ.

»Also, mein Engel.« Der Zirkusdirektor sah sie listig an. »Du weißt, was du zu tun hast?«

»Ja.« Sie nickte langsam. »Das weiß ich.«

Seit sie sich erinnern konnte, hatte sie sich für ihre Auftritte von den großen Ereignissen der Geschichte und den mythischen Heldentaten von Göttern und Menschen inspirieren lassen. Lexi wusste, dass ihre Fantasie durch nichts zu ersetzen war. Auch die Kostüme stammten ganz allein von ihr. Sie erfand sie abends im Bett, in den Minuten kurz vor dem Einschlafen, und eines war fantasievoller als das andere. Mit Glöckchen, Federn und Pailletten – perlenbesetzte Meisterstücke aus Stoffen und Materialien, die sie von allen Orten mitbrachte, an denen sie gastierten. Aber sie machten Arbeit – Stunden um Stunden akribischer, hingebungsvoller Arbeit. Genau wie ein neues Programm.

Lexi seufzte. So viel zu ihrer Pragreise, um ein Zuhause zu finden. Stattdessen würde sie die Monate nach der Tournee damit verbringen, eine neue Darbietung zu entwickeln und zu perfektionieren, bevor sie wieder aufbrachen. In der nächsten Saison würden sie nach Fernost fahren und in Shanghai den Rest der Truppe treffen.

Ein Trommelwirbel erklang aus dem Zelt und riss sie aus ihren Gedanken. »Also, Dariusz«, sagte Rutherford und deutete zur Tür. »Gehen wir?« Lexi fing Dariusz' Blick auf. Neben dem Zirkusdirektor schien ihr großer, starker Mann regelrecht zusammenzuschrumpfen.

»Heute musst du dir noch nichts einfallen lassen, Lexi. Wir setzen dieses Gespräch ein andermal fort.« Die Spitze seines Stocks klapperte auf der nackten Holzrampe, als er sich auf den Weg zum Hauptzelt machte. »Komm, Dariusz!« In seiner Stimme schwang eine stählerne Härte mit.

»Nun«, sagte Lexi in die Stille, die auf Rutherfords Abgang folgte. »Du solltest wohl gehen.«

Ihr Mann trat zu ihr, legte ihr die Hände auf die Schultern und beugte sich dicht an ihr Ohr. »Wir könnten das für immer hinter uns lassen, weißt du? Wenn wir ein Baby haben …«

Lexi gab sich Mühe, ihn nicht zu finster anzusehen. Sie hatte alles dafür getan, damit sie hierbleiben konnten und beide Stars wurden. Bei Dariusz hatte es nicht funktioniert, aber sie war jetzt die Hauptattraktion … endlich! Sie konnten jetzt nicht fortgehen. Verstand er das denn nicht? Wenn man Dariusz reden hörte, schien er überhaupt keine Ahnung zu haben, wie die Welt da draußen funktionierte. Was glaubte er denn, was sie dort erwartete? Wovon sollten sie leben? Er war schon so lange beim Zirkus, dass er nicht wusste, wie düster und schwierig und schmerzhaft die Außenwelt sein konnte, er hatte keinen Schimmer. Dass er mit seiner Darbietung hier schon so lange auftreten konnte, hatte er nur ihr zu verdanken. Bereitwillig hatte er all die kleinen Änderungen umgesetzt, die sie vorgeschlagen hatte, damit ihn nicht das gleiche Schicksal traf wie Mercurio. Was würde Dariusz wohl sagen, wenn er erfuhr, wie wichtig es wirklich für sie war, weiter aufzutreten und sich diese Wohnung in Prag leisten zu können?

Wenn er wüsste, was sie alles dafür getan und welche Opfer sie gebracht hatte? Jedes Einzelne, nur damit sie beide hierbleiben konnten?

Wir sind in jeder Hinsicht gegensätzlich, dachte sie und betrachtete sie beide liebevoll im Spiegel. Der sanfte, formbare Muskelmann und die kleine Lexi, der winzige, schwebende Engel, den man nicht unterschätzen durfte. Wie sonderbar.

Ein Zucken durchlief Dariusz' breiten, fast schon katzenhaften Kiefer, und er sah sie mit seinen dunklen Augen fest an. Selbst mit über fünfzig war er ein Schrank von einem Mann und hatte Beine wie Baumstämme. So stolz und aufrecht trotz der vielen Gewichte, die er im Laufe der Jahre gestemmt hatte. Manchmal konnte Lexi kaum glauben, dass sie ihn nicht in den Erdboden gedrückt hatten. Er war so massiv, dass sie manchmal dachte, ihm müssten Wurzeln wachsen. Bei seinen Händen fing es allmählich schon an, sie versteiften sich zu harten Fäusten, sodass er sie an manchen Tagen nicht einmal mehr weit genug öffnen konnte, um die großen Hanteln zu greifen. Die Baumstämme machten seinen Händen weniger zu schaffen, aber dabei sorgte sich Lexi um seinen Rücken.

Bitte, lieber Gott, lass nicht zu, dass ihm etwas zustößt, dachte sie. Ihr Herz schlug schneller. Sie drehte sich zu ihm um, barg das Gesicht an seiner Brust und atmete seinen Duft ein.

Wo sie auch waren, sie würde immer wie eine Taube auf seinen Ästen sitzen. Und sie würden glücklich sein, dachte sie. Ganz egal, was geschah.

Es war ihr sehnlichster Wunsch.

Lexi hatte sich gegen die kühle Abendluft in Shanghai einen fransigen Seidenschal umgeschlungen und sich bei ihrem Mann untergehakt, als sie zum Ufer des Huangpu schlenderten. Für jeden Schritt, den Dariusz ging, musste sie zwei machen.

»Wann haben wir das zum letzten Mal gemacht?« Er schmiegte sich an sie.

»Was?«, fragte Lexi.

»Spazieren gehen«, sagte er. »In aller Ruhe ... Wie fühlst du dich?«

»Gut«, antwortete sie mit angespanntem Lächeln und drückte ihm einen Kuss auf den Handrücken.

Sie versuchte, sich auf dem Weg zum Empfang etwas zu entspannen, doch das war nicht leicht. Noch immer machte sie sich große Sorgen. Sie hatte geahnt, dass Sukis Verschwinden, kaum dass die Truppe für den Winter auseinandergegangen war, kein gutes Zeichen sein konnte. Und in Shanghai war sie auch nicht wie verabredet erschienen. Niemand wusste, was aus ihr geworden war, aber Lexi war misstrauisch. Sicher war es kein Zufall gewesen, dass sich der Chef der Benikoffs – Carl Zastro vom Circus Gebrüder Zastro – in Prag mit ihr in Verbindung gesetzt hatte, um ihr einen Spitzenplatz in seinem Programm anzubieten. Ohne jeden Zweifel hatte ihre alte Freundin (und jetzt vermutlich Erzfeindin) diese Chance ergriffen.

Haben Sie auch einen Platz für Dariusz?, hatte sie Zastro zurückgeschrieben und dann einige Tage auf ein Telegramm von ihm gewartet.

Als die Antwort kam (*Nein, wir haben nur einen Platz für Sie.*), hatte Lexi den Zettel in hundert kleine Stücke gerissen und angezündet. Eine Art Exorzismus, um die bösen Geister zu vertreiben, die sie seit einiger Zeit verfolgten.

Als sie an einem Fenster vorbeikamen, aus dem fremdartige Musik drang, sah sie zu Dariusz auf. Er lächelte sie an und machte ein paar ausgelassene Tanzschritte im Takt, um sie aufzuheitern. Sie lachte, doch ihr Körper versteifte sich unter der Anspannung in ihrem Bauch. Vor einem Auftritt war sie das reinste Nervenbündel.

Straßenhändler standen am Rand der schmalen Gassen und brieten in Woks über mobilen Kochstellen Gemüse und Fleischstücke. Petroleumlampen warfen schwache Lichtkreise, und in den Töpfen köchelte Reis, der nach Jasmin duftete. Lexi roch die Gewürze der bratenden Speisen und spürte die Hitze, die von den zweirädrigen Wagen aufstieg. Die feuchtwarme Luft klebte auf ihrer Haut. An Klapptischen saßen kleine Grüppchen alter Männer und spielten Mah-Jongg, und in der anbrechenden Dunkelheit klang das Klicken der Spielsteine aus gebleichten Knochen wie Zähneklappern.

An diesem Abend lag etwas in der Luft, eine Art elektrisierter Spannung. Lexi versuchte sich daran zu erinnern, wann sie dieses Gefühl zuletzt gehabt hatte. Womöglich an jenem Tag vor vielen Jahren, an dem sie als junges Mädchen die Zirkusparade durch die Stadt hatte ziehen sehen. Heute war sie selbst Teil dieser wundersamen Prozession gewesen. Fast auf den Tag genau vor zwanzig Jahren hatte sie Dariusz zum ersten Mal gesehen, und ihr Schicksal war besiegelt gewesen. Vorsichtig fasste sie sich an die Stirn, um sich zu vergewissern, dass das Diadem noch richtig saß. Ja, der glitzernde Kopfschmuck mit den silbernen Seidenbändern war noch da. Sie mochte es, dass sie sich damit größer und majestätischer fühlte, als könnte sie nach den Sternen greifen. Es war ihr Glücksbringer, der ihre zerfaserten Gedanken zur Ruhe brachte.

Als sie zur Uferpromenade kamen, sah Lexi, dass das Foyer des Grand Hotels noch so gut wie leer war. Bis auf die Zirkusleute und das Hotelpersonal war noch niemand da. Sie nahmen den Seiteneingang, und Lexi wartete, während Dariusz sich mit den Bühnenarbeitern besprach und die Einzelheiten für den Aufbau klärte. Sie sprachen nur flüsternd miteinander, alle spürten die Spannung, die in der Luft lag. Quälend langsam verstrichen die Minuten, bis es endlich Zeit war, sich auf dem roten Teppich zu zeigen.

Vor dem Peace Hotel fuhren Automobile vor und spien einen wohlhabenden Passagier nach dem anderen aus. Die Reichen und Schönen von Shanghai kamen in ihren teuersten Kleidern und Juwelen, um zu trinken, zu tanzen und sich unterhalten zu lassen. Der Abend hatte offiziell begonnen.

Sie gingen hinein, und Lexi klammerte sich so fest an Dariusz' Arm, dass sich ihre Fingernägel in seine Haut bohrten. »Bitte bleib bei mir, ja?«, flehte sie mit leiser, eindringlicher Stimme. Er drückte ihre schmalen Schultern. »Natürlich«, sagte er. »Aber es wird alles gut gehen. Wie immer. Mach dir keine Sorgen.« Beruhigend lächelte er sie an.

Lexi atmete tief durch, nahm energisch die Schultern zurück und lächelte so strahlend, wie sie nur konnte. Dann betraten sie die vergoldete Lobby.

»Ach, da seid ihr ja!«, rief Rutherford. Seine Stimme drang kaum über das Streichquartett hinweg, das weitgehend unbeachtet in einer Ecke aufspielte.

Rutherford wirkte so stattlich, wie das bei einem Mann von derart schmächtigen Proportionen möglich war. Er hatte seine

Zirkusdirektor-Uniform angelegt: rote Wolljacke mit glänzenden Messingknöpfen und Frackschößen, schwarze, satingesäumte Hose, gestärktes weißes Hemd und wunderschöne Goldlitze. Es war sein bester Anzug, samt Fliege und Kläppchenkragen. *Man sieht die geflickten Stellen kaum*, dachte Lexi mit einem Blick auf das Einstecktuch, das einige gestopfte Löcher an der Brust verdeckte. Sie hatte gewusst, dass diese Behelfslösung funktionieren würde, aber früher oder später würde er Ersatz brauchen. Dieser Tage kamen sie alle mehr schlecht als recht über die Runden.

Als sie an Rutherfords Seite trat und ihm die Wange hinhielt, sah Lexi die weißen Haare auf seiner glänzenden Kopfhaut kleben. Sie wünschte, er würde den Zylinder wieder aufsetzen, damit es niemand sonst sah.

Er geleitete sie ins Gedränge und stellte sie den wichtigsten Gästen des Abends vor. Diplomaten mit ihren gelangweilten, kultivierten Ehefrauen, die reichlich mit immens teurem Schmuck behängt waren, ebenso wie Starlets, Stummfilmstars, Künstler, Schriftsteller und Glücksritter, die gekommen waren, um den Großen Circus Renzini mit seiner bisher geheimen neuen Nummer zu sehen.

»Sie sollen ja heute Abend eine spektakuläre Show für uns bereithalten.« Die Knöpfe am Smoking des Mannes konnten seinen ausladenden Bauch kaum halten, während seine Frau so zierlich war, dass ihr lachsfarbenes Seidenkleid wie ein Sack an ihr herabhing. Lexi wusste, dass der Mann Bankier war, einer der wichtigen Geldgeber, die Rutherford heute Abend zu beeindrucken hoffte, um sich seine Unterstützung für die Tournee in den Nahen Osten zu sichern. »Wir sind alle so gespannt darauf.«

Er stand eine Spur zu dicht neben ihr, und sie konnte den Alkohol in seinem Atem riechen. Sie rückte einen kleinen Schritt von ihm ab. »Das hoffe ich doch sehr«, gab sie breit lächelnd zurück. »Auch mein Mann hat ein neues Programm.« Lexi zog Dariusz zu ihnen in den Kreis. »Sehen Sie sich seinen Auftritt genau an. Ich versichere Ihnen, so etwas haben Sie in ganz Asien noch nicht gesehen.« Sie klang schon wie Rutherford, dachte sie.

Dariusz blinzelte in die Runde und nippte höflich an seinem Drink. Plötzlich fürchtete sie, ihn beschämt zu haben. Er hatte es nicht nötig, dass sie Werbung für seine Show machte, dachte sie. *Was tue ich hier eigentlich?*

»Dann freue ich mich auf beide Auftritte.« Der rotgesichtige Bankier hüstelte. »Danke für den Tipp.«

Lexi wandte sich an einen anderen Mann, der gerade dazugekommen war, und tat so, als würde sie weder die steif herabhängende Armprothese noch das Pflaster über seinem rechten Auge bemerken. Durch die Haut an seinen Wangen schimmerten schwarze Kugelsplitter, und auf seiner Brust prangten eine ganze Reihe glänzender Medaillen. Doch in seinem Blick lag kein Stolz, als er Lexi mit dem verbleibenden Auge musterte und die Mundwinkel zur vagen Andeutung eines Lächelns hob. Sie dachte an den Krieg und die Verwüstungen, die er angerichtet hatte, und empfand tiefes Mitgefühl mit dem Mann.

»Haben Sie von Davidsons Investitionen auf der Malaiischen Halbinsel gehört?«, sagte der reiche Bankier zu niemand Bestimmtem. »Ganz schön gerissen, wenn man bedenkt, wie viel Ärger er mit der Kuomintang hatte. Kautschukplantagen scheinen ja die neuen Goldminen zu sein.«

Lexi schnappte einige Worte der geschäftlichen Unterhaltung auf und sah, dass Dariusz sofort abschaltete; sein Blick wurde glasig und schweifte durch den Raum. Sie selbst hingegen spitzte die Ohren. Warum blieben die finanziellen Angelegenheiten immer an ihr hängen? Für einen Moment machte es sie wütend, dass sie in dieser Beziehung offenbar die Einzige war, die sich darum kümmerte, wovon sie auf ihre alten Tage leben sollten.

Eine Frau mit mehreren langen Perlenketten und einem Glockenhut schien das Gespräch mitangehört zu haben und winkte Lexi zu sich. Ihr dunkelblauer Lidschatten passte farblich zu den dunklen Ringen unter ihren hängenden Lidern. Nachdem sie Lexis Aufmachung und besonders das Diadem auf ihrem Kopf eingehend betrachtet hatte, fragte sie: »Haben Sie denn gar keine Angst, meine Liebe?« Ihre langen Fingernägel gruben sich in Lexis Hand, als sie sich vorstellte. Mit einem tiefen Zug an ihrer in einer Ebenholzspitze steckenden Zigarette musterte sie Lexi prüfend. Sie schien von dem Diadem geradezu hypnotisiert zu sein. Sie erinnerte Lexi an Rosa, die alte Wahrsagerin, die früher Tarotkarten gelegt und aus der Kristallkugel gelesen hatte und eine große Begabung dafür gehabt hatte, Verstorbene zu imitieren.

»Wie ich höre, sollen Sie eine beeindruckende Nummer entwickelt haben.« Die Frau ließ ein kleines Lächeln aufblitzen, nahm einen tiefen Zug von ihrer Zigarette und blies Lexi den blaugrauen Rauch ins Gesicht. Er hatte die gleiche Farbe wie die Locken unter dem bestickten Glockenhut. »Voller Gefahren und todesverachtender Kunststücke.« Sie sprach langsam, und Lexi merkte, dass die Frau schon betrunken war.

Hüstelnd wedelte sie den Rauch weg. »Aber ganz und gar

nicht, Madame. Mit der richtigen Einweisung und ein bisschen Routine könnten Sie es selbst nachmachen, da bin ich sicher. Es ist nur eine Frage der Übung … und vieler Monate harter Arbeit.«

»Ach, und ich dachte, es würde etwas Geheimnisvolleres dahinterstecken.« Die Frau beäugte sie neugierig, und wieder wanderte ihr Blick hinauf zu dem Diadem. »Das sollen wir doch glauben, oder nicht? Gehen Ihnen nicht vor Aufregung die Nerven durch? Angeblich ist es ja das erste Mal, dass Sie mit dieser Nummer auftreten.«

»In der Manege und vor Publikum, ja. Aber ich mache es nicht zum ersten Mal, das kann ich Ihnen versichern.« Lexi rückte ihr Diadem zurecht und fragte sich, was die Frau daran so faszinierend fand.

Sie dachte an den Aufbau auf dem Platz und daran, wie die Trapezkonstruktion geknarzt hatte, als sie an den schwingenden Seilen immer höher hinaufgeflogen war. An das heftige Wackeln, als sie versucht hatte, wieder Halt zu finden … Rutherford wollte erst abwarten, wie der heutige Abend verlief, bevor er irgendwelche Zusagen machte, aber die vielen Einsparungen blieben nicht folgenlos. Unter den Bühnenarbeitern sah Lexi kein einziges bekanntes Gesicht, und sie fragte sich, wer diese neue Besetzung war. Hoffentlich hatte Dariusz die Anlage sorgfältig überprüft.

»Allerdings«, fuhr Lexi fort, »zum ersten Mal vor einem so erlesenen Publikum wie diesem.«

Die Frau stieß ein krächzendes Lachen aus und sah Lexi scharf an.

»Wir dürfen uns heute offenbar ziemlich glücklich schätzen«, sagte sie mit einem letzten flüchtigen Blick auf Lexis Stirn.

»Haben Sie gehört? Der neue Schah von Persien wird uns beehren. Er trifft sich wohl mit seinen Regierungsbeamten.«

Das wusste Lexi allerdings. Unter anderem deshalb hatten sie heute Nachmittag keinen Zutritt zum Ballsaal erhalten, um die übliche Probe abzuhalten. Der Saal war also noch nicht getestet – was nicht gerade dazu beitrug, die unangenehme Nervosität in ihrer Magengrube zu lindern. Während Lexi nickte, fragte sie sich, wie diese merkwürdige Frau an ihre Einladung gekommen war. Dieser Abend sollte hochexklusiv sein, doch ihrer Stimme nach zu urteilen war sie nicht so vornehm, wie Lexi zunächst angenommen hatte.

Plötzlich erklang ein einzelner, heller Ton, und das dissonante Gelächter und Gläserklirren erstarben. Für Lexi war es das Stichwort, sich unauffällig zurückzuziehen, doch als Rutherford die prunkvolle Marmortreppe in der Lobby ein paar Stufen hinaufstieg, konnte sie nicht widerstehen, sich noch einmal umzusehen. Er drehte sich zu den Gästen um und wartete, bis auch der Letzte verstummt war, bevor er zu sprechen begann.

»Ich heiße Sie herzlich willkommen zu unserer großen Enthüllung und möchte mich bei Ihnen allen für Ihr Kommen bedanken. Heute Abend haben wir eine atemberaubende Vorabaufführung für Sie, in der wir Ihnen einen Vorgeschmack auf unsere besten Künstler und Kuriositäten bieten. Sehen Sie Auszüge aus unseren Darbietungen, absonderliche Menschen aus fernen Ländern, wie sie die zivilisierte Welt noch nie zu Gesicht bekommen hat. Und das Beste von allem: Sie dürfen einer exklusiven Vorschau auf Lexi Dömötörs neues Programm beiwohnen. Unser schwebender Engel fällt heute Abend eigens für Sie vom Himmel. Sie werden mit eigenen Augen die Kühnheit und den Wagemut ihrer neuen Show sehen. Aber vergessen Sie dabei nicht zu atmen!« Ein aufgeregtes Raunen ging durchs Publikum.

Aller Augen richteten sich auf Lexi, die den Kopf senkte und anmutig lächelte. Dabei entdeckte sie Dariusz' Gesicht in der Menge. Auf seinen Lippen lag ein Lächeln, doch es reichte nicht bis zu seinen Augen.

»Wenn Sie nun Ihre Plätze im Ballsaal einnehmen möchten, meine Damen und Herren, versichere ich Ihnen, dass Sie noch jahrelang über das sprechen werden, was Sie gleich zu sehen bekommen.«

Unter aufgeregtem Gemurmel betraten die Gäste den Ballsaal, der im funkelnden Licht von zwanzig Kronleuchtern erstrahlte.

Wieder erhob Rutherford die Stimme: »Die Vorstellung soll beginnen!«

Berühmte Schönheiten mit modisch akkuraten Bobs füllten den Saal, begleitet von attraktiven Herren aller Nationalitäten. Die *Crème de la Crème* von Chinas neuer Elite. In Shanghais internationalen Vierteln wimmelte es nur so von ihnen – lauter Menschen, die den weiten Weg in den Orient auf sich genommen hatten, um der düsteren Strenge des Nachkriegseuropas zu entfliehen. Etwa hundert Stühle umringten die Bühne in einem perfekten Kreis, es war ein kleines Publikum – eines der kleinsten, vor dem sie bisher aufgetreten waren – aber so Gott wollte, würde es ihnen viele weitere Auftritte in den kommenden Jahren sichern.

Heutzutage nahmen die Leute ihre Freizeitgestaltung so ernst – selbst so wichtige Persönlichkeiten wie der Schah, der in seinem eleganten Anzug in der ersten Reihe saß. Mit der zunehmenden Verbreitung von Radios und Kinos war es ungleich schwieriger geworden, ihnen etwas Außergewöhnliches zu bieten. Bald würde es für sie keine Arbeit mehr geben. Lexi rückte ihr Diadem zurecht. Wie sehr sie sich doch daran gewöhnt hatte. Wenn sie es trug, fühlte sie sich beinahe … vollständig.

Sie balancierte auf der winzigen Plattform hoch über dem Ballsaal, dehnte ihre Füße und wartete auf den Einsatz, während die Musik anschwoll und immer lauter wurde. Der Abend war erfolgreich verlaufen, jede Darbietung hatte Spannung und Applaus gebracht. Doch jetzt warteten alle nur noch auf sie. Sie ignorierte standhaft, wie weit der Boden entfernt war. Das Netz war kaum zu sehen – sie konnte nicht einmal mit Sicherheit erkennen, ob es wirklich da war. War es das? Panik erfasste sie. Vor ihren Augen verschwammen die Holzbohlen, die tief unten in den Schatten lagen. Sie blinzelte und ermahnte sich, nicht albern zu sein. Natürlich war das Netz da – Dariusz hatte alles überprüft, bevor sie hinaufgeklettert war. Ihr klopfendes Herz beruhigte sich, und sie ließ das Diadem los, das mit den Bändern sicher in ihren Haaren befestigt war.

Als die Musik ihren Höhepunkt erreichte, trat Lexi mit weit ausgebreiteten Armen ins Licht. Sie spürte die Hitze der Scheinwerfer auf der Haut und hörte, wie das Publikum den Atem anhielt. Das glitzernde Diadem war ihre Krone, und sie war die strahlende Königin der Nacht. Ihr blau schimmerndes Trikot gleißte im goldenen Licht und sprühte bei jeder Bewegung Farbfunken. Es war aus dickem, dehnbarem Satin gefertigt, der sich eng an ihren Körper schmiegte, und über und über mit pfauenblauen Pailletten besetzt – bis auf eine Aussparung auf der Brust, wo ein schillerndes Herz aus burgunderroten Pailletten, passend zu den dunklen Perlen des Diadems, im Scheinwerferlicht zu pulsieren schien.

Das Publikum war in raschelnder, unruhiger Dunkelheit verborgen. Wie hypnotisiert machte Lexi den nächsten Schritt. In diesem Moment gab es nur sie allein auf der Welt. Es war an der Zeit, ihre nachlassenden Kräfte herauszufordern, auszuloten, wozu ihr Körper noch fähig war und wie viel sie riskieren würde. Sie atmete tief durch. Dariusz hatte recht: Sie war bereit. Sie wusste, dass sie es schaffen konnte.

Der Geruch von Haarfestiger stieg ihr in die Nase, verstärkt durch die gewaltige Hitze der Scheinwerfer. Eine Schweißperle rann ihr von der Stirn und verschleierte für einen Moment ihren Blick. Sie zwang sich, nicht zu blinzeln. Die Musik schwoll immer mehr an und legte dann eine Pause ein, doch Lexi rührte sich nicht. Sie befahl sich, den nächsten Schritt zu gehen, aber ihre Beine gehorchten ihr nicht. Verwirrt begann einer der Musiker von Neuem mit der Basslinie. Im Publikum flüsterte jemand. Eine Frau räusperte sich.

Lexi nahm einen tiefen Atemzug, und dann noch einen und machte einen Schritt nach vorn. Dann flüsterte sie ein schnelles Gebet, stieß sich kräftig ab und flog auf die wartende Trapezstange zu. Sie fand ihren Rhythmus und bewegte sich wie im Traum. Die Perlen strahlten und funkelten im Licht. Sie bewegte sich so geschmeidig, als wäre ihr Körper eins mit der Luft, während sie Salti schlagend dahinflog. Ihre Glieder taten alles, was sie wollte. Sie fühlte sich schwerelos, anmutig, lebendig. Sie überschlug sich, streckte sich, ahnte die Schwingungen des dicken weißen Seils voraus und fand jedes Mal die Stange.

Das Finale. Sie kam zum Stehen, machte kehrt und schwang sich wieder nach oben, den ganzen Weg hinauf zum Anfangspunkt. Sie sprang und flog und überschlug sich von Trapez zu Trapez, immer höher hinauf, bis sie mit der Spitze ihres herrlichen Diadems einen der Kronleuchter streifte und die Kristalle in der Stille des Raums zu Ehren ihrer Anmut und Geschmeidigkeit klirren ließ. Sie war in Sicherheit. Natürlich, wie sollte es anders sein.

Ihr ging das Herz auf, und in weiter Ferne hörte sie, wie irgendwo in der undurchdringlichen Dunkelheit unter ihr der Applaus losbrach.

Jetzt kam sie, ihre letzte, waghalsigste Figur.

Schon in dem Moment, als sie nach dem Trapez griff, wusste Lexi, dass es falschlief. Ihre Schultern waren minimal im falschen Winkel, und ihre Hände rutschten am Seil ab.

Sie schwankte, einen Sekundenbruchteil zu lange, und spürte, wie ihr das Diadem in die Stirn rutschte.

Sie warf sich herum und landete auf dem Seil, ihr Bein glitt an seinen Platz. Einen Moment lang glaubte sie, sie hätte sich getäuscht. Sie hatte es geschafft! Ihr Auftritt war fast vorüber – jetzt musste sie es nur noch auf die andere Seite schaffen.

Doch gleich darauf merkte sie, dass ihre Balance leicht nach links kippte. Dann nach rechts. Und dann stürzte sie.

Wie in Zeitlupe überschlug sie sich. Eigenartig ruhig und fließend kamen die Gedanken und gingen wieder, während ihr die Ripsbänder des Diadems ins Gesicht flatterten …

Erinnerungen an ihre Kindheit und ihr ganzes bisheriges Leben. Der Tag der Parade, als sie Dariusz zum ersten Mal gesehen hatte.

Sie hörte das Kreischen einer Violine – oder war es der Schrei einer Frau? Sie fiel und fiel. Sehr, sehr tief.

Sie schloss die Augen, und in diesem Moment verschwand die kleine Wohnung in Prag. Sie dachte an die vielen Tassen Flohkraut-Tee, die sie im Vertrauen auf Suki getrunken hatte, wenn sie spät dran gewesen war … So viele vergebene Chancen … Wie sollte sie sich von einem solchen Sturz erholen? Trotz der unmittelbar bevorstehenden Schmerzen fühlte sie sich eigenartig ruhig.

Wovor hatte sie all die Jahre solche Angst gehabt? Manchen Frauen gaben Kinder die Zufriedenheit, die sie brauchten. Aber ihr nicht. Sie hatte stets nur eine tiefe, wütende Angst empfunden …

Ächzend machte sie sich für den Aufprall bereit. Sie fiel in das wartende elastische Netz, spürte, wie es unter ihr nachgab …

… und riss.

Eine Ecke löste sich vom Mast. Aus dem Publikum drangen Schreie an ihre Ohren.

Am Rande ihres Blickfelds sah Lexi blitzschnell einen schwarzen Streifen über den Boden sausen.

Sie überschlug sich im Netz. Ihr Handgelenk hatte sich im Seil verfangen und wurde scharf nach hinten gerissen. Schmerz schoss ihr in den Arm, ihr wurde schwarz vor Augen.

Sie stürzte schwer. Doch statt auf dem Boden aufzuschlagen, landete sie in Dariusz' Armen. Die Wucht des Aufpralls raubte beiden den Atem.

Er richtete sich auf und hielt sie auf dem Arm wie ein Vögelchen, das aus dem Nest gefallen war.

Mit undurchdringlichen, tiefdunklen Augen sah er sie an und drückte sie fest an sich.

Er holte tief Luft und lächelte, und ihr Herz füllte sich mit Liebe und Verlangen. Sie liebte diesen Mann. Er war das Beste, was ihr je passiert war. Nächstes Mal würde sie den Tee nicht trinken, versprach sie sich. Sollte die Natur ihren Lauf nehmen.

Ein kollektives Seufzen ging durch den Raum, und Lexi spürte die Enttäuschung in der Luft. Diese Schakale! Das bereitete ihnen Vergnügen. Sie sah ihren Mann an und versuchte, ihre ganze Liebe in diesen einen Blick zu legen. Er erwiderte ihr Lächeln. Seine Armmuskeln zitterten.

Irgendwie würden sie über die Runden kommen. Was brauchten sie schon, wenn sie einander hatten? Eine schreckliche Stille machte sich im Raum breit.

Dariusz öffnete den Mund, als wollte er etwas sagen, und Lexi starrte in die schwarze Öffnung. Plötzlich bekam sie Angst.

Er versuchte etwas zu sagen, doch die Worte blieben ihm im Hals stecken.

Groß und verzweifelt quollen seine Augen hervor. Er schwankte, immer wieder vor und zurück. Er ließ die Arme sinken, und Lexi setzte die Füße auf den Boden. Als sie versuchte, ihn zu stützen, fuhr ihr der Schmerz in den Arm, doch sie spürte es kaum.

»Dariusz?«

Der Name hallte in der Stille.

Plötzlich kippte er nach vorn, und Lexi sprang eilig beiseite.

Der riesenhafte Mann fiel auf die Knie, laut und obszön hallte das Geräusch durch den Ballsaal.

Lexi erstarrte. Panik ergriff sie. Was passierte hier?

Ein trauriger, resignierter Ausdruck glitt über sein Gesicht und versetzte ihr einen Stich ins Herz.

Dann fiel er vornüber wie ein gefällter Baum im Wald und krachte schwer auf den Boden. Einen Moment zuckte er noch, dann lag er reglos da.

Lexi hatte die Hände vor den Mund geschlagen. Sie schüttelte den Kopf, ungläubig und unfähig zu sprechen. Plötzlich wurde ihr das Diadem zu eng. Sie setzte es ab, ohne den Blick von Dariusz losreißen zu können. Einen Augenblick lang baumelte das Krönchen in ihrer Hand, dann rutschte es ihr aus den kraftlosen Fingern und fiel auf den Boden, wo es von den Leuten, die herbeieilten, sie packten, sie anschrien und an ihrem Arm zerrten, mit Füßen getreten wurde.

Sie hörte hallende Schritte. Auf einmal war Rutherford neben ihr, das Gesicht wie wahnsinnig verzerrt. Sein Mund bewegte sich, er schrie sie an, doch sie verstand die Worte nicht. Was sagte er? Und die Leute – so viele Leute – riefen, schrien, zeigten mit den Fingern.

Sie fand ihre Stimme wieder. »Aufhören!«, schrie sie und fasste sich an den Kopf. »Hört alle auf!«

Dann sackte sie neben dem gefallenen Riesen in sich zusammen.

Sie legte die Hand auf seinen noch warmen Hinterkopf und dann an ihr Gesicht, an ihre Wangen, ihre tränenlosen Augen.

Und dann ließ sie sich wie ein kleines Kind auf den Arm nehmen und davontragen.

SECHSTES KAPITEL

Maggie hockte auf dem Rand eines makellosen cremeweißen Sofas in Ulrika Fultons sonnigem Wohnzimmer. Am Vormittag hatte sie beim Durchsehen der Geschäftsbücher herausgefunden, dass die Vorbesitzerin des Ramschpostens, den sie so günstig ersteigert hatte und in dem sie das mit Glassteinen und Pailletten besetzte Diadem gefunden hatte, eine Ms Fulton war. Maggie hatte ihre Adresse und Telefonnummer ausfindig gemacht und war hergekommen, um mehr über das Objekt in Erfahrung zu bringen, wie sie es Francesca versprochen hatte.

»Sie kennen also weder die Jeschows noch jemanden namens di Cosimo? Das war der Nachname ihrer leiblichen Eltern – oder zumindest der Name, den ihre Adoptiveltern ihr genannt haben.« Maggie hielt den Atem an.

Obwohl das Penthouse in Hampstead mit Blick auf den Park fast monochrom im Industrial Style gehalten war, wirkte es gemütlich und elegant. Mit gerade genug Mobiliar, um nicht steril zu sein, trotzdem reichlich Bewegungsfreiheit und hohen Decken, die dem Raum eine wunderbar beruhigende Atmosphäre verliehen. Das offene Wohnzimmer mit niedrigen weißen Sofas, das von einem riesigen goldenen Buddha über dem Kaminsims dominiert wurde, ging nahtlos in einen Balkon aus poliertem Beton über, auf dem Bambuspflanzen und dunkle Glaslaternen standen. Maggie hatte vor Freude geseufzt, als

Ulrika sie in den Raum geführt hatte. Am liebsten wäre sie gleich nach Hause gefahren, um dort alles gründlich zu entrümpeln.

»Nein, tut mir leid.« Entschuldigend zuckte Ulrika die schmalen Schultern. Sie nahm das Diadem in die Hand, das in einem Nest aus Seidenpapier auf dem gläsernen Couchtisch lag, und ein düsterer Ausdruck glitt über ihr Gesicht. Behutsam, fast schon ängstlich strich sie mit langen, schlanken Fingern, an denen zahlreiche schwere Silberringe steckten, über die Perlen. »Sie haben es gereinigt. Es sieht wunderhübsch aus, nicht wahr? Aber über seine Geschichte ist mir gar nichts bekannt. Ich weiß nur, was passiert ist, als ich es selbst getragen habe.«

»Und was war das?« Maggies Neugier war geweckt, doch Ulrikas Blick verriet ihr, dass sie sich zu weit vorgewagt hatte. Sie schluckte ihre Enttäuschung hinunter, aber Ulrikas nächste Worte ließen ihr Herz höher schlagen.

»Allerdings erinnere ich mich noch daran, wie ich es gefunden habe. Ich habe es auf der Portobello Road gekauft, vor, ach … vielen Jahren. Bei dieser wunderbaren Hausiererin, Lily, hieß sie. Sie hat … ach, nicht so wichtig. Aber es war schon eine merkwürdige Geschichte, wie es mir in die Hände gefallen ist.« Seufzend wandte Ulrika den Blick ab. »Ich habe es auf ein Kleid genäht …« Sie deutete mit beiden Händen auf ihren Oberkörper. »Ich habe dieses ungewöhnliche, kunstvolle Stück geliebt. Aber irgendwie … ich weiß auch nicht, irgendwie hatte ich das Gefühl, es bringt mir Unglück. Als ob ihm ein böses Juju anhaftet. Seine Energie ist … nun, nicht ausschließlich positiv, würde ich sagen.« Sie strich das Seidenpapier glatt und legte das Diadem behutsam zurück. Einen Augenblick verweilten ihre Finger noch auf den schimmernden Perlen.

»Unglück?« Maggie blinzelte überrascht und fragte sich, was Ulrika damit meinen könnte. Sie selbst empfand genau das Gegenteil, doch auch Francescas Beziehung zu dem Schmuckstück hatte etwas Unheilvolles an sich gehabt.

Ulrika lachte heiser. »Klingt absurd, nicht wahr? Dieses Shooting war wirklich eine seltsame Geschichte … aber das ist schon so lange her, ich will Sie nicht langweilen.« Sie strich sich die glatten silbrigen Haare hinters Ohr. »Es muss vor dreißig, vierzig Jahren gewesen sein.« Auf ihren Lippen lag ein mädchenhaftes Lächeln, als sie Maggie ansah. »Aber ich kann mich nicht beklagen, schließlich bin ich durch dieses Shooting berühmt geworden. Und es hat mich nach London zurückgeführt.«

Das Exmodel sah immer noch atemberaubend aus, obwohl sie, wie Maggie vermutete, inzwischen über siebzig sein musste. Sie konnte noch immer nicht recht glauben, dass sie in Ulrika Fultons Wohnzimmer saß. *Die* Ulrika Fulton. Erst letzte Woche hatte sie Judy von ihrer eigentlichen Arbeit abgezogen, damit sie ihr half, den Besitzer des Kartons zu finden, in dem Maggie das Diadem entdeckt hatte. Sie selbst hatte nicht sofort geschaltet, als die Datenbank bei Bonningham's eine Ms Fulton ausgespuckt hatte, aber Judy hatte ihr bei der Suche über die Schulter geschaut und vor Aufregung laut aufgeschrien, als Ulrikas Name erschienen war.

»Ulrika Fulton! Ach Gott, an die erinnere ich mich!« Erst da war bei Maggie der Groschen gefallen. Ulrika war in den Siebzigern ein prominentes Model gewesen, das mit spindeldürren Armen und Beinen und unnatürlich großen Augen die Titelseiten vieler Modemagazine und eine Reihe berühmter Werbekampagnen geziert hatte. Ebenso wie Twiggy oder Veruschka war sie nur unter ihrem Vornamen bekannt gewesen – ein Supermodel, lange bevor es dieses Wort überhaupt gegeben hatte.

Maggie hatte herausgefunden, welcher ihrer Kollegen bei Bonningham's den Verkauf abgewickelt hatte, um an die Daten zu kommen. Offenbar veräußerte Ulrika den Besitz ihrer Eltern, und darunter waren auch einige Kisten wertloses Zeug, die sie in einem vor vielen Jahren geerbten Haus aufbewahrt hatte. Als Maggie die angegebene Nummer anrief, hatte sie eigentlich damit gerechnet, an eine arrogante Assistentin zu geraten, doch zu ihrer Überraschung war tatsächlich Ulrikas rauchige Stimme am Apparat gewesen. Fasziniert von Maggies Geschichte, hatte das Exmodel sie zu sich eingeladen, um mit ihr persönlich über das Diadem zu sprechen. Fast hätte Maggie sich kneifen müssen, um es zu glauben.

Ulrika lehnte sich auf dem Sofa zurück und nahm gedankenverloren einen der exotischen Kultgegenstände in die Hand, die auf einem Beistelltisch gruppiert waren. »Vielleicht probieren Sie es einmal auf dem Portobello Market?«, schlug sie vor. Sie wendete eine kleine, mit Perlen besetzte haitianische Puppe in den Händen. Die kleinen roten Stecknadelaugen wirkten scharf und unergründlich. »Ich weiß, die Chance ist nicht sehr groß, Lily war schon damals sehr alt, wahrscheinlich lebt sie inzwischen längst nicht mehr.«

»Ich glaube, ich erinnere mich an sie«, sagte Maggie langsam, während sie ihre Erinnerungen durchforstete. »Sie hatte dort bis in die späten Neunziger noch einen Stand, oder? Zu der Zeit fing ich selbst an, auf den Markt zu gehen.«

»Ich weiß nicht … ich war schon seit Ewigkeiten nicht mehr da, aber sie gehörte eigentlich zum lebenden Inventar.« Ulrika stellte das Püppchen wieder auf den Tisch. »Vielleicht nicht ganz bei sich …«, sie tippte sich an die Schläfe, »aber sie war immer da, bei jedem Wetter. Genau wie ich damals.« Ulrika lehnte sich auf dem eleganten Sofa zurück, und ihre Stimme bekam einen warmen, verträumten Klang. »Wie habe ich es geliebt, dort auf den Markt zu gehen, ganz besonders, wenn ich es frühmorgens geschafft habe. Aber auch nachmittags war es schön dort, vor einem Film im Electric Cinema etwa oder einem Drink im Portobello Star. Es war so herrlich, einfach dort zu sein und die Atmosphäre auf sich wirken zu lassen … so pulsierend und überschäumend vor Kreativität …« Sie schnippte mit den Fingern und wiegte sich leicht von einer Seite zur anderen. »Jeden Moment konnte man auf berühmte Models oder Designer treffen, die dort entlangspazierten, oder auf jemanden, der gerade einen Kurzfilm drehte. Künstler und Musiker und alle möglichen anderen Leute trieben sich dort herum – vom niederen Adel bis zum Bettler – hin und wieder sogar ein Fußballspieler.« Bei der Erinnerung glitt ein Lächeln über ihr Gesicht. »Die verschiedenen ethnischen Gruppen gaben dem Ganzen Würze und sorgten dafür, dass es nicht zu nobel wurde, aber alle dort waren so cool. Mir kam es immer vor, als wäre ich gar nicht wirklich in London, sondern irgendwo anders – in einem fantastischen Schmelztiegel von Menschen und Kulturen.«

Eine Katze stolzierte ins Zimmer und sprang Ulrika leichtfüßig auf den Schoß. Gedankenverloren streichelte die Frau ihr silbrig schimmerndes Fell, wobei ihre Armreifen leise klirrten.

Maggie lehnte sich zurück und betrachtete Ulrikas Gesicht. Die Falten darin waren so tief, dass sie beinahe wie Narben aussahen. Sie hatte straffe, tief gebräunte Haut und einen perfekten Knochenbau, und der Blick ihrer durchdringend tiefblauen Augen wirkte scharf und intelligent. Maggie fand das Gesicht dieser Frau außergewöhnlich schön, es erinnerte an die amerikanische Künstlerin Georgia O'Keeffe, die so lange in der Wüste New Mexicos gearbeitet hatte, dass ihr Gesicht das Aussehen eines schönen, weichen Lederbeutels angenommen hatte. Sie hatte genauso kluge, strahlende Augen.

»So ist das mit dem Modeln«, sagte Ulrika, die Maggies Blick falsch gedeutet hatte. »Wenn die Karriere vorbei ist, hat man noch eine ganze Menge Leben vor sich.«

»Das kann ich mir vorstellen.« Maggie fragte sich, was Ulrika mit ihrer Zeit anfing.

»Als die Bilder aus der Türkei veröffentlicht wurden, stand mein Telefon überhaupt nicht mehr still. Das hat alles auf ein ganz neues Level gehoben. Ich wollte meine Eltern glücklich machen, aber sie sahen es nicht gern, dass ich modelte – besonders meine Mutter nicht. Allerdings bin ich schon früh zu dem Schluss gekommen, dass man nicht für andere leben kann. Wenn man nicht herausfindet, was für einen selbst das Richtige ist, stellt man am Ende womöglich fest, dass man das Leben eines anderen gelebt hat.«

»Da bin ich ganz Ihrer Ansicht«, sagte Maggie freundlich. Sie dachte an Francesca, die das Geschäft ihrer Adoptiveltern übernommen hatte, ohne zu wissen, wer ihre richtigen Eltern waren, und an die vielen Male, die sie selbst ihre Entscheidungen vor ihrer Mutter hatte rechtfertigen müssen – solange die sich noch dafür interessiert hatte.

»Wissen Sie, eigentlich müsste sich ganz leicht herausfinden lassen, ob Lily noch lebt und wo sie sich aufhält«, sagte Ulrika.

»Die anderen Standbesitzer müssen sie doch kennen – viele sind schon seit Ewigkeiten dort. Spencer zum Beispiel. Der Laden ist schon seit so vielen Jahren im Besitz seiner Familie. Wenn er selbst nicht weiß, wo sie ist, kennt er sicher jemanden, der es Ihnen sagen kann.«

»Spencer, natürlich!« Aufgeregt setzte Maggie sich auf. »Er kommt immer zu Bonningham's, um Waren für seinen Laden zu ersteigern. Er ist genau der richtige Ansprechpartner.« Sie strahlte Ulrika an. Dass sie nun eine neue Spur verfolgen konnte, gab ihr frische Energie.

»Haben Sie vielen Dank, Ulrika. Ms Jeschow wird begeistert sein.« Maggie stand auf. Hoffentlich würden die Informationen, sofern sie welche bekam, Francesca wirklich weiterhelfen und sie nicht zusätzlich belasten. Die Katze sprang von Ulrikas Schoß und sauste in den Flur. Maggie war sich nicht sicher, ob sie ihre nächste Frage stellen sollte, aber andererseits, warum nicht? Sie hatte nichts zu verlieren.

»Ich habe da noch eine Bitte. Hoffentlich finden Sie es nicht unpassend, aber würden Sie mir vielleicht etwas signieren?« Sie zog eine Zeitschrift aus ihrer Umhängetasche; das Papier hatte in all den Jahren seinen Glanz nicht verloren. Kurz zeichnete sich Überraschung auf Ulrikas Gesicht ab, gefolgt von leichtem Misstrauen. Dachte sie, Maggie wollte das Autogramm zu Geld machen?

»Es ist für mich«, erklärte Maggie deshalb schnell. »Für meine Tochter Stella. Na ja, meine Stieftochter. Sie ist fünfzehn und absolut modeverrückt … sie wird ganz aus dem Häuschen sein.«

Ein breites Lächeln trat auf Ulrikas Gesicht, ihre Augenwinkel legten sich in tausend kleine Fältchen, und Maggie sah mit eigenen Augen den lebhaften Charme, der Ulrika fast ein Jahrzehnt lang an der Spitze der Modelbranche gehalten hatte.

»Aber natürlich«, sagte sie freundlich und beugte sich über die Zeitschrift. Auf dem Cover war ein Bild von ihr, eine effektvolle Aufnahme von ihr als sehr viel jüngerer Frau mit langen, fast farblosen Haaren und Mittelscheitel. Sie trug ein höchst spektakuläres, edwardisch inspiriertes Kleid, hochgeschlossen und mit einer Kamee am Kragen. Ihre Augen wirkten schläfrig und leer, ganz anders als der durchdringende Blick, mit dem sie jetzt Maggie ansah.

»Das ist es.« Sie tippte mit ihrem langen Finger auf die Seite. »Das Bild, von dem ich Ihnen erzählt habe. Es wurde in der Türkei aufgenommen, als ich das Modeln schon aufgeben wollte … Ich erinnere mich noch genau. Wie könnte man so etwas auch vergessen? Die Kamera macht zwar eine Aufnahme, aber sie nimmt einem auch etwas, bis nichts mehr von einem übrig ist als das Gesicht auf dem Papier. Ich verstehe, was die amerikanischen Ureinwohner meinen. Aber dann wird einem bewusst, dass es nur ein Bild ist, mehr nicht. Nichts daran verrät, wie man sich zu dem Zeitpunkt wirklich gefühlt hat – die Verlegenheit, das Unbehagen oder schreckliche Einsamkeit, weil man irgendwo völlig fremd war und einfach ins kalte Wasser geworfen wurde.« Ulrika seufzte. »In der Mode geht es zwar um Äußerlichkeiten, aber es steckt auch immer etwas mehr dahinter, man muss nur genau hinsehen.«

Maggie nickte. Mit leichtem Unbehagen nahm sie die VOGUE wieder an sich. Sie wusste, dass da eine Geschichte lauerte, und hätte zu gern weiter nachgefragt, doch sie wollte nicht unhöflich erscheinen. Ulrika hatte etwas Verschlossenes an sich, das Maggie davon abhielt, zu viele Fragen zu stellen. Außerdem brachte das ehemalige Model sie bereits wieder zur Tür.

»Vielen Dank für Ihren Besuch«, sagte Ulrika. »Was für eine verrückte kleine Zeitreise in alte Erinnerungen. Es ist schon merkwürdig, dieses Stück wiederzusehen – wie haben Sie es genannt? Ein Diadem? Eine schöne Erinnerung daran, wie weit ich es gebracht habe.« Trotz dieser Worte schien sie es kaum erwarten zu können, dass Maggie und das Diadem wieder aus der Tür waren.

SIEBTES KAPITEL

Auch diesmal schaltete das Handy ihrer Mutter auf die Mailbox um. Maggie seufzte und stellte das Telefon auf den Nachttisch zurück.

Sie stand auf und betrachtete sich flüchtig im Spiegel. »Nein, nein, nein!«, sagte sie, zog die weiße Bluse aus und warf sie auf den Kleiderhaufen auf dem Bett. Nur mit Slip, BH, hochhackigen Schuhen und einer unzufriedenen Miene stand sie vor dem Kleiderschrank, schob die Kleiderbügel von einer Seite zur anderen und merkte, wie sie der Mut verließ. Im Laufe der Jahre hatte sie sich eine Art Uniform zusammengestellt: im Sommer Vintage-Kleider und im Winter Bleistiftröcke mit perlenbestickten Kaschmirpullovern oder ein Jackett zu engen Jeans. Für die Arbeit war das gut und schön, und an manchen Tagen fand sie sogar, dass sie sich eine Art Vintage-Boheme-Chic angeeignet hatte, doch heute Morgen, kurz bevor sie Michael in seiner Wohnung besuchen sollte, kam ihr nichts davon elegant genug vor. Bei der Vorstellung, was sie heute tragen würde, schämte sie sich auf einmal für ihre Secondhand-Kleidung: abgetragen, geflickt, genäht, und manchmal sogar ein kleines bisschen mottenzerfressen.

Sie hörte eilige, schwere Schritte auf der Treppe, und kurz darauf stand Tim in der Tür.

»Schnell«, sagte er außer Atem. »Schlüssel. Wo?« Dann fiel ihm auf, dass sie fast nackt mitten im Zimmer stand. »Oh, hallo, schöne Frau …« Er stürzte sich auf sie und zog sie mit sich aufs Bett. Lachend purzelten sie übereinander. Sein vertrautes Gewicht lastete auf ihr.

»Du riechst so aufregend«, raunte er und rieb die Nase an ihrem Hals. »Mmmm. Also, mir gefällst du so. Warum gehst du nicht so zur Arbeit?«

»Blödmann.« Maggie lachte und gab ihm einen Klaps. Sie wünschte, er würde mal wieder zum Friseur gehen. Oder Sport treiben. »Geh runter von mir, ich habe ein wichtiges Meeting. Dein Schlüssel liegt auf der Kommode.«

Er rollte sich von ihr herunter und stand auf. »Du weißt doch, dass du immer toll aussiehst, ganz egal, was du anhast«, sagte er und ließ den Blick an ihr hinunterwandern. »Zum Anbeißen und Vernaschen.«

Maggie strich sich die Haare aus dem Gesicht. »Danke«, sagte sie, »aber das ist doch nicht wahr. Manchmal komme ich mir so furchtbar langweilig vor. Wie in dem Lied *Second Hand Rose* …«

Doch Tim hatte sich schon den Schlüssel geschnappt und war wieder auf dem Weg nach unten. Er winkte ihr von der Treppe zu. »Bis heute Abend«, rief er, und über seine Schritte auf der Treppe hinweg hörte sie Pearl genervt rufen: »Na los, Daddy!« Mit einem Knall fiel die Haustür ins Schloss. Donnerwetter, sie hatte Pearl seit Tagen kaum gesehen, und heute Morgen war sie richtig überrascht gewesen, wie groß ihre Tochter geworden war. Sie sah schon aus wie ein richtiges kleines Mädchen, die letzten Spuren des Babyspecks verloren sich bereits. Maggie vermisste ihr pausbäckiges Baby.

Sie drehte sich auf dem Bett um und drückte das Gesicht ins Kissen. Sie wusste mit ziemlicher Gewissheit, dass sie sich nicht so viele Gedanken darüber machen sollte, was Michael Masterson von ihrer Garderobe hielt. Ein Teil von ihr überlegte, wie es wohl wäre, wenn er an Tims Stelle in der Tür stünde und sie in Unterwäsche beobachten würde. Würde er auch über sie herfallen wollen? Sie riss sich zusammen. Ihre Gedanken nahmen eine gefährliche Richtung. *Was ist nur mit mir los?*, fragte sie sich. Seit sie mit Tim verheiratet war, hatte sie andere Männer nicht einmal aus den Augenwinkeln angesehen, und jetzt konnte sie nicht aufhören, an Michaels Augen und diesen taxierenden, fast raubtierhaften Blick zu denken. Ein Schauer überlief sie.

Sie stand auf und ging noch einmal ihre Garderobe durch. Es war Jahre her, seit sie zuletzt daran gedacht hatte, sich etwas ganz Neues zu kaufen. Ihren derzeitigen Look hatte sie mit Ende zwanzig entwickelt, etwa zu der Zeit, als sie bei Bonningham's angefangen hatte, und sich seitdem kaum noch Gedanken darüber gemacht. Es hatte einfach immer funktioniert, und im Gegensatz zu ihrer Freundin Rachel fehlte ihr schlicht das Budget, um sich Designerkleidung zu leisten. Doch jetzt sah sie ihren Kleiderschrank mit anderen, strengeren Augen, und fragte sich, ob sie in dieser Kleidung nicht ein bisschen liederlich aussah, fast ein bisschen wie Miss Havisham.

In Gedanken stellte sie eine Shopping-Liste auf: schwarze Jeans, ein figurbetontes Seidenkleid, Button-down-Blusen und ein gut sitzendes Jackett – alles brandneu. Als leitende Auktionatorin musste sie deutlich exklusiver und klassischer aussehen. Sie würde Bonningham beweisen, dass er mit ihr die richtige Wahl getroffen hatte … Sie, Maggie Walsh-Mason, war erfolgreich! Allerdings war es Jahre her, dass sie etwas so Konservatives wie ein Kostüm bei der Arbeit getragen hatte. Letzte

Woche hatte sie in der Mittagspause kurz bei Joseph an der Oxford Street reingeschaut und ein paar Kostüme anprobiert, nur um sich einen Eindruck zu machen und ohne auf die Preisschilder zu achten. Aber alles war ihr so starr und einengend vorgekommen, und Maggie hatte sich irgendwie befangen gefühlt, als wollte sie die sexy Sekretärin spielen. Für einen kurzen Moment sah sie sich in einem dieser Kostüme, wie sie eine schwarzrandige Brille absetzte und ihr die Haare offen auf die Schulter fielen, als sie lässig die Haarspange löste. *Meine Güte, Miss Walsh-Mason, mir war gar nicht bewusst … wie schön Sie sind …* Maggie schüttelte den Kopf. *Alberne Gans!*

War sie denn überhaupt noch attraktiv? Tim sagte zwar immer scherzhaft, dass er Lust hätte, aber wie oft taten sie es wirklich? Manchmal hatte sie den Eindruck, sie wären eher Geschwister als Mann und Frau … Die Worte *Ich liebe dich* verloren leicht an Bedeutung, wenn man damit jedes Telefonat beendete.

An einem Fingernagel kauend, betrachtete sie wieder ihre Garderobe. Eine Jeans vielleicht, und dazu eins von Tims gestreiften T-Shirts? Und hochhackige Schuhe, um das Ganze eleganter wirken zu lassen? Ihre Stimmung hellte sich auf. Das könnte funktionieren.

Als sie einige Minuten später wieder vor dem Spiegel stand und sich zweifelnd betrachtete, kam Stella auf dem Weg nach unten an der offenen Schlafzimmertür vorbei. Aus den Augenwinkeln sah Maggie, dass sie kurz zögerte, als würde sie ihren Augen nicht recht trauen.

»Was ist?«, fragt Maggie. Sie rechnete fest mit einer verächtlichen Bemerkung.

Stella lehnte sich in den Türrahmen, sie trug einen bunt gemusterten Rucksack über der Schulter, und ihre Handgelenke waren mit vielen Freundschaftsbändchen umwickelt, in die Halbedelsteine und bunte Perlen eingearbeitet waren. »Es ist nur irgendwie … Das bist nicht wirklich du, oder?«

Maggie drehte sich wieder zum Spiegel. »Mein Gott, du hast recht. Ich sehe furchtbar brav aus.«

Stella zuckte mit den Achseln und wandte sich zum Gehen. »Ich finde die Jeans-und-T-Shirt-Kombi einfach ein bisschen langweilig für dich. Normalerweise siehst du individueller aus … Ich mag deinen Stil.«

Überrascht starrte Maggie sie an. »Ehrlich?«

Stella blieb stehen und lächelte schief. »Ja, klar.«

»Oh, danke«, sagte Maggie ein wenig verlegen.

»Also, ich muss dann los.« Wieder wandte sich ihre Stieftochter zum Gehen und schwang sich den Rucksack auf den Rücken.

Ohne nachzudenken, hob Maggie die Hand. »Ähm Stella … kannst du mir vielleicht helfen? Ich bin ein bisschen nervös heute Morgen. Hättest du einen Tipp für mich, was ich anziehen soll?«

Zögerlich kam Stella ins Zimmer. »Wirklich? Du willst meinen Rat?«

Sie nickte. Weil Stella selbst die ellenlangen Gliedmaßen und die bambi-artige Anmut eines Laufstegmodels besaß, hatte Maggie vor dem Besuch bei Ulrika an sie denken müssen. Und seit sie ihr das VOGUE-Heft geschenkt hatte, war die Stimmung zwischen ihnen Gott sei Dank ein bisschen aufgetaut, auch wenn Stella das Geschenk, wie üblich, kaum eines Blickes gewürdigt, geschweige denn sich dafür bedankt hatte. Aber was Mode anging, sah das Mädchen in seinen zusammengewürfelten Outfits immer so wunderbar lässig aus. Die meisten Ensembles basierten auf der Uniform aller rebellierenden Teenager: Gothic-Schwarz zu Doc Martens, aber es war auch nicht ungewöhnlich, dass sie überraschend schick zurechtgemacht aus ihrer Müllhalde von Zimmer auftauchte. Einmal zum Beispiel hatte sie Maggies fuchsiafarbenen Kimono, den Tim ihr vor Kurzem von einer Geschäftsreise aus Tokio mitgebracht hatte, über einem langen Unterhemd getragen, das ihr kaum bis auf die Oberschenkel reichte. Passend dazu hatte sie sich die Haare mit zwei Essstäbchen hochgesteckt. Und neulich hatte Maggie gesehen, wie sie den antiken Seidenläufer, der normalerweise auf dem Sideboard im Esszimmer lag, lässig um den Hals geschlungen hatte – zu einem engen, trägerlosen Top und sehr kurzen Jeans-Shorts. Das Mädchen hatte einfach einen Blick für Mode, deshalb hatte Maggie ihr auch das alte VOGUE-Heft geschenkt. Sie hatte den Verdacht, dass Stella es insgeheim liebte, auch wenn sie sich wohl eher die Zunge abgebissen hätte, als das zuzugeben.

Stella trat vor den Kleiderschrank und ging mit konzentriert gespitzten Lippen die Kleiderbügel durch.

»Ah, ich hab's!« Sie schnippte mit den Fingern. »Neulich habe ich mir in diesem Charity-Laden ein Kleid gekauft. Eigentlich wollte ich es abschneiden, weil es mir ein bisschen zu lang ist, aber dir könnte es gefallen. Die Farbe würde dir stehen.«

Sie verschwand in ihrem Zimmer und kam mit einem geblümten Tea-Dress aus den Vierzigern in Mauve und Petrol zurück. Es war mit winzigen weißen Gänseblümchen bedruckt und hatte eine dezent gepolsterte Schulterpartie.

»Oh, das ist wunderhübsch«, sagte Maggie bezaubert. »Was für ein Fundstück! Bist du sicher?«

»Na klar.« Stella zuckte mit den Achseln. »Ehrlich gesagt ist es mir ein bisschen zu groß. Außerdem leihe ich mir auch manchmal was von dir …«

»Ach, ja.« Maggie dachte an den Kimono und ihre braunen Lederstiefel, die sie voller Kratzer hinter dem Sofa im Arbeitszimmer gefunden hatte, nachdem Stella neulich damit unterwegs gewesen war. Sie beschloss, jetzt nicht davon anzufangen.

Stella hatte den Anstand, ein bisschen rot zu werden. »Dazu würde ich den hier anziehen«, fuhr sie fort. »Der ist ziemlich cool.« Sie nahm einen kirschroten Bouclé-Mantel aus dem Schrank, der Maggie vorletzte Woche an einem Siebzig-Prozent-Rabatt-Ständer im House of Fraser ins Auge gefallen war. Weil die Renovierung des Hauses Priorität hatte, verzichtete sie ganz auf reguläres Shopping. Irgendwie erschien es ihr weniger dekadent, Kleidung aus zweiter Hand zu kaufen. Weil der Mantel im Angebot gewesen war, hatte sie den Kauf gerade noch vertreten können.

Sie zog das Kleid über und hielt die Luft an, um den Reißverschluss an der Seite hochzuziehen.

»Perfekt«, sagte Stella mit schief gelegtem Kopf. »Passt wie angegossen. Okay, ich muss jetzt los. Viel Glück heute.«

»Vielen Dank!« Maggie betrachtete sich im Spiegel. Mit einem Mal fühlte sie sich hübsch und, was noch wichtiger war, wieder wie sie selbst. Das Kleid war so ideal geschnitten, dass es ihre Vorzüge – die definierten Arme und Schultern – betonte, während es die weniger vorteilhaften Partien – Bauch, Po und Oberschenkel – kaschierte. Sie schlüpfte in himbeerfarbene Ballerinas und zog den Mantel an. Perfekt, dachte sie. In diesen Farben fühlte sie sich beschwingt und feminin.

Sie kramte in der Schublade, in der sie ihren Schmuck aufbewahrte, nach einem Art-déco-Jade-Ring, der gut zu den Farben von Kleid und Mantel passen müsste. Im Laufe der Jahre hatte sie eine wunderbare Kollektion an Modeschmuck und Accessoires angesammelt. »Hab ich dich«, murmelte sie, steckte sich den zierlichen goldenen Ring an den Finger und betrachtete ihn zufrieden. Als sie die Schublade schließen wollte, fiel ihr Blick auf das Diadem, das in seinem Nest aus rosa Seidenpapier lag, und sie hielt inne. Es war so entzückend.

Sie strich über die glitzernden Glassteine, die zarten Perlen und die etwas scharfkantigen Pailletten und fragte sich wieder, was Ulrika daran so abschreckend gefunden haben mochte … »Au«, entfuhr es ihr, als sie sich an einer besonders scharfen Kante schnitt. Während sie den Finger in den Mund steckte und daran saugte, betrachtete sie das Diadem. *Ob ich es als Halsband tragen könnte? Das würde fantastisch aussehen. Vielleicht sogar heute?* Sie nahm es aus der Schublade und hielt es sich an den Hals. *Soll ich es wagen?* Oder würde sie sich damit vollkommen lächerlich machen? Schließlich ging sie zu einer Arbeitsbesprechung, nicht auf eine Party. Doch sie folgte ihrem Impuls, trat vor den Spiegel und hielt es sich an den Hals. So würde sie es tragen, dachte sie plötzlich, zu einem langen, schmal geschnittenen schwarzen Kleid, dazu die Haare hochgesteckt und ein paar Locken ins Gesicht gezupft.

Das ist es, dachte sie. Plötzlich hielt sie den Atem an, als sie sich im Spiegel sah. Das Diadem funkelte sanft auf ihrer Haut, fing das Licht ein und reflektierte es auf ihr Gesicht. Die dunklen Schmucksteine blitzten und blinkten und schienen sie zu verwandeln. Ihre Wangen waren gerötet, ihre Augen strahlten und wirkten größer, der Mund war leicht geöffnet. *Bezaubernd,* dachte sie bei sich.

Das Summen einer ankommenden SMS ließ sie zusammenfahren. Ein wenig bestürzt trat sie vom Spiegel weg, nahm mit zitternden, ungeschickten Fingern das Diadem ab und legte es behutsam auf den Frisiertisch. Als sie die Uhrzeit auf ihrem Handy sah, fluchte sie leise und ignorierte die SMS. In aller Eile legte sie Make-up auf, griff nach Handy, Schlüssel und Handtasche und schaltete das Licht aus. Der Tag konnte kommen.

Als sie zu Fuß von der U-Bahn-Station zu der Adresse lief, die Michael ihr gegeben hatte, stellte Maggie erleichtert fest, dass sie bis zu dem Termin noch zehn Minuten Zeit hatte. Es war noch früh am Morgen, Knightsbridge erwachte gerade, und die Straßen waren noch ruhig und leer. Maggie liebte diese vornehme Gegend von London. Es war nicht ganz wie in *Breakfast at Tiffany's* oder auf der Fifth Avenue, aber trotzdem spürte Maggie mit ihrem Coffee-to-go-Becher vom U-Bahnhof in der Hand einen leisen Nervenkitzel. *Ich und Audrey und die Sehnsucht nach Schönheit,* dachte sie bei sich.

Beim Blick auf ihr Handy fiel ihr die SMS wieder ein, die sie vorhin ignoriert hatte, und sie tippte auf den Bildschirm, um die Nachricht zu lesen. Sie kam von Emma, einer neuen Assistentin. Sie war nach Devon rausgefahren, um einen vielversprechenden Nachlassbestand zu prüfen, und behauptete, den Fund ihres Lebens gemacht zu haben: Eine Antiquitätenhandlung musste schließen und wollte ihre Modesammlung aus dem neunzehnten und zwanzigsten Jahrhundert veräußern. Maggie spürte einen Stich der Traurigkeit, weil sie diesen Schatz nicht selbst für Bonningham's entdeckt hatte. Seit sie ihre neue, verantwortungsvollere Stelle angetreten hatte, kam einfach nicht mehr dazu, sich um solche kleineren Abverkäufe zu kümmern.

Ein Stück die Straße hinunter sah sie einen Mann auf dem Gehweg stehen und erkannte mit einem kleinen Schreck, dass es Michael war. Er stand mit dem Rücken zu ihr und sprach mit einer schlanken, dunkelhaarigen Frau, die ein helles Kleid und hochhackige Schuhe trug. Instinktiv verlangsamte Maggie ihre Schritte und trat in den Schatten eines Ladeneingangs. Sie konnte nicht hören, was gesprochen wurde, aber gleich darauf machte die Frau mit wehendem Pferdeschwanz auf dem Absatz kehrt und marschierte in die entgegengesetzte Richtung davon. Michael sah ihr nach, bevor er die Stufen zu einem großen, mit weißen Säulen gesäumten Haus hinaufeilte.

Ein wenig aufgewühlt sah Maggie auf ihr Handy, das gerade vibriert hatte. Es war eine Nachricht von Rachel. Sie hatte sich gestern Abend mit ihrer Affäre getroffen und »brannte darauf«, ihr alle Einzelheiten zu erzählen. Maggie schnitt dem Handy eine Grimasse. Das würde wohl warten müssen.

Wenige Minuten später stand sie nervös vor Michaels auf Hochglanz polierter Haustür. Sie betrachtete ihre Schuhe auf den perfekt angeordneten Mosaikfliesen. Ihre Ballerinas sahen hübsch aus neben dem Grau, Weiß und Schwarz. *Wie Himbeerbonbons in einem Glas Lakritzstangen,* dachte sie. Sie strich sich den Rock glatt, verbat sich einen erwartungsvollen Schauer und drückte die polierte Messingklingel.

Michael öffnete die schwere schwarze Tür. Seine Augen funkelten einladend, als er sich vorbeugte, um sie auf beide Wangen zu küssen. Maggie hatte schon den Mund geöffnet, um Hallo zu sagen, und merkte zu spät, dass er sich ein Handy ans

Ohr hielt. Mit einer entschuldigenden Geste winkte er sie herein und schloss die Tür hinter ihr. Maggies Schritte hallten auf dem Marmorboden, als sie in den kühlen Hausflur trat. Das Telefon immer noch am Ohr, ging Michael zu seiner offenen Wohnungstür voran und machte ihr ein Zeichen, ihm zu folgen.

Plötzlich hatte Maggie das Gefühl, am Rande einer Klippe zu stehen. Irgendwie kam es ihr komisch vor, tagsüber hier zu sein. So intim. Für einen Moment fühlte sie sich in die Anfangszeit ihrer Beziehung mit Tim zurückversetzt, als sie die große Wohnung eines Kollegen von Tim gehütet hatten. Drei Tage hintereinander hatten sie sich krankgemeldet, waren die ganze Zeit im Bett geblieben und nur aufgestanden, um in die riesige, klauenfüßige Badewanne zu steigen. Sie hatten sich Zigaretten, Pizza und Wodka kommen lassen und extrastarke Cocktails gemixt. Das Heimliche, Verbotene daran war so reizvoll gewesen, erinnerte sie sich. Sie hatten ihr Verlangen nacheinander gestillt und sich an ihrer Liebe berauscht.

»Entschuldigen Sie bitte«, drang Michaels Stimme in ihre Gedanken. Erschrocken merkte sie, dass er ihr immer noch die Wohnungstür aufhielt. Er lächelte einladend und zeigte sehr weiße Zähne in seinem braun gebrannten Gesicht. Ungebeten kam ihr eine Zeile aus dem Märchenspiel mit Pearl in den Sinn: *Warum hast du so große Zähne?* Sie holte tief Luft und trat ein.

Es überraschte sie kaum, dass Michaels Wohnung genauso makellos war wie er selbst. Doch bis sie erfasste, *wie* hübsch es hier wirklich war, brauchte sie etwas länger. Seltene ausgestopfte Tieren in Vitrine, ein Geweihleuchter über dem mit Schnitzereien verzierten Ebenholztisch und surrealistische

Kunstwerke an den dunklen Wänden – *waren sie mit Leder verkleidet?* Und war das ein echter Dalí? Sicher nicht. Alles in dieser Wohnung wirkte maskulin und kultiviert. Die Regale standen voller Bücher, und ein modernes graues Modulsofa wurde von erlesenen Antiquitäten komplementiert, von denen Maggie wusste, dass sie nicht leicht zu bekommen waren. Ein seltenes japanisches Samurai-Schwert, schlicht präsentiert auf einem Beistelltisch, der wiederum auf einem Union-Jack-Läufer von Vivienne Westwood stand. Die gegenüberliegende Wand dominierte die Schwarz-Weiß-Fotografie einer Calla: ein echter Mapplethorpe.

Maggie roch Leder und Moschus und darunter eine leichte Zitrusnote und konnte sich nicht erinnern, wann sie zuletzt in einer so schönen Wohnung gewesen war. Es war nicht zu übersehen, dass Michael ein begeisterter Sammler war.

»Darf ich Ihnen den Mantel abnehmen?«, fragte er in ihre Gedanken.

»Ja, bitte.« Sie hatte ein bisschen mit dem obersten Knopf zu kämpfen, ehe sie aus dem Mantel schlüpfte und ihn Michael reichte.

»Sie sehen heute bezaubernd aus.« Michael hatte sich ihren Mantel über den Arm gelegt und musterte sie anerkennend von oben bis unten.

»Vielen Dank«, sagte Maggie, die sich in Stellas Kleid aus dem Charity-Laden plötzlich noch attraktiver fühlte.

Als sich ihre Blicke trafen, knisterte es zwischen ihnen.

Schließlich brach Michael den Bann. »Nun, also, möchten Sie Tee? Oder kann ich Sie eher mit einem Kaffee reizen? Haben Sie schon gefrühstückt? Ich habe für alle Fälle frische Teilchen gekauft.«

»Nur Tee, bitte«, sagte sie.

»Machen Sie es sich bequem, während ich das Wasser aufsetze«, sagte er und verschwand in der schmalen Küche, die ans Wohnzimmer angrenzte.

Maggie ließ ihre Tasche auf die Couch fallen und trat vor die Bücherregale. »Ich bin ganz hingerissen von Ihrer Wohnung.« Sie bestaunte immer noch die Einrichtung.

»Oh, danke.« Michael streckte den Kopf durch die Küchentür. »Ich richte es meinem Innenarchitekten aus.«

Ach, dachte Maggie und war gegen ihren Willen ein wenig enttäuscht.

Wenn sie Besuch bekam, waren die Gäste immer ganz angetan von ihrem Haus – es sei so charmant und so hübsch – doch für Maggie selbst war es immer irgendwie unfertig und existierte hauptsächlich als Traum in ihrer Vorstellung. Sie liebte ihre Heimwerkerprojekte wie das Orangenbaum-Trompe-l'œil neben der Haustür, an dem sie tagelang gearbeitet hatte, oder das Weißeln der Gartenmauern. Dinge zu reparieren und sich mit einfachen Mitteln zu behelfen, machte ihr großen Spaß. Doch wenn sie ihr Haus mit Michaels durchgestylter Wohnung und seinem außergewöhnlichen Geschmack verglich, kam sie sich richtig … unbeholfen vor. Sie hatte sich viele Gedanken gemacht, Zeitschriften zurate gezogen und eine Menge Arbeit investiert, um Dinge zu streichen und aufzuarbeiten, bis ihr Haus so aussah wie jetzt, während seine Wohnung wie von selbst kühle Raffinesse auszustrahlen schien.

Ein guter Fang, hörte Maggie das verschlagene Flüstern ihrer Mutter. Michael war genau der Typ Mann, der ihrer Mutter gefallen hätte. Noch immer hatte sie die Worte von jenem Tag vor so vielen Jahren im Ohr, als sie ihrer Mutter zum ersten Mal ein Foto von Tim gezeigt hatte. Sie war so stolz auf ihre frische Beziehung gewesen. »Er will also Architekt werden. Aber er hat Übergewicht. Du kannst etwas Besseres kriegen … Um Himmels willen, er hat schon ein Kind!«, hatte ihre Mutter gesagt und Maggie damit die Freude verdorben. »Wenn du dich schon mit jemandem einlassen musst, der …« Maggie wusste, dass sie eigentlich »der aus dem Norden kommt« sagen wollte, sich aber gerade noch auf die Zunge gebissen hatte, »… der so viel Ballast mitbringt, sei wenigstens vorsichtig. Bring dich nicht in … Schwierigkeiten.« *So wie ich mit deinem Vater,* wollte sie damit sagen. Wie schön. War es nicht wunderbar zu wissen, dass man für die eigene Mutter immer nur der schmutzige kleine Fehltritt sein würde? Maggie wand sich bei der Erinnerung.

Ich werde jetzt nicht an meine Mutter denken, ermahnte sie sich. *Nicht jetzt.* Sie verdrängte das Bild, wie ihre Mutter Valerie ihre Perlenkette um den Finger wickelte, bis sie ihr den Hals zuschnürte.

Vor einem dunkel gesprenkelten chinesischen Sideboard, das fast die gesamte Länge des Raums einnahm, blieb Maggie stehen. »Ein Fabergé-Ei, wow. Die fand ich schon immer schön.« Vorsichtig strich sie mit der Fingerspitze über das aufwendig verzierte Ei, das in einer offenen Vitrine auf einem filigranen Untersatz stand. »Was für ein hinreißendes Exemplar. Wo haben Sie es her?«

Michael kam aus der Küche zurück und klappte das Ei auf, um Maggie das ausgehöhlte vergoldete Innere zu zeigen. Das sanfte Leuchten hatte eine fast hypnotische Wirkung. »St. Petersburg«, antwortete er lächelnd.

»Na so was, da kommen meine Fabergé-Eier auch alle her«, sagte Maggie beiläufig.

Michael lachte. »Attraktiv und schnell im Kopf«, sagte er. »Entschuldigen Sie, das Wasser kocht. Ich gieße nur schnell den Tee auf. Es hat vielleicht mal einem Zaren gehört«, rief er durch die offene Tür. »Das hat jedenfalls der Verkäufer gesagt.«

Maggie musste grinsen. Das sagten sie immer.

Michael kam zurück ins Zimmer und stellte ein schwarzes Lacktablett auf den Esstisch. *War alles an diesem Mann so vollkommen makellos?*, fragte Maggie sich. Auf dem Tablett standen eine schwarze gusseiserne Kanne grüner Tee und zwei exquisite, aquamarin glasierte Teetassen.

Maggie rückte sich den Stuhl neben ihm zurecht, während er sich über den Tisch beugte, um den Tee einzugießen. »Hübscher Ring«, sagte er und berührte den Stein an ihrem Finger. »Boucheron?«

Seine Fingerspitze auf ihrer Hand zu spüren, weckte ein Kribbeln in ihr. »Äh, ja«, sage sie. »Ein Zufallsfund in Paris. Allerdings komme ich nicht mehr so oft hin, seit …« Sie unterbrach sich.

»Seit Sie Kinder haben, meinen Sie?«, fragte er und sah sie mit seinen so unglaublich grünen Augen an. »Sie haben doch Kinder?«

Maggie fühlte sich seltsam; ausgerechnet jetzt wollte sie wirklich nicht an Pearl oder Tim denken.

Er sah ihr tief in die Augen, und sie nickte, doch dann senkte sie schnell den Blick, weil sie plötzlich das Gefühl hatte, etwas Falsches zu tun. Ihr Handgelenk kribbelte immer noch von seiner flüchtigen Berührung. Wie hatte es noch neulich in dieser

Folge von Mad Men geheißen – *Wenn Ihnen nicht gefällt, worüber gesprochen wird, wechseln Sie das Thema.*

»Haben Sie die Fotos, von denen Sie gesprochen haben?«, fragte sie und richtete sich in ihrem Y-Stuhl auf.

»Wie bitte? Oh ja, richtig.« Michael griff über den Tisch, zog eine Mappe zu sich heran und suchte etwas darin. »Hier sind sie.«

Maggie sah sich die detaillierten Nahaufnahmen an und traute ihren Augen kaum. »Wow.« Da war eine messingbeschlagene Kommode aus der Zeit Georgs III., Fustik- und Rosenholz mit Intarsien, um 1770, die mit ziemlicher Sicherheit von Thomas Chippendale stammte. Und ein geschnitzter Mahagonistuhl aus der Zeit Georgs II. mit dem Barrington-Wappen, der allein schon über fünfhunderttausend Pfund wert sein musste.

»Ja, ich weiß. Aber entsetzlich hässlich, finden Sie nicht?«

Maggie schmunzelte. Ihr Geschmack waren die Stücke ganz sicher nicht – und seiner offenbar auch nicht. Der richtige Sammler allerdings würde ein Vermögen dafür ausgeben. Die Kommode würde mindestens eine Million einbringen, und diese beiden Stücke waren nur die Spitze des Eisbergs.

»Hier ist die Liste.« Michael zog ein Notizbuch und einen Mont Blanc aus seiner Tasche.

Maggie sah sich einige weitere Bilder an. »Sind das alles Chippendales?«, fragte sie, obwohl sie sich absolut sicher war, dass sie echt sein mussten. Nach den Wappen und dem imposanten Haus zu urteilen, das sie im Hintergrund sah, befanden sich die Stücke seit Generationen in Familienbesitz.

»Sehr gut, Sie kennen sich aus. Das hatte ich bei Ihnen gleich im Gefühl. Und das hier ist ein George Stubbs.« Er zeigte auf ein Gemälde aus dem achtzehnten Jahrhundert, das einen King Charles Spaniel darstellte. Hier würde sie ihre Kollegen fragen müssen, um sicherzugehen – Kunst war nicht ihr Spezialgebiet – aber auch dieses Stück würde mit Sicherheit für über eine Million Pfund weggehen.

Maggie dachte daran, wie wichtig diese Versteigerung war. Während Michael die Unterlagen studierte, fiel ihm eine Haarsträhne ins Gesicht. Gedankenverloren strich er sie zurück und sah dabei ganz wie der Schuljunge aus gutem Hause aus, der er früher einmal gewesen sein musste. Er hatte die wahrscheinlich elegantesten Hände, die Maggie je gesehen hatte. Plötzlich schlich sich ein verbotener Gedanke in ihren Kopf: *Wie mochte der Rest von ihm aussehen?*

In diesem Moment hob Michael den Blick, und es kam Maggie vor, als würde er direkt in ihr Herz sehen. Bestimmt wusste er ganz genau, was sie gedacht hatte. Um seinem Blick auszuweichen, gab sie vor, etwas in ihr Notizbuch zu schreiben, und kritzelte völlig sinnlose Worte auf die leere Seite. Es half nichts. Sie kam sich vor wie ein Insekt, das nicht entdeckt werden wollte. Wenn sie nur lange genug so sitzen bliebe, würde ihm vielleicht nicht auffallen, wie sehr sie sich innerlich wand. Himmel, was war nur mit ihr los? Und dann kam ihr ein anderer, noch unangenehmerer Gedanke: War sie überhaupt besser als Rachel?

»Maggie? Maggie? Was meinen Sie, wie bald die Auktion stattfinden kann?« Michael erwartete ihre Antwort auf eine Frage, die sie nicht einmal gehört hatte.

»Woran haben Sie denn gedacht?«, versuchte sie zu improvisieren.

»Und Sie?« Belustigt zog er die Augenbrauen hoch.

»Ich meine, an welches Datum für die Auktion«, fragte Maggie. Wieder wurde sie rot. Gott, dieser Mann war so unglaublich … charmant.

»Ja, richtig«, antworte Michael. Er ging in die Küche und blätterte in einem ledergebundenen Kalender, der auf der Arbeitsfläche lag. »Es müsste entweder der 14. oder der 18. Juli sein«, sagte er.

Oh nein, dachte Maggie enttäuscht. *Was für ein saublödes Timing.* Diese Tage fielen ausgerechnet mitten in ihren kostbaren, lang ersehnten Familienurlaub, den sie nach langem Kalenderwälzen mit Tim geplant hatte. In einem gemieteten Camper wollten sie mit den Mädchen eine zweiwöchige Rundreise durch Nordwales und den Lake District machen. Der Zeitraum stand seit Monaten fest.

»Leider werde ich die Auktion dann nicht durchführen können, aber einer meiner Kollegen kann das übernehmen.« Maggie war ehrlich enttäuscht.

»Oh wirklich?«, fragte Michael stirnrunzelnd. »Wie bedauerlich. Sehen Sie, wir haben gewisse familiäre Kontakte zu Sotheby's. Genau genommen sitzt der Cousin meiner Mutter dort im Vorstand – John Cochrane, kennen Sie ihn zufällig?« Das tat Maggie tatsächlich und wusste daher auch, dass er besser unter seinem offiziellen Titel *Lord Cochrane* bekannt war. »Jedenfalls legt mein Vater großen Wert darauf, dass der Verkauf über ihn läuft, aber ich habe ihm von Ihnen erzählt. Und ich konnte ihn nach langen Diskussionen davon überzeugen, dass ein Haus wie Bonningham's eindeutig die bessere Wahl wäre, um den Nachlass meines Onkels zu versteigern. Dort wäre man nämlich hungriger und würde härter arbeiten, um die Objekte so teuer wie möglich unter den Hammer zu bringen …«

»Nun ja«, sagte Maggie, die nicht ganz sicher war, wie gern Charles Bonningham hören würde, was ihn Michaels Einschätzung nach von den größeren Auktionshäusern abhob. »Ich würde die Vorbereitungen bis zu meiner Abreise übernehmen – ich habe für diese Zeit einen Urlaub geplant, den ich leider unmöglich verschieben oder streichen kann. Am Tag der Auktion würde dann ein Kollege übernehmen, selbstverständlich jemand, der genauso qualifiziert ist.« Das war lächerlich, warum wollte Michael unbedingt, dass sie die Auktion leitete? War er am Ende womöglich weniger an Bonningham's interessiert als an ihr persönlich?

»Ich fürchte, das geht nicht. Es war schwierig genug, Vater von dieser Variante zu überzeugen. Er ist ein ziemliches Gewohnheitstier, es war nicht leicht, ihn zu überreden.«

Erst jetzt ging Maggie auf, wer Michael Masterson war – und wer sein Vater sein musste. James Masterson war ein prominenter Politiker der Tory-Partei, angeblich einer der einflussreichsten Männer in Westminster. Maggie schluckte und beugte sich tiefer über ihr Notizbuch, ihre Gedanken rasten. Für die Firma wäre diese Auktion ein enormer Gewinn … und Bonningham würde ihr wahrscheinlich den Kopf abreißen, wenn sie sich diese Gelegenheit durch die Lappen gehen ließ.

»Ich dachte, Sie arbeiten auf Kommission?«, hakte Michael mit blitzenden Augen nach. »Außerdem habe ich den Eindruck, dass wir richtig gut zusammenarbeiten, Sie nicht auch?«

Maggie rutschte unbehaglich auf ihrem Stuhl hin und her. Wenn sie den Nachlass der Mastersons für Bonningham's sichern konnte, bekäme sie einen dicken Bonus. Einen, der es wert war, dafür die Ferien zu verschieben, das würde selbst Tim zugeben müssen. Bei dem Gedanken, was für ein Segen dieser ansehnliche Betrag für ihr Renovierungsbudget wäre, wurde Maggie ein bisschen schwindelig. Aber Tim würde einen Anfall kriegen, wenn sie ihm davon erzählte.

»Nun … Gibt es überhaupt keine Möglichkeit, es zu verschieben?«, fragte sie in einem letzten Versuch, ihn umzustimmen, obwohl sie bereits wusste, dass sie nachgeben würde.

»Ich denke nicht«, sagte Michael achselzuckend und blätterte in seinem Kalender. »In den nächsten Monaten bin ich mit den Arbeiten an einer Sendung ausgebucht – das Timing wäre für mich perfekt. Also …?«

Er ließ das Wort in der Luft hängen, und Maggie spürte, dass er kurz davor war, ihr abzuspringen.

»Oh, okay. Die andere Angelegenheit lässt sich sicher verschieben.« Lächelnd schüttelte sie den Kopf, um ihre Bedenken zu überspielen.

»Fantastisch!«, sagte er, legte ihr eine Hand auf die Schulter und sah ihr fest in die Augen. »Das ist wunderbar! Dann treffen wir uns noch ein paarmal, vielleicht beim Mittagessen, um alles zu planen.«

Maggies Schulter brannte, als er lächelnd seine außergewöhnlich weißen Zähne zeigte. Bei dem Gedanken an Tim und die Verpflichtung, die sie gerade eingegangen war, schlug ihr das Herz bis zum Hals.

ACHTES KAPITEL

Zephyr: Auszüge aus »Alle meine Sehnsüchte: Memoiren«
(Scarlett House Press, 1967)

Ich reiste oft inkognito. Für die besseren Hotelangestellten war ich Zephyr Anh Meijer-De Roux – ein ganz schön langer Name. Für die Fans am Bühneneingang war ich einfach Zephyr. Meine Schwester Vera nannte mich Buzzie.

Es war eines Nachts in Shanghai, als ich meinen Stirnreif, meinen kleinen Glücksbringer fand. Ich massierte mir gerade die Füße, und da lag er unbeachtet auf dem Boden. Ein offenes Krönchen aus Perlen, Silber und Gold, das aussah wie die ausgebreiteten Flügel eines Engels. Es lag unter dem Brokatsessel, in den ich mich erst wenige Augenblicke zuvor todmüde und bereit zum Aufbruch hatte fallen lassen.

Ich bedauerte den Zustand meines oft gebrochenen Zehs (die Altlasten eines Tänzerlebens), während ich auf meine Schwester wartete, doch als sie meinen Blick auffing und mir zuzwinkerte, wusste ich, dass wir noch nicht so bald nach Hause gehen würden. Dieses reizende Krönchen sah aus, als hätte es jemand extra für mich dort deponiert. So offensichtlich, dass niemand darauf achtete. Es war ein prunkvoller Ball, auf dem wir an jenem Abend waren, veranstaltet für hochrangige Würdenträger, die zu Besuch in der Stadt waren – es war eine Ehre für uns, dabei sein zu dürfen. Die Spitze des Kopfschmucks glitzerte, die Steine schienen mir zuzuzwinkern und zogen mich magisch an. Zinnfarbene Bänder verloren sich im Schatten. Ich wusste einfach, dass er mir gehören würde.

Du willst doch, dass ich dich finde, meine kleine Nachtigall, dachte ich. (Ich hatte schon immer eine Schwäche dafür, Tiere in unbelebten Dingen zu sehen: Meine Knöpfe sind meine kleinen Insektenfreunde und mein Armreif eine sich windende Schlange.) Also bückte ich mich mit geübtem Schwung nach meiner Nachtigall, hob sie auf und ließ sie unauffällig in der Tasche meines sternenbesetzten blauen Hosenrocks verschwinden.

Die Party hatte sich schon fast aufgelöst, es war einer jener seltenen Anlässe, von dem alle mit unbeschädigtem Aussehen, Ruf und Vermögen nach Hause kamen, auch wenn so mancher ziemlich betrunken war. Wie ich gestehen muss, war auch ich angeheitert. Nicht aber meine liebe Vera. Vera betrank sich nie. Wir waren erst spät eingetroffen, als die Feierlichkeiten schon in vollem Gange waren. Kurz zuvor hatte es eine Art Tumult gegeben, doch den hatten wir verpasst. Noch immer lag etwas in der Luft, das ich mir nicht recht erklären konnte, bis jemand berichtete, was geschehen war: Eine Trapezkünstlerin war aus großer Höhe abgestürzt. Unvorstellbar. Doch statt in den Tod zu stürzen, war sie von einem armen Mann aufgefangen worden, der unter dieser Anstrengung zusammengebrochen war. Alles sehr tragisch. Aber auch aufregend.

Als wir ankamen, spielte die Band. Die Nacht neigte sich dem Ende, und der Sonnenaufgang versprach einen schönen Tag. Schon immer war mir die Morgendämmerung die liebste Zeit des Tages gewesen, sie ist so voller Verheißungen.

In jenem Jahr hatten Vera und ich gerade aufgehört, als professionelle Tänzerinnen zu arbeiten. Wir besuchten Freunde in

Shanghai, bevor wir zu unserer Mutter nach Hanoi zurückkehren würden. Wir waren noch jung, hatten aber seit unserem siebzehnten Lebensjahr auf der Bühne gestanden – mehr als sieben Jahre! – und es war an der Zeit, die Ballettschuhe an den Nagel zu hängen. Aber oh, wie sehr wir es immer noch liebten, die Blicke auf uns zu ziehen. Aus diesem Grund waren wir in Malaya nach meiner Hochzeit fast jeden Abend im Klang Club. Wir stellten die anderen Mädchen in den Schatten, die mit ihren stümperhaften Tanzschritten kaum einen vernünftigen Charleston hinkriegten. Es war alles so aufgeheizt und verboten, aber, ach, wie haben wir gestrahlt! Und wie unsere Männer es genossen, sich mit uns wie mit seltenen Juwelen zu schmücken, wenn sie mit uns an ihrer Seite einen Raum betraten. Sobald wir die Tanzfläche eroberten, hatten diese langweiligen Auswandererfrauen keine Chance. Viele hielten uns für Mätressen, aber Vera und ich waren anständige Frauen.

Mutter hat uns immer verwöhnt. Meine Zwillingsschwester Vera war mein Herzblatt, mein Ein und Alles. Wer nie einen Zwilling hatte, wird niemals verstehen, wie tief die Bindung zwischen zwei Menschen gehen kann. Ich liebte Vera über alles, aber sie war schon von klein auf einfach viel zu gut gewesen.

Wir liebten das Reisen und waren die Stars der Blue Moon Company. Ein Kritiker nannte uns sogar die Anna Pawlowas des Orients. *Beinahe* hätte ein Prinz um meine Hand angehalten. Wir traten in den besten Theatern und den bescheidensten Kirchen auf und gewannen riesige Anhängerscharen in ganz Asien wie zwei schwarzhaarige Rattenfänger. Wir wussten, wie wir unser Programm anpassen mussten, und beherrschten so gut wie jeden Stil. Nicht jeder vermag die Zuschauer zu fesseln, doch wir konnten vor jedem Publikum auftreten, vor den kultiviertesten Damen und Herren genauso wie vor Bauern. Ich bin für die Bühne geboren, und Vera war süchtig nach Anerkennung. Mit der Zeit wurden wir ziemlich gut darin, die Stimmung einzuschätzen – von wirbelnden Derwischen über Volkstänze bis zum Bolschoi-Ballett fand alles irgendwann Eingang in unser Repertoire.

Wir waren rastlose Geschöpfe, was kaum überraschen dürfte. So waren wir von klein auf, und unsere Mutter hat uns stets darin bestärkt. Sie muss mehr Geld als Verstand gehabt haben, aber ich glaube, sie betrachtete das als unsere Ausbildung. Statt einer normalen Gouvernante engagierte sie für uns die berühmte Florrie Martin und präsentierte sie uns zu unserem sechsten Geburtstag. Ich glaube, damals war sie mit Dieter zusammen, vielleicht auch mit Olivier, genau weiß ich es nicht. Unser Vater war Franzose – unsere vietnamesische Mutter hatte eine Schwäche für Kolonisten. Ein mieses Geschäft, als seine Firma pleiteging, aber unsere Mutter brachte uns bei, unseren eigenen Weg zu gehen … Und Florrie war der Anfang davon.

Florrie, die Primaballerina (oder *ehemalige* Primaballerina, sie hatte schwere Zeiten hinter sich), eroberte unser Kinderzimmer im Sturm. Sie war eine außergewöhnliche Frau. So reizend und leichtfüßig sie durch den Raum tänzelte, durfte man sie doch nicht unterschätzen. Und streng war sie, sehr streng.

»Mademoiselles De Roux«, gurrte sie und neigte den Kopf. »Ich bin von nun an eure Tanzlehrerin. Sagt mir, weiß eine von euch, was ein Plié ist?«, wollte sie wissen, um es uns gleich darauf vorzuführen. Wir waren vom ersten Augenblick an von ihr fasziniert. Absolut *hingerissen*. Vera und ich himmelten sie an, waren völlig vernarrt in sie. Sie hatte blitzende Augen, war sehr intelligent und stets bis zum Knie in hauchzarten hellgrauen Tüll gehüllt. Eine schöne Frau, aber sie starb in den Dreißigern an irgendetwas Schlimmem. Ich glaube, es war Krebs – sie schwand einfach dahin. Aber als Kinder wetteiferten wir um ihre Anerkennung, auf diese zänkische Art, die Vera und ich schon im Mutterleib hatten. Ich glaube, wir wollten sie regelrecht *in uns aufsaugen,* wenn Sie verstehen, mit jeder Pore unseres Daseins. Und ich war sozusagen eine Alchemistin: Ich nahm Florries verwirkten Zauber und verwandelte ihn in pures Gold.

Ich erinnere mich daran, wie wir Hanoi verließen. Florrie verabschiedete uns am Hafen. Wir waren siebzehn und zogen aus, um unser Glück zu machen. Jedem von uns schenkte sie zur Erinnerung einen kleinen Sammlerteller mit den Schlüsselszenen aus *Schwanensee.* »Was für ein tragisches Ballett«, sinnierte Florrie und fixierte uns mit ihrem stechenden Blick. Vielleicht ahnte sie damals schon, was zwischen uns vorfallen würde. Meinen Teller habe ich noch – er hängt in meiner kleinen Wohnung über der Ankleidekommode und hat mich auf allen Reisen begleitet. Durch alle Höhen und Tiefen, in den guten Zeiten und den … weniger guten. Ein wenig abgenutzt ist er, aber die Bilder sind noch deutlich zu erkennen. Schwarzer Schwan, weißer Schwan. Raten Sie, welcher von beiden ich bin. Der Teller ist einer meiner wertvollsten Schätze. Doch meine Nachtigall, die mir von allen am liebsten war, singt leider nicht mehr für mich.

Wir waren keine eineiigen Zwillinge. Auf den Bildern sieht man, dass meine Gesichtszüge recht symmetrisch sind, während ihre ein wenig schief geraten waren. Die hängenden Schultern hatte sie von unserem Vater geerbt, der sich das Leben nahm. Meine kommen mehr nach Mutter. Weniger schwermütig. Die arme Vera, ich habe ihr immer gesagt, sie solle sich nicht so hängen lassen, und sie tat es doch immer. Auf ihren Zügen lag stets etwas Entschuldigendes, ganz anders als bei mir. Ich weiß mich zu behaupten. Natürlich war sie die Ruhigere von uns. John Donne hatte recht, Vergleiche sind abscheulich – vor allem unter Geschwistern. Doch trotz aller Unterschiede waren wir unzertrennlich. Ich war, sagen wir, leichter erregbar, und sie war die Ausgeglichene von uns.

Es war Vera, die vorschlug, dass wir uns zur Ruhe setzen, und ich kam bald darauf zu demselben Schluss. Natürlich hätten wir noch bis weit über dreißig weitermachen können, aber sie hatte recht: Die besten Tänzer beendeten ihre Karriere auf dem Höhepunkt. Außerdem hatte es eine ziemliche heikle Episode mit einem sehr charmanten – und sehr verheirateten – Tanzpartner vom Blue Moon gegeben, und auf einmal erschien mir ein Rückzug aus unserem nomadenhaften Leben wünschenswert. Wir kehrten also nach Hanoi zurück, und kaum hatten wir den Pier betreten, hatte Mutter schon eine ganze Schar von Verehrern versammelt. Sie hatte einflussreiche Freunde und konnte uns hochbegehrte Einladungen zum Diplomatenball verschaffen, wo die besten Partien verkehrten. Im ersten Monat bekam ich drei Heiratsanträge. Die arme Vera ging leer aus.

Ich aber nahm Gerrits Antrag an, als er knapp einen Monat nach unserer Ankunft in Vietnam um meine Hand anhielt. Als ich in die Ehe mit dem armen Mann einwilligte, hatte er noch keine Ahnung von meinen Überredungskünsten. Allerdings muss ich ihm zugestehen, dass ich ihn äußerst gründlich verführt hatte, obwohl die Zeit unseres Werbens nur wenige Wochen dauerte. Ich hatte da diesen kleinen Trick, mit dem ich ihn ganz sanft überredete: Ich strich mit den Fingerspitzen über sein Handgelenk und flüsterte ihm leise ins Ohr. Das wirkte wahre Wunder, und es dauerte nicht lange, bis ich ihn davon überzeugt hatte, dass Vera uns in seine Heimat Malaya begleiten musste. In vierundzwanzig Jahren waren wir kaum eine Nacht getrennt gewesen, und ich sah nicht ein, warum eine Heirat etwas daran ändern sollte.

»Ich kann doch nicht mein Herzblatt zurücklassen, nicht einmal für dich«, flehte ich, und natürlich gab Gerrit nach, wenn auch ein wenig widerwillig. Ich glaube, Vera verunsicherte ihn, weil sie so still war und nie flirtete oder herumalberte. Vera konnte so langweilig sein, und Gerrit hatte nun wahrlich nicht die Absicht, ein Zwillingspärchen zu heiraten. Aber auch wenn sie gelegentlich deprimierend war, brauchte ich sie in meiner Nähe. Sie brachte das Beste in mir zum Vorschein. Oder zumindest liebte sie mich bedingungslos, und ich konnte darauf vertrauen, dass sie mich immer lieben würde, ganz egal was ich tat.

Vera und ich reisten zu zweit von Hanoi nach Malaya. Gerrit war schon eine ganze Woche früher aufgebrochen und fuhr mit einem anderen Schiff der White Star Line direkt nach Kuala Lumpur, im Gepäck eine Ladung Kautschuksamen für Gummibaumplantagen – *Hevea brasiliensis* ist der botanische Ausdruck. Seine Familie besaß einige davon, und er war schwerreich. Es war wohl mein Schicksal, reich zu heiraten.

In Hanoi nahm ich mir Zeit, mich von allen zu verabschieden und meine Angelegenheiten zu regeln. Mein Mann war reich und gut aussehend, das sind die Besten. Er stammte aus der angesehensten holländischen Familie, die meine Mutter kannte. Damals war ich richtig euphorisch und stolzierte umher wie eine Katze. Wahrscheinlich habe ich einfach etwas Katzenhaftes an mir, das ist das Erbe unserer Mutter.

Die Reise verging in einem Rausch der Vorfreude, ich konnte es nicht erwarten, Gerrits Frau zu werden. Ich war in einem richtigen Freudentaumel, als läge mir die ganze Welt zu Füßen. Und Vera freute sich ebenfalls für uns. Auch wenn sie solo war, wollte sie lieber an meiner Seite sein, als in Hanoi zu bleiben.

In Malaya hatte Gerrit einen Geschäftspartner namens Frank, den wir drei Wochen nach der Hochzeit kennenlernten. Frank war der schneidige beste Freund, den ich Gerrit nie zugetraut hätte. Ach, hätte ich es doch nur vorher gewusst. Die beiden waren von Kindesbeinen an befreundet, aber damit hörten die Gemeinsamkeiten bereits auf. Frank war ein dunkler, grüblerischer Typ, hatte breite Schultern und jeden Abend tiefe Bartschatten. Natürlich war er ebenfalls wohlhabend. Und er hatte eine fast animalische Ausstrahlung – genau wie Heathcliff. Wohingegen ich bei Gerrit nicht einmal sicher war, ob er sich überhaupt rasieren musste.

Doch Gerrit hatte mein Herz als Erster gewonnen. Er war so vernarrt in mich und ein geschickter Tänzer. Es war eine stürmische Romanze, ein kleiner Funke, den ich zu einem wild lodernden Feuer angefacht hatte. Und wer hätte damals geahnt, dass ich es besser treffen könnte? Er passte gut zu mir, und ich schätzte mich glücklich. Doch dann stellte er mir im Renaissance Hotel Frank vor.

»*Enchanté*«, sagte Frank in der Sprache der Liebe und küsste mir die Hand. Die Berührung seiner Lippen jagte mir einen Stromschlag direkt ins Herz, obwohl mein Mann meine andere

Hand hielt. Vera stand daneben und beobachtete uns stumm. Sicher bemerkte sie meine Reaktion – wir kannten einander so gut. Mir wurde ganz flau im Magen, und wahrscheinlich wurde ich sogar rot.

Später an jenem Abend hörte ich ein Gespräch zwischen Frank und Gerrit mit, als ich gerade von der Damentoilette zurückkam. »Du hattest recht, mein Freund, sie ist wirklich bezaubernd«, sagte Frank und stieß einen leisen Pfiff aus.

Erschrocken blieb ich stehen. Er hatte es also auch gespürt. Auf meinen hohen Absätzen geriet ich leicht ins Wanken, konnte mich aber noch fangen, um nicht in eine der Zimmerpalmen zu fallen, die überall im Raum verteilt standen. Wenigstens boten die Pflanzen einen perfekten Sichtschutz – zum Glück, das wäre sonst peinlich gewesen.

»Bist du neidisch?«, fragte Gerrit halb im Scherz, woraufhin Frank ihn lange ansah. »Vielleicht«, sagte er. Und dann lachten beide.

Ich machte kehrt und eilte zurück auf die Toilette zu Vera. Gemeinsam kehrten wir an den Tisch zurück, als wäre nichts geschehen. Doch mir stieg wieder das Blut in die Wangen. Meine Gefühle für Frank hatten sich verändert, und die für Gerrit ebenfalls. Alles hatte sich verändert.

In den folgenden Monaten waren wir ständig zusammen, Gerrit, Frank, Vera und ich. Kaum ein Tag verging, an dem wir uns nicht sahen.

Frank hatte ein kleines Apartment über seinem Büro in der Stadt, während Vera bei uns auf der Plantage wohnte. Das Leben als Auswanderer war abgeschieden. Natürlich sah ich es kommen, es war unausweichlich. Doch damals war meine Sehnsucht nach ihm so groß, dass sie mich beinahe lähmte.

Wir lächelten und lachten und spielten unsere Rollen, aber jedes Mal, wenn ich mit Gerrit schlief, dachte ich an Frank.

Als Frank den ersten Annäherungsversuch machte, stand bereits eine Reihe leerer Scotch-Flaschen auf dem Sideboard im Wohnzimmer. Vera, mein Herzblatt, war auf dem Sofa eingenickt, und Gerrit hatte in der Fabrik eine harte Woche hinter sich und war schon zu Bett gegangen. Auch das Personal hatte sich zurückgezogen. Es war spät.

Franks Blicke lasteten an jenem Abend schwer auf mir, fixierten mich wie ein seltenes Insekt im Schaukasten. Ich fühlte mich wie ein besonders kostbares Exemplar, und seine tastenden Berührungen auf meiner nackten Haut erregten mich. Trotz der feuchten tropischen Hitze stellten sich mir die Nackenhaare auf.

»Zephyr«, sagte er mit seiner tiefen, rauen Stimme so leise, dass es kaum zu hören war. Ein leises Keuchen entfuhr ihm, und da wusste ich, dass ich ihn hatte. Seine Berührung hinterließ einen Pfad wie von flüssiger Lava auf meinem Arm. Er rutschte näher an mich heran und strich über den fließenden Stoff meines jadegrünen Seidenkleids. Ich erzitterte. Er schlängelte sich auf mich zu wie ein Aal durch trügerische Riffs. Mir stockte der Atem. Einen Augenblick lang zögerten wir.

»Wie lange weißt du es schon«, fragte er. Es war zwecklos, ihm etwas vorzumachen.

»Vom ersten Augenblick an, glaube ich.« Voller Herausforderung sah ich ihm in die Augen.

»Dann genießt du es wohl, mich zu quälen«, sagte er.

Ich konnte mir ein kleines Lachen nicht verkneifen.

»Er ist *dein* Freund«, entgegnete ich. Ich war so betrunken, dass ich nur noch verschwommen sah. Ein Teil von mir wusste, dass ich mich damit morgen aus allem würde herausreden können, wenn es nötig würde. Niemand konnte mir einen Vorwurf machen.

»Und dein Mann.«

Da schob ich seine Hand grob von mir, und wünschte mir gleichzeitig, er würde mich an sich ziehen. Doch er tat es nicht.

So fing es an. Das Spiel zwischen uns hatte begonnen.

»Es ist zu spät«, sagte ich, doch meine Augen sagten etwas anderes.

Lächelnd maß er mich mit den Blicken.

Da packte mich der Drang, ihn zu provozieren, und ich änderte meine Taktik. »Du und Vera, ihr wirkt in letzter Zeit ziemlich vertraut miteinander.« Verräterische Eifersucht schlich sich in meine Stimme.

Frank tat meine Bemerkung ab, doch dann drehte er sich mit einem süffisanten Lächeln zu mir um und ließ meine Tarnung auffliegen. »Es ist nie zu spät.«

Ich richtete den Blick fest auf seinen Oberschenkel, der dicht neben meinem lag, und sah, wie sich die Muskeln unter dem maßgeschneiderten Twill seiner Anzughose spannten. Er beugte sich vor und verschränkte die Hände. Für einen Augenblick fühlte ich mich beraubt und wünschte, ich könnte Vera sein. Ich zwang mich, den Blick nicht weiter nach oben wandern zu lassen.

In diesem Moment bewegte sich meine Schwester, und unser Gespräch riss ab. Ich hörte sogar auf zu atmen.

Vera gab einen eigenartigen Laut von sich, der wie ein Stöhnen klang … vielleicht hatte sie im Traum etwas gespürt. Sie war schon immer eine hellsichtige Seele. Ich stand vom Sofa auf. Normalerweise war ich nicht so schreckhaft, aber Frank hatte eine entwaffnende Wirkung auf mich – wie sonst nur die Vorstellung, Vera zu verlieren. Ich kann es nicht erklären, niemand auf der Welt bedeutete mir so viel wie sie. Wir waren wie zwei Teile eines Ganzen. Doch Veras Schwäche war ihr Vertrauen, und Gerrit war genauso, deshalb liebten sie mich, und ich wusste es. Vera verliebte sich in Frank, das war nicht zu übersehen, und die beiden gehörten zusammen. Es wäre so einfach gewesen. Aber ich sollte noch dafür bezahlen, dass ich nicht teilen konnte.

An jenem Abend schaffte ich es, mich von Frank loszureißen (so stark auch das Verlangen in mir brannte, es nicht zu tun), und schlich ohne ein Wort der Entschuldigung davon. Bis zum Morgengrauen lag ich neben Gerrit wach und wälzte mich schwitzend von einer Seite zur anderen, und meine Seelenqualen sickerten in die zerwühlten Laken unseres Ehebetts.

Die Anziehung zwischen Frank und mir wurde immer greifbarer, und ich kann nicht sagen, dass ich es nicht genossen hätte – dieses Drama, diese köstlichen Qualen, ihn zu reizen. Ich sehnte mich danach, an seiner Seite zu sein. Immer wieder arrangierte er es so, dass wir für einen kurzen Moment allein waren, und ich kostete unser Spiel genüsslich aus.

»Komm her, mein Schatz«, sagte ich zu Gerrit und küsste meinen Mann leidenschaftlich auf den Mund, im vollen Bewusstsein, dass Frank uns beobachtete.

Später packte Frank mich grob und sagte: »Du bist unverbesserlich!« Und doch war es ihm unmöglich, sich von mir fernzuhalten. Es war, als würde er magnetisch von mir angezogen.

»Noch nie habe ich jemanden so sehr begehrt, Buzzie«, flüsterte Frank mir in einem dieser gestohlenen Augenblicke ins

Ohr. »Ich bin verrückt nach dir. Du treibst mich in den Wahnsinn.«

Ich wies ihn nicht ab, sondern ließ ihn in der Luft hängen, weil es mir gefiel, ihn zappeln zu sehen. Es war einfach herrlich. Er hoffte, mich irgendwann mürbe zu machen, aber was hätten wir tun sollen? Zusammen durchbrennen? Undenkbar. Ich hätte doch niemals meine Schwester verlassen. Ich war vielleicht ihr Rückgrat, aber sie war mein Herz und meine Seele. Vera machte mich zu dem Menschen, der ich war, obwohl ich das nie offen eingestanden habe.

Doch es war ein abscheuliches Gefühl mitanzusehen, wie Vera sich mit jedem Tag mehr in Frank verliebte. Als würde ich in einem goldenen Käfig leben, nur Zentimeter entfernt von dem Mann, nach dem ich mich so sehnte. Wahrscheinlich hätte ich es damals beenden sollen, das zarte Pflänzchen im Keim ersticken. Aber ich war so niederträchtig … Florrie muss es damals schon geahnt haben.

Eines Abends, als ich mich mit Frank auf der Tanzfläche wiegte und sinnlich die Hüften kreisen ließ, war ich bereit zum Angriff. Ganz zart streifte ich seinen Körper und ließ meinen warmen Atem über seinen Hals streichen.

»Mein Gott, wie du nach Aufmerksamkeit gierst«, flüsterte er. »Und ich kann nicht anders, als sie dir zu geben.« Seine Hände bebten – ich glaube, in diesem Moment wollte er mir Gewalt antun – aber ich lächelte ihn grausam an. Gerrit tanzte mit Vera vorbei. Sein Lächeln war ahnungslos.

»Ich habe Gedichte für dich geschrieben, Buzzie, aber ich wage nicht, sie dir zu zeigen. Du würdest mich kreuzigen.« Und dann sagte er: »Das hier ist für dich«, und schenkte mir einen einzelnen Diamanten mit Smaragdschliff – riesengroß war er, mindestens drei Karat, und von einer Klarheit, die mich fast blendete. »Als Beweis für meine Absichten.« Dachte er, mir läge etwas am Heiraten? Mir war es nie um die Institution gegangen, nur um die Sicherheit.

Obwohl Vera nichts davon sagte, wusste ich, dass sie sich nach Frank verzehrte. Davon war sie so eingenommen, dass sie nicht mitbekam, was sich direkt vor ihren Augen abspielte. Nie zuvor hatten wir Geheimnisse voreinander gehabt, doch jetzt rankte sich ein ganzes Gespinst von Unwahrheiten um die unsichtbaren Bande zwischen uns.

Frank blieb nichts anderes übrig, als weiter mitzuspielen, und ich gab weiterhin Gerrit den Vorzug. Doch an jenem Abend ging ich einen Schritt zu weit, wie ich es so oft tue. Es war so aufregend, Franks Blicke auf meinem Körper zu spüren, dass ich Gerrit dazu verführte, mit mir in der leeren Garderobe zu verschwinden. Etwa zwanzig Minuten später sah Frank uns derangiert und außer Atem wieder herauskommen. Das veranlasste ihn dazu, Vera einen Antrag zu machen. Ein meisterhafter Zug, wie ich gestehen muss.

Als Frank zum Schlag ausholte, waren wir im Klang Club, und ich trug meine Nachtigall. Ich wusste, dass ich an diesem Abend wunderschön aussah. Strahlend. Triumphierend. Das hatte mir Gerrit in der Garderobe stöhnend ins Ohr geraunt.

Frank vergewisserte sich, dass ich ihn sah, bevor er vor ihr auf die Knie sank. »Vera, willst du mich heiraten?«, fragte er. Für alle Welt sah er wie ein armer, verliebter Trottel aus, niemand bemerkte den flüchtigen Blick in meine Richtung.

Ich sah, wie Vera erbleichte.

Triumphierend blickte Frank auf. Der Idiot erkannte nicht, dass es jetzt kein Zurück mehr gab.

»Ja!«, rief Vera, ihre Züge verwandelten sich.

Frank sah überrascht aus – ob über seine Voreiligkeit oder über Veras Reaktion, werde ich nie erfahren. Er hätte es nicht tun sollen. Bis dahin war Vera immer unser stilles Vögelchen gewesen, meine unscheinbare Begleiterin, mein Schatten. Jetzt nahm sie mir den Mann weg, und plötzlich hasste ich sie. Auf einmal fühlte ich mich nicht mehr ganz so triumphierend.

Gerrit war natürlich begeistert. Er bestellte Champagner für die ganze Bar, und Vera sah so glücklich aus, dass sie von innen heraus zu leuchten schien. Das war meine Strafe. Doch ich zwang mir ein Glückwunschlächeln ins Gesicht, während mein Herz zerbrach. Er hatte gewonnen.

Ich neigte den Kopf in Franks Richtung – ich trug meinen dunklen Stirnreif, meine geliebte, funkelnde Nachtigall – und formte lautlos das Wort »Respekt«, während ich dachte: Ich krieg dich noch.

Ich gab vor, mich nicht wohlzufühlen, um das Klang möglichst schnell verlassen zu können, ohne Gerrits Misstrauen zu erregen. Vera war den Tränen nahe. »Was für ein Pech aber auch!«, rief sie aus, als sie unseren Fahrer herbeiwinkte. Sie ging in den Club zurück, aber ich stand noch eine Weile neben der offenen Wagentür und versuchte, einen klaren Kopf zu bekommen. Wie aus dem Nichts stand auf einmal Frank neben mir und packte mich am Ellbogen. Ich kochte vor Wut, und er sah, was er angerichtet hatte. »Du Narr!«, zischte ich und riss mich von ihm los.

»Warte auf mich, ich komme mit«, raunte er und eilte wieder in den Club. Womit er sich entschuldigt hat, weiß ich nicht, aber er muss es mit einem Notfall auf der Plantage begründet haben, wo die Arbeiter die ganze Nacht hindurch schufteten.

Während Vera und Gerrit mit Hunderten anderen Gästen Veras und Franks Verlobung feierten, gab ich schließlich meinen Widerstand auf. Wie es sein kann, dass die beiden nicht sofort Verdacht schöpften, ist mir unklar.

Zu Hause, in einer schattigen Nische auf der Veranda unserer Villa, zog Frank mit seiner Zunge Bahnen der Lust über meine Haut. Ich glühte wie im Fieber. Wir rissen uns die Kleidung vom Leib, und dann, endlich, fanden unsere Körper zueinander. Meine Nachtigall behielt ich auf dem Kopf, doch sonst war ich so nackt, wie Gott mich schuf, und versuchte, nicht an Veras ruhige grüne Augen und ihr trauriges Gesicht zu denken … Anschließend lagen wir schwer atmend ineinander verschlungen da, bis sich der ferne Klang der Feuerwehrsirenen mit den Alarmglocken in meinem Kopf vermischte. Frank las seine Krawatte von den Verandastufen auf und rannte in die qualmende Plantage.

Minuten später brauste ein Taxi in die Auffahrt. Gerrit legte die Hand an meine schweißnasse Stirn und spürte das Fieber. »Du glühst ja, meine Liebste«, sagte er, nahm mich in meinem hastig übergestreiften Unterkleid auf den Arm und trug mich mit tief besorgter Miene nach oben. Vera beobachtete mich von der Tür aus. Hatte sie in diesem Moment Verdacht geschöpft?

Ich sagte Vera, dass sie den Stirnreif – meine Nachtigall – zu ihrer Hochzeit tragen könne. Sie hatte sich so sehr darum bemüht, da erschien es mir nur passend.

Ja, die beiden zogen es durch. Weil ich Frank sagte, er müsse es tun. Ich habe mir vorgemacht, dass es für immer so weitergehen könnte … wir fröhlichen vier, die sich niemals trennen würden. Weil ich alles auf einmal wollte.

Vera strahlte an ihrem Hochzeitstag so hell, wie ich es noch nie gesehen hatte. Die Krone passte ihr perfekt. Sie kaschierte, dass meine Zwillingsschwester so unscheinbar wie eine Daunenfeder war, und ließ sie in aller Pracht erstrahlen. Sie trug ein buttercremefarbenes Kleid aus feiner Spitze mit sittsam langen Ärmeln und dazu weiße Schuhe.

Nach der Hochzeit versuchten Frank und ich, die Finger voneinander zu lassen. Wir versuchten es wirklich. Aber das Schicksal verband uns miteinander. Die fleischliche Lust und die Chemie zwischen uns, es war einfach unausweichlich.

»Ich bin schwanger, Buzzie«, teilte mir Vera einige Monate später strahlend mit.

In diesem Moment fasste ich den Entschluss: Ich hielt es nicht länger aus. Das endlich war der Tropfen, der das Fass zum Überlaufen brachte. Doch die wahrheitsgemäße Erwiderung »Ich auch« schluckte ich hinunter. Der Neid fraß mich auf und vergiftete mein Fruchtwasser. Ich war mir beinahe sicher, dass Gerrit nicht der Vater war.

Ich suchte Frank auf, der in den Lagerhäusern die jüngste Ernte inspizierte. Uns standen schwere Zeiten bevor; selbst hier war uns die Knappheit an Seidenstrümpfen aufgefallen, und wir hatten die Geschichten von der Wall Street gehört. Aber Kriegsgerüchte bedeuteten, dass die Nachfrage nach Gummi konstant hoch bleiben würde, und unsere Pflanzen waren von bester Qualität. Der Rest der Welt schien weit entfernt zu sein. Uns mangelte es nie an schönen Dingen.

Ich überraschte Frank, indem ich ihm die Hand auf die Schulter legte. Als er sah, dass ich es war, wich er irritiert einen Schritt zurück.

»Ich kann das nicht mehr«, sagte ich. »Ich will nicht Gerrit, sondern dich. Und ich will dich nicht mehr teilen.«

»Was?«, fragte er mit düsterer Miene und wandte sich wieder den tiefgrün schimmernden Gummibaumblättern zu, die er in der Hand hielt. Sie waren mit schwarzen Flecken übersät. So etwas hatte ich noch nie gesehen.

»Verdorben!«, sagte Frank, ließ die Blätter angewidert fallen und sah mich dann endlich wieder an. Sein Gesicht war vor Wut verzerrt. Noch nie hatte ich erlebt, dass er so immun gegen meinen Charme war. Normalerweise hätte er mich schon längst gegen die Wand gedrückt und seine großen Hände unter mein Kleid geschoben.

»Vera ist schwanger«, sagte ich, um seine ganze Aufmerksamkeit zu bekommen. »Hast du das nicht gewusst?« Er riss die Augen auf. Bis zu diesem Moment hatte ich es genossen, ihn zu anzustacheln und dann in der Luft hängen zu lassen, doch jetzt merkte auch er, dass es mir ernst war: Ich konnte nicht dulden, dass Vera sein Kind austrug.

»Das kann nicht sein.« Alle Kraft schien aus seinem Körper zu weichen.

»Aber so ist es«, sagte ich zähneknirschend.

»Dann wirst du Gerrit jetzt verlassen?« Ihm war anzusehen, dass er mit sich rang und ein schlechtes Gewissen gegenüber Vera hatte, während er mich in seine Arme zog. Endlich war ich bereit, unser krankes, quälendes Spiel aufzugeben. Mein Herzblatt war geopfert worden, nicht seins. Da war es doch das Mindeste, dass er sich mir ganz hingab.

»Ja«, stöhnte ich. Seine Küsse prasselten wie Schläge auf mich ein. »Ja!«

Mein Kleid war bis zur Taille hochgeschoben, und Franks

Hose hing ihm offen auf den Knien, als ein Schatten durch die Tür fiel. Vera. Sie war es, die uns entdeckte.

Frank und ich ließen voneinander ab. Schwer atmend vor Erregung und Angst. Wie zu einem entsetzlichen Gemälde erstarrt, blieben wir alle drei reglos stehen.

Ich sah den plötzlichen Schmerz in Franks Blick. Er liebte sie also auch. Dieser Mistkerl! Wie konnte er nur?

Vera schluchzte.

Ich wurde rot, blieb aber trotzig. Das hatte sie nun davon, mir Frank wegzunehmen!

Wie im Traum drehte sie sich langsam um. Dann rannte sie los, hinaus auf die Plantage, und wurde von den dunkelgrünen Blättern verschluckt, auf denen sich das Sonnenlicht spiegelte. Sie war verschwunden. Die Äste schlugen hinter ihr zusammen, als wäre sie nie dagewesen. Als Kinder haben Vera und ich Verstecken gespielt, doch während Vera stundenlang geduldig suchen konnte, bis sie mich in meinem Versteck fand, brachte ich das nie fertig. Ich rief die ganze Zeit nach ihr, weil ich es nicht ertrug, sie nicht zu sehen. Und dann kam sie immer aus ihrem Versteck und sagte: »Hier bin ich doch, Dummerchen«, und ich atmete erleichtert auf. Aber nicht dieses Mal.

Frank und ich suchten die Plantage ab und riefen zwischen den Bäumen Veras Namen. Doch sie war uns voraus. Sie war schon fort, als Gerrit mit den Nachrichten aus Übersee nach Hause kam: Deutschland war in Polen eingefallen. Er nannte Vera eine Diebin, doch Frank und ich wussten es besser: Ich hatte ihr alle Hoffnung gestohlen, und deshalb hatte sie mich bestohlen. Sie hatte das Geheimversteck im Firmentresor leer geräumt und auch von meinem Schmuck mitgenommen, so viel sie tragen konnte. Darunter war der einzelne Diamant, den

Frank mir als Versprechen für eine gemeinsame Zukunft geschenkt hatte. Ich hatte ihn für alle Fälle ins Futter meiner Nachtigall eingenäht, und die hatte Vera mir ebenfalls genommen.

Ich hätte nie geglaubt, dass sie fähig wäre, mich zu verlassen. Ich weiß immer noch nicht, ob ich es umgekehrt gekonnt hätte. Sie nämlich war meine wahre Liebe, wie ich zu spät erkannte. Ohne sie war ich nicht mehr ich selbst.

Noch Jahre danach bildete ich mir ein, sie würde uns durch ein Fernglas beobachten und uns durch die offene Tür zum Lagerhaus zusehen, und es trieb mir die Schamesröte in die Wangen … Hätte ich es doch nur damals gespürt.

Vera ist nie in Hanoi angekommen. Mutter schrieb mir in einem Brief, sie sei nicht auf dem Schiff gewesen. Ich weiß nicht, was sie erlebt hat oder wohin sie gegangen ist. Ob sie tot oder lebendig ist. Allerdings frage ich mich, ob ich es nicht hätte spüren müssen, wenn sie gestorben wäre. Wer weiß. Wahrscheinlich ist sie irgendwo da draußen und erlebt ihre eigenen Abenteuer ohne mich. Aber sie hat meine Nachtigall, die sie anspornt.

Genau wie Frank und Gerrit – und auch mein Sohn, der kalt und leblos geboren wurde, nachdem ihn die Engel geholt haben – ist Vera mir davongeflogen.

Wenn ich daran denke, was ich verloren habe …

Manchmal kann ich kaum noch atmen.

NEUNTES KAPITEL

Ein lautes Krachen und Scheppern riss Maggie aus dem Schlaf. Es war stockdunkel. Senkrecht im Bett sitzend, mit rasendem Herzen, sah sie auf die roten Leuchtziffern des Weckers. 3:15 Uhr. Als sich der Nebel in ihrem Kopf lichtete, lief ihr ein kalter Schauer über den Rücken. Sie hatte von Michael geträumt, der ihr etwas in einer Schachtel hatte zeigen wollen. »Es ist einfach wunderschön«, hatte er gesagt und sie zu sich herangewinkt, damit sie es sich ansah. Kurz bevor sie herausfinden konnte, was er meinte, war sie davon hochgeschreckt, dass unten im Flur der Garderobenständer umgefallen war.

»Tim! Tim, wach auf!«, flüsterte sie bebend und rüttelte ihn wach.

»Was?«, brummte er unter der Decke.

»Da sind Einbrecher … unten.«

Das wirkte. Tim sprang aus dem Bett, packte sich den Tennisschläger, den er am Abend zuvor achtlos auf dem Boden liegen gelassen hatte, und war in wenigen Sekunden auf dem Treppenabsatz. Maggie zog sich einen Morgenmantel über ihr dünnes Nachthemd und folgte ihm.

Hintereinander schlichen sie die Treppe hinunter, Maggie klammerte sich an Tims Schulter fest. Pearl schlief noch – jedenfalls hoffte Maggie das. Sie hätten es doch gemerkt, wenn jemand sie aufgeweckt hätte, oder? Sie würde das ganze Haus zusammenschreien … *Es sei denn, sie ist entführt worden. O Gott, bitte nicht mein Baby!* Maggie suchte an Tims tröstlich starkem Rücken Halt.

Als sie auf der Hälfte der Treppe waren, ging das Licht an und blendete sie. Tim ließ den Schläger sinken und starrte mit finsterer Miene die beiden Personen an, die im Flur standen.

»Verdammt noch mal, Stella!«, schimpfte Tim. »Was zum Teufel machst du da?«

Ungläubig blinzelnd spähte Maggie an seiner Schulter vorbei. Stella und … *Kate*? Maggies Herz zog sich zusammen, als sie ihre alte Schulfreundin erkannte. Wie lange hatten sie sich nicht mehr gesehen? Zehn Jahre? Nein, wohl eher doppelt so lange. Irritiert fragte sie sich, ob sie womöglich immer noch träumte. »Kate … mein Gott, bist du's wirklich? Was … wie … was machst du hier?«

Die Frau im Flur sah genauso überrascht aus, wie Maggie zumute war. »Dann gehört sie also zu dir, Maggie?«, fragte Kate ungläubig. Sie stützte eine apathisch wirkende Stella, die mit halb geschlossenen Augen den Kopf an ihre Schulter lehnte.

Kate trug noch den gleichen jungenhaften Kurzhaarschnitt wie früher als Teenager und sah kaum einen Tag älter aus als bei ihrer letzten Begegnung. Jetzt war ihren Haaren anzusehen, dass sie zweimal im Monat zum Friseur ging, und ihre Kleidung war sichtlich teuer – Seidenjacke, gestreiftes bretonisches Shirt und eine Designer-Cargohose zu braunen, hochhackigen Riemchensandalen – aber sie war immer noch die alte Kate, auch wenn sie jetzt schick und elegant aussah. Wie Maggie gehört hatte, war Kate Anwältin für Jugendstrafrecht und arbeitete regelmäßig mit der Londoner Polizei zusammen.

»Wer? Was?« Tim klang nicht weniger verwirrt, er sah immer abwechselnd Kate und Maggie an.

»Tim, das ist meine alte Freundin Kate«, sagte Maggie immer noch benommen. Unbehaglich zog sie den Gürtel ihres Morgenmantels fester. »Weißt du noch? Ich habe dir viel von ihr erzählt. Aber Kate … was hast du mit Stella zu tun?«

»Vor heute Abend nichts.« Kate zuckte die Achseln. »Aber sie hat sich im Club ein bisschen in Schwierigkeiten gebracht. Zu viel getrunken, zu viel geflirtet. Sie ist noch viel zu jung für so einen Quatsch, und deshalb dachte ich, ich hole sie da raus und bringe sie nach Hause, bevor die Lage außer Kontrolle gerät. Nenn mich einen barmherzigen Samariter.« Kate lächelte betrübt.

»He, Dad.« Stella hievte den Kopf von Kates Schulter und lächelte benommen. »Du hättest dein Gesicht sehen sollen, als du die Treppe runtergekommen bist. Du hättest dir fast in die Hose gepisst.«

Erst jetzt sah Maggie, dass Stella erstens sehr betrunken war und zweitens das Diadem trug – *ihr* Diadem – als eine Art Kragen zu einem sehr engen und sehr kurzen Jerseykleid. Sie musste es entwendet haben, als Maggie sich mit Michael getroffen hatte. Deshalb hatte sie es danach nicht wiedergefunden. Sie hatte angenommen, Pearl hätte es verschleppt, und bei der Suche danach deren ganzes Zimmer auf den Kopf gestellt, aber ohne Erfolg. Jetzt kannte sie den Grund und spürte Wut in ihrem Bauch aufsteigen.

»Stella.« Resigniert schüttelte Tim den Kopf. »Du weißt aber schon, wie verdammt dumm das ist!«

»Ach Dad, sei doch mal locker.« Stella machte sich von Kate los. »Mir geht's total gut, siehst du?« Sie winkte ihm zu, blieb mit dem Absatz am Flurteppich hängen und geriet gefährlich ins Schwanken. »Ups«, sagte sie kichernd. Dann sackte sie plötzlich in sich zusammen wie eine Marionette, der man die Fäden abgeschnitten hat, und fiel zu einem Haufen storchengleicher Arme und Beine auf den Boden. »Huch, wo sind denn meine Beine hin? Eben waren sie doch noch da.« Sie lachte haltlos.

»Dann ist sie wirklich deine Tochter, Maggie?« Kate sah lächelnd auf Stella hinab. »Ich habe versucht, es auszurechnen … du musst sie ziemlich jung bekommen haben.«

»Nein, nein«, sagte Maggie schnell. »Ähm, ich meine, sie ist Tims Tochter. Meine Stieftochter …« Kaum hatte sie die Worte ausgesprochen, wurde Maggie klar, wie das klingen musste. Tim runzelte missbilligend die Stirn.

Stella riss den Kopf hoch und sah Maggie aus zusammengekniffenen Augen an, offenbar hatte sie Schwierigkeiten, scharf zu sehen. Benommen und verwirrt sah sie die beiden erwachsenen Frauen abwechselnd an.

»Stieftochter«, sagte sie mit belegter Stimme. »Mehrbinnich wohlnich …«

»Ich glaube, sie muss ins Bett.« Kate deutete mit dem Daumen auf Stella. »Soll ich dir helfen, sie in ihr Zimmer zu bringen?«

»Ich verstehe immer noch nicht, wie ihr beide …« Maggie verstummte.

»Oh, in solche Sachen werde ich öfter verwickelt, als du denkst … Glaub mir, in meinem Job ist das nicht ungewöhnlich.«

Plötzlich schämte Maggie sich für ihren eigenen banalen Job … Was für ein ernsthafter Mensch doch aus Kate geworden war.

Hilflos sah Stella zu ihrem Vater auf. »Dad, mir geht's gar

nicht gut …«, flüsterte sie und hielt sich die Hände vor den Mund.

»Hoch mit dir«, sagte Tim und zog sie kurzerhand auf die Beine. »Du bist jetzt wohl im Bad am besten aufgehoben. Na los. Ich würde gern sagen, dass es mich freut, dich kennenzulernen, Kate. Aber vielleicht lieber ein andermal. Ich sollte die junge Dame jetzt nach oben bringen. Komm mit, gefallenes Mädchen«, sagte er schroff zu Stella. »Morgen früh geht's dir beschissen.« Er legte seiner Tochter den Arm um die Taille und schleifte sie die Treppe hinauf, wobei sie immer wieder über ihre eigenen Füße stolperte. Über den Kopf seiner Tochter hinweg warf er Maggie einen Blick zu, die Lippen zu einer bitteren Miene zusammengepresst.

Maggie war bestürzt. Nach dem letzten Zwischenfall mit Stella war Tim völlig am Boden gewesen und hatte sich selbst die Schuld an allem gegeben. Vielleicht gewöhnte er sich daran, wie Stella sich aufführte. Oder vielleicht härtete er sich innerlich gegen sie ab. Es war furchtbar, ihn so enttäuscht zu sehen.

Maggie wandte sich an Kate. »Ich kann immer noch nicht glauben, dass du wirklich hier bist«, sagte sie, und plötzlich wurde ihr bewusst, wie hilflos sie sich fühlte. Ihre Hände zitterten, und sie steckte sie in die Taschen des Morgenmantels.

Kate erwiderte ihren Blick mit undurchdringlicher Miene. Verzweifelt überlegte Maggie, was sie sagen könnte, um die hallende Stille zwischen ihnen zu füllen. Wie sollte man die Kluft so vieler Jahre zwischen zwei Freundinnen überbrücken? Oder besser gesagt zwischen zwei ehemaligen Freundinnen.

»Es tut mir leid, Kate …«, fing sie an, doch Kate hob abwehrend die Hand.

»Du brauchst nichts zu sagen.« Sie schüttelte den Kopf. »Ist schon gut, Maggie.«

Einen Augenblick standen sie noch in angespanntem Schweigen da, bevor Kate seufzte und auf die Uhr sah.

Bei dem Gedanken, dass ihre alte Freundin jetzt wieder gehen würde, bekam Maggie Panik.

»Hast du vielleicht Lust auf einen Tee? Ich rufe dir ein Taxi – das ist das Mindeste, was ich tun kann«, schlug sie vor und hoffte inständig, dass Kate Ja sagen würde.

»Also … okay«, sagte Kate widerstrebend, den Blick zur Haustür gewandt.

»Komm mit«, sagte Maggie schnell. »Die Küche ist da drüben.«

Sie ging voraus. Das Zittern in ihren Händen wurde stärker, und ihr wurde flau in der Brust.

»Also ist Stella jetzt lesbisch?«, fragte Maggie, während sie kochendes Wasser in eine Teekanne goss. Wie würde Tim wohl darauf reagieren?

»Vielleicht«, sagte Kate achselzuckend, »aber vielleicht auch nicht. Sie könnte auch nur experimentieren.«

Allerdings sieht es nicht danach aus, wenn sie in Schwulen- und Lesbenbars geht und mit anderen Mädchen flirtet, oder?, dachte Maggie. *Aber was weiß ich schon.* Sie brachte Tassen und Milch an den Tisch, an dem Kate saß und mit einem silbernen Teelöffel spielte.

»Experimentieren, meinst du? Aber warst du dir in ihrem Alter nicht schon recht sicher?« Maggie hoffte, sie mit dieser Frage nicht angegriffen zu haben.

»Ich schon, ja. Aber ich bin ja auch nicht Stella«, sagte Kate trocken. »Sie versucht wahrscheinlich, sämtliche Grenzen auszutesten. Muss euch viel Freude machen.«

»Oh ja, es ist wirklich die reinste Freude mit ihr.« Maggie lachte kurz auf. »Ich dachte, sie hätte sich etwas gefangen, und jetzt das …«

»Falls es dich beruhigt, würde ich sagen, dass sie wahrscheinlich nicht lesbisch ist. Sie hat genauso mit dem Barkeeper geflirtet wie mit einigen Frauen dort. Und solche Eskapaden sind nicht ungewöhnlich. Viele Hetero-Mädchen tun manchmal so als ob.«

»Gott.« Maggie verzog das Gesicht, als sie sich an den Tisch setzte. »Ich habe keine Ahnung, was mit dem Mädchen los ist.«

»Das wird schon werden. Ich meine, wir beide haben früher doch auch eine Menge Mist gebaut, oder? Und aus uns ist ja auch was geworden.«

Maggie riskierte einen vorsichtigen Blick in Kates Gesicht, als sie den Tee einschenkte, doch die Miene ihrer Freundin war immer noch frustrierend undurchdringlich.

Beide Frauen verstummten. Maggie blies auf ihren Tee, um ihn abzukühlen.

»Das machst du immer noch?«, fragte Kate, und für einen Moment fiel die Verschlossenheit von ihr ab.

»Was? Oh, ja, anscheinend schon.« Scheppernd setzte Maggie die Tasse ab. »Oh Kate, wie lange ist das her?«

Kate sah sie prüfend an. »Ich habe versucht nachzurechnen. Siebzehn Jahre, glaube ich. Seit du … abgehauen bist.«

»So war es nicht.« Maggie verdrängte die aufwallenden Schuldgefühle. Sie tastete nach dem Medaillon an ihrem Hals und spürte seine kühlen, harten Konturen unter dem dünnen

Nachthemd. *Es ist meine Schuld, dass die Situation jetzt so unangenehm ist. Ich war es, die unsere Freundschaft aufgegeben und all ihre Briefe ignoriert hat …* Nie wieder hatte sie eine Freundin wie Kate gefunden. »Wir haben uns einfach in unterschiedliche Richtungen entwickelt, meinst du nicht?«

Kate machte ein leises, abschätziges Geräusch. »Das sehe ich nicht so.« Sie sah jetzt wütend aus, als könnte sie sich nicht mehr beherrschen. Maggie sah, wie sie mit sich rang, bevor sie herausplatzte: »Es lag daran, dass ich lesbisch bin, stimmt's?«

»Nein!«, rief Maggie entsetzt. »Nein, Kate! Hast du das wirklich geglaubt?« Der Ausdruck auf Kates Gesicht verriet Maggie, dass sie tatsächlich genau das geglaubt hatte. »Mum meint, irgendetwas wäre mit Dad gewesen …«, sagte Kate, lenkte das Gespräch aber plötzlich in eine andere Richtung. »Aber es ist auch egal, was du von mir gedacht hast«, sagte sie scharf. »Ich kann einfach nicht fassen, dass du Mum das angetan hast. Sie war am Boden zerstört, und du warst nicht für sie da. Und das nach allem, was sie für dich getan hat.«

Die Wut in Kates Stimme machte Maggie sprachlos – dabei wusste sie, dass sie es verdient hatte. Scham erfüllte sie von Kopf bis Fuß – ein abscheuliches Gefühl, das sie so sorgfältig verdrängt hatte. Jetzt kam es in einer großen Welle zurück, und ihr wurde übel.

»Es hatte nichts mit deiner … sexuellen Orientierung zu tun.« Das Sprechen fiel Maggie schwer, die Worte lagen ihr wie Steine auf der Zunge. »Es war einfach nur … Ich musste da raus. Nach dem ganzen Mist mit Mum und Dad … ich wollte einen kompletten Neuanfang auf dem College.«

»Und weil du es so eilig hattest, von uns wegzukommen, hast

du dir nicht einmal die Mühe gemacht, zu Dads Beerdigung zu gehen?«

»Ich … ehrlich, Kate … ich habe erst Wochen später davon erfahren.« Maggie erinnerte sich noch genau an den Tag am College, als ihre Mutter ihr von Dons Herzinfarkt berichtet hatte. Fast hatte es so geklungen, als hätte Valerie es genossen, ihr diese schreckliche Nachricht zu überbringen – sie war schon immer eifersüchtig auf Maggies Beziehung zu Jean gewesen. Wenn sie Kate das doch nur begreiflich machen könnte. »Du weißt, wie viel mir deine Familie immer bedeutet hat …«

»Wirklich?«, fragte Kate. »Aber ich habe dir Nachrichten hinterlassen, jede Menge Nachrichten. Sogar Briefe habe ich dir geschrieben, weil du nicht auf die Anrufe reagiert hast.«

»Ich weiß.« Maggie wand sich. »Ich habe sie nicht gelesen, und deine Nachrichten habe ich direkt gelöscht …« Sie verstummte.

»Warum in Gottes Namen?«, fragte Kate jetzt ungläubig. »Musstest du so dringend weg von mir? War ich denn so schrecklich?« Sie war halb von ihrem Stuhl aufgestanden, schüttelte den Kopf und verzog angewidert das Gesicht.

Maggie wollte sie aufhalten, doch Kate schüttelte ihre Hand ab.

»Natürlich nicht!« Jetzt stand auch Maggie auf, ihre Stimme stockte. »Ich war damals völlig fertig. Das hatte nichts mit dir zu tun, Kate. Aber wenn ich davon gewusst hätte, wäre ich zur Beerdigung deines Vaters gekommen. Ich wäre gekommen, um bei euch zu sein, das musst du mir glauben.«

»Na klar.« Der Sarkasmus in Kates Stimme war nicht zu überhören, sie wandte den Blick ab. Trotzdem sah Maggie die Verwirrung auf ihrer Miene – Kate wollte ihr glauben. Sie hatte allen Ernstes gedacht, Maggie wäre ihr aus dem Weg gegangen, weil sie lesbisch war! Und Dons Beerdigung absichtlich ferngeblieben. Dabei wäre Maggie um jeden Preis gekommen – wenn sie es nur gewusst hätte.

Getroffen wich sie ein Stück zurück, Kates Reaktion war absolut gerechtfertigt. Sie folgte dem Blick ihrer Freundin und sah aus dem Küchenfenster, doch draußen war es stockdunkel, und so sah sie nur ihr und Kates Spiegelbild, umrahmt von dunklem Glas.

»Es tut mir leid. Es war unverzeihlich, mich nicht mehr zu melden. Das habe ich immer bereut«, sagte Maggie leise. Sie dachte an dic hübsch verzierten Briefe, die sie während ihres ganzen ersten Studienjahres bekommen hatte, ganz egal, in welcher schäbigen Studentenbude sie gerade gehaust hatte. Dann waren sie abrupt ausgeblieben. Seit Dons Tod … die brennenden Schuldgefühle holten sie wieder ein.

Kate antwortete nicht.

»Kate? Das ist mein Ernst«, beteuerte Maggie und beugte sich vor; Kate musste ihr einfach glauben. »Es hatte nichts mit dir zu tun, wirklich. Ich habe dich und deine Familie so lieb gehabt. Mehr als irgendjemanden sonst, bevor ich Tim begegnet bin. Das weißt du doch, oder? Ich weiß nicht, wie ich das letzte Schuljahr ohne euch durchgestanden hätte. Ihr habt mir praktisch das Leben gerettet. Aber es war eine schreckliche Zeit für mich damals …« Ihre Stimme erstarb.

»Verstehe. Du hast uns nicht mehr gebraucht.« Kate setzte sich wieder und starrte Maggie an. Ihre hellblauen Augen waren kalt und unnachgiebig.

»Nein«, sagte Maggie. In ihren Augen brannten Tränen. »Du verstehst mich nicht. Es war falsch von mir, den Kontakt so radikal abzubrechen, das weiß ich, aber damals war ich wirklich verzweifelt … Es war, als müsste ich die Vergangenheit hinter mir lassen, alles daran, das Gute genauso wie das Schlechte, damit ich weiterleben konnte.« Auch Maggie setzte sich wieder hin, als sie merkte, dass ihr die Knie zitterten.

»Aber es ging dir doch gut«, sagte Kate aufs Neue verwirrt.

»Nein, ganz und gar nicht. Als ich an der Uni anfing, dachte ich, ich würde den Verstand verlieren. Ich konnte mich nicht konzentrieren, hatte Panikattacken. Mein Arzt wollte mir Antidepressiva verschreiben, aber das wollte ich nicht. Also schickte er mich zur Therapie. Eine Zeit lang hat das geholfen, aber … ich wäre damals wirklich fast durchgedreht.« Selbst in ihren eigenen Ohren klang sie wie ein jämmerlich blökendes Tier. Sie dachte an die vielen einsamen Stunden in der Nacht, wenn alles noch schlimmer ausgesehen hatte und sie sich ausgemalt hatte, wohin sie gehen könnte, wo niemand sie finden würde. Wie sie einfach aufhören könnte zu existieren. So viel hatte sie bisher nicht einmal Tim erzählt. Und der Rest befand sich in einem starren, harten Klumpen in ihrem Herzen.

»Oh Maggie.« Kates Miene wurde weicher.

Maggie schüttelte den Kopf und wischte sich mit der Faust die Tränen ab.

»Geht es dir denn jetzt wieder gut?«, fragte Kate.

»Ja.« Maggie zwirbelte den Stoff ihres Bademantels zwischen den Fingern. »Es hat einige Jahre gedauert, ich war bei einem wirklich guten Psychologen … Ich weiß nicht, wie ich es erklären soll – die dunklen Wolken haben sich verzogen. Ich habe einfach Raum gebraucht. Und Zeit – um mich selbst zu finden, glaube ich.«

»Und was ist mit deinen Eltern? Was ist bei denen los?«

»Ach, nicht viel. Dasselbe wie immer.« Maggie konnte nicht verhindern, dass sich Niedergeschlagenheit in ihre Stimme schlich.

Meine Mutter …, dachte sie. Valerie hatte immer gesagt, Maggie sei zu sensibel, als ob das etwas Schlechtes wäre. »Dad trinkt immer noch – und kriegt natürlich nichts auf die Reihe – und Mum ist wie ein negatives Kraftfeld und fest davon überzeugt, dass das ganze Leben Mist ist. Ich bemühe mich um sie, aber manchmal weiß ich ehrlich gesagt nicht mehr, warum eigentlich.«

»Das weiß ich allerdings auch nicht. Ich kann nicht glauben, dass du immer noch Kontakt zu ihnen hast.« Kate lächelte schwach. »Ich weiß, man hat nur eine Familie und so, aber sie waren so abscheulich zu dir. Weißt du noch, wie deine Mutter in Urlaub gefahren ist und dich zwei Wochen lang mit deinem Dad allein gelassen hat? Und wie er dann einfach verschwunden und auf Sauftour gegangen ist? Du warst erst zehn – das hätte man dem Jugendamt melden müssen. Und dann diese Überschwemmung … Das hätte auch schlimmer ausgehen können, und dann? Erst seit ich selbst mit Kindern arbeite, weiß ich, dass das Misshandlung war, was deine Eltern mit dir gemacht haben. Sicher, sie waren nicht physisch gewalttätig, aber es war emotionaler Missbrauch. Kinder geraten in alle möglichen Schwierigkeiten, wenn niemand vernünftig für sie sorgt. Wenn sie sich nicht geliebt fühlen.«

»Ja, daran erinnere ich mich«, sagte Maggie. Eine Flut von Erinnerungen brach über sie herein. »Es war schrecklich.« Als bei dem Unwetter irgendwann das Dach über der Küche eingebrochen war, hatte sie versucht, ihre Mutter unter der einzigen Nummer zu erreichen, die sie ihr aufgeschrieben hatte. Nur um zu erfahren, dass sie in ein anderes Hotel umgezogen war. Und dann der Ärger, den sie bekommen hatte, als ihr Vater schließlich doch noch nach Hause gekommen war – weil sie keinen Handwerker bestellt hatte, um das Dach zu reparieren.

»Es war eine Schande«, sagte Kate kopfschüttelnd.

»Ich wünschte, sie würde sich ändern«, sagte Maggie. »Ich habe in letzter Zeit versucht, sie anzurufen, aber sie geht nicht ans Telefon. Wenn sie mir doch nur verzeihen könnte.« Wie immer beim Gedanken an ihre Eltern überkam sie diese vertraute, sprachlose Hilflosigkeit.

»Dir verzeihen?«, fragte Kate ungläubig. »Was denn?«

»Dass ich sie verlassen habe. Ich habe den Kontakt etwa zur selben Zeit abgebrochen wie … na ja, zu der Zeit, als ich auch nicht mehr mit dir geredet habe. Und seitdem hat es sich nie wieder richtig eingerenkt.«

»Oh Mann«, sagte Kate höhnisch und nahm befangen Maggies Hand. »Wie hättest du denn bei diesen beiden Giftnudeln bleiben sollen? Dass du deinen Verschwindetrick bei uns benutzt hast, begreife ich immer noch nicht, aber bei den beiden ist das etwas völlig anderes.« Kate schwieg einen Moment. »Ich verstehe einfach nicht, warum du dich nicht mehr gemeldet hast.« Plötzlich wirkte sie wieder so klein und verwundbar wie damals mit fünfzehn. »Ich wurde den Gedanken nicht los, dass du vor mir weggelaufen bist. Als ich mein Coming-out hatte, bist du irgendwie anders geworden. Ich dachte, du hättest gedacht, dass ich … na ja, dass ich auf dich stehe.« Kate brach ab, als sie den Ausdruck auf Maggies Gesicht sah.

»Wirklich?«, fragte Maggie erstaunt. »Das war mir nicht mal in den Sinn gekommen – glaube ich jedenfalls.«

Sie dachte zurück an diese Zeit vor so vielen Jahren. Damals hatten sie sich nur ansehen müssen, um zu wissen, was die andere dachte. Wie oft hatten sie bis spät in die Nacht geredet und gelacht, wenn Maggie bei Kate übernachtet hatte. Jean hatte sie immer wieder ermahnt, leise zu sein, und gedroht, sie in getrennte Zimmer zu stecken, wenn sie nicht aufhörten zu schwatzen. Sie waren morgens zusammen zur örtlichen Gesamtschule gelaufen und hatten ihre Schuluniformen im Partnerlook abgeändert. Sie liebten dieselben Bands und hassten dieselben Mädchen – fast während ihrer ganzen Kindheit und Jugend. Diese Freundschaft war eines der wenigen Dinge gewesen, auf die Maggie sich in dieser unsicheren Zeit hatte verlassen können.

Als sie ihre alte Freundin jetzt ansah, senkte diese den Blick. »Na ja, also eigentlich … also, ganz früher, als ich selbst noch herausfinden musste, was mit mir los war … also vielleicht hab ich doch auf dich gestanden.«

»Davon hatte ich keine Ahnung, Kate! Ehrlich!« Maggie versuchte sich vorzustellen, wie es gewesen wäre, wenn sie es gewusst hätte. Bestimmt schon irgendwie komisch. Aber das war nicht der Grund, warum der Kontakt abgebrochen war.

Kate sah auf, und plötzlich lag Belustigung in ihrem Blick. »Wenn das alles nicht schon so lange her wäre, dann wäre ich jetzt glatt beleidigt. Ich meine, ich habe so für dich geschwärmt, und du hast es nicht mal gemerkt. Wie gut, dass das nicht lange angehalten hat.«

Maggie lachte. »Ach verdammt. Da war jemand in mich verliebt, und ich habe es nicht mitgekriegt? Typisch.«

»Allerdings.« Kate schnaubte. »In der Schule waren ständig irgendwelche Jungs in dich verknallt. Erinnerst du dich noch an diesen Spinner Duncan? Der so versessen auf Kricket war?

Der fand dich umwerfend, aber an dir ist das völlig vorbeigegangen. Wie immer.«

»Echt?«, fragte Maggie überrascht. Auf sie hatte das ganz anders gewirkt. Sie hatte nie die richtige Art Aufmerksamkeit bekommen – jedenfalls nicht von den Jungs, die sie gemocht hatte. Sie erinnerte sich an Duncan und daran, wie oft er sie geärgert hatte … Sie hatte gedacht, er würde sie hassen.

Plötzlich und ungebeten tauchte ein Bild von Michael und seinem suchenden Blick in ihrem Kopf auf, und sie wurde rot.

»Vergiss es«, sagte Kate, die Maggies Miene missverstand. »Das ist alles so lange her.«

»Ja, das ist es.« Maggie fühlte sich völlig erschöpft. Wie spät mochte es sein? Vier oder fünf Uhr früh?

Kate wechselte das Thema. »Du hast ein wunderschönes Haus, Mags. Von so etwas hast du immer geträumt, weißt du noch?«

Maggies Blick wanderte zu der riesigen Pinnwand, an der Pearls kunterbunte Bilder, Visitenkarten von Handwerkern, Flyer für eine Aufführung im Sadler's Wells Theatre und ein Zeitungsausschnitt über eines von Tims sozialen Bauprojekten hingen. Die Insignien ihres urbanen Familienlebens. Hatte sie sich das nicht immer gewünscht? Mit einem Anflug von Neid hatte sie zugesehen, wie viele ihrer Freunde in den letzten Jahren aus London weggezogen waren, um näher bei ihren Familien zu sein. Sie bekamen Kinder und nahmen im Tausch gegen mehr Wohnraum und größere Gärten längere Arbeitswege in Kauf. Doch Tim und sie waren fest entschlossen zu bleiben. Sie liebten London; außerdem wusste Maggie, dass ihre Mutter ihr bei Pearl absolut keine Hilfe sein konnte. Und ihr Vater, nun, dem schien ohnehin alles egal zu sein.

Kate betrachtete ebenfalls die Pinnwand und taute ein bisschen auf. »Weißt du noch, wie wir immer nach London gefahren sind, um in Galerien und auf Konzerte zu gehen? Wie wir durch die Nebenstraßen gestreift sind und uns Geschichten über die Leute ausgedacht haben, die in den Häusern dort lebten, während sie zu Abend aßen oder mit ihren Kindern spielten?« Ein Lächeln schlich sich in ihre Stimme. »Und jetzt wohnst du selbst in so einem Haus! Wer hätte das gedacht.« Kate warf ihr einen verschmitzten Blick zu, der Maggie an die freche, wilde Art erinnerte, die sie an ihrer Freundin immer so bewundert hatte.

Und ob Maggie sich erinnerte. An den Pakt, den sie als Teenager geschlossen hatten, aus Basingstoke rauszukommen, genauso wie an ihre kindliche Begeisterung für Arthouse-Filme und die Liebe zu Grunge. Ihre gesamte Schulzeit über hatten sie sich in ihrem exklusiven Zweiergrüppchen von den Britpop-besessenen Altersgenossen abgegrenzt. Sie dachte an die Häuser in den Wohnvierteln von Kensington und Pimlico zurück, an die verstohlenen Blicke in hell erleuchtete Wohnzimmer, die sie draußen in der Dunkelheit erhascht hatten; unzählige perfekte Menschen in perfekten Häusern, die lächelnd am Abendbrottisch saßen. Maggie hatte sich immer gewünscht, eines Tages genau so ein Haus zu haben. Die Erinnerung daran, welche Nöte sie damals umgetrieben hatten, tat ihr beinahe körperlich weh. War sie jetzt wirklich anders? Wollte sich nicht immer noch ständig irgendetwas, das sie noch nicht erreicht hatte?

Plötzlich wich das Lächeln von Kates herzförmigem Gesicht. »Es ist, als hättest du diesen ganzen Mist, den du durchmachen musstest, zu Gold gesponnen. Du hast jetzt ein wunderbares

Leben, Mags. Mensch, sogar dein Kühlschrank ist sagenhaft toll.« Kate deutete mit ihrer Tasse auf den riesigen alten Kelvinator, den Maggie selbst mit hellrosa Lack glasiert hatte, und die Vase aus grünem Murano-Glas mit verblühenden Pfingstrosen, die obendrauf stand.

Wieder wurde Maggie rot. Es war ein dürftiger Ersatz, dachte sie, wenn man tief in seinem Inneren immer noch das Gefühl hatte, es zu nichts gebracht zu haben und immer noch nicht gut genug zu sein. Alles andere waren nur … Dinge. Da war dieser Gedanke, der sie immer gequält hatte: Wenn ihre Eltern sie, ihr einziges Kind, schon nicht in ihrem Leben haben wollten, was sagte das über sie aus?

Maggie wurde bewusst, dass sie sich noch gar nicht nach Kates Leben erkundigt hatte. Vorsichtig fragte sie nach ihrer Arbeit und ihren Freunden und erfuhr, dass Kate gerade jemanden kennengelernt hatte. Es war alles noch ganz frisch, sagte sie, aber sie hatte das Gefühl, es könnte etwas Ernstes werden. Maggie war angetan – es war herrlich, ihre Freundin so munter zu sehen.

Sie schob Kate einen Notizblock und einen Kugelschreiber zu. »Gibst du mir deine Nummer?«, fragte sie und fühlte sich dabei wieder wie ein Kind. »Wir könnten uns mal treffen …«, sie stockte, »… und was trinken gehen. Falls du glaubst, du könntest mir vielleicht verzeihen.«

»Okay«, antwortete Kate kühl. Die Wärme und Verbundenheit zwischen ihnen lösten sich von einem Moment zum anderen in Luft auf; Kate zog sich wieder hinter ihren Panzer zurück. *Sie war schon immer so unabhängig,* dachte Maggie. *Und so selbstsicher. Was hat sie nur je an mir gefunden?*

Kate nahm den Stift und kritzelte etwas aufs Papier. »Das ist meine Handynummer.« Sie zeigte auf eine der beiden Nummern auf dem Blatt. »Und die von der Arbeit, falls du mich nicht erreichst.« Maggie sah, dass da auch eine E-Mail-Adresse stand. Kates Handy piepte – das Taxi, das sie vorhin bestellt hatten, war da.

Kates Stuhl schabte über den Boden, als sie aufstand. Maggie begleitete sie zur Tür. Noch lange, nachdem die roten Rücklichter des Taxis um die nächste Ecke verschwunden waren, stand sie da, winkte und dachte darüber nach, wie gut ihr das Wiedersehen mit Kate getan hatte – trotz der unglücklichen Umstände. Sie nahm sich vor, sie nächste Woche anzurufen.

Irgendwie hatte es ihr geholfen, mit Kate über ihre Eltern zu sprechen. Geteiltes Leid und so. Wenigstens das hatte sich zwischen ihnen nicht geändert.

ZEHNTES KAPITEL

Ein Glöckchen klingelte leise, als Maggie durch die rot und golden gestrichene Tür trat. Seit sie sich erinnern konnte, war das alte Antiquitätengeschäft eine feste Institution an der Portobello Road, die durch ganz Notting Hill verlief. Der Laden gehörte immer noch derselben Familie, die ihn seit fast einem Jahrhundert führte, und in der Tat war das Spencer's so sehr mit dem Leben und der Seele dieser Straße verwachsen, dass es nicht mehr aus der Gegend wegzudenken war.

»Hallo? … Hallo?«, rief Maggie. Sie hielt nach Spencer oder einer seiner Töchter Ausschau, konnte aber zwischen dem ganzen Trödel keine Menschenseele entdecken. Maggie wusste, dass der Laden größer war, als es auf den ersten Blick wirkte; die Ladentheke versteckte sich ganz am Ende hinter einer Reihe von Film-noir-Aktenschränken, die aussahen wie aus einem Hardboiled-Krimi. Hier war Spencer normalerweise anzutreffen, saß mit seiner goldumrandeten Brille über dem einzig freien Fleckchen im ganzen Laden und reparierte ein kleines Aufziehspielzeug oder eine kaputte Uhr. In seiner Tweed-Weste sah er neben der alten Registrierkasse aus, als würde die Zeit für ihn stillstehen.

In den Regalen und Vitrinen um sie herum drängten sich die vergänglichen Erscheinungen früherer Zeiten – von verbeulten Teedosen aus den Fünfzigern über bunte Wimpelketten und schwarze Zylinderhüte bis zu nachgemachten

Winston-Churchill-Büsten und Phrenologie-Schädeln war alles dabei. Auf Augenhöhe starrte sie mit stoischem Blick M's Englische Bulldogge aus den James-Bond-Filmen an, eingehüllt in die roten, weißen und blauen Streifen der britischen Flagge, und Maggie wäre fast gegen einen von der Decke hängenden Miniatur-Heißluftballon gelaufen. Alte Dreiräder und Globusse aus vorsowjetischer Zeit drängten sich zwischen altmodischem Wäschekörben und einem Weidenkorb, gefüllt mit glänzend roten Kricketbällen.

Maggie war daran gewöhnt, von Gegenständen belagert zu sein – in ihrem Büro bei Bonningham's stapelten sich öfter Kisten voller Kataloge oder kleine Möbelstücke, wenn dic Lagerräume ihrer Abteilung wieder einmal überfüllt waren – aber das Spencer's war ein ganz anderes Kaliber. Es war ein heilloses Chaos von herrlichem, verrücktem Krimskrams. Selbst die Decke war so mit Kristallleuchtern, Art-déco-Lampen aus Messing und rostigen Ackerbaugeräten vollgehängt, dass sie kaum noch zu sehen war. Maggie hätte Stunden damit verbringen können, einfach herumzustöbern.

»Die Leute lieben Trödel«, hatte Spencer einmal zu ihr gesagt. »Sie haben gern das Gefühl, etwas zu entdecken, das andere übersehen haben. Das macht unter anderem den Reiz von Portobello aus – dass man nie weiß, was man finden wird.«

Maggie blieb kurz vor einem alten Frisiertisch stehen, wo ein schwarzer Filzhut vorwitzig schief an einem Ständer hing. Aus Spaß setzte sie sich die Melone auf und bückte sich, um sich im Spiegel zu betrachten – wo ihr plötzlich eine jüngere Version ihrer selbst entgegenblickte. Wenn Kate und sie früher mit dem Zug nach London gefahren waren, um sich ins Getümmel der Flohmärkte zu stürzen, war es der schönste Nervenkitzel gewesen, außergewöhnliche Stücke zu finden, die ganz sicher niemand sonst hatte. Dinge, die es zu Hause in Basingstoke einfach nicht zu kaufen gab. Die meisten Jugendlichen an ihrer Schule hielten sich die ganze Zeit in der einzigen, langweiligen Ladenzeile an der Hauptstraße auf und verschleuderten ihr Geld, das sie in den Ferien verdienten, für billigen Ramsch und die Wegwerfklamotten der großen Modeketten.

Im Gegensatz dazu trugen Maggie und Kate trotzig ihren eigenen Look zur Schau, kombinierten zerrissene Tutus mit Herrenwesten und seidenen Designerkrawatten, die sie auf Tapeziertischen voller bunter Kleiderhaufen unter der U-Bahn-Brücke fanden. Auf dem Nachhauseweg aus Portobello trugen sie ihre Neuerwerbungen oft über der Kleidung, in der sie gekommen waren, und Maggie musste über das verrückte Mischmasch lachen, bis ihr schwindelig wurde. Der wilde Pastiche von Stilen inspirierte sie, und sie fühlte sich weniger allein und nicht mehr so fehl am Platz, nicht mehr so sehr als Sonderling. Und sie wusste, dass es Kate genauso ging.

Sie schloss die Augen und dachte daran zurück, wie Kate sich in einem verschlissenen Seemannspullover zu ihrer kurzen schwarzen Shorts in Pose geworfen hatte. »Hey, sehe ich darin nicht wie Jean Seberg aus?«, hatte sie gefragt, sich vor den Standspiegel gebeugt und mit ihrem Kajalstift den dramatischen schwarzen Außenschwung an ihren Augen nachgezogen.

Erst Jahre später war Maggie bewusst geworden, wie provokativ sie ihr Anderssein zur Schau getragen und sich von der Menge abgegrenzt hatten. Kein Wunder, dass sie nicht besonders beliebt gewesen waren. Die Erinnerung weckte plötzlich schmerzliches Mitgefühl für Stella, die selbst ebenfalls nicht viele Freunde zu haben schien.

Was war nur aus ihrer jugendlichen Begeisterung fürs Klamottenkaufen geworden?, fragte Maggie sich, als sie den Hut an seinen Ständer zurückhängte und sich die Haare glatt strich. *Zeit*, dachte sie wehmütig. Wenn sie nur mehr Zeit hätte, mit Pearl zwischen Flohmarktständen oder in schäbigen Charity-Läden umherzustreifen, wie sie es früher mit Kate getan hatte, statt ständig in aller Eile zum nächsten Termin zu hetzen oder nach der Arbeit, meistens ziemlich spät, auf direktem Weg nach Hause zu fahren.

Schuldbewusst sah Maggie auf die Uhr. Sie musste bald wieder im Büro sein, ihre Mittagspause dauerte nur noch ein paar Minuten. Doch irgendwie ließ die Suche nach Francescas Vergangenheit sie nicht mehr los, sie musste einfach Antworten finden, auch wenn sie nichts mit ihr persönlich zu tun hatten.

Als sie gerade nach Spencer rufen wollte, hörte sie schwere Schritte auf der Holztreppe hinter der Theke und sah Spencers knorrige, arthritische Hand über das Geländer gleiten.

»Maggie! Was machen Sie denn hier?«, fragte Spencer mit leuchtenden Augen. »Wollen Sie mir von einer besonderen Lieferung erzählen, die ich auf keinen Fall verpassen darf? An Hausbesuche bin ich gar nicht gewöhnt.« Er schmunzelte.

»Oh, nein, nein.« Maggie küsste ihn auf die Wange und bemerkte seinen staubigen, altmodischen Geruch – Rasierschaum, Old Spice und die unverwechselbare Note von Anchovispaste. »Ich wollte Sie etwas fragen. Zurzeit versuche ich, die Geschichte eines Objekts in Erfahrung zu bringen, das ich vor einer Weile gefunden habe. Es ist ein Textilstück, also eigentlich nicht Ihr Gebiet.« Leinen und Spitze überließ Spencer meist den anderen Händlern in der Straße, »Aber ich hatte gehofft, Sie könnten mir vielleicht trotzdem helfen.«

Maggie erzählte ihm von Francesca, die sich wegen des Diadems an Bonningham's gewandt hatte und davon überzeugt war, dass darin der Schlüssel zu ihrer Vergangenheit lag. »Ich konnte das Stück zu seiner letzten Besitzerin zurückverfolgen. Sie war in den Siebzigern ein Supermodel, ob Sie es glauben oder nicht, und sie sagt, sie hätte es hier in der Gegend gekauft …« Die Worte purzelten aus ihr heraus, bis ihr fast die Luft wegblieb. »An einem Stand hier an der Straße. Erinnern Sie sich an eine Standbesitzerin namens Lily? Sie hat an der U-Bahn-Station Ladbroke Grove Kleidung und Trödel verkauft. Ich kann mich selbst nur noch dunkel erinnern – sie war eine alte Hausiererin – aber sie muss schon seit Jahren tot sein. Wissen Sie vielleicht, was aus ihr geworden ist? Hatte sie Familie? Sicherlich ist es eher unwahrscheinlich, dass ihre Angehörigen noch etwas darüber wissen, aber ich dachte, einen Versuch wäre es wert.« Plötzlich gingen Maggie die Worte aus, und sie verstummte.

Spencer beugte sich vor und sah sie mit blitzenden Augen an. »Lily, sagen Sie? Eine alte Hausiererin?« Plötzlich lachte er so laut los, dass Maggie überrascht einen Schritt zurückwich.

»Natürlich erinnere ich mich. Sie lebt sogar noch, wohnt in einer Sozialwohnung am Ende der Straße. Ich besuche sie hin und wieder – eine nette alte Dame. Und auch noch bei völlig klarem Verstand. Nur das Augenlicht lässt nach. Möchten Sie sie sehen? Ich kann Sie gleich hinbringen, ich wollte ohnehin gerade eine Kleinigkeit essen gehen.« Spencer stand auf und klopfte seine Taschen nach Portemonnaie und Brille ab. »Also los, Miss Marple«, sagte er mit einem verschmitzten Lächeln und schob Maggie vorwärts.

»Sie machen Witze, das ist ja unglaublich.« Maggie war baff. Wie unwahrscheinlich war das denn? Eigentlich hatte sie nicht einmal erwartet, dass Spencer Lily kennen oder sich an sie erinnern würde, aber dass sie noch am Leben war … Überrumpelt schüttelte sie den Kopf. Ihr Besuch bei Spencer war ein Schuss ins Blaue gewesen, aber jetzt hatte sie eine echte, belastbare Spur, die sie verfolgen konnte.

Sie spürte ein vertrautes Prickeln – die Vorfreude auf die Jagd – doch dann sah sie auf ihre Uhr und erschrak.

»Tut mir wirklich leid, Spencer, aber ich kann nicht. Nicht jetzt. Aber nächste Woche … würde Ihnen das passen?«

»Natürlich.« Man sah ihm die Enttäuschung an. So aufgeweckt und eifrig, wie er mit einem Mal gewesen war, hätte man beinahe vergessen können, dass er die sechzig längst hinter sich gelassen hatte.

Diese Detektivarbeit konnte süchtig machen, wenn man nicht aufpasste, dachte Maggie und gab dem alten Mann zum Abschied einen Kuss auf die Wange.

ELFTES KAPITEL

Als Maggie einige Tage später durch das schmiedeeiserne Tor vor ihrem Haus trat, empfand sie mit einem Mal eine überraschende Leichtigkeit. In letzter Zeit war alles etwas einfacher und erfreulicher geworden, vor allem seit sie Kate angerufen hatte. Sie hatten sich auf einen Kaffee getroffen und nahmen behutsam ihre alte Freundschaft wieder auf, jedenfalls hoffte Maggie das. Nur ihre Mutter erreichte sie immer noch nicht, obwohl sie mehrere Nachrichten hinterlassen hatte.

Während sie die Tür aufschloss, hoffte sie, dass sie früh genug dran war und Pearl noch in der Badewanne saß. Das war einer ihrer Lieblingsmomente des Tages, aber es war lange her, dass sie es rechtzeitig nach Hause geschafft hatte, um sie herumplanschen zu sehen. Pearl liebte das Wasser so sehr, dass Maggie manchmal dachte, sie müsste in einem früheren Leben ein Fisch gewesen sein. Das Mädchen konnte ohne Weiteres eine halbe Stunde fröhlich mit ihrem Teegeschirr und den Meerestieren spielen, vor sich hin singen oder Gespräche mit ihren Fischfreunden führen.

»Nein, du nicht, Herr Hai. Du warst ein böser Junge!«, konnte sie beispielsweise ihrem weißen Hai zurufen und das Plastikspielzeug kurzerhand in die immer größer werdende Pfütze auf dem Fußboden werfen.

Um im nächsten Augenblick auszurufen: »Oh, hallo kleiner

Fisch, du siehst heute aber hübsch aus.« Der blicklose Petersfisch reagierte nicht, aber Pearl drückte ihm einen Kuss aufs Maul, das Siegel ihrer Gunst. *Meine komplizierte, wunderbare Tochter,* dachte Maggie.

Sie trat in den Flur, warf den Schlüssel in die Schale auf der Garderobe, schaltete das Licht ein und ging in den hinteren Teil des Hauses.

»Hallo-hooo!«, rief sie. »Tim? Stella? Küken?« Letzteres war einer ihrer Kosenamen für Pearl. Im Flur brannte kein Licht, dann war Pearl also noch nicht im Bad. *Juhu,* dachte sie. *Ich kann sie selbst in die Wanne setzen. Kaum zu glauben, dass Tim das noch nicht gemacht hat. Ich bin früh genug, ich bin früh genug!* Ihre Freude wuchs. Es störte sie nicht einmal, dass über ihr dröhnende Bässe einsetzten, was bestätigte, dass Stella zu Hause war … Bestimmt sind die beiden in der Küche beim Abendessen, dachte Maggie und ging die Treppe hinunter.

Doch als sie ins Untergeschoss kam, waren Pearl und Tim nirgends zu sehen. Die Küche allerdings war das reinste Schlachtfeld. Mehl, Eierschalen sowie Reste von geriebenem Käse und Schinken waren auf dem Holztisch und großen Teilen der Bodenfliesen verteilt. Wände, Schubladen und Kühlschrank waren mit mehligen Fingerabdrücken übersät. Es sah aus, als hätte jemand die Zutaten für Crêpes um eine Bombe aus Küchengeräten gewickelt und hochgehen lassen. In solchen Momenten träumte Maggie davon, in einem kleinen Apartment zu wohnen – und zwar allein. Die Vorstellung, hier sauber machen zu müssen, bereitete ihr Kopfschmerzen.

Von oben war ein lauter Knall zu hören, der Stellas Musik übertönte.

Maggie stellte ihre Tasche im Flur ab, lief hinauf zu Pearls Zimmer und steckte den Kopf durch die Tür.

»Schau mal, Pearl, Mummy ist da«, sagte Tim und sah auf. Er saß neben Pearl auf dem Bett und war sichtlich überrascht, Maggie zu sehen. Pearls Haare waren nass.

»Ja, ich konnte mich davonstehlen.« Maggie versuchte zu lächeln und ihre Enttäuschung zu verbergen. »Ich habe meine Lieblingsmenschen viel zu sehr vermisst. Hallo, ihr zwei.«

Tim breitete die Arme aus, und Maggie setzte sich zu ihnen aufs Bett. Sie legte den Kopf an Pearls Hals und atmete ihren Klein-Mädchen-Duft nach Babyshampoo ein.

»Wie geht's dir, mein Küken? Hattest du einen schönen Tag?« Sie strich Pearl die feuchten Haare aus der Stirn und betrachtete das Gesicht ihrer Tochter.

»Ja, schöner Tag, Mummy. Ich hab dich vermisst!«

»Ich dich auch, mein Schatz. Aber jetzt sind wir ja alle hier. Hurra.«

»Hurra«, wiederholte Pearl und zog Maggie fester an sich.

»Wir lesen gerade die Geschichte von Mr Tod und Tommy Brock und diese schwierige Lage, in die sich die Flopsy-Häschen gebracht haben.« Lächelnd legte Tim das Buch auf den Stapel neben dem Bett. »Pearl war ein Häschen.«

Pearl kicherte. Sie kauerte sich zusammen, hielt sich die Hände wie Hasenohren an den Kopf und wackelte mit den Fingern. »Schau, Mummy, ich bin ein Häschen.«

Tim fuhr ihr lächelnd durch die Haare, doch Maggie konnte ihre Enttäuschung nicht verbergen. Beatrix Potter war ihr Buch … es gehörte nur ihr und Pearl, dachte sie, bevor sie merkte, wie albern das war. Trotzdem ärgerte es sie, dass Tim ihr ausgerechnet aus diesem Buch zum Einschlafen vorlas. Hätte er sich nicht etwas anderes aussuchen können?

»Was ist aus dem Wunderweltenbaum geworden?«, fragte Maggie. Das war die letzte Geschichte, die Tim vorgelesen hatte.

»Oh, das haben wir schon seit Wochen durch, stimmt's, Maus?«

»Seit Wooochen!«, wiederholte Pearl. Mit strahlenden Augen hüpfte sie auf dem Bett herum. »Schau her, Mummy, ich bin ein Häschen!«, rief sie, sprang vom Bett und hoppelte wild durchs Zimmer. Dabei stieß sie den Bücherstapel auf dem Nachttisch um und plumpste schließlich gegen einen Turm aus Bauklötzen, die durchs ganze Zimmer purzelten.

»Mach langsam, Pearl«, sagte Tim. Er stand vom Bett auf und berührte Maggie sacht an der Schulter. »Dann gute Nacht. Ich lass euch mal allein.«

Danke, dachte sie ernüchtert. Tim stieg über die Bücher und Bauklötze hinweg und ging nach unten.

Pearl hopste zum Bett zurück, kletterte hinein und sprang weiter auf und ab. Viele Daunenfedern und all ihre Stofftiere landeten in einem Haufen auf dem Boden. Sie hielt ihre Zöpfe hoch, warf den Kopf von einer Seite zur anderen und strahlte Maggie an. »Schau her, Mummy, schau mich an!«

Maggie dröhnte der Schädel. Obwohl sie wusste, dass Pearl sich nur freute, sie zu sehen, kam es ihr vor, als wollte ihre Tochter sie ärgern.

»Hör auf rumzuspringen, Pearl.« Maggie klopfte mit der flachen Hand auf die Matratze. »Komm her, ich lese dir die Geschichte zu Ende vor.«

Pearl ignorierte sie und sprang nur noch höher.

»Pearl«, mahnte Maggie, als das Mädchen anfing, sich im Kreis zu drehen. »Du tust dir noch weh.«

Pearls Sprünge wurden noch wilder und ausgelassener. »Hui! Schau mal, Mummy!«

»Hör jetzt auf, Pearl!« Maggie war selbst überrascht von ihrem scharfen Ton.

Und dann sprang Pearl vom Bett und landete mitten in den Bauklötzen.

»Auuuuuu.« Ihr Gesicht wurde tiefrot, und sie fing an zu schreien.

»Hab ich dir nicht gesagt, du sollst aufhören?«, fragte Maggie ärgerlich, als sie Pearl auf den Arm nahm und ihr die Stelle an ihrem kleinen Po rieb, auf die sie gefallen war. Aber Pearl stieß sie weg und schrie nur noch lauter. Maggie verlor die Nerven.

»Okay, das reicht«, schrie sie. »Kein Vorlesen mehr, kein Spielen. Ab ins Bett und Licht aus.« Vor Wut zitterten ihr die Hände. Sie stand auf und wollte gehen, aber Pearl klammerte sich an ihren Beinen fest. Tränen liefen ihr übers Gesicht.

»Nein«, rief sie und brach wieder in lautes Schluchzen aus. »Ich wollte nur, dass du fröhlich bist, Mummy«, weinte sie an Maggies Bein.

Mit einem Gefühl, als hätte sie einen Schlag in die Magengrube bekommen, ließ Maggie sich jäh aufs Bett sinken.

»Oh mein Schatz.« Sie nahm Pearl auf den Arm, Tränen brannten in ihren Augen. »Komm mal her. Es ist alles gut. Hör auf zu weinen.«

Nach einer halben Stunde, vielen Küssen und Umarmungen und Maggies Versprechen, später noch einmal nach ihr zu sehen, war Pearl endlich eingeschlafen. Maggie schaltete die Fliegenpilzlampe auf dem Nachttisch aus und schlich sich auf

Zehenspitzen aus dem Zimmer. Sie fühlte sich völlig zerschlagen. Jetzt wollte sie nur noch ein Glas Wein und sich ein bisschen mit Tim unterhalten. Wann hatten sie zuletzt richtig miteinander geredet? In letzter Zeit bekamen sie sich kaum noch zu Gesicht, so sehr waren beide mit ihrer Arbeit und den beiden Mädchen eingespannt. *Vielleicht können wir zur Abwechslung im Esszimmer zu Abend essen,* dachte sie, während sie versuchte, mit ein paar Dehnübungen die Verspannung in ihrem Hals und ihren Schultern zu lösen.

Doch als sie nach unten kam, saß Tim schon auf dem Sofa und sah Fußball.

»ManU führt … spannendes Spiel … Es macht dir doch nichts aus, oder?«, fragte er, konnte den Blick dabei aber kaum vom Fernseher losreißen. Eigentlich tat es das doch, dachte Maggie, aber sie wäre sich kleinlich vorgekommen, das zu sagen.

Sie unterdrückte ein Seufzen. »Nein, schon gut. Ich räume nur schnell die Küche auf, kümmere mich ums Essen …«

»Lass gut sein, Mags, ich räume das später weg«, sagte Tim und schrie im nächsten Moment »Ja!«, als ein Spieler ein Tor schoss und die Menge tobte.

In der Küche schenkte sich Maggie ein Glas Shiraz ein und schaltete auf dem alten Roberts-Radio einen Jazzsender ein. Oben war alles ruhig – Tim musste Stella ermahnt haben, die Musik leiser zu stellen, nachdem er aus Pearls Zimmer gegangen war – doch der Lärm des Fernsehers übertönte immer wieder die melodischen Klänge in der warmen, dreckigen Küche.

Maggie räumte eine Ecke des Tischs frei und setzte sich mit dem Weinglas in der Hand einen Moment hin. Ach Gott, sie hatte noch nicht einmal die Einladungen zu Tims Vierzigstem verschickt … Sie schloss die Augen und merkte von einer Sekunde auf die andere, wie müde sie war. *Vielleicht schlafe ich einfach im Sitzen ein,* dachte sie. Dann fiel ihr ein, wie Pearl gesagt hatte, sie wolle sie doch nur fröhlich machen, und plötzlich kamen ihr die Tränen. Sie trank einen großen Schluck Wein, um den Kloß in ihrem Hals aufzulösen.

Als sie den Kopf wieder hob, stand Tim in der Tür und beobachtete sie. Mit eingezogenem Kopf, um sich nicht an der Kellerdecke zu stoßen, kam er die Treppe herunter.

»Ich dachte, du siehst dir das Spiel an?«, fragte sie.

»Ach, ich dachte, ich helfe dir lieber«, sagte er und ging zum Spülbecken.

Eine Woge der Dankbarkeit überkam Maggie, begleitet von einem kleinen Gewissensbiss, weil sie das letzte Treffen mit Michael so genossen hatte – bei ein paar Gläsern Wein, was nicht unbedingt notwendig gewesen wäre. Zumal sie es immer noch nicht geschafft hatte, einen Termin für ein Abendessen mit Tim zu finden. Bis gerade war ihr nicht einmal bewusst gewesen, wie aufgewühlt sie war – sie stand unter Spannung wie eine zusammengepresste Sprungfeder. Tim hatte neulich Morgen recht gehabt, sie brauchte wirklich mehr Entspannung. Aber zurzeit fand sie dafür weder die Zeit noch die Gelegenheit.

Sie goss einen Schluck Shiraz in ein zweites Glas, ging zum Spülbecken und stellte es vor Tim auf die Fensterbank. Sie schlang die Arme um seine Taille, lehnte den Kopf an seinen breiten Rücken und blieb eine Weile so stehen.

»Pearl wird in der Kita geärgert«, sagte Tim plötzlich.

»Was?« Maggie riss den Kopf hoch. »Seit wann?«

»Schon länger, glaube ich. Es ist dieser Junge, Jared … Ständig nennt er sie ein Baby. Pearl hat Angst vor ihm.«

»Angst?« Maggies Brust war wie zugeschnürt. Das Wort erinnerte sie vage an etwas, das Pearl gesagt hatte … aber sie konnte sich nicht mehr genau erinnern …

»Du weißt ja, wie viel sie bei uns weint. Andauernd. Das ist ihre Reaktion auf alles. Und dieser Jared weiß, wie er sie provozieren kann.«

»Hast du schon mit Noni geredet?« Das war die Frau, die Pearls Kindertagesstätte leitete.

»Ja, aber sie hat wenig Konkretes gesagt und war keine große Hilfe … Sie meinte, so was kommt öfter vor, Kinder streiten sich eben und vertragen sich wieder. Früher waren Pearl und Jared befreundet, weißt du noch?«

»Ja. Aber was ist jetzt? Soll sie es sich einfach gefallen lassen?« Maggie fühlte sich hilflos.

Achselzuckend sagte Tim: »Sie wollen die Situation im Auge behalten.«

»Na toll.« Die Sorge um Pearl drohte Maggie zu erdrücken. »Dann kommt der kleine Fiesling also damit durch?«

Tim runzelte die Stirn. »Wenn sie ihn wieder dabei erwischen, werden sie sicher etwas sagen. Komm schon, davon geht doch die Welt nicht unter.«

Mit fahrigen Bewegungen setzte Maggie das Glas an und trank einen großen Schluck. Als sie es wieder absetzte, schwappte etwas Wein auf die helle Arbeitsplatte. Die Flüssigkeit sickerte in das verschüttete Mehl und färbte es rosa.

»Wie konnte es nur so weit kommen?«, fragte sie niedergeschlagen. »Arme Pearl … ich dachte, über so etwas müssten wir uns frühestens Sorgen machen, wenn sie in die Schule kommt.« In ihrem Kopf tauchte kurz das Bild ihrer eigenen Mutter auf, die sich über ihre Tränen lustig machte, doch es verschwand gleich wieder, weil Maggie es nicht sehen wollte.

»Da ist noch etwas anderes.« Tim drehte sich zu ihr um, sah Maggie aber nicht an, sondern richtete den Blick auf seine Hände. »Noni meint, Pearl fragt die ganze Zeit nach dir … Sie haben es zwar nicht ausdrücklich gesagt, aber ich glaube, es würde Pearl guttun, mehr Zeit mit uns zu verbringen.« Tim hob den Kopf und fing Maggies Blick auf. »Noni hat auch gesagt, Kinder würden in diesem Alter ihr Selbstbewusstsein entwickeln, aber Pearl täte sich da besonders schwer. Ist dir aufgefallen, dass sie ständig unsere Aufmerksamkeit auf sich lenken will und Wutanfälle kriegt, wenn wir nicht darauf eingehen?«

»Ja, schon. Aber ich dachte, das wäre in ihrem Alter normal.« Maggie brach der Schweiß aus. Sie fasste sich an die Stirn, die kalt und feucht war.

»Sie sollte inzwischen unabhängiger werden – nicht anhänglicher«, fuhr Tim fort. »Sie scheint unsicher zu sein, wo ihr Platz in der Welt ist und wo sie hingehört.«

»Was willst du damit sagen?« Jetzt fing Maggie wirklich an, sich Sorgen zu machen.

»Ich glaube, wenn es irgendwie möglich ist, sollte einer von uns nur noch in Teilzeit arbeiten, damit wir mehr Zeit mit ihr verbringen können. Aber ich kann bei diesem Projekt jetzt nicht kürzer treten – wir stecken schon zu tief drin. Die Arbeitstage sind lang, an fünf Tagen die Woche fange ich um halb acht an und komme abends nicht vor halb sieben nach Hause. Und du arbeitest jetzt jedes zweite Wochenende …«

Maggie schwirrte der Kopf von den Konsequenzen, die aus seinen Worten folgten. Gerade hatte sie noch überlegt, wie sie ihm beibringen sollte, dass sie die ganze nächste Woche und das folgende Wochenende eingespannt sein würde, um eine weitere Nachlassauktion zu leiten. Und jetzt legte er ihr nahe, in Teilzeit zu gehen?

»Ach, dann ist das also meine Aufgabe, ja?« Wut stieg in ihr auf.

»Das habe ich nicht gesagt«, entgegnete Tim vorsichtig.

»Aber das ist es doch, was du meinst, oder etwa nicht?« Maggie wusste, dass sie später darüber sprechen sollten, wenn sie nicht ganz so erschöpft wäre, aber plötzlich konnte sie sich nicht mehr zurückhalten. »Ich bin diejenige, die weniger verdient, also soll ich meine Karriere einfach abhaken – und mir abschminken, eines Tages ein eigenes Auktionshaus zu leiten, während du mit deiner Karriere weitermachst?«

»Mein Gott, Maggie, habe ich das etwa gesagt? Und willst du das wirklich – ein Auktionshaus leiten? Ehrlich? Seit wann denn das? Ich dachte immer, du liebst die Arbeit als Gutachterin. Aber im Moment arbeiten wir beide wie verrückt. Du musstest sogar unseren Urlaub absagen, Herrgott. Dabei weißt du doch, wie sehr wir uns darauf gefreut haben.«

Maggie holte Luft, um ihn zu unterbrechen, doch Tim kam ihr zuvor.

»Es ist mir egal, dass es höhere Provisionen bringt«, sagte er düster, als hätte er ihre Gedanken gelesen. »Ich hätte lieber mehr Zeit mit dir und den Mädchen verbracht.« Auch er atmete tief durch und gab sich sichtlich Mühe, sich zu beruhigen. »Hör mal, du beklagst dich doch immer, wie stressig alles ist. Ich habe dir nur erzählt, was mit Pearl los ist, und überlege, was wir dagegen tun können.«

»Aber warum kannst du nicht bei der Arbeit kürzertreten, wenn du es für nötig hältst? Glaubst du, meine Projekte sind weniger wichtig?«, fragte Maggie sauer, obwohl sie wusste, dass es unfair war. Tief in ihrem Inneren wusste sie, dass er recht hatte. Pearl brauchte sie. Genau wie Tim und Stella … Wozu hatte man Kinder, wenn man sie nie sah oder Zeit mit ihnen verbrachte? Sie hätte nie gedacht, dass es einmal so sein würde.

Tim sah sie durchdringend an.

»Natürlich sind deine Projekte wichtig«, sagte er ruhig. »Ich habe dich immer ermutigt, so viel zu arbeiten, wie du willst, selbst wenn das bedeutet, dass Pearl ganztags in die Kita geht. Aber die Lage hat sich geändert, Süße. Siehst du das nicht? Abgesehen von dieser Schatzsuche nach Informationen über diesen Kragen, oder was das ist, macht dir die Arbeit doch offensichtlich gar nicht so viel Spaß. Und es ist ja nicht so, dass wir auf die vielen Überstunden angewiesen wären … Immer wenn ich dich sehe, klagst du entweder darüber, wie sehr du in Eile bist, oder du flitzt gerade aus der Tür. Ich dachte, das wäre vielleicht für uns alle eine gute Lösung. Denk doch wenigstens mal darüber nach.«

Maggie brach in heiße, wütende Tränen aus. Himmel, was war nur in sie gefahren? Es war nicht Tims Schuld – er tat doch schon, was er konnte. Immer versuchte er, Lösungen zu finden und sich ihren Arbeitszeiten anzupassen, und im Augenblick war es meistens er, der sich um die Mädchen kümmerte.

Als Tim sie an sich zog, war sie erst wie erstarrt, doch dann ließ sie sich von seinen warmen, starken Armen auffangen. Sie würden einen Weg finden, sagte sie sich und unterdrückte ein Schluchzen. Das mussten sie einfach.

Denn eines wusste Maggie in diesem Moment mit absoluter Sicherheit: So konnte es nicht weitergehen.

ZWÖLFTES KAPITEL

Isabella: Rom, 1953

»Was würdest *du* denn tun, Bella? Mit ihm schlafen, ihn wegen des Titels heiraten oder sterben?«

Bella genoss ihren Platz an der Tischmitte, hier im Hinterzimmer des Locatelli. Nach einem kurzen Seitenblick zu Christian, der wie üblich am Kopf der Tafel saß, wandte sie sich wieder an Marco und sagte anzüglich: »Mit ihm schlafen natürlich.«

Das gesamte Bankett brach in Gelächter aus. »Was habt ihr denn gedacht?«, fragte Bella und zuckte die cremeweißen Schultern. *Diese Italiener lieben femmes fatales,* dachte sie bei sich.

»Ungezogenes Mädchen, ich wusste, dass du das sagen würdest«, sagte Allessandro mit seinem starken Akzent kopfschüttelnd. Unter dem allgemeinen Gelächter kippte jemand ein Glas Barolo über das weiße Leinentischtuch, und sofort wehte ein Kellner mit einer Serviette herein, um den Fleck unauffällig abzudecken. Der Lärm übertönte seine Schritte, als er sich durch den Türbogen wieder in den Hauptgastraum zurückzog.

Das Bankett war von hohen Spiegeln gesäumt, die das Licht der Kristallleuchter reflektierten. Bellas Sicht auf die Personen am anderen Tischende war weitgehend verdeckt, sie sah nur die zwölf Köpfe, die vom flackernden Kerzenschein beleuchtet wurden. Für einen Außenstehenden sahen sie aus wie eine beliebige Gruppe von Freunden, die zusammen essen gingen und die Gesellschaft der anderen genossen. *Wie sehr der Schein doch täuschen kann,* dachte Bella und nippte an ihrem Wein. Eine schwere kastanienbraune Locke fiel ihr vor die Augen und verhüllte ihren Blick. Heimlich beobachtete sie Christian unter gesenkten Wimpern und sah an seinen zusammengepressten Lippen, dass er keineswegs erheitert war.

»Aber warum?«, hakte Marco nach. »Ich habe gehört, er soll pervers sein. Sophie Milano sagt, er steht auf die seltsamsten Dinge. Schmerzhafte Dinge. Beim Sex. Und er steht drauf, den Hintern versohlt zu kriegen.« Mit großen Augen sah er Bella an.

Sie lächelte. Ihr unbehagliches Gefühl verschwand, als sie ihn abschätzend musterte. Obwohl Marco etwa im gleichen Alter war wie sie, wirkte er noch sehr jung. Bella beugte sich ein Stück vor, ließ ihr Dekolletee aus dem engen Satinkleid quellen und wartete die Wirkung ab. Als sie sicher war, dass alle Blicke auf ihr ruhten, sagte sie mit gesenkter Stimme: »Ja, aber er *liebt* seine Mami, nicht wahr?«

Sie sah, wie Marco die Gesichtszüge entglitten. Während alle anderen am Tisch wieder in Gelächter ausbrachen, wurde er tiefrot. Bella schüttelte ihre Mähne und warf dem armen Jungen eine Kusshand zu. Allessandro johlte. *Immerhin finden sie mich noch unterhaltsam,* dachte sie. Sie haben mich gern um sich.

Als eine Reihe weiß gekleideter Kellner das Essen servierte, kehrte etwas Ruhe ein. Christian hob zum Zeichen seines Einverständnisses den Löffel, und alle stürzten sich wie die Wilden auf das Tiramisu. Allessandro vernichtete seine Portion mit drei schnellen Bissen. Bella spürte Marcos Blicke auf sich und wischte sich mit der Fingerspitze einen verirrten Mascarponeklecks vom Mundwinkel. Ohne den Blickkontakt zu unterbrechen, hob sie den Finger an die Lippen und saugte langsam daran. Aus den Augenwinkeln sah sie, wie Allessandro vor Lachen seinen Wein über den Tisch spuckte.

Marco gehörte zu der Filmcrew, die Christian begleitete, um eine Dokumentation über ihn zu drehen. Er war erst vor wenigen Tagen zu ihrer Gruppe gestoßen, also war er noch völlig ahnungslos. Es war erst Freitagabend, die Feierlichkeiten, die das ganze Wochenende über andauern würden, hatten gerade erst begonnen. Fast tat er Bella leid. Wenn er jetzt schon schockiert war, stand ihm mit Sicherheit eine Feuertaufe bevor. Sie wünschte nur, sie könnte dabei sein und es mit eigenen Augen sehen.

Wieder wagte sie einen Blick in Christians Richtung und stellte fest, dass er sie beobachtete. Ihr wurde plötzlich kalt, doch sie zwang sich, weiterzulächeln. Christian räusperte sich, und alle am Tisch sahen ihn erwartungsvoll an.

»Ach, Bella, Bella … Ich muss immer an deine arme kleine Tochter denken. Wie alt ist sie? Sieben Monate? Und trotzdem dürfte sie sich schon an deine vielen Liebhaber gewöhnt haben. Es wäre sinnlos, ihre Namen zu lernen. Vielleicht sollte sie der Einfachheit halber alle Männer Papa nennen«, sagte er lächelnd. »Das wäre doch praktisch.« Am Tisch war höfliches Kichern zu hören.

Christian beugte sich vor. »Sag uns die Wahrheit, Bella. Weißt du, wer der Vater ist? Oder sollen wir raten?«

Bella starrte ihn über den Tisch hinweg an und versuchte,

ihre Panik zu unterdrücken. Zwischen ihnen stand eine Vase mit Dahlien in der Farbe von getrocknetem Blut und eine Miniaturvoliere mit ausgestopften Vögeln: Rebhühner und Tauben mit gläsernem Blick, arrangiert auf glänzend grünen Blättern. Bella musste an Venusfliegenfallen und spitze Zähne denken und rührte sich nicht. Es war schon das zweite Mal an diesem Abend, dass sie zum Ziel seines Spotts wurde.

Christians Augenbraue hob sich ein winziges Stück. »Na? Was hast du dazu zu sagen, meine liebe Bella?«

»Natürlich weiß ich es«, fauchte sie, zügelte sich aber gleich wieder. Bestimmt wollte er sie nur aufziehen. »Aber du hast gut reden, Christian. Für *deine* ganzen Geliebten müsste das *Palazzo* eine Drehtür einbauen lassen. Apropos, wo ist Giles eigentlich heute Abend?« Es hatte beiläufig klingen sollen, doch die Frage blieb schwer wie ein Stein in der Luft hängen. Christian verzog das Gesicht, und als Bella neben ihm Audreys triumphierende Miene sah, wusste sie, dass sie einen Fehler gemacht hatte. Das war genau der Treibstoff, den Audrey brauchte, sie hasste Bella ohnehin schon.

»Sehr witzig«, sagte Christian, plötzlich in heiterem Tonfall, und die allgemeine Anspannung in der Runde ließ merklich nach. »Er ist in Florenz, um meine nächste Ausstellung vorzubereiten. Manche von uns müssen nämlich arbeiten, während du dich mit deinen Abenteuern vergnügst, Bella.«

Ihr Lachen geriet eine Spur zu schrill.

»Die Galerie hat übrigens zugesagt«, fuhr Christian fort. »Jetzt muss ich nur noch die Werke vollenden. Kommst du zur Eröffnung?« In Bellas Kopf schrillten die Alarmglocken – doch warum sollte sie nicht? Seit Jahren hatte sie keine Vernissage von Christian verpasst.

»Sie findet im März statt. Ich erwarte, euch alle dort zu sehen«, fuhr er mit einem Blick in die Runde fort. »Dich auch, Marco. Kannst du bis März verlängern?«

Marco nickte hoffnungsvoll.

»Oh, und Bella, du musst auch kommen.« Das klang fast, als wäre es ihm erst nachträglich eingefallen. »Du weißt doch, wie versessen die Presse auf meine Muse ist.«

Meine Einladung, dachte Bella. *Das war sie.* Endlich konnte sie wieder atmen.

Christian beugte sich vor. »Versuch diesmal, niemanden zu beleidigen«, sagte er. »Und keiner reichen Erbin den Mann auszuspannen. Das ist schlecht fürs Geschäft, weißt du?«

Also hat er mir immer noch nicht verziehen, dachte sie. Es machte Christian nichts aus, für alle die Rechnung zu bezahlen, aber er ließ es einen niemals vergessen, wenn man sich einmal nicht seinen Vorstellungen entsprechend verhielt.

Seit ihrer Ankunft in Rom hatte er sich in der jungen Künstlerszene einen beachtlichen Namen gemacht. Ihre ungewöhnliche Reisegruppe bestand aus einer wilden Mischung von Christians Geliebten (gegenwärtigen ebenso wie verflossenen – er hatte sie alle gern in seiner Nähe), seiner Schwester Audrey und ihrem langweiligen Mann Matthew. Schon vor einiger Zeit war Bella von der Geliebten zur Muse, der absoluten Nummer eins, aufgestiegen. Allerdings musste sie sich widerwillig eingestehen, dass er sie in letzter Zeit immer seltener einsetzte.

Christian war ein »Genie«. Seine modernen, abstrakten Gemälde fingen den Augenblick ein – das jedenfalls sagten die Kritiker. Doch in Bellas Augen waren sie hässlich, uninterpretierbar und berührten sie einfach nicht. Sie verstand diese

Kunstwelt einfach nicht, obwohl sie selbst teilweise darin verkehrte. War das eine Nase oder eine Brust, die sie sich da ansehen sollte? Und wen interessierte es überhaupt? Während sie bei einer der letzten Ausstellungen die Bilder betrachtet hatte, war ein galanter, älterer Herr im Smoking neben sie getreten. Er hatte ihr eine Zigarette angeboten und sie von oben bis unten gemustert. »Und was soll das hier darstellen?«

»Gute Frage«, hatte Bella geantwortet, der die Lachfältchen an seinen Augenwinkeln gefielen (er musste mindestens fünfzig sein – nur wenig älter als Christian). Sie sah ihm an, dass er genauso war wie sie: zu allem bereit.

Gleich darauf flüsterte er ihr ins Ohr: »Gehen wir?«

Bella kam sich vor wie eine frisch gepflückte, sehr seltene Blume – wie eine schwarze Rose. Er war der attraktivste Mann im Raum, und er hatte sie auserwählt, ja, er schien regelrecht hingerissen von ihr zu sein. In diesem Kleid sah man ihr nicht an, dass sie im dritten Monat schwanger war – es war jede Lira wert gewesen. Der Mann legte ihr sacht die Hand auf die Hüfte, und sie ließ sich aus dem Lärm des großen, hellen Empfangsraums in ein kleineres, mit Wandteppichen ausgekleidetes Zimmer führen.

Er schälte das eng anliegende Satinkleid von ihren Hüften wie die Schale von einer reifen Frucht und ließ seine weichen Hände über ihren Körper wandern, dann beugte er sich über sie und biss sie in den Hals. Sie gab sich dem lustvollen Gefühl hin, spürte seine Hände auf ihrem Po und zwischen ihren Schenkeln und hörte sich keuchen. Wer wusste schon, wann sie das nächste Mal mit einem Mann zusammen sein würde? Ihr wurde ganz schwindelig vor Lust. Sie hatte mit dem Gedanken gespielt, das Baby wegmachen zu lassen, aber Abtreibungen waren gefährlich – besonders in diesem Land, das so besessen von Religion war. Außerdem hatte sie sich immer Kinder gewünscht und nur nicht damit gerechnet, dass es so früh passieren würde.

Das hellblaue Mondlicht fiel in den dunklen Raum, während Bellas Po immer wieder gegen den rauen Wandteppich stieß. Das Klavier klimperte protestierend unter seinem Schonbezug, und Bella dämpfte ihren Aufschrei an der Schulter des Mannes. Das Kleid bis zur Taille hochgeschoben, überkam sie für einen Moment die Vision, er würde sich unter Wasser an ihr vergehen. Der Mann drang tiefer in sie und drängte sie hart gegen die Wand, und sie kam so heftig, dass sie Sterne sah. Erst als sie anschließend das Kleid wieder herunterzog, fiel ihr auf, dass sie ihn nicht einmal nach seinem Namen gefragt hatte.

Wieder auf der Party, kam eine Italienerin mittleren Alters auf nadelspitzen Absätzen auf sie zugestöckelt. Sie schlug dem Mann hart ins Gesicht und sah aus, als wollte sie sich Bella als Nächste vornehmen, doch der Mann fing ihre Hand ab und hielt sie fest. Das Licht glänzte auf seinem goldenen Ring, und Bella fragte sich, warum sie nicht einmal den Anstand aufbrachte, sich zu schämen. Sie sah, wie Christian sie beobachtete, musste daran denken, dass er und Audrey jeden Sonntag in die Kirche gingen, um auf Knien ihre Sünden zu beichten – Katholiken, überall Katholiken – und spürte keinen Funken Reue. Wahrscheinlich war das der Moment, in dem es angefangen hatte, bergab zu gehen.

Jetzt im Restaurant versuchte Bella, das Bild von Christians angewiderter Miene aus ihren Gedanken zu blinzeln. Er hatte recht: Sie war ein Flittchen. Aber was war so schlimm daran, wenn es sich so gut anfühlte?

Sie probierte es mit Unverfrorenheit: »Pst, Christian. Die Leute lieben guten Klatsch, und noch mehr lieben sie es, über sexuelle Ausschweifungen zu tratschen. Wie nennen es die Franzosen? *Nostalgie de la boue – die Sehnsucht nach dem Schmutzigen.* Beim Blick über den Rand ihres Weinglases merkte sie, dass sie anfing, doppelt zu sehen; sie war beschwipst. Ein ungewohntes Gefühl – es war lange her, dass sie so viel an einem Abend getrunken hatte ... vor der Geburt ihrer Kleinen.

»Natürlich komme ich zu deiner Vernissage.« Sie fragte sich, was sie anziehen würde. Nichts schien ihr mehr zu passen, und Christian hatte ihr schon so lange keine neuen Kleider mehr geschenkt. »Sorgst du für die Unterkunft?«

»Tut er das nicht immer?«, fragte Audrey und beugte sich dann zu ihrem Bruder, um ihm etwas ins Ohr zu flüstern, das Bella nicht verstand. Christian antwortete knapp, woraufhin Audrey von ihm abrückte, sich unnötigerweise die kurzen gelblich-blonden Locken glatt strich und Bella geflissentlich ignorierte.

Bella und Christian hatten sich vor einigen Jahren kennengelernt. Damals waren Audrey und Matthew in Santa Fiora bei einem Freund von Bella zu Besuch gewesen und hatten sie zu einer Party eingeladen. Audrey hatte sie ihrem Bruder, dem talentierten Maler, vorgestellt, und zwischen den beiden hatte es auf Anhieb gefunkt. Sie stürzten sich in eine leidenschaftliche Affäre, die die Grenzen dessen auslotete, wozu Bella sich für fähig gehalten hatte (im Bett, an anderen Orten, vor anderen Leuten). Christian hatte sehr spezielle Vorlieben und einen unstillbaren Appetit. Mit dem Sex war es irgendwann vorbei, als es Christian langweilig wurde, doch von da an entwickelte sich ihre kreative Partnerschaft – zwischen dem Künstler und seiner Muse – die die körperliche überdauerte. In letzterer Hinsicht hatte Christian sich auf Alessandro verlegt, einen Chauffeur um die zwanzig mit einem Körper wie Michelangelos David, als Modell aber blieb Bella seine erste Wahl. Zumindest bis jetzt. Audrey hatte ihr das nie verziehen, weil sie Christian seinen Erfolg missgönnte. Er selbst schien dafür blind zu sein, doch für Bella war es offensichtlich.

Sie warf Audrey einen Blick zu und versuchte, Christians Aufmerksamkeit zu halten. »Und ich bin dir ewig dankbar für deine Gastfreundschaft, *caro*«, sagte sie und machte einen Kussmund. *Lämmchen* hatte er sie früher genannt, weil sie so ein unschuldiges Gesicht machen konnte.

Er betrachtete sein Glas und antwortete nicht.

Schnell, sag irgendwas, dachte sie. »Nein, wirklich.« Sie ließ ihre Stimme honigsüß klingen. »Was würde aus meiner *bambina* und mir nur werden, ohne deine Freundlichkeit?« *Auch wenn sie in letzter Zeit nicht mehr ganz so überschwänglich ist.* Geschickt bezog sie mit einer umfassenden Geste die gesamte Tischgesellschaft mit ein und hob die Stimme. »Was würde aus uns allen werden?« Sofort setzte zustimmendes Gemurmel ein – wie sie es geplant hatte.

Audreys scharfes Auflachen klang beinahe wie ein Bellen.

»Meine Damen.« Christian hob die Hand, um diesem Gespräch ein Ende zu setzen. »Es reicht.« Er beugte sich vor. »Bella, du bist an meiner Seite, seit sich meine Bilder verkaufen.« Sie sah, wie Marco etwas in sein kleines Notizbuch schrieb. »Und Audrey, niemand verschafft sich hier einen unlauteren Vorteil. Bis jetzt jedenfalls habe ich noch nicht aufgehört, goldene Eier zu legen. Also, bis es so weit ist …« Er lehnte sich zurück. »Esst, trinkt und amüsiert euch.«

Christian hob sein Glas und winkte nach einer neuen Flasche. Der Passito Di Pantelleria wurde entkorkt und eingeschenkt. Bella trank einen Schluck und ließ sich den ekelhaft süßen Wein über die Zunge laufen.

»Jawohl, bravo!«, rief Alessandro aus und prostete Christian zu. In seinen Augen blitzte es verschmitzt.

Du hast gut reden, dachte Bella. *Du weißt noch nicht, wie schnell sich Christian wandeln kann …*

Oh, warum nur hatte sie Rom nicht verlassen, als ihre Eltern ihr das Geld für ein Rückflugticket in die Staaten telegrafiert hatten? Das Geld hatte sie dankbar genommen, die Mahnung, die damit einherging, jedoch bewusst ignoriert. *Komm nach Hause,* hatten sie gedrängt, *du gehörst doch hierher.* Aber Bella war zu stolz gewesen. Damals hatte sie nicht geahnt, was aus ihr werden würde – eine alleinerziehende Mutter, die um Almosen bettelte.

»Was dein Porträt angeht, Audrey«, wandte sich Christian an seine Schwester, »dazu kommen wir bald. Aber im Moment hat Bella die … *lasterhaftere* Ausstrahlung.« Er lachte, und Bella fragte sich, ob er sich über sie lustig machte.

»Warum setzt du nie mich ein?«, fragte Audrey beleidigt. Sie drehte den Stiel ihres Glases zwischen den Fingern und setzte eine übertrieben beleidigte Miene auf.

»Du bist viel zu vornehm«, sagte er mit einem eigenartigen Blick in Audreys Richtung. »Zu perfekt.«

Wie interessant, dachte Bella und prägte sich diesen Blick gut ein. Womöglich wusste sie doch noch nicht alles, was zwischen Bruder und Schwester so vor sich ging.

»Übrigens siehst du heute Abend wunderschön aus. Sehr elegant.« Er strich über ihre Bluse, was sie erröten ließ. »Von wem hast du diese Kette?«

»Das sind Perlen aus dem Toten Meer. Gefallen sie dir? Matthew hat sie mir geschenkt.« Audrey tätschelte ihrem Mann unter dem Tisch das nadelgestreifte Knie, wie um sich selbst daran zu erinnern, dass er noch da war. Matthews großer Kopf schwankte, seine Augen waren rot gerändert, sein Blick unfokussiert – er hatte nichts von dem Gespräch mitbekommen, sondern war ganz in sein nächstes Glas Wein vertieft. *Er ist völlig betrunken,* dachte Bella und beugte sich zu Alessandro, um ihm diese Beobachtung ins Ohr zu flüstern.

Alessandro kicherte. »Arme Audrey – sie wird heute Abend wohl mal wieder leer ausgehen.«

Bella lachte und hoffte, dass Christian sie nicht gehört hatte. Aber er hatte Ohren wie eine Katze.

»Es reicht«, sagte er ruhig.

Bellas Lachen erstarb. Alessandro rutschte unruhig auf seinem Stuhl hin und her und schien plötzlich das Interesse an der Unterhaltung verloren zu haben.

»Ich würde sagen, es ist Zeit weiterzuziehen«, sagte Christian mit einem vielsagenden Blick auf die Uhr.

Wie spät ist es?, überlegte Bella. Sie setzte sich aufrechter hin und zog Alessandros Arm zu sich, um auf seine Uhr sehen zu können. Zwei Uhr früh! Die Müdigkeit drohte sie zu überwältigen, und sie wandte sich ab, um ihr Gähnen zu verbergen. Christian hasste es, wenn sie schlappmachten … Sie alle waren Schachfiguren für seine Vergnügungen, nicht mehr und nicht weniger. Bella fing einen Gesprächsfetzen vom Tischende auf und wandte den Kopf, um zu lauschen.

»Fünfundzwanzigtausend Pfund? … Aber das ist unglaublich!«, rief Marco aus. Donatella nickte. Die zierliche Mailänder Kunsthändlerin fing Bellas Blick auf. Hier gab es keine schwelende Feindseligkeit, Bella und Donatella kamen sogar gut miteinander aus.

»Entschuldigung«, fragte Bella. »Fünfundzwanzigtausend Pfund wofür?« Ihre Neugier war geweckt.

Aufgeregt wandte sich Marco ihr zu. »Offenbar für Christians Bilder. Ein Sammler hat kürzlich drei Stück von Donatella gekauft. Aus der letzten Serie, du weißt schon, von dir auf diesem … Gerät. Ist das nicht sagenhaft?« Der kriecherische Tonfall in Marcos Stimme machte Bella wütend. Der Mann sah Christian so bewundernd an, als wäre er ein Angehöriger des Königshauses.

Fünfundzwanzigtausend Pfund. Bella versuchte sich daran zu erinnern, was er ihr fürs Modellstehen bezahlt hatte. Hundert Pfund vielleicht? Und das nicht einmal in bar, sondern verrechnet in teuren Abendessen und Kleidern. Sie musste blinzeln, während sie versuchte, diese Information zu verarbeiten.

»Mein Gott, Christian, fünfundzwanzigtausend Pfund, du musst ja im Geld schwimmen«, sagte sie laut, ehe sie sich zügeln konnte. Alle im Raum verstummten, und Christian drehte sich ohne jedes Zögern zu ihr um.

»Du vergisst die Händlerprovision«, sagte er mit samtweicher Stimme. »Und Giles Anteil. Den bekommt er immer noch. Danach bin ich froh, wenn überhaupt etwas für mich übrig bleibt. Aber das teile ich gern mit meinen Freunden.« Er deutete auf die schweigende Runde am Tisch.

Er hielt nach dem Kellner Ausschau. »Also, wohin gehen wir als Nächstes?«

Geschickt gelöst, dachte Bella.

»Marionella gibt heute Abend eine Party im Castello«, meldete sich Alessandro zu Wort, seine Miene hellte sich merklich auf. »Kann Raphael uns fahren?«

»Aber sicher«, sagte Christian. »Scusi?«, rief er ungeduldig, und der Inhaber des Restaurants kam dienstbeflissen herbeigeeilt.

»Wie kann ich Ihnen behilflich sein, Signor Hunt?«, fragte Dino Locatelli. Trotz seiner beträchtlichen Leibesfülle verneigte er sich tief.

»Es war ein fantastisches Essen und wie immer ein ausgezeichneter Service. Finden Sie bitte heraus, wo Raphael ist, er soll uns nach Montagnana fahren.«

»Si, si.« Dino lief emsig aus dem Raum.

Bella packte ihre Sachen zusammen. Für heute Abend konnte sie nicht mehr. In ein paar Stunden würde das Baby gestillt werden wollen, und außerdem musste sie die Nachbarin ablösen, die freundlicherweise auf die Kleine aufpasste. Bella hatte ihr versprochen, früh zurück zu sein … *Tja, so viel zu meinen Versprechen.* Ihre Brüste fühlten sich schon groß und schwer an, und bei dem Gedanken an ihre Tochter setzte das vertraute Kribbeln in den Brustwarzen ein. Einige Tropfen Milch sickerten in die Stoffschichten, die sie sich in den BH gesteckt hatte. Hoffentlich bekam das Kleid keine Flecken.

Die Gesellschaft schlüpfte in Mäntel und Handschuhe und wankte durch die leeren, hallenden Räume, in denen die Stühle bereits hochgestellt waren, hinaus auf die Kopfsteinpflasterstraße. Bella blieb als Letzte zurück, drehte sich noch einmal um und warf einen Blick auf den Tisch. Dort, zwischen den fleckigen Gläsern, Flaschen und leeren Tellern lag ein kleiner

Haufen zerknitterter Geldscheine und Münzen – das Trinkgeld. Es war üblich, dass Christian das Essen bezahlte, aber im Gegensatz zu den anderen rückte Bella meist nicht viel Trinkgeld raus. Nachdem sie sich vergewissert hatte, dass niemand hinsah, nahm sie die Scheine an sich und steckte sie in ihren Ausschnitt. Nur ein paar Münzen waren noch übrig. *Es wird niemandem auffallen,* dachte sie schuldbewusst. Die Kellner würden einfach denken, sie wären geizig gewesen. Sicher würde niemand vom Restaurant etwas sagen – dafür hatten alle zu große Angst, Christian zu verärgern.

Bella wickelte sich ihr kurzes Ozelot-Cape eng um die Schultern, richtete den Blick geradeaus und folgte mit großen Schritten Louise und Victor – einem reichen russischen Paar, das sie im Verdacht hatte, dubiose Geschäfte mit Christian zu machen – hinaus auf die Straße. Im goldenen Licht der Straßenlaternen schimmerten die schneeweißen Flecken ihres Ozelotpelzes und bildeten einen hübschen Kontrast zu ihren dichten schwarzen Locken und den Handschuhen.

»Ich komme nicht mehr mit – aber amüsier du dich gut. Bis bald«, sagte sie zu Christian und küsste ihn auf beide Wangen. Er blieb stocksteif stehen, und Bella spürte, wie sie ein Zittern erfasste. Bestimmt nur die kalte Nachtluft, sagte sie sich.

»Nein, Bella, du darfst noch nicht gehen!«, rief Alessandro mit rosigen Wangen und hakte sich bei ihr unter. »Christian, sag ihr, dass sie noch nicht gehen darf. Sie muss mitkommen. Das wird *molto divertente* … Sei doch nicht so langweilig! Garantiert gibt es dort kein einziges Mädchen, das so unartig ist wie du.« Er kraulte sie am Kinn. »Vergiss, was Christian gesagt hat. Wir lieben es, dir bei deinen Eskapaden zuzusehen. Ständig fragen wir uns, was du wohl als Nächstes anstellst, stimmt's?«

Christians Miene war undurchdringlich. »Wenn sie gehen muss, dann muss sie gehen«, sagte er kühl und sah sich nach Raphael um.

Bella war getroffen, fing sich aber schnell wieder. »Ein andermal«, sagte sie leichthin und gab Alessandro einen Gutenachtkuss.

Auch einige andere machten einen Rückzieher. Ihre Atemwolken gefroren in der kalten Nachtluft, als sie sich verabschiedeten. Marco war anzusehen, dass er wie ein Hündchen an der Leine zerrte. Ein neuer Gefolgsmann für Christian – das liebte er. Zu fünft – Christian, Alessandro, Marco, Audrey und Matthew – fielen sie schließlich in einem wirren Knäuel aus Armen und Beinen auf den Rücksitz der langen schwarzen Limousine. Raphael ließ ungeduldig den Motor aufheulen und brauste über das Kopfsteinpflaster davon. Bella winkte ihnen nach, und sobald der Wagen außer Sichtweite war, fiel das falsche Lächeln von ihr ab.

Als sie sich umdrehte, blieb sie mit dem Absatz zwischen den Pflastersteinen hängen und verdrehte sich den Knöchel. »Verdammt!«

Einige Stockwerke über ihr wurden geräuschvoll die Fensterläden aufgestoßen, und eine Frau mit Lockenwicklern streckte den Kopf heraus. »*Basta! Stai zitto!*«, schrie sie wütend. Bella wich zurück, um dem Wasser auszuweichen, das die Frau aus einem Kübel auf die Straße schüttete.

»Ich geh ja schon! Ich geh ja schon«, rief sie und hielt ihren Umhang fest. Hoffentlich hatte er nichts abbekommen, dachte sie. Der seltene Pelz war das Wertvollste, was sie besaß.

So schnell ihr Knöchel es zuließ, humpelte sie durch die schmale Gasse nach Hause. Sie dachte an den makabren Tischaufsatz, der genauso eigenartig gewesen war wie der ganze Abend, und sehnte sich nach ihrem Bett. Sie wollte sich nur noch neben ihre Tochter kuscheln und ihren sauberen Milchduft einatmen.

Vergiss den Abend, sagte sie sich. Sie hatte das Baby, das war aller Trost, den sie brauchte.

»Wo soll ich mich hinstellen?« Bella wischte an einer Stelle den Staub vom Boden, bevor sie den Tragekorb mit dem Baby abstellte. Hoffentlich würde ihre *bambina* heute brav sein. Und mit »brav« meinte sie *bitte, sei ganz leise,* denn lieb und wohlerzogen war die Kleine fast immer. Christian war keine Kinder gewohnt, daher hatte sie keine Ahnung, was er zumutbar finden würde. Sie waren noch dabei, die Regeln für ihre Zusammenarbeit auszuloten. Einfach war er noch nie gewesen, aber in letzter Zeit schien er beim geringsten Anlass die Geduld zu verlieren.

Bella warf ihre übervolle Bügelhandtasche in die Ecke, streifte ihr Kleid mit den aufgedruckten Zitronenbäumen ab und warf es auf die Tasche. Das gestärkte Kleid blieb als steifer Haufen auf dem Bastgeflecht liegen, und Bella ließ es einfach so. Es sauber zusammenzulegen, lohnte sich nicht, denn sie würde es den ganzen Tag ständig an- und wieder ausziehen. Sie stieg aus ihrer Unterwäsche – einen Hüfthalter trug sie erst gar nicht – und beförderte sie mit dem Fuß ebenfalls in die Ecke, wo sie auf einem Aschenbecher liegen blieb. Bella verzog das Gesicht. Bis vor einem Jahr hätte sie das nicht weiter gekümmert, aber Christian hatte gewusst, dass sie heute die Kleine mitbrachte. Hätte er nicht wenigstens ein bisschen aufräumen können?

Nackt, wie Gott sie schuf, setzte Bella sich auf dem Hocker in Position. Sie nahm die Schultern zurück und war bereit.

Christian stand noch mit dem Rücken zu ihr und war damit beschäftigt, die Zimmerwirtin zu bezahlen. Als er sich umdrehte, blinzelte er irritiert.

»Herrgott, Bella, hättest du nicht wenigstens warten können, bis Maria weg ist?« Er deutete mit dem Kinn auf die kleine, gedrungene Frau, die ein großes Goldkreuz um den Hals trug. Maria drückte sich ihren klirrenden Schlüsselbund an die Brust und starrte Bella entgeistert an. Christian gab der Frau zur Wiedergutmachung einige Lire extra und brachte sie zur Tür.

»'tschuldigung.« Bella zuckte mit den Achseln. So ganz verstand sie das Problem nicht. Die alte Dame wusste doch sicherlich, dass sie den Raum als Atelier benutzten. Nun ja, vielleicht auch nicht. Verglichen mit früheren Räumen war das hier ein dunkles Kämmerlein. Eine Gelenklampe schien auf indigoblaue Laken und leere Farbtuben, und das Fenster war abgehängt, um das heiße Sonnenlicht auszusperren. Trotz Christians Bemühungen gab es einen schmalen Lichtspalt, sodass Bella die Staubkörnchen in der abgestandenen Luft tanzen sah.

Sie schlug die Beine übereinander und setzte einen Fuß auf die Holzstrebe des Hockers. Die dunklen Locken bauschten sich wie eine schimmernde Quellwolke um ihren Kopf.

»Also, wie hättest du mich gern?«

Normalerweise stellte Christian alle möglichen Möbelstücke und Geräte in seinem Atelier auf, doch heute war der Raum kahl und leer. Außer dem Schreibtisch, der mit Farben, Gefäßen und Pinseln übersät war, gab es nur ihren Hocker und in einer Ecke ein schlichtes Klappbett.

»Nicht so«, sagte Christian kopfschüttelnd. »Steh auf«, befahl er, und Bella gehorchte.

»Na, *die* haben sich aber verändert.« Ein säuerlicher Ton mischte sich in seine Stimme, und Bella wusste, dass er recht hatte. Ihre Brüste waren prall und voller Milch, obwohl ihre *bambina* gerade erst gefrühstückt hatte. In den letzten Monaten waren ihre Brustwarzen größer und dunkler geworden und hingen tiefer, nicht mehr so keck wie früher. Bella sah an sich herab, sah die blaue Vene, die sich über ihre Brust wand und im Takt ihres Herzschlags pulsierte. Sie holte sich eine Zigarette vom Schreibtisch, zündete sie an und blies den Rauch senkrecht in die Luft. *O Gott,* dachte sie, *so ein Tag wird das also.*

Um ihm zu schmeicheln, deutete sie auf die Leinwände, die sich an der Wand stapelten. »Die sind wundervoll, Christian – deine Besten bisher.« Sie fragte sich, wie viel sie wert sein mochten. Noch mal fünfundzwanzigtausend?

Christian sah gereizt von seiner Staffelei auf. »Was? Oh, danke«, sagte er mürrisch. »Wir werden sehen.« Er lehnte sich ein Stück zurück, um die Höhe einzustellen. Das Baby hatte er offenbar noch gar nicht zur Kenntnis genommen.

Bella sah sich die Leinwände an. Das vollendete Triptychon war mit spärlichen, wütenden Pinselstrichen übersät, zwischen denen die teure Leinwand zum Vorschein kam: ein riesiges, groteskes Abbild von Alessandros Penis. Bella fand das Werk düster und bedrohlich, wie alles, was Christian malte.

Rauchend wiegte sie sich von einer Seite zur anderen und lächelte über das fröhliche Gurgeln ihrer *bambina.* Sie dachte an das Geld. Seit dem Essen neulich musste sie ständig daran denken. In jener Nacht hatte sie kaum Schlaf gefunden, hatte mit schmerzendem Knöchel wach gelegen und über den sagenhaften Erfolg von Christians letzter Ausstellung nachgegrübelt. *Von wegen Händlerprovision,* dachte sie grimmig. Das konnten doch unmöglich mehr als dreißig Prozent gewesen sein, oder?

Endlich sah es so aus, als wäre Christian bereit. Er wählte einen großen Pinsel aus und nahm Farbe von der Palette auf. Bella löste die verschränkten Arme und drückte die Schultern zurück, weil sie hoffte, das würde helfen.

»Nein, dreh dich um«, sagte Christian ungeduldig. Sie drückte ihre Zigarette aus und nahm eine andere Position ein.

»Tut mir leid, dass sie so … Ich muss die Kleine bald wieder stillen … Und wenn ich mich so hinstelle?«, fragte sie in der Hoffnung, das gedämpfte Licht würde ihr schmeicheln. »Ist es so besser?«

»Eigentlich nicht.« Christian kniff die Augen zusammen, seine Worte hingen in der Luft und machten Bella Angst. Was sollte sie noch tun? Er gab ihr zu wenige Anweisungen. Nach Sekunden legte er den Pinsel weg, seufzte und zog einmal mehr die Stirn in Falten.

»Das funktioniert so nicht«, sagte er. »Du siehst zu …« Die Hände in die Hüften gestemmt, stapfte er zu ihr herüber.

»Was?« Bella hasste sich dafür, wie brüchig ihre Stimme klang. »Sag mir doch einfach, was ich machen soll.«

»Das haben wir schon versucht«, sagte Christian, »aber es hat auch nichts geändert, oder?« Seufzend wandte er sich ab. »Du siehst zu … ruhig aus. Das kann ich nicht gebrauchen.«

»Aber ich …«, Bella unterbrach sich und versuchte, die aufkommende Verzweiflung hinunterzuschlucken. Sie sah zu ihrer kleinen Tochter, die ganz verzaubert das Sonnenlicht auf ihren Händen betrachtete. Ein dünner Speichelfaden troff ihr vom Kinn auf den kleinen Kittel. Bella hatte ihn aus einem der Körbe mit Bügelwäsche entwendet, mit der sie sich gelegentlich etwas dazuverdiente. Die Leute hatten so viel, dass sie gar nicht merkten, wenn hier und da eine Kleinigkeit abhandenkam.

Vor sich hin murmelnd, ging Christian zu einem Regal. »Wo ist es nur? Vielleicht … funktioniert … das … ja. Hier, setz das auf«, sagte er, als er etwas aus dem Regal nahm, das Bella nicht sehen konnte. Was war es? Hoffentlich nicht eins seiner Instrumente.

Christian warf Bella den Gegenstand zu. Fast schwerelos segelte es auf sie zu, und sie fing es mit einer Hand auf. Kein Instrument also, und auch kein Hammer, sondern ein zerknittertes, wunderschönes Etwas, dessen Pailletten sie im dämmrigen Zwielicht anfunkelten. Bella starrte auf die hübschen Samenperlen und Glassteine, wendete das Stück in den Händen und fragte sich, was es wohl sein mochte. Erst als sie die ineinander verwickelten Bänder glatt strich, erkannte sie, was es sein musste. Zögerlich setzte sie es sich auf den Kopf, knotete die Bänder am Hinterkopf zusammen und hoffte, dass sie richtiglag.

»Schon besser.« Christian klang besänftigt; er trat wieder an die Staffelei und griff nach dem Pinsel.

Bella spürte eine ungewohnte Energie. Mit ihren Kurven und dieser Krone kam sie sich mit einem Mal wie eine Königin vor. Sie richtete den Blick über die Schulter und wagte ein anzügliches Lächeln. Am liebsten hätte sie das Diadem berührt, wäre mit den Fingerspitzen über das Perlenmuster gestrichen, doch sie widerstand dem Drang.

»Es hat meiner Mutter gehört«, sagte Christian, nachdem er eine Weile ins Malen versunken gewesen war. »Sie hat es in den Dreißigern aus Malaya mitgebracht, bevor sie Audrey und mich bekommen hat. Ich glaube, sie hat es früher auf der Bühne getragen – es hat eine lange Geschichte. Habe ich dir erzählt, dass sie Tänzerin war?« Ja, das hatte er, erinnerte sich Bella. Vor vielen Monaten, als er noch sehr viel netter zu ihr gewesen war.

Er nahm eine frische Tube Ölfarbe in Katzengold und gab einen dicken Klecks davon auf die Palette. Mit ein paar schwungvollen Pinselstrichen erfasste er die Umrisse des Diadems auf Bellas Kopf – kaum mehr als die geisterhafte Andeutung eines Heiligenscheins. Bella sah, dass er jetzt in seinen Rhythmus fand. *Nicht schlecht für einen einzigen Vormittag,* dachte sie und presste kurz die Lippen zusammen.

»Lass das«, fuhr Christian sie an. Seine Miene verdüsterte sich wieder. »Lass das Gesicht locker. Schau mal da oben hin.« Er deutete auf den gezackten Riss an der Decke über ihm. »Aber weiter in die Ferne, klar? Und jetzt fass dich an.«

Bella lächelte. Das konnte sie. Sie ließ die Hand zwischen ihre Beine gleiten.

»Nicht so«, blaffte Christian sie an. »An die Wangen!«

Bella zuckte zusammen und gehorchte. Heute konnte sie ihm einfach nichts recht machen – verdammt, was war nur mit ihm los? Wollte er sie überhaupt noch als Modell? Solange das der Fall war, kam sie über die Runden; in der Pension konnten sie und das Baby vielleicht noch ein halbes Jahr bleiben. Zwei Monate mindestens. Ihre Eltern um Geld zu bitten, wagte sie nicht – sie wären entsetzt, von dem Kind zu erfahren.

»Wenn ich geahnt hätte, dass du so etwas vorhast, hätte ich mir heute Morgen die Haare gekämmt.« Sie gab sich Mühe, unbeschwert zu klingen.

»Du siehst immer aus wie frisch gebumst, egal ob du dir die Haare kämmst oder nicht. Das haben meine Käufer immer so an dir geliebt.«

Dass er in der Vergangenheit sprach, ließ sie vor Schreck zusammenfahren.

»Halt still!«

Wie hatte er das gemeint? Würde er sie fallen lassen? Bella sah kurz zu ihrer Tochter, die immer noch mit den Händen vor ihrem Gesicht spielte. Dann starrte sie wieder den Riss in der Decke an. Es schien eine Ewigkeit zu dauern.

Bella nahm den strengen Geruch wahr, der aus dem Babykörbchen aufstieg, und hoffte, dass Christian es nicht bemerkte. Noch war die Kleine zufrieden, aber es konnte nicht mehr lange dauern, bis sie anfangen würde zu schreien …

»Wann kommt deine Nachbarin?« Christian deutete auf das Baby.

»Um drei. Ist alles in Ordnung, *caro?*«, gurrte sie leise. Ihre *bambina* hatte aufgehört zu lächeln und beobachtete sie aufmerksam.

In diesem Moment schwang die schwere Holztür zum Atelier auf, und Audrey kam herein. Sie eilte auf ihren Bruder zu, stellte sich auf die Zehenspitzen und gab ihm einen Kuss auf die Wange.

»Ciao«, sagte sie kühl und sah über seine Schulter, um das Bild zu betrachten. »Bravo, sehr raffiniert … es ist richtig bewegend. Mir gefällt das Reduzierte. Wirklich unglaublich, so … ätherisch.«

»Entschuldige, Audrey, was hast du gesagt?«, fragte Bella. Das wollte sie noch mal hören.

»Ätherisch.« Audrey verdrehte die Augen. »Ist das Wort so schwer?«

Bella trat unruhig von einem Fuß auf den anderen. Die Lippen ihrer Tochter zuckten, und sie fing leise an zu wimmern. Jetzt bemerkte auch Audrey das Baby auf dem Boden.

»Sie hat Hunger.«, Bella biss sich auf die Lippe. »Kann ich eine Pause machen?«

»Meinetwegen«, sagte Christian und wandte sich gleich darauf an seine Schwester. »Was hältst du davon, Audrey?« Die beiden standen dicht vor dem Bild und unterhielten sich leise über Perspektive, Farben und Hintergrund.

Bella nahm das Baby auf den Arm, das sofort nach ihrer Brust suchte und begierig anfing zu saugen. Der Druck in ihrer Brust ließ nach, ein schmerzhaftes Kribbeln, gefolgt von der ersehnten Erleichterung. Sie stillte im Stehen und wiegte sich sanft hin und her. Nach ein paar Minuten wechselte sie die Seite, die Kleine saugte langsamer und verdrehte milchtrunken die Augen. Bella legte sie sich an die Schulter, rieb ihr den Rücken und murmelte beruhigende Worte.

»Mama hat dich lieb«, flüsterte sie in die winzige Ohrmuschel. »Und wie, mein prachtvolles kleines Mädchen.« Leise summte sie ein Schlaflied, das sie noch aus ihrer Kindheit kannte, ging zu dem schmalen Bett in der Ecke und ließ sich schwer darauf niedersinken. Sie wiegte ihre *bambina*, bis sie eingenickt war und bekam selbst schwere Lider. Sie hätte jetzt auch etwas Schlaf gebrauchen können, in der letzten Nacht hatte sie kaum ein Auge zugetan. Sie legte sich neben das Baby auf das Klappbett. Nur ganz kurz, sagte sie sich, würde sie die Augen schließen. Doch schon im nächsten Moment war sie fest eingeschlafen.

Als sie die flatternden Lider aufschlug, hätte Bella nicht sagen können, wie lange sie geschlafen hatte. Es hätten genauso gut zehn Minuten wie zehn Stunden sein können. In letzter Zeit nutzte sie jede Gelegenheit, um sich auszuruhen. So war das eben als Mutter, dachte sie müde. Sie streckte die Glieder und vergewisserte sich, dass ihr Kind noch neben ihr lag. Dann sah sie an sich hinunter und stellte fest, dass sie immer noch nackt war. Niemand hatte sich die Mühe gemacht, sie zuzudecken.

Audrey war noch da – Bella hörte, wie sie drüben am Waschbecken leise mit Christian sprach. Ihre Worte klangen gedämpft und dringend, und einmal sah sie in Bellas Richtung. Noch hatte keiner der beiden bemerkt, dass Bella aufgewacht war. Sie schnappte ein paar Worte auf und stellte sich weiterhin schlafend. »… noch einsetzen?«, sagte Audrey. »… würde ich an deiner Stelle …« Und Christians Antwort: »Ich glaube, ich bin mit ihr fertig. Heute hat es gar nicht funktioniert – wahrscheinlich der richtige Zeitpunkt … ohnehin kein gutes Modell mehr …«

Wie erstarrt lag sie da. Panik wallte in ihr auf. Was sollte sie ohne Christians Unterstützung tun? Er zahlte ihr nicht viel, aber es sicherte ihnen einen höheren Lebensstandard, als es ihr sonst möglich gewesen wäre. Die Abendessen und Veranstaltungen holten sie aus ihrem zurückgezogenen, bescheidenen Leben und waren etwas, worauf sie sich freuen konnte. Ganz zu schweigen von der teuren Garderobe, in die Christian sie gern einkleidete – Kleider mit engen Miedern, die ihre üppigen Kurven kaum zu fassen vermochten, die Mäntel und Handschuhe … Bella wollte sich nicht einmal vorstellen, wieder ein solches Leben zu führen wie damals, als sie nach Rom gekommen war. Damals war sie verzweifelt gewesen, verzweifelt genug, um eine Menge Dinge zu tun. Ein Schauer lief ihr über den Rücken. Das konnte sie nicht wieder tun – nicht jetzt, nicht mit ihrer *bambina.* Tränen stiegen ihr in die Augen und quollen zwischen den immer noch geschlossenen Lidern hervor.

Neben ihr fing das Baby an, sich zu bewegen. Bella wischte sich die Tränen aus den Augen und gähnte in dem hallenden, kühlen Atelier laut, damit es so wirkte, als würde sie gerade aufwachen. Sie setzte sich auf.

»Wie spät ist es?«, fragte sie.

War Christian beim Klang ihrer Stimme leicht zusammengezuckt, oder bildete sie sich das ein?

Alle drei starrten auf das fertige Gemälde. Auf der Leinwand funkelte das Diadem verführerisch in mehreren Schichten Ölfarbe und fing das Licht ebenso ein wie den Blick des Betrachters.

Bella wiegte ihre Tochter sanft auf der Hüfte und streichelte ihre pummeligen, kleinen Beinchen. Dieses Bild wirkte roher als Christians üblicher Stil. *So triebhaft,* dachte sie. Er hatte die Leinwand nicht grundiert, und Bella konnte zwischen den sparsamen Pinselstrichen die Struktur des Gewebes sehen. *Das könnte ich auch,* dachte sie, und dieser Anflug von Verachtung verlieh ihr neue Kraft. Die Leute hatten mehr Geld als Verstand. Wenn sie in einem Bild ein Meisterwerk sehen wollten, tja, dann war es eins. Es war alles nur eine Frage von Beziehungen und Selbstbewusstsein.

Ihr Eigensinn meldete sich, als sie sich an die Zeichenstunden erinnerte, die sie zu Hause genommen hatte. Ihr Lehrer hatte stets ihren Strich und ihr Talent gelobt. War sie nicht deshalb überhaupt nach Rom gekommen? Um die alten Meister zu studieren? Und nicht für … so etwas, für so einen *Müll*. Bei diesem Gedanken fiel es ihr schwer, sich ihre Verachtung nicht anmerken zu lassen.

Sie zog sich ein Stück von Audrey und Christian zurück, setzte das Baby auf den Boden und gab ihm einen weichen, sauberen Pinsel zum Spielen. Ihr Kleid hatte sie inzwischen wieder übergezogen, doch die Unterwäsche und die überquellende Basttasche lagen immer noch in einer dunklen Ecke des Zimmers. Als Bella ihre Sachen zusammenpackte, kippte die Tasche um und alles fiel heraus. Seufzend bückte sie sich, um ihre Habseligkeiten aufzulesen: ein kleiner Geldbeutel, Puder, Schlüssel, ein Buch. Als sie das Buch aufhob, rutschte ein Schwarz-Weiß-Foto heraus und fiel auf die Holzdielen. Wieder bückte sie sich, um es aufzuheben. Es war ein Bild von ihr und Christian vor der weiß gekalkten Fassade ihres alten Apartmenthauses. Auf dem Foto lächelte sie. Selbstzufrieden. Glücklich. Christian stand neben ihr und sah völlig hingerissen aus. Er hatte besitzergreifend den Arm um sie gelegt, so war er bei einer neuen Flamme immer. Das Bild war mehrere Jahre alt und wellte sich an den Rändern.

Ihre kleine Tochter kam halb robbend, halb auf dem Hintern rutschend auf sie zu, und Bella sah, dass sie etwas in der

Hand hielt. Das Diadem. Die glitzernden Pailletten und Glassteine mussten sie verzaubert haben – sie liebte alles, was glitzerte. Bella konnte es ihr nachempfinden, auch auf sie übte dieses ungewöhnliche Objekt eine Anziehungskraft aus. Ohne nachzudenken, nahm sie der Kleinen das Diadem aus der Hand und verstaute es zusammen mit dem Foto tief in ihrer Tasche. Das Blut rauschte in ihren Ohren, und ihr Herz hämmerte wild.

Dann richtete sie sich wieder auf, hob das Kind hoch und setzte es sich auf die Hüfte, als wäre nichts passiert.

In diesem Augenblick bemerkte Bella Audreys Blick von der anderen Seite des Zimmers. Sie spielte mit den hässlichen schwarzen Perlen ihrer Halskette, und ihr Lächeln wurde ein wenig schief. Bella rutschte das Herz in die Hose. In letzter Zeit führten ihre Hände ein regelrechtes Eigenleben, dachte sie, als ihr bewusst wurde, dass sie einen Fehler gemacht hatte. Sie konnte nichts dagegen tun, ihre Finger griffen einfach zu und nahmen, nahmen, nahmen …

Audrey hob eine Hand, um Christian zu unterbrechen, und zog ihn vom Waschbecken weg. Ihm lief die Ölfarbe über die Hände, und vom Terpentingeruch wurde Bella für einen Moment schwindelig.

Sie schluckte.

»Ich habe es gesehen, Bella«, sagte Audrey mit sanfter Stimme. »Du bist unglaublich.« Angewidert verzog sie den Mund.

»Hab ich es dir nicht gesagt?«, fragte sie an Christian gewandt und zeigte mit einem rot lackierten, klauenartigen Finger auf Bella. »Sie ist eine Schmarotzerin. Schon immer. Brauchst du noch mehr Beweise? Und eine Diebin ist sie noch dazu. Schaff sie dir vom Hals, Christian. Es ist höchste Zeit.«

Bella war zu keiner Regung fähig. Wie festgewachsen beobachtete sie Christians ungerührte Miene. Plötzlich trat wieder diese Härte in seinen Blick – die Bella jetzt noch mehr Angst einjagte, da sie direkt gegen sie gerichtet war. Ängstlich zog sie den Kopf ein. Sie wusste, wozu er fähig war. Audrey verließ das Atelier und schloss leise die Tür hinter sich. Panisch rief Bella ihr nach: »Geh nicht weg …«

Kopfschüttelnd kam Christian langsam auf sie zu. »Reicht es dir nicht, dass ich dich und deinen Bastard durchfüttere und euch ein Dach über dem Kopf gebe? Dass du durch mich an Orte kommst, die du sonst – mit deiner Stellung und deiner Herkunft – niemals zu sehen kriegen würdest? Und dass ich dich mit der Art von Leuten bekannt mache, die dir … helfen können? Warum musst du mich auch noch bestehlen?«

»*Caro,* ich …« Mit weit gespreizten Fingern hob Bella die Hände und wich vor ihm zurück. »Das ist ein Missverständnis. Es tut mir leid, ich war so in Gedanken, da habe ich gar nicht gemerkt … Es war nur ein dummes Versehen. Ich hätte es dir zurückgegeben.«

»Ach, wirklich? So wie das Silber in Nizza?« Christian legte den Kopf schief, seine Stimme klang immer noch sanft, aber zugleich unerbittlich und bedrohlich. »Glaubst du, mir wären die fehlenden Geldscheine in meinem Portemonnaie nicht aufgefallen? Oder die ›verloren gegangenen‹ Skizzen? Und meine alte Uhr – warst du das auch? In Verdacht hatten wir dich alle, Bella, aber Audrey war sich sicher. Sie hat dich im Auge behalten und abgewartet. Ich wollte es erst nicht glauben …« In Bellas Ohren klangen seine Worte falsch. Auch er hatte darauf gewartet.

»Ich habe dich immer verteidigt, selbst wenn die Wahrheit kaum zu übersehen war.« Er kam einen Schritt auf sie zu und hob die hässliche Messingstatuette vom Schreibtisch auf, die er sonst als Briefbeschwerer benutzte. Mit gesenktem Blick wog er sie in den Händen. »Was hast du mit dem Silber gemacht, Bella? Und mit meiner Uhr? Hm?«

Bella rührte sich nicht. »Hast du sie verkauft?«, schrie er plötzlich und schmetterte die Statuette gegen die Wand. Der Putz riss ein und bröckelte ab. »Die Uhr meines Vaters? Hast du sie verkauft, du Diebin? Oder hast du sie noch?«

Das Baby strampelte und fing an zu schreien, sein Gesicht zog sich zusammen, und dicke Tränen liefen ihm über die Wangen. Plötzlich kochte die Wut in Bella hoch. Glühend heiße Wut, die sie zu vernichten drohte. Es war alles so unfair! Sie nahm sich nur, was sie brauchte. Warum sollte sie nicht mehr dafür bekommen, dass er sie auf diese Weise benutzte?

»Das ist nicht wahr!« Sie spie die Worte förmlich aus. »Warum sollte ich dich bestehlen? Ich kann alles haben, was ich will, ich brauche nur mit dem Finger zu schippen.« Zur Bekräftigung stampfte sie mit dem Fuß auf.

»Ach ja? Von wem denn?«, fragte er kalt. »Bei wem willst du jetzt noch mit den Fingern schnippen?«

Schwer atmend sahen sie sich an, zwischen ihnen auf dem Boden saß das Baby und schrie.

Mit einem kehligen Laut wandte Christian sich ab. »Weißt du was, vergiss es. Ich hätte wissen müssen, dass ich von dir keine direkte Antwort kriege. Herrgott, du bist unerträglich.«

»Das hast du mal ganz anders gesehen«, rief sie. »Als ich deine Geliebte war. Du hast mich geliebt.«

Christian drehte sich zu ihr um. »Geliebt?« Er klang ungläubig. »Geliebt habe ich dich nie. Dich doch nicht. Du bist eine Hure, Bella. Und das weißt du. Und ich war deine Eintrittskarte in die guten Restaurants.«

»Von wegen!«, schrie Bella hysterisch. Sie nahm ihre kleine Tochter auf den Arm, die heulend mit ihren kleinen, dicklichen Ärmchen um sich schlug, und drückte sie fest an sich. *Wie konnte er es wagen* – wie konnte er es wagen, das gegen sie zu verwenden? Warum hatte er sie damals überhaupt aus diesem Club geholt, sie beschützt und ihre Wunden versorgt, nur um ihr das heute unter die Nase zu reiben? Tiefroter Zorn nahm ihr die Sicht. Das Atelier verschwamm vor ihren Augen.

»Du hältst dich für so genial, aber ohne mich wärst du nichts. Ich habe dich zu deinen Arbeiten inspiriert, dank mir hast du ein Vermögen verdient. Und was bekomme ich als Gegenleistung dafür? Nichts!« Sie schnaubte. »Oh, ja, hier mal ein Kleid und da ein Abendessen. Almosen für Bella – nichts im Vergleich zu den Unsummen, die du verdienst. Und womit? Mit deinen Bildern? Modernen Hommages? Wohl eher lahme, unoriginelle Kopien! Wo ist deine persönliche Note? Ohne mich hättest du so etwas gar nicht … Alessandro, Donatella, sogar deine blöde Schwester und Matthew – nur unseretwegen hast du so etwas wie Relevanz. Im Gegensatz zu dir leben wir nämlich in der echten Welt. Du weißt doch, dass dein Schwager, dieses Schwein, sich mir aufgedrängt hat, oder? Das ist der Grund, warum Audrey mich so sehr hasst. Und ich habe Nein gesagt«, sie zeigte auf sich. »Nein! Deinetwegen. Ich wünschte nur, ich hätte mich darauf eingelassen. Der arme Kerl ist wahrscheinlich schon seit Jahren nicht mehr ordentlich gevögelt worden – sicher nicht mehr, seit er ihr diesen Klunker an den Finger gesteckt hat. Und du nennst mich eine Hure! Ich brauche dich nicht, Christian. Glaubst du etwa, ich würde dich brauchen? Ich lebe. Mit Leidenschaft. Im Gegensatz zu dir. Deine Distanziertheit macht mich ganz krank.« Sie spuckte auf den Boden.

Christian blieb eiskalt. »Wie kannst du es wagen?« Er machte auf dem Absatz kehrt und hielt die Tür auf. »Raus«, sagte er schlicht.

»Mit Vergnügen. Du hast mich weiß Gott lange genug ausgebeutet!« In ihrer Wut trat Bella nach dem Hocker, der quer durchs Zimmer flog und krachend zu Boden fiel. Er rutschte gefährlich nahe an die fertigen Gemälde, was Christian vor Schreck zusammenzucken ließ. Gut.

Sie nahm ihre Tasche und ging zur Tür, wo sie noch einen Moment stehen blieb. »Wenn ich hier die *putana* bin, bist du der Zuhälter. Ein Zuhälter und ein Parasit.«

»Aus deinem Mund ist das ein ganz schön starkes Stück. Ich dachte, ich hätte dich gerettet.«

»Mich gerettet? Wohl eher ausgesaugt.« Sie machte einen Schritt auf ihn zu und war erfreut, ihn ein klein wenig zusammenzucken zu sehen. »Niemand«, zischte sie, »niemand wird mir je wieder so etwas antun. Hast du verstanden?«

Christian verzerrte das Gesicht und bleckte die Zähne. »Ich mach dich fertig, du Nutte. Wart's nur ab!« Er knallte die Tür hinter ihr zu.

Bella verließ das Atelier und lief die ausgetretenen Treppenstufen hinunter. Das Diadem steckte immer noch ganz unten in ihrer Handtasche. »Es ist alles gut, mein Schatz«, flüsterte sie ihrer *bambina* ins Ohr. »Alles wird gut.«

Das Klappern ihrer Absätze auf dem Steinboden hallte in ihren Ohren und übertönte die Schreie des Babys.

Eine Zeit lang drückte sich Bella vor dem Geschäft herum und betrachtete die Schaufensterauslagen, ihre Hände zuckten in den Manteltaschen. Der Stoff hatte lauter kleine Knötchen, die Taschen waren ausgebeult, und ihr bestes Kleid – das gestärkte weiße Leinenkleid mit den Zitronenbäumen – war fleckig und an den Säumen fadenscheinig. Doch das bemerkte sie kaum. Seit sich ihre Lebensumstände so dramatisch verändert hatten, besaß sie kaum noch gute Sachen – das meiste hatte sie verpfändet oder verkauft. Außerdem war sie noch nie gut darin gewesen, auf wertvolle Dinge aufzupassen – mit einer Ausnahme. Ihre Tochter war jetzt fast vier und sah ihrem Vater mit jedem Tag ähnlicher.

Bella machte sich bereit. Jetzt oder nie. Der Verkäufer war gerade ins Hinterzimmer gegangen, sie musste sich beeilen, solange der Laden unbewacht war. Sie betrachtete den bedeckten Himmel, der sich im Schaufenster spiegelte, sah die grauen Strähnen an ihren Schläfen und die dunklen Augenringe. Sie sahen fast aus wie Veilchen, wie in den schlimmen Zeiten, bevor Christian sie gefunden hatte.

Ein Jugendlicher fuhr auf einem Fahrrad vorbei. Er schwenkte herum, um Bellas Kurven zu bewundern und stieß einen langen, anerkennenden Pfiff aus. Sie drehte sich nicht einmal um, sondern betrat lautlos, mit sehnsuchtsvoll klopfendem Herzen den Laden.

Kurz darauf verließ sie das Geschäft erfüllt von einer Mischung aus Adrenalin und Vorfreude und ging nach Hause. Sie schleppte sich die Treppe hinauf und zog den staubigen Vorhang auf, um die Sonne hereinzulassen. Das Licht strömte in das schmuddelige Zimmer, über die selbst gebastelten Puppen auf dem ungemachten Bett, die Zeitungsstapel in der Ecke und die vielen Körbe mit Bügelwäsche, die sie noch abarbeiten musste. Hier und dort lehnte ein bespannter Keilrahmen an der Wand. Ihre Tochter saß in einen Sessel gekuschelt und blätterte in ihrem Lieblingsbilderbuch. Lächelnd sah sie zu Bella auf.

Sie holte die glänzend weißen Tuben aus ihren Taschen. »Sieh nur, wie geschickt Mami ist, mein Schatz«, sagte sie, als sie ihre Beute auf den Tisch fallen ließ. »Ich habe neues Material besorgt.« Sie legte die drei Zobelhaarpinsel neben die Farben und rückte die Leinwand auf der billigen, wackeligen Staffelei zurecht. Nachdem sie den Mantel ausgezogen, ihn aufs Bett gelegt und ihr Kleid abgestreift hatte, setzte sie sich so vor den Spiegel, dass sie ihr fleckiges weißes Unterkleid darin sehen konnte.

»Komm her, mein Täubchen«, rief sie, und das Mädchen hob den Kopf. Es streckte die dünnen Beine aus, legte das Buch weg und gehorchte. Bella gab ihr einen Kuss, hielt sie auf Armeslänge vor sich und betrachtete sie nachdenklich. Dann griff sie nach dem Diadem.

Sie drückte die Ölfarben auf ein Stück Pappe und mischte den exakten Ton ihrer Hautfarbe, während sie sich genau im Spiegel beobachtete. Sie hatte bereits eine Zeichnung auf Papier angefertigt, doch jetzt, mit der Farbe und besseren Pinseln, konnte sie richtig anfangen. Beim Übertragen der Bleistiftlinien konzentrierte sie sich ganz auf die Formen ihrer Körper und das Gesicht ihrer Tochter. Echte Menschen, echte Gesichter – das Gegenteil von abstrakt.

Sie fragte sich flüchtig, ob es ihm auffallen würde. Christians ehemalige Geliebte und seine Tochter auf *ihrem* Bild. Womöglich würde es sogar einen Skandal geben. Nicht, dass es sie interessiert hätte.

Sie nahm den feinsten der drei Pinsel und fing an zu malen.

DREIZEHNTES KAPITEL

»Ich muss Sie vorwarnen«, sagte Spencer, als sie in den Lift des schäbigen Apartmenthauses stiegen. »Lily sieht inzwischen kaum noch etwas. Und vor einiger Zeit hat sie sich die Hüfte gebrochen, ein schlimmer Sturz, seitdem geht sie nicht mehr vor die Tür.«

Es war schon einige Wochen her, dass Maggie in Spencers Laden gekommen war, doch jetzt hatten sie endlich die Zeit gefunden, Lily in ihrer Wohnung zu besuchen. Am liebsten hätte Maggie ihre Nachforschungen über das Diadem schon früher fortgesetzt, aber sie hatte bei der Arbeit wahnsinnig viel damit zu tun, Michaels Nachlass für die Auktion vorzubereiten.

»Wann hat sie denn ihren Stand aufgegeben?«, fragte sie.

»Oh, das muss vor sieben oder acht Jahren gewesen sein. Oder doch vor zehn? Ich weiß es nicht mehr. Sie kennen ja meinen Laden, da drin ist es, als wäre die Zeit stehen geblieben. Man verliert so leicht den Überblick über die Jahre … Manchmal, wenn das Glöckchen klingelt, erwarte ich fast, dass eine derangierte Frau mit Tournüre und Stiefeln hereinkommt, sich auf einen Melkschemel fallen lässt und fragt, ob ich nicht zufällig etwas Laudanum vorrätig hätte … Aber machen Sie sich um die gute Lily keine Sorgen, sie ist eine zähe alte Lady. Ich glaube kaum, dass sie sehr einsam ist. Die Leute haben nicht vergessen, wie viel Leben sie in die Portobello Road gebracht hat – sie kriegt jede Menge Besuch«, sagte er fröhlich. Die Aufzugtüren öffneten sich, und sie blickten in einen leeren, trostlosen Flur. Über ihnen flackerten Neonröhren, und die Fliesen auf dem Boden sahen klebrig und zerschrammt aus.

Trotz der engen, feuchten Wärme überlief Maggie ein Schauer, als sie aus dem Aufzug trat.

»Ein trauriges Leben hatte sie, unsere Lily«, murmelte Spencer. Er zeigte nach rechts und führte Maggie zum Ende des Gangs. »Sie ist aus Kroatien geflüchtet, als die Nazis besiegt waren und die Lager aufgelöst wurden. Es heißt, sie hat alles verloren, ihre ganze Familie.«

Irritiert blieb Maggie stehen. »Ich dachte, Sie hätten etwas von einem Sohn gesagt?«

Spencer blieb ebenfalls stehen. »Ja, ein Wunder. Sie haben sich nach dem Krieg wiedergefunden. Aber sprechen Sie sie nicht darauf an«, sagte er schnell. »Ich habe mir ihre Geschichte aus den Bruchstücken zusammengereimt, die sie im Laufe der Jahre fallen gelassen hat. Und dann war da die Sache mit dieser jungen Frau, die in meinen Laden gekommen ist, ach, das ist schon Jahre her, aber ich habe es nie vergessen, weil es so eigenartig war … Uns hatte Lily nie von ihrer Vergangenheit erzählt, obwohl wir alle neugierig waren. Aber eines Tages kam dieses Mädchen zu mir, so groß und dünn und weiß wie ein Kranich, mit den blauesten Augen, die Sie je gesehen haben. Sie hat ganz verstört ausgesehen, als wäre sie den Tränen nahe. Ich habe sie beruhigt und ihr ein Glas Wasser angeboten, und dann ist irgendwie alles aus ihr herausgesprudelt: Sie wollte an Lilys Stand etwas kaufen, aber Lily muss wohl ein bisschen verwirrt gewesen sein, denn sie hielt das Mädchen für ihre verschollene Tochter.« Spencer nickte traurig. »Dann hat sie der jungen Frau etwas gegeben. Sie hat darauf bestanden es ihr zu schenken, und sich geweigert, Geld dafür zu nehmen.«

»Mein Gott.« Maggie machte große Augen. »Wie … seltsam.« Konnte das Mädchen, das Spencer da beschrieben hatte, Ulrika gewesen sein? Die Beschreibung passte. »Es war nicht etwa das hier, Spencer, oder?« Ungläubig nahm sie das Diadem aus ihrer Tasche. »Hat sie Ihnen gezeigt, was Lily ihr geschenkt hatte? Das hier ist der Gegenstand, über dessen Geschichte ich etwas erfahren möchte«, sagte sie eindringlich, während sie das Diadem aus dem Seidenpapier wickelte und es hochhielt, damit Spencer es sich ansehen konnte. Ein Schauer überlief sie, doch Spencer schüttelte unsicher den Kopf.

»Ich weiß es nicht, das Mädchen hat es mir nicht gezeigt … Ich habe sie danach gefragt, aber da wurde sie plötzlich verschlossen … Wahrscheinlich war ich zu interessiert. Sie war ziemlich scheu, wie ein Vögelchen. Danach habe ich sie nie wiedergesehen.«

Wenn es wirklich Ulrika gewesen wäre, die Spencer vor so vielen Jahren ausgerechnet an dem Tag getroffen hatte, an dem sie das Diadem geschenkt bekam, hätte er sie doch später auf Plakaten und Zeitschriften wiedererkennen müssen, oder? Andererseits machte Spencer wirklich nicht den Eindruck, als ob er dem Wandel der Mode größere Beachtung schenken würde.

Kopfschüttelnd versuchte Maggie, ihre ratternden Gedanken zu sortieren. Spencers Beschreibung des Mädchens passte eindeutig auf die junge Ulrika. Aber warum um alles in der Welt hatte diese nichts von dem Vorfall erwähnt, als sie Maggie von Lily erzählt und sie dann an Spencer verwiesen hatte? Vergessen hatte sie ihn bestimmt nicht. Maggie hatte gespürt, dass

Ulrika ihr etwas verschwieg, hatte es aber auf die instinktive Zurückhaltung eines sehr berühmten Menschen geschoben. Jetzt allerdings fragte sie sich, was Ulrika ihr verheimlicht hatte. Oder hatte sie einfach nicht über die alte Frau reden wollen? Maggies Neugier war jetzt kaum noch zu bremsen. Hatte all das etwas mit Francescas Vergangenheit zu tun? War Francesca womöglich Lilys verlorene Tochter? Nein, überlegte sie, Francesca war zu jung. Wenn sie Lilys verschollene Tochter wäre, müsste sie jetzt wie alt sein? Siebzig? Francesca hatte aber gesagt, sie sei 1951 oder '52 geboren … Zwar besaß sie keine Geburtsurkunde, aber es wäre schon seltsam, wenn sie so viel älter wäre, als alle behaupteten. Außerdem war sie ein dunkler Typ, zwischen ihr und Ulrikas silberheller Schönheit lagen Welten – keine Mutter hätte die beiden miteinander verwechselt, ganz egal, wie alt das Mädchen damals gewesen war.

Noch bevor Maggie sich einen Reim darauf machen konnte, klopfte Spencer an eine schmuddelige graue Tür. Nach einem Augenblick hallender Stille näherten sich auf der anderen Seite die ungleichmäßigen Schritte von jemandem, der sehr krank oder sehr unsicher auf den Beinen war. Maggie holte tief Luft und machte sich darauf gefasst, der Frau zu begegnen, die vielleicht ein paar Antworten für sie hatte.

»Kommen Sie näher, Schätzchen.« Die Frau lauschte angestrengt in die Richtung, aus der Maggies Stimme kam.

Maggie stellte die Schachtel belgische Pralinen auf den Mosaik-Beistelltisch. »Guylian Meeresfrüchte!«, rief die alte Dame erfreut. »Das rieche ich bis hier.«

Um nicht mit leeren Händen zu kommen, hatte Maggie auf dem Weg hierher einen kurzen Stopp im Feinkostladen an der Ecke eingelegt, um die Pralinen zu kaufen. Sie war von dem mageren Angebot enttäuscht gewesen, hatte aber offenbar die richtige Wahl getroffen. Von ihrem Augenlicht abgesehen, waren die Sinne der alten Frau noch so scharf wie eh und je.

Nachdem Lilys gepflegter, ältlicher Sohn Oskar sie ins Wohnzimmer geführt und sich dann nach nebenan zurückgezogen hatte, war Maggie als Erstes die wundersame Dekoration der winzigen Sozialwohnung aufgefallen. Der Raum war nicht groß, doch er erinnerte Maggie irgendwie an eine Diebeshöhle. Er hätte direkt aus den Seiten von *Tausendundeiner Nacht* entsprungen sein können, bis unter die Decke vollgestellt mit Porzellanfigürchen, bemalten Tassen mit goldbestäubtem Rand, billigen Fadenbildern und einem Flickenteppich in leuchtendem Rot und Orange. Die ansprechend gefüllten Fächer der Nussbaumregale ließen Maggie an die vielen Trödelläden denken, die sie im Laufe der Jahre für Bonningham's besucht hatte. Obwohl nichts wirklich Wertvolles oder Außergewöhnliches darunter war, fand sie diese hauptsächlich aus Volkskunst bestehende Sammlung einfach bezaubernd und sorgfältig abgestimmt.

Maggie lehnte ihre Tasche ans Sofa und setzte sich auf den freien Sessel, der Lily am nächsten war. Ihre Knie waren nur wenige Zentimeter voneinander entfernt. Spencer erklärte Lily den Grund für ihr Kommen.

»Sie denken also, ich könnte Ihnen helfen, ja?« Lily drückte Maggies Hand und setzte sich aufrechter hin. »Mit einem Schmuckstück, das ich vor vielen Jahren einmal hatte? Na, da sind Sie an der richtigen Adresse. Ich erinnere mich an alles, meine Liebe. An jedes einzelne Stück. Mein Gedächtnis ist immer noch intakt – alle grauen Zellen sind noch da.« Sie klopfte sich mit ihren knorrigen Fingern an die Stirn. Ihre Stimme klang tief, kehlig und kräftig, und Maggie stellte fest, dass die Frau nicht annähernd so gebrechlich war, wie sie erwartet hatte.

Als Lily anfing, von Freunden aus ihren ersten Jahren als Hausiererin in London zu berichten, wurde Maggie langsam ungeduldig. Was Spencer ihr vorhin im Flur erzählt hatte, war so eigenartig … Angenommen, es war wirklich Ulrika gewesen, die damals verstört und den Tränen nahe in Spencers Laden gestolpert war – würde es die alte Frau zu sehr aus der Fassung bringen, wenn Maggie sie jetzt darauf ansprach? Spencer hatte zwar grob erklärt, warum sie hier waren, das Diadem selbst aber noch mit keinem Wort erwähnt – und auch nicht den Grund für Maggies Interesse.

Spencer, der hinter dem Sofa stehen geblieben war, fing Maggies besorgten Blick auf und zog sich in die kleine Kochnische zurück. Zwar hörte Maggie, wie er dort hantierte, Wasser in den Kessel füllte und Tassen suchte, hatte aber dennoch den Verdacht, dass er jedes Wort mithörte.

Während Lily sprach, betrachtete Maggie die in leuchtenden Farben bestickten Wandteppiche und Gobelins an den Wänden. Überrascht stellte sie fest, dass darauf Märchenszenen dargestellt waren: Peter und der Wolf, Rotkäppchen. Es gab keinen Fernseher, nur ein kleines schwarzes Radio – und überall standen Bücher in den Regalen. Maggie konnte an den Buchrücken ablesen, dass sie in verschiedenen Sprachen geschrieben waren: Russisch, Deutsch, Französisch, Englisch und noch einigen anderen, die Maggie nicht auf Anhieb erkannte. Polnisch vielleicht, oder Holländisch.

»Also«, sagte Lily, als sie endlich eine Atempause machte. »Was haben Sie, woran ich mich erinnern sollte?«

»Na ja …«, fing Maggie an. »Es ist etwas ziemlich Ungewöhnliches, daher glaube – hoffe – ich, dass Sie mir helfen können. Es ist ein recht einzigartiges Stück, handgemacht, das früher einmal ein Stirnreif oder ein Kragen gewesen sein könnte. Ich bezeichne es als Diadem, weil ich glaube, dass es auch als Kopfschmuck getragen worden sein könnte. Hier ist es.« Sie nahm es aus der Tasche und faltete vorsichtig das Seidenpapier auseinander. Die Pailletten und Glassteine funkelten sie an und fingen das Licht ein. In dieser vollgestellten Wohnung sah es aus, als würde ein irisierendes Feuer in den Steinen brennen. Behutsam legte sie das Stück in Lilys ausgestreckte Hände.

Es wurde totenstill im Raum. Lilys Atem ging schneller und schien zu stocken, während sie das Objekt mit zitternden Händen untersuchte. Wieder und wieder wendete sie es und hielt es dicht vor ihre schwachen Augen. Schließlich ließ sie das Stück auf ihren Schoß fallen, als hätte sie sich daran verbrannt.

»Nehmen Sie es«, sagte sie aufgebracht und hielt sich die vernarbten Fäuste vor die Augen. »Nehmen Sie es weg von mir.«

Erschrocken beeilte sich Maggie, ihr das Diadem vom Schoß zu nehmen und es wieder in das Seidenpapier einzuschlagen. Ulrika hatte ganz ähnlich reagiert – wovor hatten sie solche Angst? Maggie beugte sich vor und nahm Lilys Hand; die Finger der alten Frau zitterten. »Lily? Erkennen Sie es wieder? Hat es Ihnen gehört?«

»Ja, das hat es, meine Liebe. Eine Zeit lang.« Lily war plötzlich bleich geworden und holte tief Luft. »Aber … ich dachte … ich habe sie mit jemandem verwechselt. Mit jemandem, den ich vor langer, langer Zeit verloren habe.«

Sie klammerte sich an Maggies Hand und drückte sie fest. »Sie war es nicht … aber das habe ich erst im Nachhinein erkannt … ihr habe ich es gegeben.«

»Entschuldigung, wovon sprechen Sie?«, warf Maggie atemlos ein. Lily schüttelte den Kopf und drückte sich die Hände auf die Augen. »Nicht weiter wichtig, meine Liebe. Mein Verstand hat mir einen Streich gespielt. Dieses Schmuckstück hat meine Erinnerungen geweckt, mich in die Vergangenheit versetzt, mehr nicht.« Mit leeren Augen sah sie sich suchend um. »Wo ist mein Tee?« In diesem Moment brachte Spencer ein Tablett herein und stellte es auf einem Tisch mit eingearbeiteten Muscheln ab. Verführerisch dampfend stand die Kanne zwischen zwei Tassen und einer irdenen Schüssel, die bis zum Rand mit Würfelzucker gefüllt war. Spencer warf Maggie einen vielsagenden Blick zu.

»Bitte sehr, Lily. Ich werde mal nach Oskar sehen, wir wollten noch einen Termin zum Mittagessen ausmachen.«

Lily wandte den Blick in die Richtung, aus der seine Stimme kam, und lächelte, als Spencer aus dem Zimmer ging.

»Sagen Sie, Lily«, begann Maggie zögernd. »Kannten Sie irgendwann mal jemanden namens Jeschow?« Maggie wusste immer noch nicht, in welcher Beziehung Francesca zu der alten Frau gestanden hatte, erwartete aber, dass der Nachname wenigstens irgendeine Reaktion auslösen würde. Doch da war nichts. Mit ausdrucksloser Miene schüttelte Lily den Kopf.

»Ich glaube nicht«, sagte sie. »Warum?«

»Es gibt da eine Frau, der ich helfen möchte … ihre richtigen Eltern zu finden. Sie wurde in den frühen Fünfzigern adoptiert.

Soweit sie weiß, könnte ihr leiblicher Vater mit ihren Adoptiveltern in Kontakt gestanden haben, vielleicht waren sie befreundet oder hatten eine geschäftliche Beziehung. Francesca Jeschow – die Frau, von der ich spreche – glaubt offenbar, er wäre noch eine Zeit lang in ihrem Umfeld gewesen. Sie hat das Diadem wiedererkannt, ich glaube, sie hat es als Kind gesehen.«

Lily runzelte die Stirn und schnalzte verächtlich mit der Zunge. »Furchtbar … ein Kind wegzugeben«, murmelte sie.

»Ja, wirklich. Ich weiß … ich meine, Spencer hat erwähnt …«, begann Maggie, doch als sie den verschlossenen Ausdruck auf Lilys Gesicht sah, trat sie plötzlich den Rückzug an und bedrängte sie nicht weiter. »Klingelt bei dem Namen irgendetwas?«

»Nein, nichts.«

»Oh«, sagte Maggie leise. Sie war verwirrter als je zuvor, dabei hatte sie sich so große Hoffnungen gemacht. Einen Moment lang zögerte sie, betrachtete das in Seidenpapier gewickelte Diadem auf ihrem Schoß und sagte dann: »Erinnern Sie sich noch an dieses Objekt, oder wissen Sie irgendetwas darüber?«

Lily zuckte mit den Achseln. »Tut mir leid, ich weiß nicht, wer es genäht hat. Es war eine Zeit lang in meinem Besitz, aber es hat nie wirklich mir gehört. Ich habe es von diesem Maler bekommen … wie hieß er noch?« Lily hob fragend die Hand, als könnte Maggie ihr die Antwort geben, doch die hatte keine Ahnung. Ungeduldig schnippte Lily mit den Fingern, dann hielt sie plötzlich inne, und ihre düstere Miene hellte sich auf. »Christian Hunt, so hieß er. Engländer. War früher mal sehr berühmt, vor allem auf dem Kontinent, hier in Großbritannien weniger.«

»Ich glaube nicht, dass ich schon mal von ihm gehört habe«, sagte Maggie. Sie war perplex. Durch wie viele Hände war dieses Diadem im Laufe der Zeit gegangen? Es hatte einem Supermodel gehört und einem berühmten Maler. Maggie konnte kaum glauben, dass es sich überhaupt zurückverfolgen ließ, und dann auch noch über derart faszinierende Verbindungen.

»Hat er Ihnen gesagt, warum er sich davon trennen wollte?«, fragte sie. »Fällt Ihnen sonst irgendetwas ein, was Sie mir sagen könnten? Es würde mir wirklich helfen.«

»Nein … er hat oft Sachen bei mir gekauft, Requisiten für seine Bilder, wie er sagte, aber das war das einzige Mal, dass er mir etwas geben wollte. Er wollte nicht einmal Geld dafür. Ich sollte damit machen, was ich für richtig hielt. Mir kam es vor, als wollte er es loswerden.«

Maggie atmete tief durch – wenigstens war das eine Spur, der sie nachgehen konnte. Sicher ließ sich mehr über diesen Christian Hunt in Erfahrung bringen. Einer ihrer Kollegen bei Bonningham's war Kunstexperte, der wusste bestimmt alles über Christian Hunt, wenn er einmal ein berühmter Künstler gewesen war.

»Ich habe es eine Zeit lang behalten«, sagte Lily mit trauriger Stimme, dann sammelte sie sich. »Aber es hingen zu viele Erinnerungen daran. Und dann kam dieses junge Mädchen … ich dachte … sie sah aus wie … Wie auch immer, ich habe es ihr gegeben …« Sie verstummte.

Diese alte Frau hatte bestimmt unzählige faszinierende Geschichten zu erzählen, Anekdoten aus vielen Jahren an der Portobello Road und über ihre Fundstücke, doch Maggie hatte keine Zeit mehr, danach zu fragen. Ein Blick auf die Uhr über dem Nussbaumregal ließ sie hochschrecken. Es war fast fünfzehn Uhr. Die U-Bahn konnte sie vergessen, sie würde ein Taxi zur Arbeit nehmen müssen und Francesca von unterwegs aus anrufen.

»Vielen Dank, dass Sie sich die Zeit genommen haben, Lily. Sie haben mir sehr geholfen.« Maggie machte sich zum Aufbruch bereit, obwohl sie sich wünschte, noch nicht fortzumüssen. Diese alte Frau hatte etwas Wunderbares an sich, etwas Warmes, Einladendes, zu dem Maggie sich hingezogen fühlte.

»Bevor Sie gehen, meine Liebe, sehen Sie doch einmal in die Schatulle dort drüben im dritten Fach von oben. Genau, die meine ich«, sagte sie, als Maggie vor einer kleinen messingbeschlagenen Truhe stand.

»Soll ich sie öffnen?«

»Ja, bitte«, sagte die alte Frau.

Maggie nahm den einzigen Gegenstand aus dem Kästchen, der sich darin befand, und sah Lily entzückt an.

»Das ist für Sie, meine Liebe. Für Ihren Besuch und für die Pralinen. Noch etwas, das ich viel zu lange behalten habe. Nehmen Sie es nur.«

Es war ein kleines Holzspielzeug, eine Schnitzerei, nicht größer als eine Maus. Eine Ballerina auf einem winzigen Podest. So etwas hatte Maggie als Kind schon einmal gesehen, vor vielen Jahren. Sie suchte nach der Taste an der Unterseite des Podests und drückte sie nach innen. Für einen Moment erhob sich die Ballerina in eine Pirouette-Pose, um dann wieder auf beide Füße zu sinken. Maggie musste lächeln und gab Lily spontan einen Kuss zum Abschied.

»Danke«, sagte sie. »Ich werde es in Ehren halten.«

»Tun Sie das, meine Liebe. Und passen Sie auf sich auf.« Nach einem letzten, festen Händedruck ließ sie Maggies Hand los und winkte ihr nach, als sie ging.

VIERZEHNTES KAPITEL

Es war kurz nach sechs, und Maggie wusste, dass sie jetzt eigentlich nach Hause fahren sollte. Michaels Auktion hatte den Großteil des Tages in Anspruch genommen, sie war todmüde, und ihr tat der Rücken weh, nachdem sie den ganzen Tag fast ohne Pause auf den Beinen gewesen war. Aber das Masterson-Anwesen lag ganz in der Nähe von Basingstoke. Als Michael ihr die Adresse gegeben hatte, war ihr zuerst nicht bewusst gewesen, wie nahe sie ihrem Elternhaus sein würde. Es wäre seltsam gewesen, wieder auf die Autobahn zu fahren, ohne sie zu besuchen, und wenn es nur auf eine schnelle Tasse Tee war. Der Abstecher würde sie nur etwa eine Stunde kosten, sagte sie sich. Wann hatte sie zuletzt etwas von ihren Eltern gehört? Valerie hatte seit Ewigkeiten nicht auf ihre Anrufe reagiert, nur eine knappe Nachricht auf der Mailbox vor einigen Wochen. Doch als Maggie zurückgerufen hatte, war ihre Mutter nicht drangegangen. Sie kapierte es einfach nicht. Soweit sie wusste, hatte sie nichts gesagt oder getan, was ihre Mutter verstimmt haben könnte.

Trotz ihrer Erschöpfung von dem anstrengenden Tag hatte sie überraschend gute Laune. Nachdem sie den ganzen Tag in Michaels Nähe gewesen war, fühlte sie sich jetzt richtig aufgekratzt. Heute Morgen hatte sie sich um halb fünf lautlos aus dem Haus geschlichen, um dem Verkehr auf der Autobahn zuvorzukommen, und hatte das Anwesen noch vor den Mitarbeitern erreicht. Eine frostige halbe Stunde lang saß sie vor dem weitläufigen Landgut im Auto und bearbeitete ihre E-Mails. Sie ließ den Motor laufen, damit es etwas wärmer wurde. Der Mechaniker hatte den Wagen noch mal reparieren können, aber Maggie wusste, dass die Tage des Golfs gezählt waren und er nur noch von Rost und Klebeband zusammengehalten wurde.

Das Team von Bonningham's traf gegen sechs Uhr ein, und Maggie wies die Mitarbeiter kurz ein, bevor sie die Familie begrüßte. Sie arbeitete ohne Pause durch, bis sie heiser wurde. Ihr Mittagessen bestand aus ein paar Scheiben kaltem Corned Beef mit Pickles und einer Scheibe Roggenbrot, das ihr eine ältliche Haushälterin zubereitet hatte, doch Maggie schlang es in einer kurzen Pause zwischen zwei Losen dankbar hinunter. Von zwei Tassen lauwarmem Tee abgesehen war das alles, was sie heute gegessen oder getrunken hatte. Aber es hatte sich gelohnt: Sie hatte für die Mastersons ein Vermögen herausgeholt und gleichzeitig fantastische Werbung für Bonningham's gemacht. Ein Reporter und ein Kameramann hatten sie fast die ganze Zeit begleitet und angekündigt, das Auktionsergebnis vielleicht sogar in den Abendnachrichten zu bringen.

Aber am wichtigsten war, dass Michael vollauf begeistert war.

»Auf Ihr Wohl, Ms Walsh-Mason«, sagte er und reichte ihr ein Glas Dom Pérignon. Über ihre Schulter hinweg fing er den Blick seines Vaters auf. »Siehst du, Dad? Ich habe doch gesagt, sie ist die Beste.«

Dann brachte er sie nach draußen zu ihrem entsetzlich ramponierten Wagen, blieb noch kurz in der kühlen Abendluft stehen und neckte sie damit, wie Greta-Garbo-mäßig ihre Stimme neuerdings klang. Für einen kurzen Moment wurde ihr richtig schwindelig, als er sich zu ihr beugte und ihr einen Kuss auf die Wange gab. War das Einbildung, oder wollte er mehr? Dankenswerterweise ging in diesem Moment das Licht über dem Hauseingang an und tauchte beide in grelles Licht, als der Kameramann mit dem Rest seiner Ausrüstung herauskam. Der Augenblick – falls es ihn überhaupt gegeben hatte – war vorüber.

Maggie stieg in ihren Wagen und wünschte, ihr Leben könnte öfter so sein wie heute. Als hätte er ihre Gedanken gelesen, klopfte Michael an die Scheibe, und sie fuhr sie herunter. »Würden Sie demnächst mit mir essengehen?«, hatte er gefragt und dabei einladend gelächelt.

Ihre Wangen glühten immer noch, als sie in die Sackgasse einbog, in der ihr Elternhaus stand, und in der leeren Einfahrt parkte. Wo war ihr Vater heute Abend? Sein Wagen stand nicht auf seinem üblichen Platz.

Sie schrieb Tim eine kurze SMS, dass sie heute Abend später kommen würde, bevor sie über die Kiesplatten zur Haustür ging. Drinnen brannte Licht, und Maggie fühlte sich plötzlich sehr unsicher, als sie an die Tür klopfte. Dann fiel ihr die Klingel wieder ein, und sie drückte eilig auf den Knopf, während sie schon überlegte, ob überhaupt jemand zu Hause war.

»Ich habe das Klopfen gehört! Kein Grund, auch noch die dämliche Klingel zu drücken«, kam es von irgendwo aus dem Haus. Maggie zuckte zusammen. Die Stimme ihrer Mutter holte sie von Wolke sieben unsanft auf den Boden zurück. Ein Schatten verdunkelte die Opakglasscheiben der Tür, und mit einem Klicken wurde der Riegel geöffnet.

»Ach, Margaret!«, sagte ihre Mutter. »Was machst du denn hier?« Sie reckte den Kopf, um über Maggies Schulter zu sehen, als würde sie dahinter noch jemanden erwarten.

»Ich … es tut mir leid, Mum. Ich war gerade in der Nähe und dachte, ich schau mal vorbei.« Sie wünschte, Valerie würde sich über ihren Besuch etwas erfreuter zeigen. Ihr fiel auf, dass der Cardigan ihrer Mutter kleine Knötchen an den Säumen hatte und das vertraute goldene Armband locker an ihrem Handgelenk hing. Hatte sie noch mehr abgenommen? Das war nicht gut.

»Ich dachte, du hättest so viel mit deiner Arbeit zu tun. Überrascht mich, dass du die Zeit gefunden hast«, sagte Valerie scharf und zog den Cardigan enger um sich.

»Na ja, ich war in der Gegend.« Maggie gab sich Mühe, unbeschwert zu klingen. »Aber ich bleibe nicht lang, wenn du noch was vorhast.«

»Ob ich etwas vorhabe?«, fragte ihre Mutter säuerlich. »Wann hat sich denn je einer dafür interessiert, was ich vorhabe?« Sie lachte bitter.

Maggie unterdrückte ein Seufzen. »Darf ich reinkommen?« Dabei wusste sie selbst nicht, ob das wirklich eine gute Idee war.

»Gewiss.« Valerie trat beiseite und ahmte ironisch ein königliches Winken nach. »Verbindlichsten Dank, dass Sie meine bescheidene Hütte mit Ihrem Glanze beehren, Eure Hoheit.«

Sie schloss die Haustür, und Maggie ging ins Wohnzimmer. Auf dem Dreißig-Zoll-Fernseher liefen die Abendnachrichten, im Moment auf Pause gestellt. Der Raum war noch genauso eingerichtet, wie Maggie ihn von früher in Erinnerung hatte.

Die Porzellanvitrinen, der gläserne Aschenbecher auf dem pseudo-skandinavischen Couchtisch, das weiche Sofa und die Sessel … alles noch da, alles an seinem Platz. Bis auf die Stereoanlage und die Plattensammlung ihres Vaters, die aus der Schrankwand verschwunden waren. Maggie sah von dem leeren Regalbrett zu ihrer Mutter. »Wo …?«, begann sie.

Valeries Miene verfinsterte sich noch mehr, die Falten an ihren Mundwinkeln gruben sich tiefer in ihre Haut. »Er ist weg. Tee?«, fragte sie brüsk und wandte sich ab.

»Aber …« Maggie war sprachlos. Nach so vielen Jahren voller Streit, in denen sie ihre Mutter angefleht hatte, ihn zu verlassen … Warum jetzt? Und warum überhaupt?

Ihre Mutter blieb in der Tür stehen. »Er ist zu seiner neuen Freundin gezogen. Tja, gut, dass ich ihn los bin«, spie sie aus und zündete sich umständlich eine Zigarette an.

Maggie konnte es kaum glauben. Sie hatte nie verstanden, warum Valerie so lange bei jemandem bleiben wollte, den sie so wenig leiden konnte. Doch die Erwartung, dass sich etwas ändern würde, hatte sie längst aufgegeben. Sie hätte ihrem Vater nie zugetraut, dass er von sich aus gehen würde – dafür hatte sie ihn für zu schwach gehalten. Dann kam ihr ein anderer Gedanke. »Wann?« Wieder fragte sie sich, warum ihre Mutter nie zurückgerufen hatte.

»Vor zwei Monaten. Und ich will nicht darüber reden, Margaret. Wenn du so neugierig bist, geh doch zu deinem Vater und frag ihn. Oder diese Nutte, bei der er untergekrochen ist. Sheila heißt sie, glaube ich. Ja, Sheila.« Sie nahm einen tiefen Zug von der Zigarette und spielte mit ihrem goldenen Armband.

Ein altbekanntes Gefühl der Beklemmung erfasste Maggie.

Sie hatte immer gewusst, dass es die richtige Entscheidung gewesen war, bei ihren Eltern auszuziehen. Ständig umgeben von der tiefen Unzufriedenheit ihrer Mutter mit dem Leben, das sie selbst gewählt hatte, und dem unablässigen Trinken ihres Vaters, war etwas in ihr abgestorben. Mit siebzehn hatte sich Maggie eher wie fünfzig gefühlt, Angst und Anspannung hatten auf ihr gelastet. Sie musste fortgehen, wenn sie nicht in einen Kaninchenbau stürzen wollte, aus dem sie womöglich nicht mehr lebend herausgekommen wäre. In diesem festgefahrenen, ausweglosen Leben war ihre innere Überzeugung gewachsen, dass nie etwas vorwärtsgehen konnte und sie niemals erfahren würde, wie es war, normal zu sein.

Dabei war es das, was sie sich am allermeisten wünschte: Normalität.

In den letzten Schuljahren hatte es für sie nur einen einzigen Silberstreif am Horizont gegeben: Die Hoffnung, an die Uni zu gehen und Kunst zu studieren. Sie hatte ihren ganzen Mut zusammengenommen, und sich mit aller Kraft von ihrem alten Leben losgerissen, um mit einem großen Sprung in ihre Zukunft zu starten. Und was sie dafür bekommen hatte! Ein herrliches, wundervolles Leben – obwohl es momentan direkt vor ihren Augen verdarb wie ein Festmahl auf einem holländischen Vanitas-Stillleben. Sie hatte alles, was sie brauchte, und doch wieder nicht. Es gäbe noch mehr zu erreichen, wenn sie nur wüsste, wie sie es zu fassen bekommen konnte …

Zu wissen, dass sie das Richtige – das einzig Richtige – getan hatte, machte es nicht leichter. Die Beziehung zu ihrer Mutter wurde immer schlimmer. Doch als sie jetzt sah, wie verhärmt

Valerie wirkte, wie alt und eingefallen ihr Gesicht aussah, da empfand sie Mitgefühl. Bestimmt hatten ihre Eltern nicht geplant, eine so hässliche Ehe zu führen. Sie mussten das Beste gehofft haben, auch noch als Valerie schwanger geworden war. Aber warum hatte ihre Mutter nicht einmal angerufen, um ihr von der Trennung zu erzählen? Warum hatte keiner von beiden auch nur ein Wort gesagt? Maggie war doch trotz allem ihre Tochter.

Sie machte einen Schritt auf ihre Mutter zu und wagte es, sie kurz in den Arm zu nehmen. Die schmalen, knochigen Schultern zuckten überrascht zusammen und versteiften sich dann. Valerie wich zurück.

»Entschuldige«, murmelte Maggie und ließ die Arme sinken. Ihre Mutter machte auf dem Absatz kehrt, ging in die Küche und ließ Maggie stehen.

Kurz darauf kam sie mit zwei Tassen schwarzem Tee zurück und stellte eine davon vor Maggie auf den Tisch. Unbehaglich hockte Maggie sich auf die Stuhlkante.

Sie beugte sich vor. »Mum«, fing sie an, »warum hast du nicht … Wann wolltest du es mir erzählen?«

»Was?«, fragte ihre Mutter scharf. »Warum um alles in der Welt sollte ich das tun, Margaret?«

»Weil …« Sie holte tief Luft. »Weil du immer noch meine Mutter bist. Weil du mir wichtig bist.«

»Ach, bin ich das?« Auch Valerie beugte sich vor, ihre Augen verengten sich, als sie ihrer Tochter in die Augen sah.

Maggie richtete den Blick auf ihren Schoß.

»Ich weiß, dass ich mich nicht auf dich verlassen kann«, sagte Valerie. Für einen Augenblick nahm ihr Gesicht einen beinahe weichen Ausdruck an. »Weißt du, als du zur Welt gekommen bist, habe ich geglaubt, ich hätte in dir eine Freundin fürs Leben. Ich wusste, dass du immer mein kleines Mädchen sein würdest, ganz egal, was dein Vater tat oder was die anderen sagten.« Sie zog die Brauen zusammen und drückte ihre Zigarette im Aschenbecher aus. »Aber am Ende warst du auch kein größerer Trost als alle anderen. Wusstest du, dass mich meine Eltern enterbt haben, weil ich deinen Vater geheiratet habe? Ich hätte ein Vermögen bekommen sollen, aber nicht, wenn ich mich für ihn entscheide.« Sie lachte bitter. »Und ich war so dumm zu glauben, ich könnte ihn ändern.«

»Ja, Mum«, sagte Maggie. »Das hast du mir schon mal erzählt, aber …«

»Und du hast ihn immer vergöttert, egal was er tat. Es gab immer nur dich und Daddy, nie dich und mich. Du warst sein kleines Mädchen, seine Prinzessin.« Valeries Züge verhärteten sich. »Aber du bist am Ende auch dahintergekommen, dass er nichts taugt, nicht wahr?« Auf ihrem Gesicht lag ein wissender, boshafter Ausdruck.

Maggie schluckte, ihr wurde schlecht. Valerie hatte recht, sie hatte ihren Vater wirklich lange angehimmelt, doch als sie älter geworden war, hatte sie erkennen müssen, was für ein schwacher, unfähiger Mensch er war. Der Wendepunkt hatte sich in ihrem letzten Schuljahr ereignet, und an diesen Abend wollte sie selbst jetzt nicht zurückdenken. Ihr Vater war spät nach Hause gekommen, mit schief sitzender Krawatte und wieder mal so betrunken, dass er kaum noch gehen konnte. Ihre Mutter lag schon im Bett und schlief, sie hatte ein paar Valium genommen, die sie ganz oben im Badezimmerschränkchens hinter der Sonnencreme und dem Nagellack versteckte. Nur Maggie war noch aufgeblieben, um zu lernen. Sie gab ihm Wasser zu trinken und kochte ihm Kaffee. Dann setzte sie sich zu ihm aufs Sofa, weil er darauf bestand, und sie roch den sauren Gestank von Whisky und Zigaretten in seinem Atem.

Bruce lallte und brabbelte. »Deine Mutter will nichts von mir wissen, Maggie. Sie ist kalt wie ein Fisch, in jeder Beziehung … Du darfst nicht so werden wie sie, hörst du?«, murmelte er betrunken und streichelte ihr Bein auf eine Art, bei der ihr ganz unbehaglich wurde. Seine Stimme war nur noch ein feuchtes Brabbeln, und er rutschte immer weiter zur Seite, bis sein Kopf schließlich schwer auf Maggies Knien landete. Sie blieb wie erstarrt sitzen und wusste nicht, was sie tun sollte. Ihr Herz war voller Mitleid und Ekel und Traurigkeit. Manchmal tat er ihr leid, weil er die fundamentale Unzufriedenheit ihrer Mutter ertragen musste. Aber dann widerte sie der Gedanke an, dass er seine Familie fortwährend mit all diesen Frauen betrog. Nach einer Weile, die ihr wie eine Ewigkeit vorkam, merkte sie, dass er auf ihrem Schoß eingeschlafen war und leise schnarchte. Sie schob seinen kraftlosen Kopf von ihren Knien, deckte ihren Vater zu und ging ins Bett. Doch sie lag bis zum Morgen wach, während sich ihre Emotionen überschlugen. An diesem Punkt hatte sie mit absoluter Gewissheit gewusst, dass sie weggehen musste, weit weg von den beiden, und zwar so schnell wie möglich.

Als ihr bewusst wurde, dass ihre Mutter immer noch redete, schreckte Maggie aus ihren Gedanken hoch.

»… und dann habe ich von den anderen Frauen erfahren. Du weißt, was er mir angetan hat. Mein ganzes Leben ist eine einzige Aneinanderreihung von tragischen Fehlern. Ich habe ihm alles gegeben, und sieh dir an, was ich davon habe! Warte nur ab, bis Sheila selbst dahinterkommt, dann wird sie schon …« Sie schien fast vergessen zu haben, dass ihre Tochter noch da war.

Maggie spürte mit jeder Faser ihres Körpers, dass Valerie Hilfe brauchte, dass sie ihre Hand nehmen und etwas Beruhigendes sagen sollte. Doch etwas an der starr aufgerichteten Haltung ihrer Mutter hielt Maggie davon ab, ihr noch einmal zu nahe zu kommen.

Sie versuchte das Thema zu wechseln. »Denk doch auch mal an das Positive, Mum. Zum Beispiel Pearl, deine Enkelin. Du bist jederzeit eingeladen, uns zu besuchen. Jetzt, wo Dad nicht mehr da ist, könntest du doch öfter nach London kommen. Pearl und Stella fänden es bestimmt toll, Zeit mit dir zu verbringen.«

»Was?«, fragte ihre Mutter mit tief gerunzelter Stirn. »Was sollte das bringen, Margaret? Ändern würde das auch nichts. Du bist genau wie Bruce, wirklich … Immer geht es nur um dich.«

Von einem Moment auf den anderen riss Maggie der Geduldsfaden. Das war nicht fair! Was hatte sie getan, um solche Verachtung zu verdienen? Abgesehen davon, dass sie zwischen die Fronten geraten war?

»Um mich? Das ist jetzt ein Witz, oder? Wann ist es denn jemals um irgendetwas anderes gegangen als um *dich*?«, fragte Maggie. »Oder Dad? Wann hat sich einer von euch zuletzt auch nur einen Deut um *mich* geschert?« Maggie wusste, dass sie ihre Zunge hüten sollte, konnte sich aber nicht bremsen.

»Also wirklich, Margaret«, sagte ihre Mutter finster. »Schreibst du jetzt die Geschichte um? Du warst es doch, die uns verlassen hat.«

Maggie stand abrupt auf. »Wann hat Pearl Geburtstag, Mum? Wie alt ist sie?«

»Ich … das ist doch lachhaft, Margaret. Ich dulde nicht, dass du so mit mir sprichst …«

»Nein, Mum, das ist mein Ernst. Ich will, dass du es sagst. Wann ist sie geboren? Weißt du *irgendetwas* über sie?«

Ihre Mutter stand ebenfalls auf, die Tasse, die neben ihr auf dem Tablett stand, schwappte über. »Ein Verhör kann ich jetzt wirklich nicht gebrauchen, ausgerechnet jetzt nicht. Dein Vater hat mich verlassen, und ich soll mich um dich kümmern? Du hast ja keine Ahnung, was ich durchgemacht habe …« In ihren Augen glitzerten Tränen.

Maggies unbändige Wut wurde von tiefem Mitgefühl verdrängt. »Ach Mum … aber siehst du es denn nicht? Du hättest ihn schon vor Jahren rausschmeißen sollen.«

»Nein! Ich höre mir das nicht an. Geh einfach. Raus!«

Maggie schnappte sich ihre Tasche. Zum Abschied versuchte sie unbeholfen, ihrer Mutter den Arm zu tätscheln, doch die wich vor der Berührung zurück. Als die Tür hinter ihr ins Schloss fiel, wurde Maggie bewusst, dass ihre Beziehung unwiederbringlich kaputt war.

FÜNFZEHNTES KAPITEL

Ulrika: Istanbul, 1974

»Miss, Miss! Türkischer Honig, Sonderpreis, nur für Sie!« Die Worte des Markthändlers mischten sich in den vielstimmigen Chor, während Ulrika sich zwischen den Verkaufsständen mit Gewürzen, handgemachten Lederschuhen und leuchtend bunten Seidentüchern hindurchschlängelte. Im Vorübergehen ließ sie die Hand über die bestickten Schals gleiten und brachte unzählige winzige Silberglöckchen zum Klingeln. Sie blieb stehen, um einen hauchzarten Chiffonstoff zu berühren, und schloss die Augen, als sie mit den Fingerspitzen über das federleichte Material strich. Die schwere Samttasche rutschte ihr von der Schulter.

Flink wie ein Wiesel war der Händler an ihrer Seite. »Miss, Miss, kaufen Sie, kaufen Sie.« Wild auf sie einredend, zeigte er auf ihr Gesicht. Ulrika sah seine fettigen Haare, den Schweißfilm auf der pockennarbigen Stirn und die schlechten Zähne. Abscheu überkam sie. Als sie dem aggressiven Standbesitzer ausweichen wollte, wäre sie fast gegen zwei Männer gestoßen, die auf flachen Hockern saßen und Tee aus fleckigen Gläsern tranken. Zwischen ihnen stand eine Wasserpfeife auf dem Tisch. Sie starrten Ulrikas unbedeckten Kopf und ihre hellen, glatten Haare an und riefen missbilligende Worte durch die schmale Gasse. Ein ängstliches Prickeln überlief sie. Sie gehörte nicht hierher. Von wachsendem Unbehagen getrieben, beschleunigte sie ihre Schritte. Im Geiste hörte sie wieder Richards Warnung.

»Das ist deine große Chance«, hatte er vor ein paar Wochen zu ihr gesagt, als er ihr das Flugticket und die abgetippte Reiseroute in die Hand gedrückt hatte. »Die amerikanische VOGUE. Celine Thompson. Sie ist nicht leicht zu beeindrucken, aber wenn sie dich mag, hast du es geschafft. Versau es nicht.« Mahnend hob er den Finger. »Erzähl denen bloß nichts von Theologie oder Existenzialismus oder sonst was. Lächle einfach. Sei nett. Und geh nicht allein irgendwohin.«

Ulrika lächelte gelassen, um ihn bei Laune zu halten. Sie war kein Kind mehr – sie war einundzwanzig, um Himmels willen. Und sie arbeitete jetzt schon seit fast zwei Jahren als Model im gefährlichen, chaotischen, dreckigen, wundersamen New York. Was sie nachweislich zu einer waschechten Kosmopolitin machte.

Nervös und voller aufgestauter Aggressionen klopfte Richard mit seinem Stift auf den großen weißen Schreibtisch, während er seinen Vortrag fortsetzte. Er trug zerschlissene Jeans, eine schwarze Lederjacke und ein verwaschenes schwarzes T-Shirt mit vielen Löchern – sein Lou-Reed-Look. Ulrika setzte eine ausdruckslose Miene auf und ließ den Blick über die protzigen Pop-Art-Werke an den Bürowänden schweifen – riesige Lichtensteins und Warhols im Comicstil – bevor sie an ihrem Agenten vorbei auf die Gebäude und Neonreklamen unter ihnen blickte. Höchstwahrscheinlich hatte er bis in die frühen Morgenstunden mit einem minderjährigen Stricher auf der Bleecker Street gefeiert. Das würde auch die Sonnenbrille erklären. Hinter den dunklen Gläsern konnte sie seine Augen nicht erkennen, hätte aber darauf gewettet, dass sie blutunterlaufen waren und die Pupillen nicht größer als Nadelstiche. Sicher hatte er die Nacht im CBGB's, seinem neuen Lieblingsladen, verbracht. Ulrika gab sich Mühe, sich ihre Belustigung nicht anmerken zu lassen – ausgerechnet der zügellose Richard spielte den gestrengen Bewacher.

»Das ist mein Ernst, Rika. Alleinreisende Frauen hält man dort für Huren. Vertu dich nicht, da drüben herrschen noch fast mittelalterliche Zustände. Tu mir den Gefallen und bleib im Hotel, ja? Was soll ich denn deinen Eltern sagen, wenn dir etwas zustößt?«

Ihre Eltern, daheim in Colchester. Im feuchten, elenden England. Allein beim Gedanken an ihre Eltern und deren Erwartungen wurde ihr mulmig zumute. In ihrem ersten Monat in New York hatte Ulrika mehr verdient als ihr Vater in einem ganzen Jahr in der Fabrik. Seit sie angefangen hatte, ihnen regelmäßig Geld zu schicken, behandelte er sie mit bewunderndem Respekt wie eine Ebenbürtige. Das gab Ulrika einerseits ein Gefühl von Macht, kam ihr aber andererseits ein bisschen so vor, als wäre sie gerade Waise geworden.

Sie hätte nicht genau sagen können, warum, aber als sie in Istanbul ankam und auf dem Rücksitz eines Taxis durch die gewundenen Straßen zum Hotel raste, war ihr erster Impuls, ihre Mutter anzurufen. Dieses herrlich exotische Gefühl, die Mischung von Altem und Neuem in der Architektur und auf den Werbetafeln, die jungen Menschen, die in T-Shirts und Schlaghosen durch die Straßen liefen (und Miniröcken! *Von wegen Mittelalter, Richard,* spottete sie in Gedanken) – das musste sie einfach mit jemandem teilen. Doch wie immer deprimierte es sie, dass sie für ihre Mutter ein anderer Mensch sein sollte als der, der sie war.

»Istanbul? Wie schön, mein Schatz. Klingt … interessant«, sagte ihre Mutter, als Ulrika dem Drang schließlich nachgab und sie eine Woche vor dem geplanten Rückflug von ihrem kleinen Hotelzimmer aus anrief. Sie seufzte innerlich. Warum konnte sie nicht einfach beeindruckt sein – und es dabei belassen? Beim Shooting gab es garantiert niemanden, mit dem sie reden konnte. Alle waren zu abgestumpft und viel, viel zu cool, um sich ihre Aufregung anmerken zu lassen.

»Kommst du Weihnachten nach Hause?«, fragte ihre Mutter im nächsten Atemzug.

»Ich weiß nicht«, gab sie zurück. »Vielleicht. Richard sagt, ich könnte ein Shooting in Rio bekommen …« Der Moment angespannter Stille zog sich in die Länge.

In Ulrikas Kopf setzte ein hohes, insektenartiges Summen ein. Sie sah ihre Mutter förmlich vor sich, mit ihrer adretten Dauerwelle, dem dezenten rosa Lippenstift und dem Frottee-Hauskleid. Wo war überhaupt ihr Zuhause? Am liebsten hätte sie sich über die Feiertage mit ein paar Schallplatten und einem Stapel Bücher in ihrem gemieteten Apartment im East Village eingeschlossen. Ein paar neue Romane warteten auf sie, von Madeleine L'Engle, Kurt Vonnegut und Martin Amis – ein sexbesessener Exzess namens *Das Rachel-Tagebuch*, das ihr (natürlich) der Fotograf Jack empfohlen hatte. Und noch zwei andere von Carl Jung und einem Yogi, der sein ganzes weltliches Vermögen aufgegeben hatte, um in Armut zu leben.

»Dein Vater wird traurig sein, dass du es nicht schaffst«, sagte ihre Mutter, und Ulrika wand sich, als sie ihre kaum verhohlene Enttäuschung hörte. »Der Wintergarten ist endlich fertig geworden … Er würde ihn dir so gern zeigen.«

Ulrika prüfte ihr Gewissen. Oh ja, die erstickende Enge beim Gedanken an den Schmorbraten ihrer Mutter war immer noch stärker als alle Schuldgefühle. Weihnachten in New York würde einsam sein, aber die Vorstellung, es bei ihren Eltern zu verbringen, war schlimmer. Die erzwungene Heiterkeit am Esstisch, wenn sie alle gleichzeitig an ihren langweiligen Knallbonbons zogen … Das ertrug sie nicht. Nicht dieses Jahr.

»Sag ihm, wir sehen uns im Mai. Ich komme auf jeden Fall zu Grans Siebzigstem.«

»Meinst du, dass du bis dahin aufgehört hast? Wie lange soll das noch gehen?«, fragte ihre Mutter.

»Ich weiß es nicht. Ich spare noch. Ein Jahr vielleicht?« Ulrika gab sich Mühe, sich ihre Gereiztheit nicht anmerken zu lassen, während sie in Gedanken anfing zu rechnen. Noch fünfhundert Pfund, und ihre Mutter könnte sich ein Auto leisten, damit sie nach der Spätschicht nicht mehr zum Bahnhof laufen musste. Ein paar Hundert mehr, und sie könnten zum ersten Mal seit vielen Jahren zusammen in Urlaub fahren. Ihre Mutter hatte immer davon geträumt, eines Tages Paris zu sehen.

Am anderen Ende der Leitung herrschte Schweigen. »Du weißt, dass du jederzeit ins Krankenhaus zurückkommen kannst, wenn du aufhörst«, sagte sie nach einigen Augenblicken, als wäre ihr der Gedanke gerade erst gekommen und als sprächen sie nicht schon zum dritten Mal darüber. »Sie nehmen dich bestimmt wieder. Du hast ja immer noch deine Ausbildung«, sagte ihre Mutter hauptsächlich zu sich selbst.

Ulrika konnte sich die Erwiderung nicht verkneifen, sie platzte einfach so aus ihr heraus. »Und wenn ich richtig viel

Glück habe, werde ich vielleicht in zehn oder fünfzehn Jahren Stationsleiterin.«

»Es ist ein guter Beruf, Rika«, sagte ihre Mutter streng. »Vergiss das nicht. Die Arbeit einer Krankenschwester ist vielleicht nicht so glamourös wie die eines Models, aber wir helfen Menschen.«

Ulrika dachte daran zurück, wie es gewesen war, stinkende Bettpfannen und Verbände zu wechseln und Nachtschichten zu schieben – mit Kreuzschmerzen vom schweren Heben. Von einem ungezwungenen Gespräch, weshalb sie ihre Mutter angerufen hatte, konnte keine Rede mehr sein, aber sie war fast erleichtert darüber. Darauf lief es also letzten Endes hinaus: Ihre Mutter fand, Ulrika würde ihre Zeit verschwenden. Aber sie hatte nicht die leiseste Ahnung, was sie anstelle des Modelns tun sollte. Dieses Jahr würde sie den Yorkshire Pudding gegen Champagner eintauschen, dachte sie und zog sich die Telefonschnur straff über die Lippe, während sie im Spiegel ihre vorstehenden Hüftknochen betrachtete. Was würde ihre Mutter wohl davon halten? Was würde sie überhaupt davon halten, wie sie jetzt aussah? Sie war so mager wie noch nie, aber Richard bestärkte sie darin. Er mochte sie dünn.

»Du bist auf eine sehr ungewöhnliche Art schön, Rika. Ätherisch. Überirdisch«, hatte er gesagt, als er sie auf der Portobello Road entdeckt hatte, wo sie nach Second-Hand-Kleidung gestöbert hatte. »Du hast einen sehr modernen Look.« Das Lob hatte Ulrika verwirrt; sie selbst war sich immer zu groß und schlaksig vorgekommen, wie eine Gespenstheuschrecke. *Die Gottesanbeterin.* Es hatte nicht lange gedauert, ihre Eltern zu überzeugen, aber damals hatten sie auch nicht damit gerechnet, wie sich alles entwickeln würde – und wie schnell.

»Dein Vater ist ein bisschen in Sorge, Liebes … Gefällt es dir noch in New York? Hast du schon Freunde gefunden? Abgesehen von der Arbeit scheinst du ja nicht so viel rauszukommen.«

»Ich sehe die ganze Welt, Mum!«, sagte Ulrika aufgebracht, ohne auf die Frage einzugehen. »Wenn ihr doch nur hier sein könntet. Es ist unglaublich. Und das Essen! Dad würde ausrasten, so viel Knoblauch benutzen die hier.«

Obwohl sie wusste, dass die Rechnung für das Ferngespräch aus dem Hotelzimmer astronomisch hoch sein würde, telefonierte sie eine geschlagene Viertelstunde. Hatte ihre Mutter womöglich recht, und sie sehnte sich viel mehr nach Kontakt, als ihr selbst bewusst war?

Nach dem Telefonat beugte sie sich aus dem einzigen Fenster ihres Zimmers. Das Gewicht der vielen ungesagt gebliebenen Dinge lastete schwer auf ihr. Sie ließ den Blick über das Gewimmel von Türmen und beleuchteten Kuppeln schweifen, über die schäbigen Behausungen und die grauen Gebäude dazwischen. Schließlich richtete sie den Blick auf die Mondsichel, die verlockend wie ein golden glänzender Anhänger über ihr am Himmel hing.

Wenige Tage später segelten sie auf dem saphirblauen Wasser des Bosporus. Ulrika lag in den Armen eines einheimischen Fischers und rang sich mit aller Kraft einen Kussmund ab. Celine hatte ihn wegen seiner Wangenknochen und der markanten Gesichtszüge ausgewählt, aber er sprach kaum Englisch und stank nach Fisch. Hinter der Kamera knipste Jack drauflos und feuerte sie an. Ulrika sah nur seine schmutzig blonden Haare und ein zugekniffenes Auge, das andere war von der Linse verdeckt. Seine breiten Finger betätigten den Auslöser. *Diese Finger will ich auf meinem Körper spüren,* dachte sie. Ein Schauer überlief sie. Wie lange würde sie diese Spannung zwischen ihnen noch aushalten?

»Perfekt. Entspann die Lippen, Rika. Noch mehr. Das ist es. Sexy, Baby! Du bist die Lieblingsfrau im Harem«, rief Jack ihr zu.

Stolz hob sie das Kinn, stellte sich vor, wie er ihr zu Füßen lag, und schwang in Gedanken ein Schwert. *Stirb, Ungläubiger,* sagte sie stumm, kniff die Augen leicht zusammen und fühlte sich trotz der wallenden Stoffschichten, in die sie gehüllt worden war, für einen Moment sagenhaft sexy. Dann kam Celine zu ihr, um ihre Arme und Beine neu zu drapieren (wie ein Metzger, der Steaks auf einer Platte anrichtet, dachte Ulrika) und betrachtete sie abschätzend durch die riesigen braunen Gläser ihrer Sonnenbrille. Sie war von Kopf bis Fuß in Yves Saint Laurent gekleidet, die Seidenbluse und der kurze Hosenrock wirkten teuer und elegant, und Ulrika fragte sich, wie es möglich war, dass sie während des gesamten Shootings wie frisch gebügelt aussehen konnten.

Ob Celine wusste, was zwischen Ulrika und Jack lief? War es nicht offensichtlich? Die Moderedakteurin, deren glänzende braune Locken bis aufs letzte Haar perfekt gestylt waren, flüsterte Jack etwas ins Ohr, woraufhin er schallend lachte. Ulrika lauschte angestrengt, doch sie hörte nichts als die Wellen, die an die Bootswand schlugen. Der zynische Applaus des Meeres.

Sie passierten einige kleine Dörfer, die in der Mittagshitze menschenleer schienen, selbst in den letzten Septemberwochen war es noch heiß. Während Ulrika mit schweren Netzen und Bojen posierte, machte Jack abwechselnd Aufnahmen von ihr, einem anderen Model – einer atemberaubenden jungen Afroamerikanerin, deren Akzent Ulrika beim besten Willen nicht verstand – und Landschaftsaufnahmen vom Ufer. Orhan fütterte sie mit kleinen, gebratenen Fischen von einem Caféhaustisch, Ulrika spitzte die Lippen und tat so, als würde sie essen, und Jack knipste pausenlos weiter. »Warte das Licht ab … da ist es«, murmelte er und schrie dann: »Fantastisch!« Der Auslöser klickte in schneller Folge. »Mein Gott, du bist großartig!«, sagte er. Ulrika errötete vor Freude, gab sich aber alle Mühe, sich ihre Befriedigung nicht anmerken zu lassen und Celines verkniffenen Blick zu ignorieren.

Später lehnten die beiden Models lässig an der blau-weiß gekachelten Wand einer Moschee, und Jack knipste weiter, während sich bei Ulrika eine altbekannte Langeweile bemerkbar machte. Das fremdartige kleine Insekt vor ihrem geistigen Auge rieb rastlos die Beinchen aneinander. Ob es Pam, dem anderen Model, genauso ging? Aber was sollte sie stattdessen tun? Ihre Arbeit als Krankenschwester wieder aufnehmen, die sie unterbrochen hatte, als Richard sie entdeckt hatte? Unwahrscheinlich. Die Worte aus einem früheren Gespräch mit ihrer Mutter kamen ihr in den Sinn: *Du kannst jederzeit nach Hause kommen.* Und genau darin lag das Problem, dachte Ulrika. Sie war noch nicht bereit dazu. Und würde es vielleicht nie sein.

Es war ihr letzter Tag. Alle Aufnahmen für die Zeitschrift waren im Kasten, und Jack und sie waren allein in der Lobby. In fünf Stunden würde das gesamte Team den letzten Flug zurück nach La Guardia nehmen, und morgen hatte sie einen Termin mit Richard. Dann wartete der nächste Auftrag. Der Basar war nur ein paar Straßen entfernt, und es juckte Ulrika in den Fingern, ihn zu besuchen. Seit Tagen hatte sie pausenlos die ganze Crew um sich gehabt, aber sie wollte nicht abreisen, ohne wirklich etwas erlebt zu haben. Sie wollte auf eigene Faust etwas von der Stadt sehen, ganz ohne Aufpasser. Doch als sie das Jack gegenüber erwähnte, überredete er sie irgendwie dazu, stattdessen mit ihm auf sein Zimmer zu gehen.

»Bleib hier«, sagte er mit einem wölfischen Lächeln. »Ich zeige dir etwas, das du nicht so schnell vergisst.«

Im Aufzug warf sie ihm gewagte Blicke zu, und kaum dass sich die Türen geschlossen hatten, lagen seine Hände auf ihrer Taille. Nach außen wirkte er völlig gelassen, doch sein Atem ging schnell und ungleichmäßig. Es jagte Ulrika einen Schauer über den Rücken, dass sie eine solche Wirkung auf ihn hatte.

Als sich der Aufzug im obersten Stock öffnete, zögerten beide ein paar Sekunden, doch dann waren ihre Hände plötzlich überall, und sie stolperten zusammen in Jacks Suite, die deutlich größer war als Ulrikas Zimmer. Sein maßgeschneidertes Hemd war schon bis zum Bauchnabel aufgeknöpft, und sie sah seine glatte, gebräunte Brust und einige flaumig blonde Haare. Er öffnete auch die letzten Knöpfe, schälte sich aus der hautengen Jeans und warf sich aufs Bett. *Es passiert wirklich!*, dachte sie. Also war es nicht nur einseitig gewesen: Er begehrte sie auch.

Langsam zog sie sich das Kleid über den Kopf und öffnete den weißen Häkelbikini, den sie darunter trug. Jack lehnte nackt am gewebten Kopfteil des Bettes, verschränkte die Hände hinter dem Kopf und beobachtete sie unverwandt, während sie auf ihn zukam und sich rittlings auf ihn setzte. Ihre Haare streiften sein Gesicht. »Genau so, Baby. Zeig's mir«, sagte er und strich mit einem Finger zwischen ihren Brüsten entlang. Nach der schier unerträglichen erotischen Spannung, die am Set zwischen ihnen geherrscht hatte, überkam sie jetzt ein Hochgefühl, als sie sich vorbeugte, ihn küsste und mit einem provozierenden Lächeln ihre winzigen Brüste über seinen Oberkörper streifen ließ. Sie fühlte sich stark und wunderschön. Sie war in seinem Bett – auch wenn sie nicht so recht wusste, was sie jetzt tun sollte. Für einen Moment wollte sie der Mut verlassen, doch dann übernahm Jack die Kontrolle, wie er es angeblich immer tat.

»Ich könnte dich mit einem Bissen verschlingen«, neckte er sie, drehte sie auf den Rücken und nahm ihren Unterarm zwischen seine vollen, breiten Lippen. »Du bist wie ein kleines Vögelchen. Ich will deine Knochen zermalmen und dich auffressen.« Er tat so, als würde er sie wie ein wilder Hund zerfleischen. Sie hatte das Gefühl, ganz ihm zu gehören. War er bei allen Frauen so? Mit Klauen und Zähnen arbeitete er sich weiter nach oben. Sein braun gebrannter, sehniger Körper und ihre milchweißen Glieder. Ulrika drängte ihm die Hüften entgegen, merkte aber, dass sie nur etwas vorspielte. Sie stöhnte leise und täuschte Lust vor, weil sie glaubte, dass er das wollte.

Bis er ihre Brustwarze zwischen die Zähne nahm und zubiss.

Falls ihn der kleine Blutfleck auf dem Bettlaken überraschte, sagte er es nicht. Er zog nur eine Augenbraue hoch und bot ihr einen dicken Joint mit einer Prise Haschisch an, den der Assistent der Moderedaktion irgendwie aufgetrieben hatte. Kurz danach war Jack eingedöst, doch Ulrika fühlte sich seltsam wach und aufgekratzt und spürte vom Marihuana kaum eine

Wirkung. Ihre Brust schmerzte immer noch. Sie rutschte vom Bett, hob ihr Kenzo-Präriekleid vom Boden auf, zog sich den dunkelblauen Voile über den Kopf und strich die Falten glatt. »Du bist Kenzo, Schätzchen«, hatte der zierliche japanische Designer wohlwollend zu ihr gesagt, nachdem sie in seiner Show gelaufen war. Inzwischen war es eins ihrer Lieblingskleider – sie trug es immerzu.

Ulrika hängte sich ihre folkloristisch gemusterte Tasche über die Schulter und betrachtete sich im Ankleidespiegel der geräumigen Suite. Das Kleid fiel ihr weit über die flache Brust, und ihre Handgelenke ragten lang und dünn aus den voluminösen Ärmeln. Sie rückte das Mieder unter dem Brustkorb zurecht, und als sie über das Prunkstück strich, ein dicht mit Perlen und Pailletten besetztes Leinenband, das direkt unter ihren mückenstichgroßen Brüsten saß, musste sie daran denken, wie sie es bekommen hatte. Eine alte Hausiererin hatte es ihr gegeben, aber diese Begegnung war so eigenartig verlaufen …

Ulrika hatte das aufwendig verzierte Schmuckstück eines Tages auf dem Wochenendmarkt an der Portobello Road entdeckt, in einem riesigen Berg Plunder auf einem wackeligen Tapeziertisch. Der dunkle Glanz fing ihren Blick ein, und sie hob es hoch, um es zu bewundern. Selbst im schwachen Licht jenes Morgens blitzten und blinkten die Perlen. Sie überlegte, was es sein könnte – eine große Textilbrosche? Ein Kragen? – und suchte den Blick der alten Händlerin, um nach dem Preis zu fragen. Doch in der nächsten Sekunde packte die Frau Ulrika am Ärmel und redete auf sie ein.

»Bist du es, mein Kind?«, rief sie. Ulrika hielt es für einen Scherz und lachte nervös, bis sie merkte, dass die Frau es ernst meinte und sogar Tränen in den Augen hatte. »Äh … entschuldigen Sie«, stammelte sie und wich vorsichtig zurück. Der Begleiter der Frau – ein wettergegerbter Mann in den Vierzigern oder Fünfzigern – hielt die Frau mit einem Arm zurück. Ulrika kannte ihn aus den Abendnachrichten, er war BBC-Reporter. Der große, ernste Mann legte sein Notizbuch mit den krakeligen Stenozeichen beiseite, um der Frau über den Arm zu streichen und ihr aus seiner Thermoskanne eine Tasse Tee einzuschenken. Nachdem sie einen Augenblick abgewartet hatte, um zu sehen, ob alles in Ordnung war, legte Ulrika den seltsam faszinierenden Kragen auf den Tisch zurück. Doch als sie gerade gehen wollte, spürte sie die knorrige Hand der alten Frau auf ihrer Schulter.

»Behalten Sie es. Behalten Sie es. Sie erinnern mich an sie«, sagte sie und drückte Ulrika das Stück in die Hand. Tränen liefen ihr übers Gesicht, und Ulrika wusste nicht, was sie darauf antworten sollte. »Ich schenke es Ihnen.«

»Vielen Dank«, sagte sie nach einem Moment und drückte der alten Frau die Hand. »Sind Sie sicher?«

Anfangs hatte sie es gar nicht behalten wollen, weil die ganze Geschichte so verrückt gewesen war, doch während sie über die seidige Rückseite strich, über die langen Bänder und die schimmernden Perlen, verliebte sie sich Hals über Kopf in das Stück. Deshalb hatte sie es auch auf diese Reise mitgenommen und es in einem unbeobachteten Moment als eine Art Emblem auf ihr Lieblingskleid genäht. Während alle anderen auf der Suche nach Locations gewesen waren, hatte sie den Schmuck zusammen mit Nadel und Faden aus der Tasche gekramt und aufgenäht. Das Ergebnis hatte sie begeistert. Es war eine eigenwillige Kombination, das Designerkleid und der antike Perlenschmuck mit den flatternden Bändern an beiden Seiten, doch gerade der Kontrast gefiel ihr. Es erinnerte sie daran, was Richard an ihr so faszinierend fand: schön, aber ungewöhnlich.

Sie betrachtete den schlafenden Jack, der auf dem breiten Doppelbett alle viere von sich streckte, und die zerwühlten Laken zu seinen Füßen. Die festen Muskelstränge in seinen Schultern hoben und senkten sich im Rhythmus seines Atems. Vom Tragen der schweren Leica und des Stativs war der rechte Brustmuskel größer als der linke. Ulrika schlich sich aus dem Zimmer, die silbernen Ledersandalen schlackerten offen an ihren Füßen. Im Flur bückte sie sich, um die Riemchen zu schließen, und als sie sich wieder aufrichtete, floss alles Blut aus ihrem Kopf. Für einen kurzen Moment wurde ihr schwindelig.

Die beiden jungen, gepflegt aussehenden Männer an der Rezeption beobachteten Ulrika mit ausdrucksloser Miene, als sie sich durch die Lobby und die Buntglastür ins Freie stahl. Sie fürchtete schon, die beiden könnten womöglich die Anweisung haben, sie nicht wegzulassen, doch dann schimpfte sie sich paranoid. Niemand hielt sie auf, als sie mit einer grob skizzierten Karte in der Hand auf die Straße hinaustrat.

Als sie den belebten Markt erreichte, war sie von der schieren Menge der überdachten Stände und Buden überwältigt. In der enormen Hitze verschwamm das Bild vor ihren Augen, der Markt schien außerhalb von Raum und Zeit zu schweben. Einen Moment lang vergaß Ulrika, wo sie war, und fühlte sich in eine andere Welt am Rande ihrer Vorstellungskraft versetzt. Blecherne, fremdartige Musik drang aus unsichtbaren Lautsprechern und verstärkte das Gefühl, an einem verzauberten

Ort zu sein. Staunend wie ein Kind, das zum ersten Mal einen Jahrmarkt sieht, blieb sie stehen. Dann holte sie tief Luft, stürzte sich in den dunklen Schlund des Basars und wurde von ihm verschluckt.

Kaum hatte sie den Eingang hinter sich gelassen, sah sie, wie sich ihre Hautfarbe veränderte, weil das Licht hier durch tiefrote Stoffbahnen fiel. Trotz der sengenden Hitze war es schattig und geheimnisvoll – eine bizarre Unterwelt, in der Bilder, Geräusche und Gerüche zu einem großen, lebendigen Organismus verschmolzen. Sie riss den Blick von den psychedelischen Farben an einem Stand mit Sonnenschirmen los und tastete nach dem Bündel Geldscheine, das zusammen mit ihrem Pass und den Reisedokumenten in ihrem Portemonnaie steckte. Bei einem ärmlich aussehenden Händler tauschte sie die Scheine gegen süßen Apfeltee ein, sagte tonlos »Te ekkür ederim« und riskierte ein Lächeln. Der große, dünne Junge, der sie bediente, sprach kein Wort, musterte sie aber mit Stielaugen von oben bis unten. Er konnte nicht viel älter als fünfzehn sein.

Ulrika drehte ihm den Rücken zu, um den Blick über den Basar wandern zu lassen, und führte das goldverzierte Glas an die Lippen. Wo sollte sie nur anfangen? Süßigkeitenhändler liefen emsig hinter ihren Waren hin und her: In ihren Flechtkörben stapelten sich geschnittener Nougat und rosarote Geleewürfel mit Pistazien, geröstete und mit Honig und Sesam überzogene Nüsse lockten ebenso wie strohige Vogelnester auf Sirupgebäck. Die mit Süße und Gewürzen geschwängerte Luft machte Ulrika das Atmen schwer. Plötzlich bekam sie Heißhunger, den sie jedoch aus langer Gewohnheit ignorierte. Über einem freien Platz hingen gläserne und schmiedeeiserne Kronleuchter von der gewölbten Decke. Ein paar goldene Sonnenstrahlen fanden den Weg durch das durchbrochene Mauerwerk und fingen Staubkörnchen ein. Die Lampen schaukelten sanft an ihren langen Ketten und hypnotisierten Ulrika mit ihren kleinen, pendelnden Bewegungen.

Mit einem filigranen Messinglöffel rührte sie die letzten Zuckerkristalle um, dann wurde sie von plötzlichem Tatendrang erfasst und trank das Teeglas in einem Zug leer. Der Geschmack war außergewöhnlich, so etwas hatte sie in ihrem ganzen Leben noch nicht gekostet: dieser intensive Duft nach Hitze und Sommerfrüchten. Sie stellte das leere Glas und den Unterteller auf einer umgedrehten Kiste ab, schlenderte an einem Kebab-Verkäufer vorbei, der würziges Fleisch am Spieß briet, und drang tiefer in das Gewirr der Stände vor.

Die Worte eines Gedichts, das sie vor langer Zeit auswendig gelernt und wieder vergessen hatte, kamen ihr in den Sinn: *»Wir dürfen nicht die Goblins schau'n, nicht ihre Früchte essen.«* Wie ging es weiter? Richtig, jetzt erinnerte sie sich: *»Vertrau nicht ihrem Weben, ihr Zauber bringt Verderben.«*

Jetzt fand sich Ulrika in einem anderen Teil des Basars wieder, auf dem Tücher und lange, formlose Kleider verkauft wurden. Frauen in eintönigen, verhüllenden Kleidern folgten Männern mit langen Bärten. Farbenprächtige Blumenmuster zogen Ulrikas Blicke auf sich, dann wieder glitzernde Metallfäden, sie bog um eine Ecke und um die nächste und wanderte wie im Traum von einer Auslage zur anderen.

Und dann veränderte sich etwas. Die Farben um sie herum wurden grell und fremdartig, der Basar verschwamm vor ihren Augen. Blicke verfolgten sie. Die aufdringlichen Verkäufer hatten auf einmal etwas Albtraumhaftes. Immer wieder kamen sie auf Ulrika zu und hielten ihr ihre Waren vor die Nase. Ängstlich wich sie zurück. Die Musik schien lauter und eindringlicher zu werden und lockte sie durch die verschlungenen Gänge. Hatte sie sich vorhin noch wie ein tanzender Derwisch gefühlt, kam sie sich jetzt wie ein Nagetier vor, das willenlos den Klängen folgte. Sie bog mal links und mal rechts ab und verlor jedes Gefühl dafür, wo sie war. Schneller und schneller lief sie, bis sie sich in den weitläufigen Gefilden des Basars vollkommen verirrt hatte.

Um einem Tuchhändler zu entkommen, rannte sie leichtfüßig einige Stufen hinunter und gelangte zu einem anderen Teil des Markts, den sie bisher noch nicht gesehen hatte. Undeutlich wurde ihr bewusst, dass sie weit und breit die einzige Frau ohne Kopfbedeckung war. Hektisch sah sie sich in alle Richtungen um, suchte nach irgendetwas zum Überziehen, aber um sie herum gab es nur Metzger, die Tierkörper zerteilten und rohes Fleisch in die Auslagen legten. Ein Mann, der gerade ein blau geädertes Stück Fleisch auf die Theke klatschte, trug eine Schürze mit blutigen Symbolen, die Ulrika nicht entziffern konnte – seltsame, böse Omen. Wo sie auch hinsah, nichts als Tod und Verderben.

Ihr drehte sich der Magen um, sie bekam keine Luft und ihr war übel. Mit einer Hand stützte sie sich an einer Steinmauer ab, jeden Moment würde sie in der kochenden Hitze ohnmächtig werden. Ihre Kehle war rau und klebrig. Selbst in ihrem bodenlangen Kleid fühlte sie sich nackt, als trüge sie nichts als ihre Haut am Leib, und erst jetzt wurde ihr bewusst, wie hauchdünn der Stoff war. Sie tastete nach den Perlen und Glassteinen an ihrem Miederschmuck und sog scharf die Luft ein, als sich eine der Pailletten unter ihrem Fingernagel verfing und ihr schmerzhaft in die Haut schnitt.

Panisch tastete sie sich durch einen schwach beleuchteten Gang und versuchte verzweifelt, sich auf dem unterirdischen Markt zurechtzufinden. Was hatte sie sich nur dabei gedacht, hierherzukommen?

Mit einem Mal fühlte sie sich bedrohlich allein.

Die Gasse wurde schmaler, die Menge dichter. Die vielen Menschen, die sie vorhin noch so faszinierend gefunden hatte, scharten sich um sie. Ulrika spürte die vielen Hände, sie fassten sie an, berührten ihre Haare. Sie wurde zurückgedrängt. Hier war sie nicht nur die einzige Frau mit unbedecktem Kopf oder blonden Haaren, sondern, wie ihr mit Schrecken auffiel, die einzige Frau überhaupt. So andersartig und dürr und fehl am Platze. Wie leicht könnte sie hier einfach verschwinden und untergehen.

Sie rang nach Luft. Die Menge quetschte ihr den Brustkorb zusammen. Hände glitten über ihren Körper, Finger zwickten sie in die Seite. Sie schrie und schlug wild um sich. Von hinten packte jemand sie am Kleid, und sie spürte, wie es zerriss. Der perlenbesetzte Aufnäher spannte über ihrer Brust, und ihr Herz hämmerte wie verrückt, als sie durch eine Tür geschoben wurde. Sie spürte eine Faust im Rücken und trat nach dem Angreifer, kratzte mit den Fingernägeln über feuchte, weiche Haut. Ein Mann schrie ihr etwas Unverständliches ins Gesicht. Vor Adrenalin und Angst zitterte sie und bekam Wadenkrämpfe.

Jeden Moment würde sie den Verstand verlieren. Ihre Knie gaben nach.

Dann wurde sie von zwei entschlossenen Händen ergriffen, jemand drängte die anderen aus dem Weg. Es war eine Frau, ihr Griff fest und real. Sie zog Ulrika aus der Menge und führte sie durch einen düsteren Irrgarten aus schwach beleuchteten, engen Tunneln in fensterlose Räume und wieder hinaus. Ulrika war zu sehr außer Atem und zu verängstigt, um ihrer Retterin ins Gesicht zu sehen, doch die Hände der Frau wirkten ruhig und stark und gaben ihr ein Gefühl von Sicherheit. Dieser Frau würde sie folgen, ganz egal wohin.

Eine dicke Holztür fiel hinter ihnen zu, und die Frau brachte Ulrika zu einem Schemel, der vor einem leeren Tisch stand. An den Wänden hingen gerahmte Bilder von Männern mit Turbanen und weißen Thawbs. Die alte Frau selbst trug eine aufwendig verzierte Weste über einem langen burgunderroten Kleid. Endlich konnte Ulrika ihr Gesicht mit der langen, gebogenen Nase und den dunklen, freundlichen Augen sehen. Stirn und Hals waren von einem eng geschlungenen Tuch verdeckt. Die Frau trat vor einen flackernden Gasherd, nahm einen Topf von der Flamme und goss daraus eine Flüssigkeit in einen Becher. Diesen drückte sie Ulrika in die Hand und drängte sie, zu trinken. Der Trank schmeckte bitter, doch er lichtete den Nebel in ihrem Kopf. Eine Weile saß Ulrika schweigend da und kam sich klein und dumm vor. Die Augen der Frau blitzten unter ihren hängenden Lidern, als sie sich neben Ulrika setzte und ihr beruhigend übers Knie strich.

Die Zeit verging langsam, wie Honig, der von einem Löffel tropft, die Minuten dehnten sich und rannen ins Nichts. Durch die offene Tür wehte ein kühler Luftzug herein. Zuerst klapperten Ulrika vom Schock die Zähne, aber bald atmete sie wieder langsamer, und der sanfte Lufthauch erfrischte sie.

Dann hörte sie aus einem anderen Raum eilige Schritte und laute Schmerzensschreie wie von einem Tier. Die fremde Frau sah, wie Ulrika bei diesen Geräuschen aufschreckte, schüttelte aber den Kopf und machte eine beschwichtigende Geste mit beiden Händen: *Nur ruhig*. Als die Frau aufstand und mit wallendem Kleid aus dem Raum gehen wollte, bekam Ulrika Panik und stand ebenfalls auf. »Nicht allein lassen, bitte …«, flüsterte sie. Die Frau lächelte und machte ihr ein Zeichen mitzukommen.

Ulrika folgte der Frau durch die Gänge aus festgetretenem Lehm, bis sie schließlich ein Zimmer betraten. Der Raum wurde vom Licht einer schwachen Lampe erhellt – eine kleine Kammer ohne Fenster und mit niedrigen Decken. Mehrere Frauen saßen im Kreis um eine andere Frau herum, die auf einem Bett lag. Das Gesicht der Frau wurde von ihrem großen, kugelförmigen Bauch verdeckt, sie presste und keuchte und stöhnte. Ulrika konnte das Köpfchen zwischen den Beinen sehen, einen schleimigen schwarzen Haarschopf.

Die Frauen im Zimmer redeten aufgeregt gestikulierend auf die Gebärende ein. Das Problem war klar: Das Baby steckte fest, es hätte inzwischen längst da sein müssen. Nach den Schreien der Frau zu urteilen, war sie mit ihren Kräften am Ende. Ohne Medikamente – und es sah nicht aus, als ob es hier welche gäbe – würde sie bald zu schwach für die letzte Presswehe sein, die für eine sichere Geburt nötig war.

Ulrika trat näher heran, doch die dunkeläugigen Frauen versperrten ihr den Weg und redeten in schnellem Türkisch auf sie ein. »Nein, lassen Sie mich durch … ich kann helfen«, sagte sie, ohne zu wissen, ob ihre Worte überhaupt einen Sinn ergaben. Selbst Englisch kam ihr nur schwer über die Lippen.

Die alte Frau ließ eine Salve harter, rauer Worte los, woraufhin die anderen ihren Widerstand aufgaben und stumm zurückwichen, um Ulrika durchzulassen. Ihre Ausbildung, die sie schon halb vergessen hatte, war mit einem Schlag wieder da.

Sie trat an den Tisch, tauchte die Hände in eine Schüssel mit dampfend heißem Wasser und rieb sie sauber.

Dann tastete sie den Bauch der Frau ab, der unter ihren Handflächen wogte. Eine der anderen Frauen schrie auf und wollte Ulrikas Hand wegschlagen, aber die Alte, die ihr geholfen hatte, ging dazwischen und beruhigte sie. Schnell bewegte Ulrika die Hände weiter nach unten und tastete den Kopf des Babys und die straff darum gespannte Haut der Mutter ab. Da, jetzt spürte sie es. Die Nabelschnur hatte sich um den Hals des Babys gewickelt. Mit ihren langen, dünnen Fingern schaffte sie es, die Nabelschnur zu lösen und den Weg für das Baby frei zu machen. In Gedanken zählte sie die Sekunden, dann drehte sie sich zu der alten Frau um und nickte ihr zu. »Sagen Sie ihr, sie soll noch einmal pressen!« Die Alte beugte sich über die erschöpfte Schwangere, strich ihr die verschwitzten Haare aus dem Gesicht und flüsterte ihr etwas ins Ohr.

Als das winzige Geschöpf aus dem Mutterleib in ihre Hände glitt, merkte Ulrika, dass sie den Atem angehalten hatte. Das Baby stieß seinen ersten, erstaunlich kräftigen Schrei aus. Während es empört mit fest zugekniffenen Augen brüllte, färbte sich die bläuliche Haut rot. Die Frauen umringten Ulrika, nahmen ihr das Kind ab und wischten ihm den blutigen Schleim von seinem kleinen Körper. Obwohl das Baby von der Geburt Quetschungen und Verformungen davongetragen hatte, war es einfach perfekt. Ulrika holte tief Luft, Blut schoss ihr in den Kopf. Eine der älteren Frauen packte sie an den Schultern und küsste sie dreimal auf beide Wangen; sie hatte Tränen in den Augen.

Ulrikas Retterin nahm sie beiseite und säuberte ihr vorsichtig die Hände mit einem sauberen Tuch und dem heißen Wasser aus der Schüssel. Dann wickelte sie Ulrika mütterlich ein Tuch um den Kopf, steckte es unter ihrem Kinn fest. Sie legte ihr ein großes Laken um die Schultern und führte sie eine Treppe hinauf. Zum Abschied ergriff sie Ulrikas Hände und küsste sie kurz, um sie dann wie ein Fohlen hinaus in die Sonne zu schieben, zurück auf die Straße, von der aus sie den Basar betreten hatte.

Durch die schweren Glastüren spähte Ulrika in die Lobby des Hotels. Sie stand draußen auf dem schmalen Bürgersteig, verdeckt in den Schatten, die das flatternde Hotelschild warf. Gleich hinter der Tür warteten die Reisetaschen auf ihre Abholung. Das Team sollte jede Minute aufbrechen. *Aber wo waren sie?*, wunderte sie sich. Waren schon alle weg? Wie spät war es überhaupt?

Dann trat jemand vor der Rezeption beiseite, und Ulrika entdeckte Celine, die mit dem Fuß wippte, während sie die Rechnung studierte. Sie musste ziemlich lang sein. Mit kritischer Miene blätterte Celine eine Seite nach der anderen um. Sie hatte für den Flug ein elegantes Ossie-Clark-Modell aus Crêpe de Chine angezogen. Das schwarze, tief ausgeschnittene Kleid umspielte ihre dezenten Kurven und war vorteilhaft ausgestellt geschnitten. Neben ihr stand Jack, hatte sich sein Samtjackett über die Schulter gehängt, und sah gelangweilt und zwielichtig aus. War es wirklich erst wenige Stunden her, dass sie miteinander im Bett gewesen waren? Als sie ihn da so lässig neben Celine an der Rezeption stehen sah, begriff Ulrika plötzlich. Natürlich wusste Celine Bescheid, sie hatte es die ganze Zeit gewusst. Celine und Jack waren zusammen, vielleicht schon immer. Mit ihr hatte er nur geflirtet, um Celine eifersüchtig zu machen, und es hatte funktioniert. Aber sie hatte ihm glauben wollen und war auf die verführerische Kraft seiner Bewunderung hereingefallen. In diesem Moment beugte Jack sich zu Celine, um ihr etwas zu sagen, und fasste ihr dabei an den Hintern. Celine lächelte, und Ulrika sah, wie sie sich mit ihrer spitzen roten Zunge über die Lippen fuhr.

Angewidert zog sie sich in den Schatten zurück. Sie wollte das nicht sehen, und weil sie auch selbst nicht gesehen werden wollte, drehte sie sich um und betrachtete ihr düsteres Spiegelbild in einem Schaufenster. Noch immer trug sie das unauffällige Bettlaken über ihrem Kleid und auf dem Kopf das unelegant geschlungene Tuch, das ihr die Frau umgebunden hatte. Ihr Körper war von den Stoffschichten verhüllt, die hellen Haare unter dem Kopftuch verborgen. Doch ihre Augen waren weit geöffnet und sahen vollkommen klar – so klar wie seit Monaten nicht.

Der Gedanke traf sie wie ein Schwall kaltes Wasser. Auf einmal empfand sie ihren Körper als Bürde, der sie entkommen wollte, und verspürte den Drang, sich davon zu befreien – wie die Asketen und Mönche, von denen sie gelesen hatte. In New York hatte sie sich als erwachsene Frau gesehen, doch jetzt sah sie sich mit den Augen der anderen: halb Frau, halb Kind, naiv und so verletzlich wie ein Neugeborenes. Sie verschloss die Augen vor diesem Gedanken, und plötzlich kam dieses Gefühl zurück, wie sie das Baby auf die Welt geholt hatte, wie es nass und glitschig in ihre Hände gerutscht war. Sie spürte, wie sich die Auswirkungen dieses Erlebnisses auf sie herabsenkten und sie einhüllten wie ein fremdartiger Segen. Ganz anders als der

Perlenschmuck auf ihrer Brust, den sie auf einmal nicht schnell genug loswerden konnte. Sie packte das Schmuckstück und zerrte daran, spürte seinen Widerstand und gab nicht auf, bis das Kleid entzweigerissen war.

Als sie durch die Glastür in die Lobby trat, das Perlenband so fest umklammert, dass ihr die Steine rachsüchtig in die Haut schnitten, nahm sie sich zusammen. Eingehüllt in die neue Persönlichkeit, die sie gewonnen hatte, fühlte sie sich beschützt und sicher. Ruhig erwiderte sie Jacks und Celines Blicke. Die beiden starrten sie mit offenem Mund an, als sie an ihnen vorbei auf ihr Zimmer ging, um ihren Koffer zu holen. Sie hatten ihr Spiel mit ihr gespielt, doch jetzt, beschloss Ulrika, war es Zeit, erwachsen zu werden.

SECHZEHNTES KAPITEL

»Guck mal, Mummy!« Pearl rannte über den Marmorboden und blieb unter dem riesigen Avantgarde-Kronleuchter vor dem Hauptempfangsschalter stehen. Den Kopf in den Nacken gelegt, zeigte sie auf das meerblaue Glas und drehte sich fröhlich kichernd im Kreis. Maggie wurde schon vom Zusehen schwindelig. Stella kam hinterhergeschlurft und trug ihre übliche leidvolle *Ich-will-nicht-hier-sein-Miene* zur Schau.

»Hallo Maggie, schöner Tag für einen Besuch, nicht?«, sagte der korpulente Wachmann und deutete mit seinem dichten weißen Schopf nach draußen, wo es in Strömen regnete. Maggie wischte sich lächelnd einige Tropfen von der Schulter. »Hi, Pat.«

Der Wachmann reichte ihr eine Plastiktüte für die Regenschirme, die Maggie dankbar entgegennahm. Sie nickte und winkte ihm zu, bevor sie zu Pearl ging.

Stella kam zu ihnen. »Kennst du den Typen?«, fragte sie und beäugte Maggie dabei aus den Augenwinkeln.

»Patrick? Ja. Er ist schon eine Ewigkeit hier. Seine Frau ist letztes Jahr gestorben, armer Kerl.«

Sie standen im Haupteingang des Victoria and Albert Museums, nachdem sie in South Kensington Crêpes gegessen, im Bibendum heiße Schokolade getrunken und einen kurzen Abstecher in den Conran Shop gemacht hatten (ziemlich kurz sogar, dank der tödlichen Blicke des Verkäufers, als Pearl in der Kinderabteilung einen leuchtend roten Kreisel im obersten Regal anfassen wollte, der dabei lautstark heruntergefallen war). Sie verbrachten den Tag zu dritt, auch wenn Maggie immer noch nicht recht glauben konnte, dass Stella eingewilligt hatte mitzukommen. Bis jetzt war der Vormittag überraschend angenehm verlaufen.

Heute Morgen hatte Stella nur eine Grimasse gezogen, als Maggie beim Frühstück den Vorschlag in den Raum geworfen hatte. »O Gott! Nein, danke«, hatte sie abfällig geschnaubt. »Ein Museum? Wie öde ist das denn?«

»Tut mir leid«, hatte Tim gesagt, die Zeitung zusammengefaltet und seine Cornflakes-verkrustete Schale in die Spüle gestellt. »Ich hab eine Besprechung.« Maggie versuchte, seinen Blick aufzufangen, doch er spurtete die Treppe hinauf, ohne den sehnsüchtigen Blick zu bemerken, mit dem sie ihm nachsah. In letzter Zeit war er so … distanziert.

»Na komm, Stella. Nimm es als Recherche für deine Geschichtsprüfungen«, schmeichelte Maggie. Sie wünschte, die Stimmung zwischen ihr und Tim wäre besser. Er hatte nicht besonders viel Verständnis gezeigt, als sie ihm vom Besuch bei ihrer Mutter erzählt hatte. In Gedanken war er zu sehr mit der Arbeit beschäftigt gewesen, um ihr die Unterstützung zu geben, die sie gesucht hatte. Hatte Stella mitbekommen, dass es im Moment alles andere als rosig aussah? Hoffentlich nicht. Pearl allerdings hatte neulich Abend gefragt: »Was hast du, Mummy? Du siehst traurig aus.«

Über den Frühstückstisch hinweg betrachtete sie Stella und ihren leidenden Gesichtsausdruck. »Die haben da ein paar tolle Stücke von Heinrich VIII.« Sie ließ ihre Stimme munterer klingen, als ihr zumute war. »Wenn du möchtest, können wir auch noch shoppen gehen …«, fuhr sie fort, und als das Wort »shoppen« fiel, hellte sich Stellas Miene merklich auf.

Maggie hatte eher daran gedacht, mit den Mädchen ein Geburtstagsgeschenk für ihren Dad auszusuchen, vielleicht ein paar neue Hemden als Ersatz für die alten, die ihm ein bisschen eng um die Taille wurden, aber wenn Stella bei dieser Gelegenheit ein paar neue Klamotten abstauben wollte … Nun, vielleicht ließen sich auf diesem Weg zwei Fliegen mit einer Klappe schlagen.

Sie schlenderten durch das V&A und sahen sich die Schaufensterpuppen in den großen Glaskästen an, die aufwendige Kleider aus verschiedenen Epochen trugen. Maggie zeigte den Mädchen den fadenscheinigen persischen Teppich, der angeblich über dreitausend Jahre alt war und in einem eigenen Raum ausgestellt wurde. Per Knopfdruck ließ sich der Teppich beleuchten, bevor er wieder in der Dunkelheit versank. Die Fäden der antiken Arbeit waren so harmonisch miteinander verknüpft, dass Maggie der Gedanke kam, in seinen verschlungenen Mustern müsse sich eine ganz eigene, geheime Welt verbergen.

Mit desinteressierter Miene ging Stella in den nächsten Raum, Maggie und Pearl folgten ihr Hand in Hand. Trotz Stellas Benehmen machte Maggies Herz einen kleinen Freudensprung. *Es ist so schön hier*, dachte sie, während sie von einem Ausstellungsraum zum nächsten spazierte.

Als sie in einen anderen Bereich des Museums kamen, lief Pearl wieder voraus, und Maggie und Stella mussten sich beeilen, um sie einzuholen. So war Pearl die Erste, die das über und über bestickte Seidenkleid an einer zierlichen Kleiderpuppe entdeckte und aufgeregt darauf zeigte. Sie drückte die Nase gegen die Glasscheibe. »Was steht da, Mummy?«

Das ist meine Tochter, dachte Maggie und konnte sich ein Lächeln nicht verkneifen, als sie ihr kleines Mädchen so verzaubert dastehen sah.

Stella beugte sich vor, um das Schild zu lesen. »Es ist ein Mantua, offenbar dafür gemacht, in einem Palast getragen zu werden.« Sie bestaunte die verschnörkelten Stickereien auf Rock und Mieder des Kleids. »Wie ist man damit durch die Tür gekommen?«, fragte sie irritiert. Sie reckte den Kopf, um die breiten, flügelartigen Seitenteile des Kleids betrachten zu können, und sah Maggie dann fragend an.

»Wahrscheinlich ist es nur zu königlichen Empfängen in großen Ballsälen getragen worden … Angezogen hat man es wohl in den angrenzenden Vorzimmern.«

»Ganz schöner Zeitaufwand, oder?« Stella zog die Nase kraus.

»Vermutlich«, erwiderte Maggie. »Aber an derartigen Anlässen teilnehmen zu dürfen, war eine so große Ehre – ich glaube nicht, dass man sich viele Gedanken über den Aufwand gemacht hat.«

»Eine Ehre? Mit knicksen und ›Ja, Mylady‹ sagen? Ist doch bescheuert.« Stella schnaubte, aber Maggie fiel auf, dass sie das Mantua und den dazugehörigen Kopfschmuck nicht aus den Augen ließ. Als sie schließlich weitergehen wollten, musste das Mädchen den Blick mühsam von dem Ausstellungsstück losreißen.

Sie streiften noch einige Minuten durch die Räume, bis Maggie die Anzeichen nicht länger ignorieren konnte: Pearl wurde unruhig. Die arme Maus war müde.

»Zeit, nach Hause zu fahren.« Seufzend fragte sich Maggie,

wann sie es das nächste Mal schaffen würde, hierherzukommen, und wünschte, sie hätte öfter Gelegenheit dazu. Genau diese Art von Ausflügen hätte sie als Kind selbst gerne öfter unternommen.

»Ähm, Maggie?«, fragte Stella. Maggie drehte sich um und rechnete schon fast mit irgendeiner Beschwerde.

Stella stand an einem Postkartenständer vor dem Museumsshop. Maggie konnte ihre Überraschung nicht verbergen. »Ja?«

»Darf ich die hier haben?« Sie zog eine Karte mit einer Abbildung des Seidenmantuas aus dem Ständer.

»Klar.« Maggie nahm ein paar Pfund aus der Tasche und gab sie Stella. »Hier, bitte. Du kannst dir ruhig mehrere kaufen.«

»Nee, eine reicht.« Damit ging sie zum Kassierer und bezahlte. Er steckte die einzelne Postkarte in eine Papiertüte und gab sie Stella mit einem Lächeln. In diesem Moment wirkte sie beinahe schüchtern, und ihre Wangen röteten sich, als sie sich höflich bei dem Mann bedankte und die Papiertüte an sich drückte.

Jaja, dachte Maggie, *es geschehen noch Zeichen und Wunder.* Stella ließ es sich nur selten anmerken, wenn sie sich für etwas – oder jemanden – interessierte. Vielleicht sollte sie Tim davon erzählen, das war doch bestimmt ein gutes Zeichen.

Doch als sie nach Hause kamen, öffnete Tim ihnen die Tür mit einem mürrischen »Wie war's?« Er trug seine alte, löchrige Malerhose, was Stella mit einem spöttischen Augenrollen quittierte, bevor sie sich an ihm vorbeischob, ihren Mantel auf den Boden fallen ließ und ohne ein weiteres Wort nach oben verschwand. Maggie ließ die Schultern hängen.

»Okay«, sagte sie, besann sich dann aber. »Ich meine, es war schön.« Sie reckte sich, um ihm einen Kuss zu geben. Seine Lippen waren kühl und trocken, er schien mit den Gedanken woanders zu sein und zog sich schnell wieder in sein Arbeitszimmer zurück. Die Tür schlug hinter ihm zu. Seufzend nahm Maggie die erschöpfte Pearl auf den Arm, um sie nach oben zu bringen. *Vielleicht gehe ich wirklich mit Michael essen,* dachte sie und warf mit der freien Hand die neuen Hemden aufs Bett, die sie in South Kensington gekauft hatten. Sie sah zu, wie Pearls Lider immer schwerer wurden, bis das Mädchen in einen tiefen Nachmittagsschlaf gefallen war.

SIEBZEHNTES KAPITEL

Auf den Stufen vor der National Portrait Gallery beobachtete Maggie die Menschenmassen, die am Springbrunnen auf dem Trafalgar Square spazieren gingen. *So viel Leben, nur auf diesem Platz,* staunte sie, *und so viele Geschichten.* Sie liebte die riesigen Bronzelöwen und die Touristen, die davor für Fotos posierten. Lächelnd stellte sie sich vor, wie die zahllosen Fotos in Alben und Schachteln in allen Teilen der Welt aufbewahrt blieben.

Maggie tauchte aus ihren Gedanken auf, als sie Francesca die Treppe heraufkommen sah. Langsam, fast zögerlich kam die Frau auf sie zu, nahm ihre rote Sonnenbrille ab und strich sich die tiefschwarzen, kurzen Haare glatt. »Guten Morgen«, sagte sie mit einem kleinen Lächeln. Nur das leichte Zittern ihrer Hand verriet ihre Nervosität. »Vielen herzlichen Dank. Ich kann Ihnen gar nicht sagen, wie dankbar ich dafür bin, was Sie schon alles für mich getan haben … Und Sie meinen, dieser Mann könnte Antworten für mich haben?«

Maggie lächelte. »Ja, das hoffe ich.«

Als sie Francesca angerufen hatte, um ihr von der neuen Spur zu berichten, hatte sie ihr keine allzu großen Hoffnungen machen wollen. Doch das, was sie von Lily erfahren hatte, war vielversprechender als alles, was sie bisher über die Geschichte des Diadems herausgefunden hatte. Dank der alten Dame wussten sie jetzt sicher, dass das Diadem zur Zeit von

Francescas früher Kindheit im Besitz von Christian Hunt gewesen war. Das hatte ihr auch Archer Sitwell, einer der vielen Kuratoren der National Portrait Gallery, bestätigt.

Als ihr Kollege Maxwell Black sie an Archer verwiesen hatte, war Maggie zunächst skeptisch gewesen, ob er ihr eine große Hilfe sein würde. Schließlich war eine Künstlerkarriere lang, und die Werke landeten am Ende oft in privaten Sammlungen oder wurden im Laufe der Zeit vernichtet. Was die Galerien ausstellten oder selbst besaßen, war nur ein Bruchteil des jeweiligen Lebenswerks. Maggie war an einem Punkt gewesen, an dem sie das Gefühl hatte, nach der Nadel im Heuhaufen zu suchen, doch zu ihrer Überraschung hatte Maxwell auf Anhieb gewusst, wer Christian Hunt war.

»Hatte eine Zeit lang echten Sammlerwert, aber ab einem bestimmten Punkt in seiner Karriere sind seine Arbeiten stetig im Wert gesunken. Als hätte er seinen Zenit überschritten und wäre danach in Ungnade gefallen.« Maxwell fuhr sich nachdenklich durch die dunklen Bartstoppeln am Kinn. »Vor ein paar Wochen hatte ich einige Gemälde von ihm hier, bin sie aber nicht losgeworden – jedenfalls nicht für den Preis, den sich der Klient vorgestellt hat. Eine Schande, früher hieß es, er würde mal so groß werden wie Francis Bacon.«

»Er ist also tot?«

»Ja. Er ist vor etwa zehn Jahren gestorben. Herzinfarkt.«

Maggie war enttäuscht, sie hatte das Gefühl, in einer Sackgasse zu stecken. Wer war dieser Hunt, und was hatte er mit Francesca zu tun?

»Aber ich glaube, ich kenne jemanden, der dir mehr sagen kann. Ich suche dir seine Nummer raus. Wenn irgendjemand etwas über Christian Hunt weiß, dann Archer Sitwell. Netter

Kerl.« Maxwell kramte in den Papierstapeln auf seinem Schreibtisch, bis er schließlich triumphierend eine weiße Karte zutage förderte. »Hier. Probier es einfach mal.«

Als Maggie Archer anrief, klang der Mann zunächst reserviert und vorsichtig, doch als er die ganze Geschichte gehört hatte, war sein Interesse erwacht. »Hmmm … eine Art Krone? Na ja, er hat für seine Bilder alle möglichen aufwendigen Objekte als Requisiten benutzt. Ich werfe mal einen Blick in die Archive und melde mich dann wieder bei Ihnen.« Nicht mal eine Stunde später hatte er zurückgerufen, seine Stimme hatte vor Begeisterung gebebt, und Maggies Herz hatte einen Freudensprung gemacht. Wie vermutet, hatte Christian das Diadem – oder einen sehr ähnlichen Gegenstand – einmal in einer Ölstudie für ein Porträt verwendet. Maggie hatte Francesca sofort darüber informiert, dass sie das Diadem zu einem englischen Maler zurückverfolgt hatte, der es in den Sechzigern besessen hatte, und die beiden Frauen hatten sich zu dem Treffen in der Portrait Gallery verabredet.

»Kommen Sie doch rein«, sagte Archer Sitwell jetzt. Durch einen Flur im zweiten Stock führte er die beiden ins Allerheiligste der Galerie. Sie kamen an kleinen, verglasten Büros und einer Reihe von Leuchtkästen vorbei, bis sie schließlich in einen großen, lichtdurchfluteten Raum gelangten, in dem ein riesiger Architektentisch stand. Die Arbeitsfläche war mit Papierstapeln übersät, und in der Mitte lag eine geschlossene schwarze Aktenmappe.

»Also.« Archer verlagerte das Gewicht auf die Zehen und schob einen Stuhl zur Seite. Er war groß und schlank, trug einen eleganten, hellbraun karierten Anzug und dazu einen schmalen roten Schal. Als er sich über den Tisch beugte, rutschte ihm die Brille auf die Nasenspitze, was ihn intelligent und humorvoll aussehen ließ.

»Das ist ja eine richtige Schatzsuche. Was für ein Spaß!« Er rieb sich die Hände. »Wie ich Maggie schon am Telefon gesagt habe, bin ich sozusagen Experte für diesen Künstler. Ich habe sogar meine Dissertation über ihn geschrieben – also, eigentlich über die ganze Künstlergruppe. Sie nannten sich Italienische Schule, und viele von ihnen haben auch in Italien gelebt, als sie groß rauskamen. Fast wie moderne Bloomsberries, nur mehr auf Kunst ausgerichtet. Sie haben sich gegenseitig inspiriert, um eine neue Kunstgeneration zu erschaffen, und hatten großen Einfluss auf die moderne Kunst, wie wir sie heute kennen … Aber entschuldigen Sie, ich lasse mich hinreißen«, sagte er mit blitzenden Augen.

»Sie haben gesagt, Sie wollten uns etwas zeigen?« Maggie zog hoffnungsvoll die Augenbrauen hoch.

»Oh ja, natürlich, entschuldigen Sie.« Wieder verlagerte er das Gewicht auf die Zehen.

Mit einer dramatisch ausholenden Geste zog er unter der schwarzen Mappe einen umfangreichen Bildband hervor. Er war dick und schwer und sah aus, als könnte man ihn kaum tragen.

»Diese Monografie enthält einen großen Teil von Christian Hunts Werk. Sie ist 1992 erschienen«, sagte er mit einer Spur Stolz in der Stimme. Auf dem Umschlag sah Maggie Archers Namen und ein Schwarz-Weiß-Foto des Künstlers.

Sie stand dicht neben Francesca und konnte spüren, dass die kleine Frau heftig zusammenzuckte. »Oh mein Gott, ich kenne ihn. Christian Hunt, er war mit meinen Eltern befreundet …

Meine Mutter mochte ihn nicht besonders, deshalb haben wir ihn nur selten gesehen. Ich wusste gar nicht, dass er Künstler war. Wie seltsam … ich hatte ihn fast vergessen.« Die Stirn in tiefe Falten gelegt, reckte sie den Hals, um mehr von dem Buch in Archers Händen zu erkennen.

»Oh ja, er stand in dem Ruf, einigermaßen … schwierig zu sein. Aber das ist doch schon mal vielversprechend. Warten Sie, ich möchte Ihnen etwas zeigen.« Archer klang aufgeregt. Er schlug die hochglänzenden Seiten um und blätterte durch die farbenprächtigen, detaillierten Abbildungen der vollendeten Werke des Künstlers.

»Hier! Das ist es«, sagte er plötzlich und schlug die Seite ganz auf. Sein Finger lag auf einem Foto, etwa zehn mal fünfundzwanzig Zentimeter groß, offenbar die Fotografie eines größeren, mit breiten Pinselstrichen gemalten Bildes. Francesca trat näher heran und beugte sich über das Bild, und Maggie musste den Hals recken, um über ihre Schulter hinweg ebenfalls einen Blick zu erhaschen.

Zuerst begriff Maggie nicht, was sie da sah. Das Gemälde war vollfarbig abgedruckt, aber so dunkel, dass es beinahe monochrom wirkte. Es zeigte eine menschliche Gestalt, ob Mann oder Frau, war schwer zu sagen. Die Person stand nackt vor einer dunklen, leeren Wand. Die mit wenigen, dicken Strichen gemalte Haut schimmerte im Licht. Jetzt erkannte Maggie, dass es sich eindeutig um eine Frau handelte, da waren die Brüste … und sie schien etwas auf dem Kopf zu haben. Aber war es das Diadem? Schwer zu sagen.

»Ist das …?« Francesca zeigte auf die angedeutete Lichtreflexion auf dem gemalten Kopfschmuck.

Mein Gott, sie hat recht. Maggie beugte sich weiter vor und erkannte plötzlich, dass das, worauf Francesca zeigte, unverkennbar ein Lilienmuster war.

»Sie hatten mir ja ein Bild geschickt, Maggie«, sagte Archer. Er hielt sein Handy neben die Abbildung und deutete auf das Foto von dem Diadem. »Sicher, es war viel Spekulation dabei, aber nach allem, was Sie mir berichtet haben, und nachdem ich das Gemälde geprüft habe, bin ich mir absolut sicher: Wir haben eine Übereinstimmung.«

Ein eigenartiger Ausdruck lag auf Francescas Gesicht, sie schien kaum Luft zu bekommen. Erschrocken erkannte Maggie, dass die Frau jeden Moment in Ohnmacht zu fallen drohte. Schnell zog sie den Stuhl heran und fasste Francesca am Ellbogen, um ihr zu helfen, sich hinzusetzen.

»Was ist los?«, fragte Maggie. »Geht es Ihnen gut?«

Francescas Gesicht war bleich und wie erstarrt. »Es ist … ich …«, murmelte sie leise. Maggie hörte den Schmerz in ihrer Stimme. »Ich erinnere mich an etwas.«

»Woran?«, fragte Maggie mitfühlend.

»Christian Hunt«, sagte sie mit starren Lippen. »Ich habe ihn gekannt, aber … meine Eltern haben gesagt, ich sollte ihn Onkel nennen, aber eigentlich war er das nicht – also, mein Onkel. Wir haben ihn nicht oft gesehen, nur ein paarmal im Laufe der Jahre. Er war immer so kalt. Jedenfalls hat er auf mich so gewirkt. Und ich hatte das Gefühl, dass er … mich komisch ansieht. Ich habe mich in seiner Nähe nie wohlgefühlt, und Mutter auch nicht, nur Daddy schien gut mit ihm auszukommen. Ich habe mich immer gefragt, warum …«

Maggie richtete den Blick auf das Bild, das in Archers Buch gegenüber dem Gemälde abgedruckt war: die Fotografie eines Mannes in Freizeithose, Blazer und einem dunklen Poloshirt.

Etwas an ihm, vielleicht seine selbstsichere Haltung, ließ eine gewisse Arroganz vermuten. Oder war es das schwache, fast süffisante Lächeln auf seinen Lippen? Er blickte direkt in die Kamera. Als Maggie näher heranging, erkannte sie, dass er die gleichen hellblauen Augen hatte wie Francesca. Sie hatte recht, er hatte etwas Kaltes, ja sogar Bedrohliches an sich.

»Dann hat ihm also das Diadem gehört?«, fragte Maggie. »Das kann doch sicher nicht nur Zufall sein, oder? Aber was hat es zu bedeuten?«

Die beiden Frauen starrten sich an. Archer stand neben Maggie, und von einem Moment auf den anderen verschwand die überschäumende Begeisterung, die ihm noch vor wenigen Augenblicken anzusehen gewesen war. Er verschränkte die Arme vor der Brust und sah aus, als wäre er mit dieser Situation heillos überfordert.

»Ich … ich … Ach, ich weiß nicht!«, platzte Francesca plötzlich heraus und klopfte sich mit den Fingerknöcheln an die Stirn. »Ich weiß nicht, ob mir meine Erinnerung einen Streich spielt, aber … Da ist etwas, ganz am Rande meiner … Verdammt, warum kann ich mich nicht erinnern?« Ihre Frustration war regelrecht mit Händen zu greifen. Selbst Maggie ballte die Fäuste, so sehr fühlte sie mit Francesca.

»Das … ist übrigens noch nicht alles, was ich gefunden habe«, sagte Archer zögerlich.

»Was?«, fragte Francesca. »Was noch?«

»Das hier.« Er öffnete die schwarze Mappe. »Maggie hatte erwähnt, dass Sie etwas über Ihre Herkunft erfahren wollen, und – verzeihen Sie bitte, ich habe einen Schuss ins Blaue gewagt – aber nachdem ich Sie gesehen habe, bin ich mir fast sicher.«

»Wovon sprechen Sie?«, fragte Maggie plötzlich beunruhigt. Warum hatte Archer ihr nicht gesagt, dass er noch etwas wusste?

Er tippte auf das Bild in dem aufgeschlagenen Buch. »Die Frau auf diesem Bild ist definitiv Isabella Campbell. Sie war Amerikanerin und Hunts Muse – eines seiner wichtigsten Modelle, das er für viele seiner Bilder verwendet hat. Sie war eine Inspiration für ihn. Viele Leute sagen, dass es mit seiner Malerei abwärtsging, als sie ihn verließ …«

»Isabella Campbell – woher kenne ich den Namen?«, fragte Maggie verunsichert. Hatte sie ihn nicht erst vor Kurzem irgendwo gelesen?

»Der Observer hat neulich einen Beitrag über sie gebracht, zu ihrem Todestag. Er war in der Wochenendbeilage.«

»Ja, natürlich! Ich habe den Artikel erst letzte Woche gelesen!« Maggie erinnerte sich an die amerikanische Künstlerin, die so großen Einfluss auf die britische Kunstszene der Sechzigerjahre gehabt hatte … Der Artikel war in dem Zeitungsstapel auf dem Küchentisch gewesen, von dem sie gehofft hatte, Tim würde ihn nicht wegwerfen. Campbell war Anfang der Sechziger aus Italien nach London gezogen und hatte mit ihren Bildern einigen Erfolg gehabt, vor allem aber war sie dafür berühmt geworden, dass sie den Weg für andere Malerinnen geebnet hatte und in den Jahren vor ihrem Tod viele Künstler beraten hatte, die heute sehr berühmt waren.

»Hatte sie nicht …?«, platzte Maggie heraus, brach dann aber abrupt ab und schlug sich die Hand vor den Mund, als ihr die Erkenntnis dämmerte.

Mit einem Schlag waren alle Einzelheiten der Geschichte, die sie gelesen hatte, wieder da, und Maggie sog scharf die Luft ein. Sollte sie es Francesca eröffnen, oder Archer? Sie gab sich einen Ruck, ging auf Francesca zu und legte ihr eine Hand auf den Arm.

»Sagen Sie es mir einfach«, bat Francesca plötzlich. Sie zuckte vor Maggies Berührung zurück, und ihre Worte klangen schroff und abgehackt.

Einen Moment lang stand Archer wie erstarrt da. »Es ist …«, fing er an und schluckte nervös. »Nun, allem Anschein nach ist Isabellas Tochter als kleines Mädchen verschwunden. Isabella hat immer behauptet, sie wäre auf einem Markt in Rom entführt worden, aber niemand weiß, was wirklich passiert ist. Das Mädchen war noch sehr klein, etwa drei oder vier Jahre alt, und Isabella war am Boden zerstört. Es war die große Tragödie ihres Lebens – sie hat sich nie ganz davon erholt. Sie … nun ja, kurze Zeit später wurde sie für einige Wochen in eine Nervenheilanstalt eingeliefert, aber, so seltsam das auch ist, gleichzeitig war das ihr künstlerischer Durchbruch. Nach ihrer Entlassung waren ihre Bilder viel intensiver. Damals, als sie nach London gezogen ist, hat ihre Karriere erst richtig angefangen. Es war, als wäre durch diese Tragödie ihr Talent freigesetzt worden.«

Mit weit aufgerissenen Augen starrte Francesca ins Leere, sie schien kaum begreifen zu können, was Archer da sagte. Sie atmete schnell und stockend.

Schweigend schob Archer ihr eine Zeichnung hin – die Kopie einer versiert angefertigten Bleistiftskizze. »Eine frühe Zeichnung. Selbstporträt mit Kind von Isabella Campbell.«

Es entstand eine Pause, während alle drei unverwandt auf die Zeichnung starrten, die vor ihnen lag. Maggie sah kurz zu

Francesca hinüber, und ihr Herz fing an zu hämmern. Guter Gott, Archer hatte recht. Die Ähnlichkeit war nicht zu übersehen.

Zitternd rang Francesca nach Luft, schwankte und wäre umgekippt, hätte Maggie sie nicht schnell genug aufgefangen.

»Mein Gott«, flüsterte Francesca, ihre Schultern sackten nach vorn. Sie hielt sich die Hände vor den Mund und suchte mühsam nach Worten. »Sie ist es. Mama. Ich erinnere mich. Ich erinnere mich …« Mit Tränen in den Augen sah sie zu Maggie auf.

»Sie glauben, sie ist Ihre … Ihre Mutter?« Maggie ging neben ihr in die Hocke. Archer war leise hinausgegangen und kam jetzt mit einem Glas Wasser zurück, das er Francesca reichte.

Die Frau nickte, ohne den Blick von der Fotokopie abzuwenden. Mit zitterndem Finger strich sie über die Zeichnung. »Ich weiß nicht, warum ich mich erst jetzt wieder daran erinnere. Wie konnte ich das vergessen haben? Aber … das ist sie. Und da bin ich. Bei ihr. Jetzt fällt es mir wieder ein …« Tränen liefen über ihr Gesicht, und plötzlich beugte sie sich vor, presste sich die Hände auf den Bauch und keuchte vor Schmerzen.

Eine der Kuratorinnen im angrenzenden Büro sah von ihrem Schreibtisch auf und warf ihnen einen scharfen Blick zu, doch als sie den Schmerz auf Francescas Gesicht bemerkte, senkte sie den Kopf schnell wieder.

Maggie hielt Francesca im Arm, die mit bebenden Schultern weinte, und sah sich nach Archer um. Er wirkte bestürzt.

»Es tut mir so leid«, sagte er. »Ich wusste nicht, dass es so … heikel sein würde.«

»Es ist nicht Ihre Schuld. Ich bin Ihnen so dankbar für Ihre Hilfe, das ist unbezahlbar.« Sie senkte die Stimme. »Aber ist sie es auch wirklich? Ihre Mutter, meine ich?«

Archer nickte. »Ich habe es mir sofort gedacht, als ich Francesca gesehen habe. Die Ähnlichkeit ist verblüffend. Und von der Zeit her passt es auch. Und dass sie sich an das Diadem erinnert … Francesca ist Isabellas verschleppte Tochter. Es kann gar nicht anders sein.«

»Aber wie …?«, flüstert Francesca. Sie versuchte, die Fassung zurückzugewinnen. »Wie konnte das passieren? Wie habe ich dich verloren, Mama?«

Sie strich mit dem Daumen über das mit Bleistift gezeichnete Gesicht der Frau. Alle drei starrten das Bild unter Francescas Hand an. Das Porträt einer Frau – Ende zwanzig oder vielleicht Anfang dreißig – die nur ein Unterkleid trug und ein Kind auf dem Schoß hatte. Beide wirkten ruhig und gelassen. Man konnte sehen, mit welcher Liebe und Wärme Isabella dem kleinen Mädchen den Arm um die Hüften legte, und wie wohl sich Francesca bei ihrer Mutter fühlte. Abgesehen von den Haaren – die länger und lockiger waren und ihr fast bis auf die Schultern fielen – sah Isabella fast genauso aus wie Francesca. Und als hätte das alles noch nicht ausgereicht, prangte auf dem Kopf des Kindes das Diadem.

Mit schmerzverzerrtem Gesicht sah Francesca zu Maggie auf. »Und warum hatte Onkel Christian das Diadem? Was hat das zu bedeuten?«

Maggie schüttelte den Kopf. »Ich weiß es nicht.«

Francesca blickte wieder auf das Porträt. »Darf ich?«, fragte sie Archer, und er nickte. Sie steckte das Blatt in ihre Handtasche und stand auf. »Maggie, Archer, bitte entschuldigen Sie mich. Ich bin Ihnen beiden sehr dankbar, aber ich … ich sollte jetzt wohl gehen.«

Mit unsicheren Schritten, die Handtasche an die Brust gedrückt, ging Francesca den Weg zurück, den sie gekommen waren.

»Es tut mir so leid«, sagte Archer zu Maggie. »So furchtbar leid. Mir war nicht klar …«

»Mir auch nicht.« Maggie nahm seine ausgestreckten Hände und drückte sie. »Es ist wirklich nicht Ihre Schuld. Haben Sie vielen Dank. Für alles. Aber ich sollte jetzt lieber …«

»Ja, sicher.« Archer nickte und wandte sich zum Tisch, um seine Unterlagen zu ordnen und die Mappe mit dem aufwühlenden Inhalt zu schließen.

Maggie eilte durch den Flur und rief: »Francesca, warten Sie!« Als sie um die Ecke bog, drückte Francesca gerade hektisch den Aufzugknopf; Tränen liefen ihr über die blassen Wangen. Maggie legte ihr eine Hand auf den Arm und spürte, wie er zitterte.

»Ich … ich weiß nicht, was ich tun soll.« Weinend rang Francesca die Hände, die Tasche mit dem Ellbogen an sich gedrückt. »Was soll ich nur tun?« Obwohl sie das Gefühl hatte, ein Risiko einzugehen, trat Maggie auf Francesca zu und nahm sie in den Arm.

»Es tut mir so leid. Ich hatte ja keine Ahnung. Ich habe alles nur noch schlimmer gemacht«, sagte sie tief bewegt von Francescas Tränen.

»Nein.« Francesca machte sich von ihr los. »Ich hatte nur nicht damit gerechnet, dass ich mich so … schrecklich fühlen würde. Ich dachte immer, ich könnte Eltern, die ich nie gekannt habe, unmöglich lieben. Aber jetzt erinnere ich mich an meine richtige Mutter und an den Schmerz, sie zu verlieren … Sie hat mich geliebt. Wie konnte ich das vergessen? Ich komme mir wie eine Verräterin vor – ihr gegenüber und gegenüber meinen

Adoptiveltern. Aber haben sie mich absichtlich von ihr ferngehalten? Warum hätten sie das tun sollen?«

Der Aufzug kam, aber keine von ihnen achtete darauf. Maggie suchte nach tröstenden Worten. »Das können Sie nicht wissen. Hunt hat die beiden gekannt, aber Sie wissen nicht, ob Ihre Eltern überhaupt etwas davon wussten … Ich hatte den Eindruck, dass sie gute Menschen waren, Francesca. Ich bin sicher, sie wollten weder Ihnen noch ihr wehtun.«

»Das sage ich mir auch die ganze Zeit. Aber diese Frau … Isabella … Sie ist daran zerbrochen, hat Archer gesagt.«

Maggie dachte an die sensible Beziehung zwischen Mutter und Tochter und an das Gewicht der Erwartungen, durch die sie so oft definiert wurde. Nach ihrer jüngsten Begegnung mit Valerie glaubte Maggie zu verstehen, was Francesca empfand: Es war so gut wie unmöglich, sich von dieser emotionalen Verbindung zu lösen, so verkorkst sie auch sein mochte.

Sie dachte daran, wie sie Pearl zum ersten Mal gesehen hatte. Die Hebamme hatte sie ihr in den Arm gelegt, und Pearl hatte sich instinktiv an ihre Brust gekuschelt und hungrig den Mund geöffnet. In diesem Moment war Maggie eine Tatsache mit gleißender Klarheit bewusst geworden: Niemals wieder würde sie sich nur um sich selbst sorgen. Sie würde Pearl für immer lieben. Und das war gleichzeitig wundervoll und beängstigend – etwas, das nie vergehen würde, ganz egal, was ihnen beiden widerfuhr.

Francesca mochte das vergessen haben, aber ihre Mutter nicht. So traurig es war, hatte es doch auch etwas Schönes – etwas schmerzlich Ergreifendes. Fast beneidete sie Francesca um diesen Moment, um diese Liebe, von der sie umgeben gewesen war. Sie wünschte, sie hätte dieses Gefühl bei ihrer eigenen Mutter gehabt. Vielleicht hatte sie sich deshalb so in die Nachforschungen zu Francescas Vergangenheit gestürzt – während sie sich standhaft weigerte, sich ihrer eigenen zu stellen.

ACHTZEHNTES KAPITEL

Francesca: Rom, 1952

Es war voll und laut, eine Kakophonie von Stimmen, die alle gegen den Lärm anschrien: Markttag. Das kleine Mädchen – es war höchstens drei oder vier – schlängelte sich durch die Menschenmenge auf dem Campo de' Fiori. Alle waren mit ihren Gedanken beim Einkaufen und hatten es eilig, um vor der Arbeit noch nach Hause zu kommen. Von den Ständen leuchteten ihr frisches Obst, Gemüse und Blumen entgegen. Alles um sie herum war in eine ungeheure Fülle von Farben getaucht. Fest an der Hand ihrer Mutter hüpfte Francesca vor sich hin und versuchte, den Rissen im Gehweg auszuweichen – Mama machte es nichts aus, selbst wenn sie dafür manchmal kleine Umwege gehen musste.

Im Moment lebten sie nur zu zweit in der kleinen Wohnung. Kein Vater weit und breit. Aber da sie nie einen gehabt hatte, dachte sie auch nicht darüber nach, dass etwas fehlen könnte. Der Sohn der Nachbarn war nett zu ihr; vielleicht war er so etwas wie ein Vater. Auch wenn Mama ihr zuflüsterte, er wäre »nicht ganz richtig im Kopf«, vertraute sie ihm doch genug, um ihn auf Francesca aufpassen zu lassen, wenn sie arbeiten musste »Wir müssen nett zu denen sein, die weniger Glück haben«, hatte Mama ihr erklärt, und Francesca hatte feierlich genickt, obwohl sie die Worte nicht ganz verstanden hatte.

Das kleine Mädchen hob den Kopf und betrachtete die dichten Locken seiner Mutter, die ihr dunkel wie Bitterschokolade auf die Schultern fielen. Das Licht fing sich in den Strähnen und spiegelte sich auf dem schimmernden Glanz. Sie selbst trug ihre Prinzessinnenkrone auf dem Kopf – ein Geschenk von Mama, die jetzt den Blick ihrer kleinen Tochter bemerkte, sie anlächelte und ihre Hand fester drückte. Vor einem Stand blieb sie stehen, zog Francesca an sich und strich ihr übers Haar, wobei sie die Krone ein wenig zurechtrückte. Zufrieden seufzend schmiegte sich das Mädchen an Mamas Bein.

»Ciao, Bella, was darf es heute für Sie sein?«, rief eine alte Frau auf Italienisch und winkte ihre Mutter zu sich. »Und die Kleine, sie wächst so schnell. Wie schön du aussiehst, *cara*!«

»Ich bin eine Königin, und das ist meine Krone«, sagte Francesca stolz. Sie berührte das Diadem, streichelte die Perlen und wollte es gar nicht wieder loslassen … Sie fühlten sich so schön an.

Ihre Mutter und die alte Frau lachten nachsichtig, dann lenkte die Verkäuferin Bellas Aufmerksamkeit auf die gut gefüllten Holzkisten und ihren in Tücher gewickelten Inhalt. Das kleine Mädchen wusste, dass Mama jetzt ewig über die verschiedenen Pilzsorten grübeln würde – über die Pfifferlinge und Zuchtchampignons und die dunklen Wolkenohrenpilze. Bei den Trüffeln würde sie seufzen und ihr Kleingeld zählen. Manchmal, ganz selten, ließ die alte Frau einen erdig braunen Span, nicht größer als ein Daumennagel, in die Tüte mit den anderen Pilzen gleiten, und dann flüsterte Mama aufgeregt, dass sie »heute Abend wie Baronessen speisen« würden.

Pilzrisotto, das war Mamas Spezialität. Sie besaß die Gabe, dem billigen Arborio-Reis eine satte, cremige Konsistenz zu entlocken und sein volles Aroma herauszukitzeln. *Meine Mama kann alles,* dachte Francesca stolz. Sie konnte Risotto kochen und Napoli-Soße für Nudeln, und aus den einfachen, krümeligen Keksen, die Mama zu ihrem Kaffee auf der Piazza bekam, konnte sie die köstlichsten Süßspeisen zaubern. Weil Vittorio Mitleid mit ihnen hatte, steckt er ihnen manchmal in einer zerknitterten, weißen Papiertüte ein paar Kekse extra zu – altbackene Biscotti, Mandorla und übrig gebliebene Cannoli-Hülsen – aber nur, wenn sein Chef, ein barscher, mürrischer Mailänder, gerade nicht hinsah.

Dem Mädchen wurde langweilig. Mama brauchte mal wieder zu lange. Ein Blick in ihr Gesicht verriet ihr, wie vertieft Bella in die vielen verschiedenen Sorten war, als ihr die Verkäuferin die frischeste Ernte des Morgens zeigte und sie ermutigte, die Austernpilze und Stachelbärte zu betasten.

Sie kickte einen Kieselstein weg, um zu sehen, wie weit er durch den Rinnstein rollen würde, bevor er jemanden traf. Er rollte ein kleines Stück und blieb dann in verlockender Nähe liegen. Sie ließ Bellas Hand los, stieß den Stein noch einmal an und dann noch einmal, folgte ihm durch den Rinnstein und schlängelte sich zwischen den Ständen hindurch. Die Verkäufer widmeten sich ganz ihren Kunden, die die Zutaten für das heutige Abendessen durchgingen – hellgrüne Artischocken, Auberginen mit schwarzer, gummiartiger Schale, Zucchiniblüten, Kirschen und sehr reife Tomaten. Auf einmal hatte das Mädchen den Kieselstein aus den Augen verloren und merkte, dass es außerhalb des Markts gelandet war, weitab von dem Gedränge, dem Lärm und dem Geruch verfaulender Früchte.

Überrascht darüber, wie weit sie gelaufen war, drehte sie sich im Kreis, um sich zu orientieren, konnte ihre Mutter aber nirgends entdecken. Sie ging den Weg zurück, den sie gekommen war, dabei duckte sie sich unter dem Arm eines Mannes hindurch, der eine rote Knollennase hatte und sie scharf und mit zu großem Interesse beobachtete. Mit klopfendem Herzen ignorierte sie seine Rufe: »Komm doch her und probier eine Traube oder einen Apfel, bitte sehr, meine Kleine!« Sie rannte weiter. Als sie einen Blick über die Schulter warf, um zu sehen, ob er ihr folgte, prallte sie gegen etwas Hartes und blieb erschrocken stehen. Sie rieb sich die Stelle am Kopf, die sie sich gestoßen hatte, und war für ein paar Sekunden verwirrt und orientierungslos.

»Na, hallo«, sagte der Mann. Groß und streng sah er aus in seinem vornehmen Wintermantel. Er ging neben ihr in die Knie, stützte sich mit einem Bein auf dem Asphalt ab und streifte ein Paar Ziegenlederhandschuhe von den gebräunten, unbehaarten Händen. Über seine Züge huschte ein Ausdruck, den Francesca nicht recht deuten konnte – Ekel oder Überraschung? – bevor er sie plötzlich herzlich anlächelte und die weißen Zähne in seinem braunen, wohlgenährten Gesicht zeigte. »Du bist aber ein hübsches Mädchen. Und was haben wir denn da?« Er strich über ihre wunderhübsche Krone.

Plötzlich bekam sie Panik. »Wo ist Mama?«, brachte sie hervor. Der Mann sah sie scharf an, er hatte stechend blaue Augen, genau wie diese wilden Hunde aus dem Norden, die Farbe von Gletschereis. Er starrte sie an, als würde er sie kennen, aber sie konnte sich nicht erinnern, ihn schon einmal gesehen zu haben.

»Deine Mama? Die ist gleich da drüben«, sagte der Mann, griff in seine Tasche und hielt ihr die flache Hand hin. Eine kleine Grille aus Metall lag darauf, nicht größer als ein Knopf.

»Hast du so etwas schon mal gesehen?«, fragte er.

Fasziniert von diesem komplizierten kleinen Ding schüttelte Francesca energisch den Kopf. Das Spielzeug schillerte grün, und auf dem glänzenden Kopf waren winzige, amethystfarbene Augen aufgemalt. Wie mochte es funktionieren?

»Schau her, ich zeig es dir«, sagte der Mann, als hätte er ihre Gedanken gelesen. Er drückte mit dem Zeigefinger darauf, und das Spielzeug machte ein blechernes, zirpendes Geräusch, laut genug, um Francesca zurückschrecken zu lassen. Vor Freude machte sie große Augen.

»Darf ich es versuchen?« Schon hatte sie die Hand nach dem Spielzeug ausgestreckt.

»Aber sicher. Du kannst es behalten und es deiner Mutter zeigen, wenn wir bei ihr sind.«

»Du kennst Mama?«, fragte das kleine Mädchen, ganz auf die Grille konzentriert, die es immer und immer wieder zwischen seinen kleinen Fingern zirpen ließ.

»Natürlich. Komm, ich bringe dich zu ihr.« Der Mann richtete sich auf und strich sich die Wollhose mit den scharfen Bügelfalten glatt.

Voller Begeisterung über ihr neues Spielzeug drückte Francesca immer wieder darauf und erfreute sich daran, wie es unter ihrer Berührung nachgab. Allerdings entging ihr dabei, dass über das Gesicht des Mannes ein Anflug von Ärger glitt.

Während sie sich von ihm mitziehen ließ und mit der freien Hand die Grille zum Zirpen brachte, versuchte sie, den Rissen im Gehweg auszuweichen. Vom Markt her drangen Schreie zu ihnen herüber, irgendein Tumult war ausgebrochen, aber sie verklangen weit hinter ihnen. Als Francesca die plötzliche Anspannung des Mannes spürte und er seine Schritte beschleunigte, blieb sie stehen und sah zu ihm auf, doch er zog sie weiter, sein Griff war jetzt fest und entschlossen. Kannte er denn das Spiel nicht?, fragte sie sich, als sie über einen Riss im Boden stolperte.

Hoch über ihr presste der Mann die Lippen zusammen – er war so groß – und plötzlich wurde ihr mit Schrecken bewusst, dass sie den Markt bereits ein gutes Stück hinter sich gelassen hatten.

»Halt, Stopp! Wo ist Mama?«, rief sie, doch er blieb nicht stehen, sondern zog sie immer weiter.

»Hier entlang«, sagte er. Seine Stimme klang auf einmal hoch und kalt, nicht mehr so voll und schmeichelnd wie am Anfang, als er sie angesprochen hatte. Er hatte die blauen Augen zusammengekniffen und wich ihrem Blick aus.

Sehnsüchtig sah sich das Mädchen nach dem Markt um, und Panik stieg in seiner Brust auf. Voller Angst unterdrückte sie ein Schluchzen. Wo war Mama? Wo war sie nur?

Nur mühsam konnte sie mit den langen Schritten des Mannes mithalten. Hoffentlich war Mama nicht böse auf sie. Der Mann murmelte etwas vor sich hin, doch Francesca konnte nur Bruchstücke aufschnappen. Nichts davon ergab einen Sinn. »Hat wohl geglaubt, sie könnte dich mir vorenthalten … Wird schon sehen, was sie davon hat …« War er verrückt, so wie der Sohn der Nachbarn? Vielleicht wollte Mama ja, dass sie ihm vertraute? Ihre Unterlippe zitterte, aber sie gab sich Mühe, tapfer zu sein.

Francesca schloss fest den Mund und hielt mit dem immer schnelleren Tempo des Mannes Schritt. Die Grille in ihrer Hand verstummte, sie wurde zu fest gedrückt, um noch ein Geräusch machen zu können.

NEUNZEHNTES KAPITEL

»Ich weiß selbst nicht genau, was ich erwartet habe, als ich zu dir kam. Und jetzt …« Francesca zuckte die Achseln. »Jetzt kommt es mir vor, als würde ich nur einen Teil der Geschichte kennen. Es ist frustrierend, aber wenigstens weiß ich jetzt etwas mehr. Und ich habe meine Mutter wiedergefunden.« Mit einem schiefen Lächeln sah sie Maggie an, die plötzlich ein Bild der vor Wut schäumenden Valerie vor sich sah und eine schmerzliche Einsamkeit und unendlich tiefe Traurigkeit spürte. Sie verdrängte das Gefühl und wartete schweigend, bis Francesca weitersprach.

»Ich musste es einfach herausfinden. Irgendetwas war in meiner Vergangenheit nicht in Ordnung, das wusste ich.« Sie klopfte mit der Fingerspitze auf den Tisch und starrte vor sich ins Leere. »Außerdem war mir bewusst, dass mich die Wahrheit vielleicht nicht glücklich machen würde, als ich mich auf die Suche gemacht habe. Aber ich hatte das Gefühl, dass es … ich weiß nicht … notwendig war.« Sie seufzte, hob ihr Rotweinglas und trank einen kleinen Schluck. »Wie sagt man? Man kriegt nicht immer, was man will …«

»… aber manchmal genau das, was man braucht.« Maggie nickte. »Und, bist du jetzt glücklich?«

Nachdenklich legte Francesca den Kopf schief. »Glücklich? Das weiß ich nicht genau. In mancher Hinsicht fühle ich mich sicherer, aber in anderer auch wieder weniger sicher.«

Es war fünf Uhr am Nachmittag; Maggie und Francesca saßen in einer kleinen, gemütlichen Bar namens »Lovers & Peddlers«, die Maggie vor einiger Zeit in der Nähe der Bond Street entdeckt hatte. Die Einrichtung erinnerte sie an das Innere eines Spiegelzelts – bunte Buntglaslampen funkelten wie Edelsteine, und von der Decke hingen Stoffbahnen aus Fallschirmseide. Die Wände zierten alte, sepiagetönte Fotografien von Zirkusleuten aus dem späten achtzehnten und frühen neunzehnten Jahrhundert, und selbst das Personal war im Burleske-Stil gekleidet. Die Kellnerin trug einen strukturierten Satinbody und Taillenjeans unter ihrer Schürze, und die Lippen in ihrem hipstermäßig blassen Gesicht waren sündig rot geschminkt. Maggie und Francesca kuschelten sich mit ihren Weingläsern tiefer in die Lehnsessel.

»Weißt du, ich habe versucht, es positiv zu sehen … Ich weiß, das klingt komisch, aber vielleicht wäre Isabella – meine leibliche Mutter – nicht so eine geniale Künstlerin geworden, wenn sie mich hätte großziehen müssen. Daran muss ich immer denken … Und wäre ohne all diese Ereignisse der Mensch aus mir geworden, der ich jetzt bin? Wahrscheinlich nicht. Ich wäre nicht bei meinen Eltern aufgewachsen, die mich geliebt haben und mir immer das Gefühl gegeben haben, erwünscht zu sein. Ich glaube, ich kann dankbar sein … Vielleicht war es so das Beste. Aus der schrecklichsten Dunkelheit entsteht Licht.« Francesca stieß ein kleines, freudloses Lachen aus.

Ihr Besuch in der National Portrait Gallery lag einige Wochen zurück, und Maggie hatte sich sehr gefreut, als Francesca angerufen hatte, um dieses Treffen vorzuschlagen. Sie hatte sich solche Sorgen um Francesca gemacht, doch die schien erstaunlich gut damit umzugehen.

»Ich weiß immer noch nicht, was passiert ist. Hat Christian Hunt mich entführt? Und wenn ja, warum? Wussten meine Eltern davon? Ich begreife das alles einfach nicht.« Francesca seufzte. »Es ist eigenartig, dieses Bild von ihr zu sehen – von uns – auf dem ich das Diadem trage. Unglaublich, dass es die Erinnerung zurückgebracht hat. Ich wüsste gern, was ich noch alles vergessen habe.« Sie sah in Maggies Richtung, aber ihr Blick ging in die Ferne. »Jetzt erinnere ich mich so lebhaft daran, wie sie das Bild gemalt hat. Sie hat mich zu sich gerufen und mir das Krönchen aufgesetzt. Es hat ein bisschen gekratzt, das weiß ich noch, und es war schwer. Ich habe auf ihrem Schoß gesessen und konnte ihren Duft und ihren Schweiß riechen.« Sie richtete sich in ihrem Sessel auf, und ihr Blick wurde wieder klar. »Aber sonst kann ich mich an nichts erinnern. Mein Therapeut sagt, es wäre nicht ungewöhnlich, dass Kinder traumatische Ereignisse ausblenden – eine Art Schutzmechanismus.«

»Dann ist da also gar nichts? Keine Erinnerung an deinen Vater?«

Francesca schüttelte den Kopf. »Nein. Noch nicht.«

Eine Weile schwiegen beide Frauen und betrachteten das Diadem, das neben ihnen auf einem Rosenholztischchen lag.

»Ehrlich gesagt kann ich immer noch nicht fassen, dass wir überhaupt so viel über seine Vergangenheit herausgefunden haben«, sagte Maggie und richtete sich auf. »Weißt du, wie ungewöhnlich das ist? Die Herkunft eines Objekts zu bestimmen und nachzuweisen, ist der schwierigste Teil meiner Arbeit.«

Sie betrachtete die sepiabraunen Fotografien an der Wand: längst verstorbene Zirkusleute, deren ernste, feierliche Mienen einen Kontrast zu ihren verrückten Kostümen bildeten.

Vor einem indischen Elefanten mit spiegelbesetztem Ledersattel posierte ein Paar für die Kamera. Die zierliche Frau mit dem hübschen, herzförmigen Gesicht balancierte in einem paillettenbesetzten Kleid auf Zehenspitzen und hatte einen Arm in die Höhe gestreckt, um sich bei dem riesigen Muskelmann unterzuhaken, der mit düsterer Miene neben ihr aufragte. Ein leises Zittern überlief Maggie.

»Hmmm«, sagte Francesca. »Ehrlich gesagt habe ich sogar noch mehr über das Diadem herausgefunden. Womöglich können wir es noch weiter zurückverfolgen.«

Maggie riss den Blick von dem Foto los, in Gedanken noch immer bei der zierlichen Frau, ihren sanft geschwungenen Lippen und den platinblond glänzenden Haaren. »Wirklich?«

»Ja. Ich habe in Mr Sitwells Buch etwas über Christian gelesen … Anscheinend war seine Mutter Tänzerin. Sie ist mit einer Truppe namens Blue Moon Company um die ganze Welt gereist, zusammen mit ihrer Zwillingsschwester. Sie hatten europäische und asiatische Wurzeln – die Mutter der Zwillinge war Vietnamesin – und das sieht man auch auf den Fotos von Christian, findest du nicht? Vielleicht hat er das Diadem als Requisit gekauft, aber wäre es nicht auch denkbar, dass es seiner Mutter gehört hat? Sieht es nicht aus, als könnte es einmal zum Bühnenkostüm einer Tänzerin gehört haben?« Francescas Gesicht glühte, und für einen Moment wirkte sie richtig verändert.

Mit einem Mal erkannte Maggie überrascht, dass Francesca gar nicht unbedingt italienisch aussah. Schlagartig wurde ihr klar, dass ihr Teint und die dunklen Haare auch einem asiatischen Erbe zugeschrieben werden konnten. Ihre Augen standen eindeutig eine Spur schräg, genau wie die von Christian Hunt.

»Das ist … faszinierend …«, murmelte Maggie, deren Gedanken anfingen zu rasen. Sollte Christian etwa Francescas Vater sein? Möglich war es bestimmt – Künstler schliefen schließlich ständig mit ihren Musen. Aber dann das Kind zu entführen? Wie mochte es dazu gekommen sein? Von den Möglichkeiten wurde Maggie ganz schwindelig, und sie hatte schon den Mund geöffnet, um etwas zu sagen, doch plötzlich hielt sie etwas zurück. Sie setzte ihr Weinglas an die Lippen, um ihre Verwirrung zu verbergen.

Francesca sprach weiter, doch Maggie hörte kaum noch zu. Etwas, das die ältere Frau vorhin gesagt hatte, drang in ihr Bewusstsein. Vielleicht hatte sie recht. Vielleicht musste man wirklich versuchen, die Dinge, die einen geprägt hatten, positiv zu sehen. Das Gute wie das Schlechte. Die Beziehung zu ihren Eltern war ihr immer so ausweglos erschienen, aber vielleicht waren sie gar nicht diejenigen, mit denen sie sich aussöhnen musste. Sie dachte an Jean, die für sie viel mehr wie eine Mutter gewesen war als Valerie, und empfand plötzlich tiefe Reue. Kates Mutter hatte sie immer wie eines ihrer eigenen Kinder behandelt … Vielleicht war die Familie nicht notwendigerweise der Kreis der Menschen, mit denen man blutsverwandt war, sondern derer, die man selbst wählte. In diesem Moment legte Maggie ein stummes Versprechen ab: Sie würde sich bei Jean entschuldigen und versuchen, sich mit ihr zu versöhnen. Wie lange wollte sie sich noch für etwas bestrafen, das sie in ihrer Jugend getan hatte? Doch ihr Herz schmerzte bei dem Gedanken, wie lange sie nichts unternommen hatte und dass es womöglich zu spät sein könnte.

»Ich bin dir so dankbar, Maggie«, sagte Francesca zögernd. »Du hast mir geholfen, etwas loszulassen. Der Zustand meiner

Mutter hat sich verschlechtert – sie weiß nicht mehr, wer ich bin. Aber während auf der einen Seite etwas zu Ende geht, hat das, was wir herausgefunden haben, auch Raum für einen Neuanfang geschaffen. Das Leben ist so kostbar. Wir wissen nicht, wie viel Zeit uns mit den Menschen bleibt, die wir lieben.«

»Das ist so wahr.« Maggies Blick war plötzlich von Tränen verschleiert. »Ich bin einfach froh, dass ich dir helfen konnte. Davon abgesehen«, sie zögerte einen Moment, »möchte ich, dass du das hier bekommst.« Sie nahm das Diadem vom Beistelltisch und reichte es Francesca. »Du solltest es haben, es gehört dir.«

In Francescas Wange zuckte ein Muskel. »Ich ... vielen Dank, aber ... nein. Ich möchte es nicht haben.« Sie schob das Diadem von sich.

»Oh, okay. Ich dachte nur ...« Maggie war ein bisschen verletzt. Sie wickelte das Diadem wieder ein und steckte es in ihre Handtasche. Einerseits verstand sie, dass Francesca einen Gegenstand ablehnte, der so stark mit ihrer Vergangenheit verknüpft war. Aber andererseits ... das Stück war so wunderschön, wie konnte sie es nicht haben wollen? Lily hatte sich genauso verhalten. Maggie dachte daran, ob auch sie es lieber loswerden sollte, und spürte einen Anflug von Aberglauben. Aber nein ... es hatte einfach etwas. Etwas Verführerisches. Und wenn sie ganz ehrlich zu sich war, hatte sie es gar nicht wirklich zurückgeben wollen. Es war hinreißend, und sie hatte auch Erleichterung empfunden, als Francesca es abgelehnt hatte.

»Falls du deine Meinung irgendwann änderst, weißt du ja, wo es ist.«

»Danke«, sagte Francesca und sah Maggie voller echter Herzlichkeit an. »Das ist wirklich nett. Aber ich glaube nicht, dass es dazu kommt.«

Eine Weile saßen sie in geselligem Schweigen zusammen. Neue Gäste kamen herein, schüttelten sich die Regentropfen von den Mänteln und rieben die Hände aneinander. Der Sommer war vorbei und der Herbst schon fortgeschritten – bald würde wieder Winter sein. Maggie dachte über Francescas Worte nach. *Man kriegt nicht immer, was man will,* und unwillkürlich überlief sie ein Schauer. Sie dachte an Michael und ihr gemeinsames Abendessen neulich, von dem sie Tim nichts gesagt hatte. Das war nicht schwer gewesen, schließlich sprachen sie kaum noch miteinander – aber obwohl sie und Michael letztlich nur über die Arbeit geredet hatten, hatte Maggie trotzdem ein schlechtes Gewissen gehabt. Zwischen ihnen hatte es definitiv geknistert, und Maggie konnte es nicht leugnen – sie fühlte sich davon geschmeichelt, dass Michael sie offenbar attraktiv fand. Es war ein angenehmer Kontrast zu der frostigen Atmosphäre, die in letzter Zeit zwischen ihr und Tim herrschte.

Und wenn man doch bekommt, was man will, dachte Maggie und sah dabei Michael vor sich, der ihr am Tisch gegenübersaß und in seinem italienischen Anzug einfach perfekt aussah, *was dann?*

Sie strich über ihre Tasche, in der das Diadem steckte.

Sie würde es darauf ankommen lassen müssen.

ZWANZIGSTES KAPITEL

Es war sieben Uhr abends. Tim und Stella machten sich im ersten Stock fertig, Pearl schlief bei den Nachbarn, und Maggie hängte im Garten Lichterketten und die letzten roten Seidenlaternen auf. Sie hatte Küche und Flur mit Chinoiserie-Postern dekoriert und für alle Gäste Dim Sum bestellt. Die Dekoration vermittelte die perfekte Stimmung für Tims Geburtstagsfeier – Maggie hatte eine Atmosphäre wie in einer Mondscheinkneipe erschaffen, und sie fand es wunderbar.

Als sie sich auf die Zehenspitzen stellte, um die letzte Laterne anzubringen, ging ihr ein Bild durch den Kopf: *zwei Menschen, die im rosaroten Licht langsam tanzten.* Ihre Hand verharrte reglos in der Luft. *Der Mann hob das Kinn der Frau an, um ihr in die Augen zu sehen, er senkte den Kopf und streifte hauchzart ihre Lippen …* Maggie blinzelte das Bild weg und versuchte, sich auf die Laternen zu konzentrieren. *Warum um Himmels willen musste Michael heute Abend kommen?* Unbehagen machte sich in ihr breit.

Sie hatte es nicht geplant, aber bei ihrem gemeinsamen Abendessen hatte sie von der Party erzählt und – sie konnte sich selbst nicht erklären, wie es dazu gekommen war – irgendwie hatte er sich selbst eingeladen. »Ich würde sehr gern kommen«, hatte er gesagt, »und dein Haus sehen. Ist es genauso faszinierend wie du?« Sie hatte gewusst, dass es falsch war, aber da war etwas in der Art, wie er sie angesehen hatte … *Hör auf damit*, ermahnte sie sich streng. *Lass es!*

Nachdem sie die letzte Laterne an ihren Messinghaken gehängt hatte, stieg sie von der Leiter.

In diesem Moment kam Tim nach draußen. Belustigt ließ er den Blick durch den Garten wandern und sah Maggie mit einem eigenartigen Lächeln an. »Erklär mir doch noch mal, was das alles mit mir zu tun hat.« Seine Hose war am Bauch zu weit. Hatte er abgenommen? Maggie staunte. Er hatte erwähnt, dass er wieder ins Fitnessstudio ging.

»Gefällt es dir nicht?«, fragte sie mit leichter Schärfe in der Stimme.

»Doch, doch. Aber … ist das nicht alles ein bisschen viel?«

»Es ist dein vierzigster Geburtstag! Da sollte alles ganz besonders sein.«

»Aber es kommen doch nur ein paar Freunde vorbei, oder? Lohnt sich dafür wirklich der ganze Aufwand?«

»Ähm.« Maggie zögerte und wurde plötzlich nervös. Sie wollte nicht zugeben, wie viele Gäste sie wirklich erwartete. Zuerst waren ihr zehn angemessen erschienen. Zehn waren für Tim okay. Aber dann war ihr aufgefallen, dass diese Leute gemeinsame Freunde hatten, die beleidigt sein könnten, wenn sie nicht eingeladen waren. Und dann war da noch Tims Familie … und Rachel und John, die überraschenderweise noch zusammen waren, ganz zu schweigen von Tims Arbeitskollegen. Und so war sie insgesamt auf fast fünfzig Gäste gekommen – die jetzt jeden Moment eintreffen mussten.

»Ah«, sagte Tim mit leicht gerunzelter Stirn. »Es sind nicht nur ein paar, richtig?« Er sah an seinem schlichten weißen

T-Shirt und der Jeans hinunter und steckte die Hände in die Hosentaschen. »Sollte ich mich lieber umziehen?«

Maggie lächelte und beschloss, die müde Resignation in seiner Stimme zu überhören. »Ja – wie wäre es mit dem blauen Anzug?«, fragte sie fröhlich.

»Gut, dann also der Anzug.« Tim machte auf dem Absatz kehrt und stapfte wieder nach oben.

Als Maggie sich streckte, um eine Laterne zurechtzurücken, merkte sie, dass ihr Kleid gefährlich weit hochrutschte. Besorgt zog sie den Saum hinunter. Es würde mit diesem Kleid gehen müssen – es war zu spät, um sich noch umzuziehen.

Sie hatte das kleine Glitzerkleid letzte Woche in einer edlen Boutique nahe der Ladbroke Grove entdeckt und dafür aus einer Laune heraus ziemlich tief in die Tasche gegriffen. Das ärmellose Hemdkleid war hochgeschlossen, saß am Oberkörper locker und endete ein gutes Stück über dem Knie. Auf der Vorderseite glitzerte ein paillettenbesetzter Harlekin, und Maggie hatte ihre altbewährten schwarzen Ballerinas dazu tragen wollen. Aber als Stella gegen kurz nach sechs nach Hause gekommen war – zu spät, um bei den Vorbereitungen zu helfen, aber gerade rechtzeitig für die Feier – war sie ins Schlafzimmer gekommen, als Maggie gerade in die Schuhe schlüpfen wollte.

Mit kritischem Blick musterte sie Maggie von oben bis unten, um dann kurz zu verschwinden und mit einem Paar sehr hoher, sehr hinreißender taubengrauer Stiefeletten zurückzukommen.

»Äh, probier die doch mal.« Sie drückte Maggie die Stiefeletten in die Hand.

Die Schuhe waren aus wunderschönem, butterweichem Veloursleder, und Maggie fiel auf, dass sie viel hübscher waren als das klobige Schuhwerk, das ihre Stieftochter normalerweise trug. Obwohl ihr eine ganze Reihe von Fragen durch den Kopf schwirrte, bückte sie sich, um die Schuhe anzuprobieren. Stella hatte recht: Flache Schuhe hätten überhaupt nicht zu diesem Kleid gepasst. In den teuren, hohen Schuhen überkam Maggie ein wohliges Gefühl. Sie fühlte sich sexy, fast schon schön … Für einen Moment betrachtete sie sich im Ankleidespiegel und sah, wie sich das Licht in den Pailletten fing. *Gar nicht so übel für eine Mutter, die auf die vierzig zugeht,* dachte sie. Beinahe schüchtern erwiderte Stella das Lächeln im Spiegel, und vorübergehend fiel der ganze Stress, den sie in den letzten Monaten wegen Stella gehabt hatten, von Maggie ab. Eine Woge von Wärme und Zuneigung zu ihrer Stieftochter erfasste sie.

»Warte mal … wie wäre es hiermit?«, fragte Stella und griff nach dem Diadem, das über dem Rand der Kommode hing. »Erinnerst du dich an dieses Kleid, das wir im V&A-Museum gesehen haben? Mit dem Kopfschmuck dazu? Setz dich mal.« Entschlossen drückte Stella Maggie auf den Stuhl vor dem Frisiertisch. »Schau mich an«, sagte sie.

Sie setzte Maggie das Diadem auf und befestigte es direkt über der Stirn. Vorsichtig zog sie die Bänder fest, band sie zu einer Schleife und trat dann einen Schritt zurück. »Jetzt kannst du gucken.«

Maggie drehte sich um. Das dunkle Schmuckstück saß wie ein richtiges Diadem, die Pailletten schimmerten im Licht und verliehen ihr eine fremdartige, überirdische Schönheit. Mit einem Blick über die Schulter sah Maggie, dass die Bänder aus schwarzer Rohseide über den Rückenausschnitt ihres Kleids fielen. Vor Begeisterung hielt sie den Atem an. *Ich sehe wunderschön aus,* dachte sie staunend.

»Siehst du? Ich hab dir doch gesagt, dass es dazu passt«, sagte Stella selbstzufrieden.

»Du bist wirklich gut in so was.« Maggie gab ihr ein Küsschen auf die Wange. »Danke.« Aber ein Gedanke ließ ihr keine Ruhe. Sicher wäre es klüger gewesen, nichts dazu zu sagen, aber sie konnte sich nicht bremsen. »Woher hast du diese Schuhe?«

Als sie sah, wie Stella erschrak, kannte sie die Antwort: Sie gehörten ihr nicht. Instinktiv wollte Maggie nach dem Medaillon auf ihrer Brust greifen, ehe ihr einfiel, dass sie es sicher in der Nachttischschublade verstaut hatte.

»Die sind von Tracy«, sagte Stella schnell, aber Maggie hörte an ihrer Stimme, dass sie log.

Sie hob den Fuß an, um ihren Verdacht zu überprüfen, und sah die verräterisch rote Sohle. Christian Louboutin. Diese Schuhe konnte sich eine Schülerin unmöglich leisten.

»Die Tracy aus deiner Schule?«, fragte Maggie, obwohl sie wusste, dass sie aufhören sollte. »Wirklich?«

»Ja! Worauf willst du hinaus?«, rief Stella. »Du glaubst, ich habe sie gestohlen, oder? Aber das habe ich nicht, verdammt! Ich wollte sie heute selbst anziehen, aber ich dachte, zu *deinem* Kleid passen sie besser. Und du denkst, ich hätte sie geklaut? Ach, leck mich doch!«, schrie sie und stürmte mit Tränen in den Augen aus dem Zimmer.

Mein Gott, dachte Maggie. *Was habe ich getan?* In letzter Zeit war ihre Beziehung langsam besser geworden, und Maggie hatte die Hoffnung gewagt, Stella würde ihr vielleicht, ganz vielleicht bald anvertrauen, was zwischen ihr und ihrer Mutter vorgefallen war. Jetzt waren die Fortschritte von so vielen Monaten dahin. Aber sie wusste, dass Stella sich die Stiefel nicht leisten konnte. Was wäre sie für eine Mutter, wenn sie den Verdacht hatte, dass ihr Kind stiehlt, und nichts dazu sagte? Sie hatte die Stiefel ausgezogen und war stattdessen in ein Paar schlichte, schwarze Lederpumps geschlüpft, die sie seit Pearls Geburt nicht mehr getragen hatte.

Jetzt sah sie sich draußen im Garten um und vergewisserte sich, dass alle Aufgaben von ihrer Liste erledigt waren. Obwohl alles perfekt vorbereitet war, beschlich sie das Gefühl, dass irgendetwas nicht stimmte. *Das wird schon,* sagte sie sich. *Nach ein paar Drinks sieht alles wieder besser aus. Tim wird sich entspannen, und die Sache mit Stella kriege ich schon wieder hin.* Alles andere war tadellos: Auf den kleinen Bartischen, die sie aus dem Auktionshaus geborgt hatte, flackerten Teelichter, und ihre Seidenlaternen aus den Vierzigerjahren tauchten den gesamten Garten in schmeichelhaft rotes Licht. Es sah einfach magisch aus.

Maggie wählte auf dem iPod einen alten Nina-Simone-Song aus und atmete tief durch. Als die ersten Takte ihres Lieblingslieds »Feeling Good« aus den Lautsprechern drangen, wurde sie gleich ruhiger. *Okay, jetzt bin ich bereit,* dachte sie.

Wie aufs Stichwort klingelte es an der Tür.

Es war zehn nach neun, und die Party war in vollem Gange.

Kate war als Erste gekommen. Als Maggie ihr die Tür öffnete, dauerte es eine volle Sekunde, bis sie die mindestens zehn Jahre jüngere Frau neben ihr registrierte.

»Das ist Lola«, sagte Kate. »Meine Freundin.«

»Oh, hi.« Maggie erinnerte sich, dass Kate von ihrer neuen Beziehung geschwärmt hatte, als sie im vergangenen Monat zusammen essen gewesen waren. Es war nicht zu übersehen, dass Kate total verknallt war. Maggie gab sich alle Mühe, die kurvenreiche, dunkelhaarige Frau in ihrem wunderschönen antiken Brokatkleid nicht anzustarren, staunte aber über Lolas glamouröse Aufmachung. Sie war so ganz anders, als Maggie erwartet hatte.

Sie brachte die beiden in den Garten zu Tims Eltern – den einzigen Gästen, die ebenfalls pünktlich gekommen waren. »Das ist Kate, eine meiner ältesten Freundinnen, und das ist … Lola.« Maggie war froh, dass die beiden gekommen waren, und Kate sah so glücklich aus. Voller Zuneigung legte Maggie ihr die Hand auf die Schulter und sah sich nach einem Getränketablett um. Als sie merkte, dass sie nichts anzubieten hatte, flitzte sie in die Küche, um gleich darauf mit Champagner zurückzukommen.

Nach und nach trafen die Gäste ein und kamen durch das schmale Haus nach hinten in den Garten. Maggie lief von einem zum anderen, damit sich alle willkommen fühlten, doch je mehr Leute kamen, desto unruhiger wurde sie.

Während sie mit den Gästen plauderte, fiel ihr auf, dass sie besonders nach einer Person Ausschau hielt, nämlich nach Michael. Wo war er? Warum war er noch nicht da? Tim war noch zurückhaltender als sonst, sie hatten den ganzen Abend kaum ein Wort miteinander gewechselt.

Maggie suchte sich ein Essstäbchen und klopfte damit an ihr Champagnerglas – so fest, dass das Glas zerbrach. Klirrend fielen die Scherben zu Boden, und mit einem Schlag waren alle verstummt. Nicht ganz der Auftakt, den Maggie sich vorgestellt hatte. Mit einem Lachen überspielte sie ihre Verlegenheit, nahm sich ein neues Glas und setzte ein breites Lächeln auf. Sie räusperte sich.

»Vielen Dank, dass ihr alle gekommen seid«, sagte sie. Dabei fiel ihr auf, dass Rachel und John auf der Hintertreppe standen und John die Lippen zu einer schmalen Linie zusammengepresst hatte. Die Körpersprache der beiden verstärkte Maggies Beunruhigung noch. Sie richtete den Blick auf Tims versteinerte Miene.

»Tim und ich freuen uns sehr, dass ihr es geschafft habt«, sagte sie und war in diesem Moment froh, dass Michael noch nicht da war. »Keine Sorge, ich werde nur ein paar Worte sagen.« Sie sprach schnell und zitterte vor Nervosität »Tim, wir sind hier zusammengekommen, weil wir dich lieben. Du bist ein wunderbarer Ehemann und Vater, und du bist mein bester Freund. Und außerdem ziemlich heiß.« Die Gäste schmunzelten höflich, und Maggie fuhr tapfer fort, obwohl sie Tims verschlossene Miene sah. »Aber das Wichtigste ist, dass du uns auch liebst. Herzlichen Glückwunsch, mein Schatz.« Ihr war das alles sehr peinlich, aber die Gäste schienen sich endlich zu entspannen. Sie konnte das kollektive Aufatmen förmlich hören.

Sie hob ihr Glas. »Auf Tim«, rief sie.

»Auf Tim!«, riefen die anderen im Chor und hoben ebenfalls ihre Gläser. Als Maggie an ihrem Champagner nippte, spürte sie, wie sich die Atmosphäre plötzlich veränderte. Hinten in der Menge sah sie für einen kurzen Moment Michael, der sich einen Weg nach vorn bahnte. Vor Aufregung lief ihr ein Schauer über den Rücken. Offenbar hatten auch die weiblichen Gäste Michaels Ankunft bemerkt, denn viele Köpfe drehten sich nach ihm um.

Maggies Herz begann zu pochen. Mit einem Mal hob sich ihre Laune, und sie wurde sich ihres kurzen Glitzerkleids bewusst. Und der Krone auf ihrem Kopf. Sie stand aufrechter, und ihr Magen zog sich zusammen. Michael warf ihr ein entwaffnendes Lächeln zu.

Gott, er ist *umwerfend.* Für einen Moment hätte Maggie sich fast vergessen.

Doch dann fiel ihr wieder ein, wo sie war. Sie winkte Tim zu sich, und als er auf sie zukam, wurde ihr plötzlich klar, wie unwohl er sich fühlen musste. Dieser ganze Aufwand und die vielen Leute – so etwas hasste er.

Er wandte sich an die Gäste, legte den Arm um Maggie und gab ihr einen flüchtigen Kuss auf die Wange. Während er sich bei allen für ihr Kommen bedankte (weniger unbeholfen als sie), hielt sie den Kopf gesenkt, um Michaels Blick zu vermeiden, und hatte das Gefühl, kaum noch Luft zu kriegen.

Nach einer Weile, die ihr wie eine Ewigkeit vorkam, ließ Tim sie endlich los, und sie trat beiseite.

Alle wandten sich wieder ihren Gesprächen zu, lebhafte Klaviermusik wehte durch den Garten, und die Party ging in voller Lautstärke weiter. Tim kam zu ihr und strich ihr mit beiden Händen über die Schultern. Er sah sie fest an und wollte gerade etwas sagen, als Michael auf sie zukam. Jetzt bemerkte auch Tim seine Anwesenheit.

»Dein Freund ist da«, sagte er mit leiser, ausdrucksloser Stimme. Er strich mit den Daumen über ihre nackten Oberarme, und Maggie bemerkte, dass sie in der kühlen Abendluft zitterte.

Mit einem Mal stand Michael neben ihnen.

»Maggie! Tim. Wie schön, Sie endlich kennenzulernen. Ich habe so viel von Ihnen gehört«, sagte Michael und schüttelte Tim die Hand.

Nein, hast du nicht, dachte Maggie, erstaunt über die glatte Lüge.

»Und Maggie, du siehst heute Abend einfach atemberaubend aus.« Mit sichtlicher Anerkennung musterte Michael sie von oben bis unten, und als er sich zu ihr beugte, um ihr einen Kuss auf die Wange zu geben, überlief sie ein starkes Zittern.

Michael wandte sich an Tim. »Ich habe gehört, Sie sind der leitende Architekt für die neuen Bauprojekte im East End. Gott sei Dank, dass das jemand übernommen hat. Aber mal ehrlich, wer will da schon wohnen?« Er lachte.

Maggie spürte, wie Tim sich neben ihr versteifte. Die Party wurde immer lebhafter. Jemand rempelte sie von hinten an, und Tims unberührter Champagner schwappte auf ihre Schuhe.

»Hmmm«, murmelte Tim höflich, aber Maggie sah die kühle Verachtung in seinem Blick. »Wenn Sie mich entschuldigen würden, ich muss mit meinen Eltern sprechen. Sie wollen gleich aufbrechen. Möchten Sie etwas trinken?« Er deutete auf ein Getränketablett, das neben ihnen auf einem Tisch stand, ging dann aber weg, ohne eine Antwort abzuwarten.

Maggies Wangen glühten vor Verlegenheit. »Sie sind ziemlich alt«, erklärte sie stockend. »Sie sind extra für heute Abend aus Yorkshire angereist …« Michael sah sie aufmerksam an, und wieder verfluchte sie sich dafür, dass sie sich von ihm so aus dem Konzept bringen ließ. Und dafür, dass sie ihn eingeladen hatte! Allerdings fühlte sie sich trotz allem geschmeichelt, weil er gekommen war – offenbar hatte er sie unbedingt sehen wollen und war dafür sogar zu Tims Party gekommen. Wieder zog sich ihr Magen zusammen.

In diesem Moment kam Stella an ihr vorbeistolziert und ignorierte sie demonstrativ. Maggie sah ihr an, dass sie schon jetzt zu viel getrunken hatte.

»Ein Hoch auf Dad!«, rief Stella lachend und geriet auf ihren hohen Absätzen ins Wanken, als sie eine Kehrtwendung machte und geradewegs auf die Stereoanlage zuhielt. »Aber so langsam wird es mal Zeit für richtige Musik.«

Maggie sah sich suchend nach Tim um, weil sie fürchtete, die Lage könnte außer Kontrolle geraten, doch er und seine Eltern waren nirgends zu sehen. Der Lärm nahm zu, und die Gäste mussten gegen die Musik anschreien – Stella spielte mit dem Lautstärkeregler. Einige von Tims jüngeren Kollegen standen daneben und konnten die Blicke gar nicht mehr von ihren gazellengleichen Beinen losreißen, die heute Abend in sehr knappen Shorts besonders gut zur Geltung kamen. Michael streifte Stella kurz mit den Blicken, bevor er sich wieder auf Maggie konzentrierte.

»Also«, sagte er und sah sie mit blitzenden Augen an. Maggie lachte nervös. »Meinst du, wir finden irgendwo ein Fleckchen, wo es etwas ruhiger ist?«

Maggies Herz setzte einen Schlag aus. Ihr war vage bewusst, dass sie eigentlich Stella einsammeln und nach oben bringen sollte, die gerade anfing, provozierend zu den ersten Takten von Robin Thickes »Blurred Lines« zu tanzen, aber etwas in Michaels Stimme ließ ihr Herz schneller schlagen … Ach, zum Teufel damit. Warum musste sie immer die Vernünftige sein? Wie gern wäre sie noch einmal in Stellas Alter. Wer dachte mit sechzehn schon an irgendwelche Konsequenzen? Ach Gott, wie herrlich es wäre, das zur Abwechslung mal nicht zu tun.

Sie lächelte Michael an. Stella konnte auf sich selbst aufpassen, es waren schließlich genug Leute in der Nähe. Maggie würde sie später nach oben bringen. Stattdessen ging sie jetzt durch den brechend vollen Garten zurück zum Haus, und war sich nur allzu deutlich bewusst, dass Michael ihr dicht auf den Fersen folgte. Würde jetzt etwas … passieren? Es schien unausweichlich. Auf der Treppe legte er ihr sacht die Hand ins Kreuz, und Maggie spürte ein Kribbeln am ganzen Körper. *O Gott.* Ihr stockte der Atem. Sie waren im ersten Stock angekommen. *Das ist es also,* dachte sie. Das, worauf sie insgeheim gewartet hatte … Sie hatte das Gefühl, es nicht mehr aufhalten zu können.

Unter der geschlossenen Schlafzimmertür hindurch fiel ein schmaler Lichtstreifen in den Flur. Als Maggie nach dem Türknauf griff, berührte Michael ihr Handgelenk. Ein elektrisiertes Kribbeln schoss ihr in den Arm.

Mit angehaltenem Atem öffnete sie die Tür, schob alle Gedanken weit weg …

… und stand direkt vor Rachel.

Sie und John standen in ihrem und Tims Schlafzimmer, offenbar mitten in einem Streit. Rachel sah elend aus, ihr Gesicht war fleckig und verweint, Johns Miene vor Wut verzerrt.

Sein Blick fiel auf Maggie. »Du hast es gewusst, oder? Natürlich. Das mit diesem Kerl …?«

»Ich … ich …«, stammelte Maggie. Wie war er dahintergekommen? »John, bitte …«

»Ach, vergiss es.« Grob schlug er Rachels flehend ausgestreckte Hand weg. »Es ist aus, Rachel. Du kannst morgen deine Sachen abholen.«

Er drängte sich an Maggie vorbei und stapfte lautstark die Treppe hinunter. Rachel sackte auf dem Bett in sich zusammen wie ein Stofftier, dem plötzlich die Füllung abhandengekommen war. »Oh Maggie, was habe ich getan?«

Maggie drehte sich um und suchte Michaels Blick. Wortlos verständigten sie sich, er winkte ihr unauffällig zu und zog sich in den Flur zurück.

Aufgewühlt setzte Maggie sich neben ihre Freundin aufs Bett, um sie zu trösten. »Was ist denn passiert, Süße?« Sie konnte sich die Antwort fast denken, als sie sah, wie Rachel ihr Handy umklammert hielt.

»Er hat meine SMS gelesen«, sagte sie unter Schluchzern.

Maggie streichelte ihrer Freundin den Rücken, um sie zu beruhigen, hatte damit aber wenig Erfolg. »Das wird schon wieder«, murmelte sie und schämte sich für ihre Heuchelei, weil sie selbst nicht daran glaubte.

Plötzlich sah Rachel auf. »Was wolltest du hier eigentlich?«, fragte sie und sah Maggie durch den Tränenschleier scharf an. »Wer war das? Wo ist Tim?«

Maggie wurde rot. »Niemand. Er ist niemand. Tim bringt gerade seine Eltern ins Hotel.« Sie wechselte das Thema. »Was willst du jetzt tun?«

Rachel verzog das Gesicht und vergrub es in den Händen. »Ach, verdammt, Maggie. Ich weiß es nicht!« Wieder brach sie in heftiges Schluchzen aus. Ihre Schultern bebten.

Obwohl Maggie entsetzliches Mitleid mit ihr hatte und alles tat, um sie zu trösten, empfand sie unwillkürlich auch so etwas wie Erleichterung. Es kam ihr vor, als wäre sie vorübergehend verrückt geworden und in letzter Zeit gar nicht sie selbst gewesen. Wenn Rachel nicht in ihrem Schlafzimmer gewesen wäre – es hätte alles Mögliche passieren können. Und sie hätte es zugelassen. Nur allzu gern.

Sie brauchte fast eine Stunde, um Rachel zu beruhigen und sie in ein Taxi zu einer Freundin zu setzen. Als sie schließlich wieder in den Garten kam, stellte sie enttäuscht fest, dass Michael nicht mehr da war. Die Gästeschar war etwas ausgedünnt, aber dafür hatte die Party ein verrücktes Eigenleben angenommen. Der verhältnismäßig kleine Garten diente als provisorische Tanzfläche, auf der sich die Leute nur so drängten. Alle amüsierten sich prima – auf jeder ebenen Fläche standen leere Flaschen und halb volle Gläser, und es wurde immer lauter. Stella stand im Mittelpunkt der Tanzfläche, die Arme hoch in der Luft, und warf den Kopf von einer Seite zur anderen, dass ihre Haare nur so flogen. Maggie lehnte an der Gartenmauer und sah ihrer Stieftochter beim Tanzen zu; ihre Gedanken ballten sich zu einem dichten Knäuel aus Sorge und Verwirrung zusammen.

In ihren Schläfen meldeten sich pochende Kopfschmerzen, die Füße schmerzten in den zu hohen Schuhen, und ihr tat der Rücken weh. Sie redete sich ein, dass Tim unmöglich etwas von ihren Gefühlen für Michael ahnen konnte. Trotzdem ging ihr nicht mehr aus dem Kopf, wie er sie angesehen hatte, als Michael auf sie zugekommen war … Immer wieder spielte sie diesen Moment in Gedanken durch, bis die Sorgen sie beinahe auffraßen.

Plötzlicher Lärm aus den Lautsprechern ließ sie den Kopf hochreißen. Stella tanzte gerade von der Stereoanlage weg, zurück auf die Tanzfläche. Eilig drehte Maggie den Ton leiser und fragte sich, ob nebenan überhaupt jemand ein Auge zubekam. Arme Pearl. *Wir würden es ja nicht mal hören, wenn die Nachbarn sich beschweren wollen.* Wieder sah sie zu Stella, die auf der Tanzfläche im Kreis wirbelte. *Ach, was soll's … Ich rede morgen mit ihr,* dachte sie und nahm sich ein Tablett. *Soll sie ihren Spaß haben.*

Maggie stellte leere Gläser auf das Tablett und musste ein Gähnen unterdrücken. Während sie zwischen den ziemlich beschwipsten Gästen umherlief und leere Gläser und Flaschen einsammelte, kam es ihr vor, als würde sie sich durch dichten Nebel bewegen. Einmal kam Stella zu ihr gehüpft und pflückte ihr lässig das Diadem vom Kopf. Maggie war zu verblüfft, um sie daran zu hindern oder auch nur etwas zu sagen. Stella setzte es sich auf die feuchten Haare und zog es mit den Bändern fest.

»Wie seh ich aus?«, fragte sie und drehte sich um sich selbst. Mit ihren langen Beinen, der schwarzen Ledershorts und dem knappen Hemdchen verlieh ihr das Diadem das Aussehen einer prachtvollen Amazonenkönigin, die gerade einen Krieg ausrufen will. Jung, aber gefährlich schön. Maggie bemerkte ihre winzigen Pupillen und roch den süßlichen Rauch von Marihuana an ihren Haaren. *So wunderschön,* dachte Maggie, *und so leichtsinnig mit der Macht, die sie besitzt. Warum erkennen wir das immer erst, wenn es zu spät ist?*

Mit einem fast manischen Lachen tauchte Stella in der wogenden Menschenmenge unter, und Maggie entdeckte Kate und Lola, die etwas abseits tanzten und sich dabei tief in die Augen sahen. Wie schade, dass sie den ganzen Abend noch nicht dazu gekommen war, sich mit ihnen zu unterhalten. »Signed, Sealed, Delivered« von Stevie Wonder dröhnte ihr in die Ohren – jemand hatte die Anlage wieder bis zum Anschlag aufgedreht.

In diesem Moment fragte sich Maggie, wo zum Teufel Tim steckte. Sie sehnte sich nach seiner soliden, beruhigenden Nähe. Sie rief ihn auf dem Handy an, doch er meldete sich nicht. Während sie es immer wieder probierte und auf das Freizeichen lauschte, fragte sie sich, ob sie gerade das Kostbarste in ihrem Leben aufs Spiel gesetzt hatte.

Nachdem sie die Haustür hinter Kate und Lola geschlossen hatte, fiel Maggies strahlendes Lächeln in sich zusammen, und sie sah auf die Uhr. Fast zwei. Wann war sie zuletzt so lange aufgeblieben? Das musste schon Jahre her sein. Gott, sie fühlte sich so alt …

Vom Garten her wehte Musik herein, inzwischen allerdings deutlich leiser. Es waren nur noch wenige Gäste übrig – der harte Kern und ein paar alte Freunde. Im Flur hörte Maggie das gleichmäßige Stimmengemurmel aus dem Garten, hin und wieder unterbrochen von rauem, betrunkenem Gelächter. Als sie sich im dunklen Flur an das kühle Holz der Haustür lehnte, versuchte sie die düsteren Gedanken aufzuhalten, die über sie hereinbrechen wollten.

Tim war immer noch nicht zu Hause. Inzwischen bekam sie es wirklich mit der Angst zu tun. Hatte er einen Unfall gehabt? Oder hatte er sie … verlassen? Panik machte sich in ihr breit. In den letzten Stunden hatte sie ihre Sorgen in Schach halten können, doch jetzt trafen Scham und Reue sie mit voller Wucht. *Er weiß es, natürlich weiß er es … Was habe ich mir nur gedacht?*

Vor allem war sie wütend auf sich selbst. Warum hatte sie dieser albernen Schwärmerei für Michael nachgegeben? Wie hatte sie diese … *Verblendung* nur zulassen können? Jetzt erkannte sie, wie blind sie in den letzten Monaten für Tims Bedürfnisse geworden war. Sie war geistesabwesend und distanziert gewesen und hatte die viele Arbeit vorgeschoben. Ständig war sie in Eile gewesen und sogar wütend geworden, als er eine Tatsache über Pearl geäußert hatte. Sie hatte sich nicht mehr so stark zu ihm hingezogen gefühlt, seit er etwas zugenommen hatte – und seit sie ihn mit Michael verglichen hatte. Ihr verlässlicher, liebevoller Tim, der alles so meinte, wie er es sagte. Ihre treue Seele. Als sie darüber nachdachte, wurde ihr bewusst, dass ein Mann, der versuchte, eine verheiratete Frau – und Mutter – zu verführen, unbestreitbar etwas Selbstsüchtiges haben musste. Und dass Michael sie hatte verführen wollen, war nun offensichtlich.

Ihr wurde heiß vor Scham, und sie kniff die Augen fest zu. Wie dumm sie gewesen war! Selbst jetzt spürte sie noch die leichte Erregung von dem Moment, als er ihr die Hand ins Kreuz gelegt hatte. Er hätte sie so leicht haben können! Sie hatte einen beißend bitteren Geschmack im Mund. Wie konnte es sein, dass sie Michaels oberflächlichen Charme nicht durchschaut hatte?

Maggie staunte, wie leicht das Licht seiner Aufmerksamkeit durch die winzigen Lücken in ihrem Schutzpanzer gedrungen war – jenem Panzer, mit dem sie sich stets gegen andere Männer gewappnet hatte. *Eitelkeit,* dachte sie und wand sich dabei innerlich. *An allem war nur deine idiotische Eitelkeit schuld, du dummes Ding*. Es war so lange her, dass ihr zuletzt jemand diese Art von Aufmerksamkeit geschenkt hatte – und sie hatte sich davon verführen und blenden lassen.

Maggie lehnte ihre heiße Stirn an die kühle Holztür und versuchte das aufsteigende Schluchzen hinunterzuschlucken. In diesem Moment hörte sie von draußen einen gedämpften Tumult. Sie versteifte sich, presste das Ohr gegen die Tür und lauschte auf die Geräusche von der Straße.

Ein dünner Schrei erklang.

Maggie schrak zurück und griff nach der Türklinke.

EINUNDZWANZIGSTES KAPITEL

Wie gelähmt stand Maggie im plötzlichen Licht der Bewegungsmelder und brauchte einige Sekunden, um das Bild, das sich ihr bot, zu verarbeiten. Kate, Lola, Tim und Stella standen draußen auf dem Gehweg. Michael war ebenfalls da, was ihr einen kleinen Schreck einjagte.

Niemand drehte sich nach ihr um, alle waren zu sehr auf das Geschehen konzentriert. Kate hatte den Arm um Stella gelegt, die aussah, als könne sie kaum noch allein stehen. Sie atmete stoßweise, und Wimperntusche rann ihr über die Wangen.

»Dad, hör auf!«, rief Stella. »Schlag ihn nicht …«

Tim hatte sich bebend vor Zorn vor Michael aufgebaut. Zwischen den beiden stand Lola und schien Tim zurückzuhalten. Als Maggie die Stufen hinunterging, zog Michael sich ein Stück Richtung Straße zurück, ohne sie zu beachten.

»Was ist hier los?«, fragte sie mit einer hohen Stimme, die ihr selbst fremd vorkam. Schockiert sah sie, dass Stellas Oberteil auf einer Seite heruntergerutscht war und ihren Busen in einem mädchenhaft rosa BH entblößte. Maggie blieb fast das Herz stehen.

»Beruhige dich, Tim«, sagte Lola. Sie hatte die Füße fest in den Boden gestemmt und hielt Tim mit beiden Armen von Michael fern, der seine ganze Gelassenheit verloren hatte. Seine Haare waren zerzaust und sein Hemd saß schief, die beiden obersten Knöpfe waren abgerissen. Lolas samtumhüllte Kurven, die auf der Party so sinnlich gewirkt hatten, verliehen ihr jetzt eine solide feminine Kraft und Autorität – sie sah aus, als könnte sie die beiden kräftigen Männer mit Leichtigkeit voneinander trennen. Tim ballte die Fäuste, und Maggie sah die Angst in Michaels Augen. Ihr rutschte das Herz in die Hose.

»Sie hat mich angemacht«, sagte Michael. Er stolperte über die Bordsteinkante, konnte sich aber gerade noch abfangen.

Tim stürmte vor. »Sie ist fünfzehn, du widerliches Arschloch!«, brüllte er, seine Stimme brach vor Zorn. Lola hatte die Hand gegen seine Brust gestemmt und wich keinen Schritt zurück.

Michael schien es wirklich mit der Angst zu tun zu bekommen, er hob abwehrend die Hände. »Das war … hey, komm schon … Sie sieht doch mindestens wie zwanzig aus. Es war doch nur ein Kuss.«

Maggies Magen zog sich krampfartig zusammen, als müsste sie sich gleich übergeben.

»Es ist nichts passiert«, rief Stella mit schleppender Stimme. »Da … da war nichts, es war alles nur Spaß …« Sie flehte ihren Vater förmlich an, ihre Wangen waren mit hässlichen roten Flecken übersät, die rot geränderten Augen sahen verquollen aus.

Tim mied ihren schmerzvollen Blick. »Ich bring dich um! Sie ist erst fünfzehn«, knurrte er und stemmte sich gegen Lolas Hand, die ihn immer noch zurückhielt. »Und wie alt bist du? Vierzig? Fünfundvierzig? Das ist so erbärmlich!«

Die ganze Zeit hatte Lola Tim nicht aus den Augen gelassen. Jetzt wandte sie den Kopf ein Stück in Michaels Richtung.

»Sie … gehen dort rüber.« Sie zeigte auf eine Stelle in einigen Metern Entfernung. »Vielleicht sollten wir die Polizei rufen«, sagte sie an Maggie gewandt, »damit du Anzeige erstatten kannst.«

»Das wird bestimmt nicht nötig sein«, brachte Michael erstickt hervor. »Hört auf die Kleine, sie sagt die Wahrheit. Es ist nichts passiert. Es war nur eine Dummheit im Rausch … Ich bin ja schon weg«, sagte er. »Seht ihr?« Bevor jemand Einwände erheben konnte, war er auf die andere Straßenseite gelaufen und um die nächste Ecke verschwunden.

Die Übrigen blieben in angespanntem Schweigen stehen.

Maggie schluckte bittere Galle und sah Tim an.

Ganz plötzlich verließ ihn aller Kampfgeist. Er wich einen Schritt zurück, sackte in sich zusammen und rieb sich mit den Handballen die Augen. »Ich halte das nicht aus …«, sagte er zu niemandem Bestimmten.

»Schon gut, Tim«, sagte Lola. »Geh schon mal rein, ich kümmere mich um Stella. Sie ist jetzt in Sicherheit.« Damit schob sie ihn zur Haustür.

Maggie stand nur mit offenem Mund da und konnte das alles nicht begreifen.

»In Sicherheit? In Sicherheit?«, rief Tim mit einem erstickten Aufschrei. »Sie wird niemals in Sicherheit sein. Sie ist eine Gefahr für sich selbst. Genau wie ihre Mutter. Wir haben wirklich alles versucht, aber wir können ihr nicht helfen. Wahrscheinlich landet sie am Ende auf der Straße. Oder Schlimmeres.« Er ging auf Stella los. »Ist es das, was du willst, ja?«

»Tim! Hör auf!«, schrie Maggie, die Stellas verletzten Blick sah. O Gott, warum hatte sie Michael heute Abend bloß eingeladen?

Stella brach in verzweifeltes Schluchzen aus und barg das Gesicht an Kates Schulter. Tim fuhr mit wütendem Blick zu Maggie herum. Obwohl ihr der Anblick Angst einjagte, sagte sie mit fester Stimme: »Hör bitte auf.« Sie wusste, dass es hier mehr um sie ging als um Stella, aber Tim musste sich beruhigen. Maggie hatte seinen Zorn verdient, aber war ihm denn nicht bewusst, dass er Stella verlieren könnte, wenn er so weitermachte? Sie war noch so … jung.

Mit einem Mal sah Tim unendlich müde aus, und Maggie merkte, wie ihr die Tränen kamen. Er kehrte ihrer ausgestreckten Hand den Rücken und ging zum Hauseingang, wo er kurz stehen blieb. »Entschuldige«, sagte er mit belegter Stimme, dann ging er mit schweren Schritten ins Haus.

Maggie drehte sich zu Stella um, die haltlos an Kates Schulter weinte und sich wie ein kleines Mädchen an sie klammerte. Eine Woge von Zärtlichkeit überkam sie, wie bei Pearl, wenn sie weinte, und wieder schlug ihr schlechtes Gewissen zu. Behutsam strich sie Stella über den bebenden Rücken. Ihre Emotionen waren in wildem Aufruhr. Dieser Abend war eine totale Katastrophe! Wie hatte sie es nur für eine gute Idee halten können, diese Party zu veranstalten, obwohl es in letzter Zeit so große Spannungen zwischen ihnen gegeben hatte? Sie hatte sich ihre Gefühle für Michael nicht einmal richtig eingestanden, und jetzt das!

»Man kann es auch so sehen, dass Tim genau rechtzeitig zurückgekommen ist«, sagte Kate sanft.

Maggie atmete tief durch und versuchte die aufsteigende Übelkeit zu unterdrücken.

»Was ist passiert, Stella, Liebes?«, fragte sie leise. Ihre Hände zitterten.

Stella hob das Gesicht von Kates Brust, ihre Tränen hatten sich mit der Wimperntusche zu rußschwarzen Streifen vermischt, und Maggie spürte ihre Schuldgefühle wie Messerstiche im Magen. Immer noch schluchzend lief Stella zu Maggie und fiel ihr in die Arme. »Es tut mir leid … ich war so dumm …«, heulte sie schniefend. Am liebsten hätte Maggie gesagt, dass alles allein ihre Schuld war, doch stattdessen nahm sie Stella fest in den Arm und wartete, bis sie sich beruhigte – es tat gut, auf diese Art gebraucht zu werden.

Maggie spürte, wie Stella mit tiefen, gierigen Zügen atmete und um ihre Fassung rang.

»Ich … ich habe mich an ihn rangemacht.« Beschämt ließ sie den Kopf hängen, und als sie an sich hinuntersah, schien ihr zum ersten Mal aufzufallen, wie sehr ihr Top verrutscht war. Zutiefst verlegen zog sie es zurecht.

Plötzlich ging das Licht über dem Eingang aus, und sie standen nur noch im bläulichen Schein einer Straßenlaterne.

»Ist schon gut, Stella.« Maggie sah sich nach Kate und Lola um. »Vielen Dank, ihr zwei, aber … ihr könnt jetzt nach Hause gehen. Ich hab hier alles so weit unter Kontrolle.« Sie zog Stella enger an sich und streichelte ihr den Rücken.

Lola berührte Maggie leicht am Arm. »Sag Bescheid, wenn ihr ihn anzeigen wollt. Ich bin Zeugin, und ich wage mal zu behaupten, dass Kate euch mit juristischem Rat zur Seite stehen kann.«

Kate nickte. »Auf jeden Fall, Maggie. Wenn wir irgendetwas tun können – melde dich einfach.«

»Danke.« Maggie lächelte schwach. Ihr dämmerte, dass sie diese Sache mit Sicherheit nicht weiterverfolgen würden. Es war alles so ein furchtbares Chaos.

»Okay.« Kate nahm Lolas Hand und klopfte Stella sanft auf die Schulter. »Und ich rufe dich morgen an – also eigentlich heute. Nachher. Viel Glück mit Tim. Gute Nacht, Stella.«

Tim. *O Gott.*

Wieder wurde Maggie von entsetzlichen, brennenden Schuldgefühlen gepackt – was sollte sie ihrem Mann sagen? Sie hätte nicht mit Michael nach oben gehen dürfen, und sie hätte besser auf Stella aufpassen müssen ... Doch zuerst versuchte sie, sich zu beruhigen und auf das zu konzentrieren, was jetzt am wichtigsten war: Stella zu trösten.

»Ach, Maggie«, sagte Stella und drückte das Gesicht an Maggies inzwischen feuchte Schulter. »Ich habe ihn provoziert, ich wollte ihn dazu bringen, dass er mich küsst ... Ich weiß, er ist älter als Dad, aber er ist so ... er sieht so verdammt gut aus. Aber ich ... ich weiß selbst nicht ... was ich mir dabei gedacht habe.«

Maggie musste an ihren eigenen Anflug von Verrücktheit denken und nickte. »Davon geht die Welt nicht unter ... Ich verstehe dich.«

»Ehrlich?« Skeptisch sah Stella zu ihr auf, sie klang elend. »Ich will nicht so sein! Wirklich nicht. Ich will nicht so sein wie Mum.«

Maggie trat einen Schritt zurück und nahm Stellas Gesicht fest in beide Hände. *Dieses Mädchen ist so toll, und sie weiß es nicht einmal.* Die Erinnerungen an ihre eigene Teenager-Zeit kehrten zurück – die Verlegenheit, die Unsicherheit und die Sehnsucht ... oh ja, die Sehnsucht, älter zu sein, die Sehnsucht, dass es endlich so weit war ... Und diese ganze Ahnungslosigkeit, wer man war und welchen Platz man im großen Ganzen einnahm. *Es ist eine grässliche Zeit, dachte sie. Vor allem, wenn man niemanden hat, auf den man sich verlassen kann oder der einem ein Vorbild ist … ich weiß genau, wie das ist.*

»Stella, du musst nicht so werden«, sagte sie entschieden. »Nicht, wenn du es nicht willst. Du wirst deinen eigenen Weg finden, und dein Dad und ich werden dir dabei helfen, okay?«

Stella blinzelte überrascht und nickte. Maggie brachte sie nach oben in ihr Zimmer und holte ein feuchtes Kosmetiktuch aus dem Bad. Stella blieb schweigend stehen, während Maggie ihr die verschmierte Wimperntusche aus dem Gesicht wischte. Dann setzte sie sich aufs Bett, und Maggie hockte sich vor ihr auf den Boden und nahm ihre Hände.

»Darf ich dich etwas fragen, Stella?« Das Mädchen nickte. »Woher hast du die Schuhe?«

»Ich … ich …«, stammelte sie mit gesenktem Blick. »Ich habe sie mitgehen lassen. Bei Tracys Mutter. Die merkt bestimmt gar nicht, dass sie weg sind, sie hat so viel nobles Zeug.«

»Das ist keine Entschuldigung«, sagte Maggie leise, und Stella nickte schwach.

»Okay. Du kannst sie morgen zurückgeben. Also … nachher. Aber wo wir gerade dabei sind, würde ich gern noch über etwas anderes mit dir sprechen … Was ist zwischen dir und deiner Mum vorgefallen? Warum bist du zu uns gekommen?«

Stella verdrehte die Augen und holte tief Luft, plötzlich sah sie sehr alt und erschöpft aus. »Na ja, Louisa will immer mit mir rumhängen, weißt du? Sie erzählt allen, wir wären beste Freundinnen und wie Schwestern … Ich darf sie nicht mal Mum nennen. Aber ich will nicht ihre beste Freundin sein … und ich *kann* es auch nicht. Ich will das gar nicht alles hören, was sie so anstellt und mit wem sie ins Bett geht. Das ist so … eklig!« Sie verzog das Gesicht und machte eine lange Pause. Bevor sie weitersprach, holte sie wieder tief Luft, und Maggie hörte aufmerksam zu.

»Bevor ich zu dir und Dad gezogen bin, ist sie andauernd ausgegangen ... fast jeden Abend. Vor Oma und Opa musste ich so tun, als ob sie zu Hause wäre, aber sie war ständig unterwegs, sich volllaufen lassen und Kerle aufreißen ... Als ich vor ungefähr einem Jahr selbst angefangen habe auszugehen, wollte sie stattdessen plötzlich immer mit mir und meinen Freundinnen losziehen. Dabei ist sie doch zwanzig Jahre älter ... Aber ich konnte schlecht Nein sagen, weil sie so darauf bestanden hat und sonst so verletzt ausgesehen hat.«

Wieder machte Stella eine Pause. Maggie streichelte ihre Hände.

»Und eines Abends haben Kristy und ich bei diesem Konzert rumgealbert und darüber geredet, wie die ganzen Kids abfeiern. Wir haben Witze gemacht, dass wir vielleicht was besorgen wollten ... also, na ja, Drogen. Wir dachten, wir könnten ja mal was probieren, aber das war nicht ernst gemeint. Viele in unserer Schule nehmen was, da hätten wir jederzeit an was rankommen können ... Wir haben nur so rumgealbert, um cool zu klingen. Ehrlich, ich hab noch nie was anderes genommen als Gras ... Jedenfalls muss Mum das mitgekriegt haben, denn das Nächste, was ich weiß, ist, dass sie Tiff Koks anbietet und selbst 'ne Ecstasy einschmeißt. Das war so schrecklich, sie ist ganz ausgelassen und rührselig geworden und meinte, wie lieb sie uns alle hat und dass sie eigentlich gar keine Kinder haben wollte, das jetzt aber nicht mehr schlimm wäre, weil wir beide jetzt beste Freundinnen wären und meine Freunde auch ihre Freunde wären ... Und das alles vor Tiff und Kristy! Ich hab ihr gesagt, sie soll den Mund halten, aber sie war so high, dass sie einfach weitergemacht hat. Und Tiff und Kristy waren dann auch high – die zwei fanden sie so cool, aber das ist sie nicht. Am nächsten Tag habe ich ihr gesagt, ich würde Dad anrufen, aber dann bin ich einfach in den Zug gestiegen und hergekommen.«

Nach diesem Bericht war Stella außer Atem. Die Geschichte überraschte Maggie nicht – sie passte in das Bild, das sie von Louisa hatte. Sie war eine von diesen Frauen, die immer kurze Röcke und enge Sachen trugen, ohne jemals zu hinterfragen, ob es auch angebracht war. Und offenbar hatte sie schreckliche Angst vor dem Älterwerden – sie ließ sich Faltenauffüller und Botox spritzen und trainierte wie besessen. Bei ihren wenigen Begegnungen hatte Maggie stets den Eindruck gehabt, dass sich hinter ihrer oberflächlichen Ausgelassenheit eine kaum verhüllte Verzweiflung verbarg.

Und dann dachte sie an ihre eigenen Eltern und daran, wie sehr sie sich geschämt hatte, vor irgendjemandem außer Kate einzugestehen, wie schlimm sie sich immer stritten. Viele hätten womöglich nicht verstanden, warum Stella ihre Geschichte geheim halten wollte, aber Maggie schon. In diesem Alter bekam man leicht das Gefühl, man wäre irgendwie selbst für alles verantwortlich – auch wenn das völlig unlogisch war.

Trotzdem wünschte sie, Stella hätte sich ihr früher anvertraut.

Sie suchte nach den richtigen Worten für eine Antwort. »Sie ist nicht deine Freundin, Stella. Du hast recht – sie sollte sich nicht so verhalten. Es ist nicht fair, auf diese Art Druck auf dich auszuüben … Aber …«

Stellas Kopf fuhr hoch. »Aber?«

»Aber du *könntest* am Ende so werden wie sie, wenn du so

weitermachst«, sagte Maggie leise. Sie dachte an die vielen Dinge, die sie hatte besser machen wollen als ihre Mutter, und bei denen sie kläglich versagt hatte. Aber in manchem hatte sie auch Erfolg gehabt. »Ich weiß, wie das ist, das kannst du mir glauben.« Ein Schauer überlief sie, als sie an Michael dachte und daran, wie dumm sie gewesen war.

Stella sah sie aus ihren geröteten Augen misstrauisch an. »Was meinst du damit?«

»Na ja, manchmal ist es schwer, sich zu bremsen, wenn es um Männer geht. Und meine Mutter war auch nicht gerade die Tollste. Bei mir ging es nicht um Drogen, sondern … na ja, das ist ziemlich kompliziert. Was sie mit deiner Mutter gemeinsam hat, ist, dass sie mich zu sehr gebraucht hat und mir Dinge erzählt hat, die ich nicht hätte wissen müssen. Dabei war ich nur ein Teenager, der versucht hat, erwachsen zu werden. Ich hatte das Gefühl, ich müsste die Erwachsenere von uns beiden sein, und das ist nicht fair, für niemanden. Und auch nicht gesund.«

»Wirklich?«, fragte Stella. »Seht ihr euch deshalb so selten?«

»Unter anderem.« Bei dem Gedanken an ihre Mutter flammte der alte Schmerz in ihrer Brust wieder auf. Aber da war auch noch etwas anderes. Womöglich eine Ahnung davon, wie man in Schwierigkeiten geraten konnte, ohne sich dessen recht bewusst zu sein.

»Sagen wir einfach, wir tun uns gegenseitig nicht gut. Aber niemand ist perfekt, Stella. In deinem Alter habe ich eine ganze Menge Fehler gemacht. Dein Dad und ich müssen ziemlich alt und langweilig auf dich wirken … Aber wenn du jemanden suchst, mit dem du zusammen sein willst – egal ob Mann oder Frau, das liegt bei dir – solltest du dir vielleicht etwas Zeit lassen, anstatt die Dinge zu überstürzen.« Maggie machte eine

Pause, um nach den richtigen Worten zu suchen. Sie fragte sich, ob sie gerade einen Schritt zu weit ging. »Weißt du, es werden sich so viele Menschen Hals über Kopf in dich verlieben, weil du schön und intelligent bist und man riesig viel Spaß mit dir haben kann, wenn du willst … Du wirst sie um den Verstand bringen, ehrlich.«

Stella wand sich, lächelte Maggie aber schüchtern an.

»Aber du hast so viel Zeit«, fuhr Maggie fort. Vor ihrem geistigen Auge blitzte ein Bild von Michaels attraktivem Gesicht auf, das sie entschlossen beiseiteschob. »Du hast genug Zeit, für alles. Ich weiß, im Moment kommt es dir nicht so vor, aber es ist so. Vertrau mir.«

Stella schlang Maggie die Arme um den Hals. »Danke«, flüsterte sie und drückte Maggie, die sich vor Liebe und Erleichterung ganz schwach fühlte. Ob sie sich ihren Anteil an den Katastrophen dieses Abends würde verzeihen können, wusste sie noch nicht, aber vielleicht hatte das Ganze ja auch sein Gutes: eine neue Basis zwischen ihr und Stella. Und zwischen ihr und Tim, sobald sie Gelegenheit haben würde, alles mit ihm zu klären.

Einige Minuten blieben Maggie und Stella in ihrer Umarmung sitzen und wiegten sich sanft hin und her, dann lösten sie sich schließlich voneinander und lächelten sich schüchtern an.

In diesem Moment hörte Maggie Rufe aus dem Flur.

»Maggie? Maggie? Wo bist du?«, rief Tim aus dem Flur. Er klang aufgeregt.

»Hier oben«, rief sie zurück. »Bei Stella.« Die beiden sahen einander an, ein Lächeln umspielte ihre Mundwinkel, und wieder spürte Maggie diese Wärme und wünschte, sie könnte wirklich Stellas Mutter sein. Vielleicht konnten sie ja noch einmal von vorn anfangen.

»Es ist die Polizei«, rief Tim. »Sie rufen aus dem Auktionshaus an … Es wurde ausgeraubt.«

ZWEIUNDZWANZIGSTES KAPITEL

Lily: Interviewabschriften der BBC-Dokumentation »Gespräche mit Holocaust-Überlebenden«, ausgestrahlt 1974 (die Kommentare wurden für die Endfassung entfernt.)

Ich habe sie alle verloren – Mutter, Vater, Brüder, Kind. Mann.

Verloren. Das klingt, als hätte ich sie irgendwie verlegt, nicht wahr? Als hätte ich sie achtlos irgendwo liegen gelassen wie eine Schlange ihre Haut. In Wahrheit wurden sie mir geraubt, und mit ihnen wurde mir noch etwas anderes geraubt: ich selbst. Denn ich bin nur noch Staub, Wind, Luft … Die Lücke, die zurückbleibt.

Nur noch Asche von etwas, das im Feuer ausgelöscht wurde, auch wenn ich mich jetzt mit kostbaren Dingen umgebe.

Samstag ist Standtag. Ich verlasse unsere winzige Sozialwohnung und schiebe die Bündel mit Fundstücken zu meinem Platz an der Portobello Road, gleich neben der Brücke. Mein Einkaufswagen ist eine feine Sache, eine praktische Transportmöglichkeit für eine alte Frau wie mich. Selbst mit dem gebrochenen Rad, das wie ein eingeklemmtes Tier kreischt. Aber das macht nichts, der Markt ist nicht weit weg. Die Woche über habe ich alles aufgestöbert, was sich verkaufen oder eintauschen lässt. Ich bin gut im Handeln. Schon immer konnte ich unentschlossene Seelen mit meinen glänzenden schwarzen Augen verführen, das liegt mir im Blut – Roma, Anatolier, Iberer … von allem etwas. Ich beschwatze sie und erzähle ihnen eine Geschichte. Jedem erzähle ich Geschichten.

Heute habe ich hervorragende Schuhe; genau wie ich haben sie schon bessere Zeiten gesehen, aber es steckt immer noch Leben in ihnen. Porzellan, das nicht zusammenpasst, ein paar Glasschalen für Gebäck oder Süßigkeiten. Sehr hübsch. Gehäkelte Bettüberwürfe und Zigarrenkisten. Eine handbemalte Phiole und eine silberne Schnupftabakdose mit Gravur. *Kaufen Sie, Schätzchen, das ist ein ganz besonderes Stück, wer weiß, was es schon erlebt hat,* sage ich dann. Marineblaue Schals oder eine eselsohrige englische Übersetzung von *Madame Bovary*. Hundeleinen und Federhüte und ausgefallene Stoffreste. *Günstig, Sonderpreis, nur ein paar Pfund, extra für dich. Nur heute.*

Außerdem habe ich dieses eine Schmuckstück bei mir, das ich jetzt eine ganze Weile aufbewahrt habe, vielleicht zu lange. Man sieht noch, dass es einmal sehr hübsch war, dieses alte, perlenbesetzte Ding. Ich habe es behalten, weil es mich an den Tag meiner Hochzeit erinnert. Es sieht aus wie der Kopfschmuck, den ich damals trug und später, als rehäugige Frischvermählte, auf ein Stirnband aus Polarfuchspelz genäht habe. Deshalb habe ich beschlossen, mich davon zu trennen. Ich mag es nicht. Es macht mich nervös. Und ich mochte den Mann nicht, von dem ich es bekommen habe. Er hatte so etwas Kaltes an sich. Und feuchtkalte Hände. Ich habe genug Erinnerungen in meinem Kopf – da brauche ich nicht noch mehr, die mich in meiner Wohnung belagern. Nutzlose Erinnerungen, die ich mit mir herumschleppe wie altes Gerümpel.

Nur noch eine Straße, gleich sind wir an meinem Stand.

Mein Bruder Uli hat womöglich auch gerade verkauft, als sie ihn holen kamen. Er mochte die Kreuzung zwischen zwei großen Straßen. Das ältere Paar vom Fischstand munkelte, man hätte ihn dort festgenommen. Wahrscheinlich hat er seine Schwarzmarktware angeboten. Sie standen zitternd in der Ecke, während ihr Sohn es mir sagte, aber der war schon immer ein bisschen komisch im Kopf, und ich wusste nicht, ob ich ihm glauben sollte.

Wenigstens weiß ich, was aus meinen Eltern und meinen drei anderen Brüdern geworden ist. Sie haben in der Fabrik gearbeitet. »Ihre Papiere!«, hieß es, und als sie keine vorzeigen konnten, wurden sie zum Bahnhof geschafft. Der Fabrikbesitzer wurde wegen ›fragwürdiger Sympathien‹ ebenfalls abgeholt. Allerdings hätte ich den Dreckschweinen sagen können, dass er aus rein wirtschaftlichen Interessen gehandelt hatte. Wir waren nämlich billig.

Mann und Kind? Das ist schwerer zu erzählen. Radovan war Soldat. Als sie mich holten, war er schon zwei lange Jahre fort. Damals war mir nichts weiter von ihm geblieben als ein vergilbtes Foto am Strand. Radovan war so groß und stark, und unser kleines Mädchen … mit ihren achteinhalb Monaten hatte sie reichlich Babyspeck, flaumige Haare und strahlend blaue Augen in ihrem runden, pausbäckigen Gesicht. Sie liebte das kleine Spielzeug, das Uli für sie gemacht hatte, eine Ballerina aus Holz und Gummibändern, und kicherte, wenn sie in sich zusammenfiel. Sie war einfach zum Anbeißen süß. Mein liebes kleines Mädchen.

Man nannte uns Unberührbare. *Adsincani.* Aber warum? Radovan hat dafür gesorgt, dass wir achtbare Bürger wurden. Ich war Krankenschwester, unser Kind hatte Papiere, aber am Ende hat uns nichts davon geholfen. Meine Tochter, mein Herz, sie ist nur vier Jahre alt geworden.

Hallo Schätzchen, gefällt dir dieser Bilderrahmen? Blattgold. Das ist das beste Angebot, das ich dir machen kann. So gut wie geschenkt. Ja, denk ruhig drüber nach. Ich bin hier.

Ich hatte Abkommen mit vielen Leuten. Nicht abgeholte Fundstücke aus der Universität, die Tüte für siebzig Pence. Und die Leute verkaufen mir alles Mögliche. Es ist erstaunlich, was alles hier landet, was an meinem Stand gespült wird. Ich verkaufe meine Waren auch in den U-Bahn-Stationen, bis ich von der Polizei vertrieben werde. Meistens sind sie freundlich. Die meisten wollen keinen Ärger. Aber einer hat mich mit seinem Knüppel geschlagen, das hat mir eine hübsche Beule eingebracht. Sehen Sie? Man spürt es noch … Fühlen Sie mal. So vielen Menschen ist nicht bewusst, was für Schätze sie da weggeben. Kaschmirjacken, ledergebundene Tagebücher, teure Schirme mit Griffen aus Elfenbein und Schildpatt. Mir ist unbegreiflich, wie man solche Schätze verlieren kann. Vielleicht sind die Menschen heutzutage zu sehr mit dem Vergessen beschäftigt.

Ich weiß, mein Akzent ist schwer zu verstehen. Hart, sagt man, und kehlig. Aber ich spreche sechs Sprachen – und Sie?

Wie ich überlebt habe? Diese Frage stelle ich mir selbst jeden Tag. Wir siechten in Sajmište dahin, arbeiteten halb tot und bis auf die Knochen abgemagert. Ich weiß, es ist schwer zu glauben, aber ich war früher einmal schön. Lassen Sie sich nicht von dem Fett und den fehlenden Zähnen täuschen. Diese Kleiderschichten können mich nicht wärmen – die Kälte sitzt in den Knochen – die Schals und Röcke und das Tuch auf meinem

Kopf sollen die Spuren der Zeit verdecken. Und die tätowierten Zahlen auf meinem Arm.

Damals hatte ich glänzend schwarze Haare. Aber nachdem wir geschoren wurden, blieben nur ein paar kurze Locken im Nacken. Einer der Wachen fand Gefallen an mir. Er forderte Liebesdienste, und im Gegenzug bekam ich, nun ja, gewisse Gefälligkeiten. Hier ein zusätzliches Stück hartes Brot, dort eine Extraportion wässrigen Haferschleim. Die Hurerei war vergleichsweise leicht.

Die Erinnerung habe ich ausgeblendet. Sie ist einfach weg. In einem Augenblick liegt meine Tochter noch wimmernd in meinen Armen, schwach und teilnahmslos vor Hunger und der entsetzlichen, schneidenden Kälte. Wir waren im Zug, rangierten auf den Gleisen, hielten immer wieder an. Wir waren zwei, vielleicht drei Tage unterwegs, aber ich bin nicht sicher, ob ich die Zeit richtig einschätzen konnte, wir waren so schmutzig und hatten Fieber. Im nächsten Moment wurde ich »abgefertigt«, und mein Kind war nicht mehr da. Einfach weg. Ich hielt nur noch die Holzballerina in der Hand, die sie irgendwie übersehen hatten. Und dann, nachdem sie mich ausgezogen und entlaust hatten, war ich nackt und wund und allein. Überall an den Armen hatte ich Kratzer und blaue Flecke, von denen ich nicht wusste, woher sie stammten. Als ich es bemerkte, fiel ich zu Boden. Wie habe ich geschrien und um mich getreten. Aber das große Dreckstück mit den gelben Zöpfen hat mir eine Lektion erteilt.

Ich hatte nur zwei Möglichkeiten: aufgeben oder überleben. Ich habe mich für Letzteres entschieden. Oder vielleicht hat sich das Leben für mich entschieden. Das ist so bei uns, dem fahrenden Volk. Generationen der Ausrottung, ausgestoßen aus der Gesellschaft, und trotzdem gibt es uns immer noch. Wir leben. Wir gedeihen.

Ein schönes Stück haben Sie da, meine Liebe. Wunderbar, um Schmuck oder Kleinigkeiten aufzubewahren. Es stammt von einer Baroness … Ob ich scherze? Vielleicht. Wenn Sie beide nehmen, gehe ich etwas im Preis runter.

Britische Soldaten haben uns aus dem Lager befreit, deshalb bin ich hierhergekommen. Und sie haben mir geholfen, mir ein Leben aufzubauen … oder so etwas Ähnliches.

»Frauen mit Kindern hier rüber.« Der stramme junge Kerl hatte Mitleid mit mir und brachte mich persönlich zum Leicester Square.

Als in den Kinos der Film über die befreiten Lager anlief, war ich von den Zahlen schockiert. Vom schieren Ausmaß der ganzen Sache. Bis dahin war uns das nicht bewusst gewesen. Ja, man hatte es uns gesagt, aber wie sollte man so etwas begreifen? Die Kamera schwenkte über Tausende und Abertausende von Kindern, bis alles vor meinen Augen verschwamm. So viele Waisen. Endlose Filmrollen voller ausgezehrter, schwarzweißer Findelkinder mit Augen so groß wie Untertassen. Aber ich suchte auf diesem ganzen Jahrmarkt der Grausamkeit nur ein einziges Gesicht. Die kleine Hand, die sich an meine Finger geklammert hatte. Ich konnte sie immer noch spüren … Hoffnung kann so verführerisch sein.

Es schien eine Ewigkeit zu dauern, bis die Lichter im Kinosaal wieder angingen. Ich hatte schon fast aufgegeben und wollte gerade gehen. Neben mir schluchzte eine Frau haltlos. Atme, sagte ich mir, aber der Film lief weiter. Ich war sicher, dass es vorbei war, aber dann kamen noch neun weitere, dann sechs, dann drei. Und plötzlich war sie da. Meine Tochter. Die blauen Augen im eingefallenen Gesicht. Kahl rasiert … Es schien undenkbar. Einen Augenblick lang fragte ich mich: Konnte sie überlebt haben? Mein Herz setzte einen Schlag aus. »Mein Kind!«, schrie ich und zeigte auf die Leinwand. »Ganz sicher!« Die schluchzende Frau neben mir verzog das Gesicht, verzweifelter Neid fraß sich in ihre Züge. Aber ich war mir sicher. In drei Jahren verändern sich Kinder stark, besonders im Alter von vier bis sieben. Aber dieses Mädchen, das musste meine Tochter sein.

Es ist Zeit zu gehen. Meine Zeit ist abgelaufen, und meine Geschichten sind erzählt. Irgendwie fühle ich mich erleichtert.

Die Menschen, die man bei meiner Arbeit trifft … heute war diese junge Frau da. Sie hat mich überrascht. Danke für Ihre Hilfe. Ich dachte eigentlich, ich hätte meine Gefühle so tief in mir vergraben, dass nie wieder etwas an sie rühren könnte. Aber etwas an den Augen dieses Mädchens brachte mich auf den Gedanken … Ach, ich habe mich zum Narren gemacht. Schon wieder Tränen. Aber ich bin nun mal eine alte Närrin. Und wozu brauche ich noch eine Tochter, wo ich einen Sohn habe?

Wenn ich in meine Wohnung zurückkomme, habe ich kalte Hände und Füße, und mir tut der Rücken weh. »Oskar, mein Schatz, bist du da?«, rufe ich dann, und immer steht das Essen für mich auf dem Tisch. Er weiß, dass ich Hunger habe, wenn ich nach Hause komme. Er ist ein guter Junge.

Aus seinem Zimmer hört man keinen Laut, aber das muss nichts heißen. Mein Junge ist so verschlossen. Sechsunddreißig, aber noch nicht verheiratet. Er ist ruhig und zurückhaltend. Redet nicht gern. Er lässt sich die Haare wachsen, bis sie ihm auf den Kragen fallen, wie es die Männer heutzutage machen.

Darin ist er eitel. Mir macht das nicht viel aus. Warum sollte ich mich an so etwas stören? Er macht nie Ärger, aber natürlich sorge ich mich trotzdem um ihn. Mein lieber Junge hat einen schmerzvollen Ausdruck in den Augen – das Vermächtnis unserer gemeinsamen Trauer.

Diese tief liegenden Augen, die, um ehrlich zu sein, eher hellgrau als blau sind. Wie Kieselsteine. Wie Nebel. Es sind nicht meine Augen und auch nicht Radovans, so sehr ich sie mir auch am Leicester Square gewünscht hätte. Aber ich sage mir, *manches, was man sieht, kann man nicht mehr ungesehen machen.* Jetzt kümmere ich mich um ihn, und er kümmert sich um mich. Zwei gebrochene Menschen, die sich aufeinanderstützen. Ein bisschen Liebe, ein bisschen Fürsorge.

Und das reicht doch, oder nicht? Um eine Familie zu sein?

DREIUNDZWANZIGSTES KAPITEL

Der alte Daimler schnurrte über die Autobahn, vorbei an saftig grünen Hecken und sonnengelb flimmernden Rapsfeldern. Als sie die Abfahrt nach Bibury sah, setzte Maggie den Blinker und ging vom Gas. Sie hatte den Wagen schon seit einigen Wochen, aber noch immer war es nicht selbstverständlich – selbst etwas so Alltägliches wie das tiefe, satte Ticken des Blinkers zauberte ihr ein Lächeln aufs Gesicht. Zufrieden strich sie über das mit Kamelleder bezogene Lenkrad und seufzte leise.

Der gebrauchte Daimler war nicht ganz der alte Jaguar, von dem sie so lange geträumt hatte, aber er war trotzdem perfekt. Tim hatte ihr die klimpernden Schlüssel mit einem schiefen Lächeln zu ihrem zehnten Hochzeitstag geschenkt. »Das glücklichste Jahr meines Lebens«, hatte er gesagt, und Maggie hatte die Schlüssel mit wild klopfendem Herzen entgegengenommen. Das völlig unerwartete, wundervolle Geschenk machte sie sprachlos.

»Tim, wie um alles in der Welt …«, fragte sie ungläubig. Er schloss sie fest in die Arme und flüsterte ihr ins Ohr: »Jahresbonus. Wir hatten ein gutes Jahr. Und weil er schon etwas älter ist, war er nicht allzu teuer – aber du magst doch Antiquitäten, nicht?« Woraufhin Maggie gelacht und ihn geküsst hatte.

»Ob sie da auch Ställe haben?«, fragte Stella von der breiten Rückbank des Daimlers. »Und Pferde?« Sie versuchte ihre Coolness aufrechtzuhalten, aber Maggie sah ihr an, dass sie sich sehr auf den Hof freute. Neben ihr lag Pearl auf den Ledersitzen, eingekuschelt in ein Nest aus Decken im Schottenkaromuster – heute Morgen war es noch recht frisch gewesen, als Maggie die beiden in den hübschen alten Wagen gesetzt hatte. Unterwegs hatten die Mädchen die Schilder zum Sudley Castle entdeckt und unbedingt für einen Spaziergang anhalten wollen, und Maggie hatte sich gedacht: *Warum eigentlich nicht?* Sie hatte Kate angerufen, um ihr zu sagen, dass sie erst nach dem Mittagessen ankommen würden. Das war das Schöne daran, für eine Weile in Teilzeit zu arbeiten: Sie konnte spontaner sein. Und das war nicht der einzige Vorteil. An den Tempowechsel hatte Maggie sich immer noch nicht ganz gewöhnt, aber inzwischen konnte sie die Tage zu Hause mehr und mehr genießen. Auch den beiden Mädchen schien es zu gefallen, sie jetzt öfter um sich zu haben.

»Ich glaube nicht, dass sie Pferde halten«, sagte Maggie auf Stellas Frage. »Kate sagt, der Hof ist nicht sehr groß. Aber wahrscheinlich haben sie Hühner.«

»Hühner!« Pearl richtete sich auf. »Wo?«

»Nicht hier, Dummerchen«, sagte Stella und zauste Pearl sanft den Kopf. »Auf dem Hof. Heißt das, es gibt für uns keinen Platz zum Übernachten?«

»Ich meinte, dass das Grundstück nicht besonders groß ist. Die Landwirtschaft betreiben sie nur als Hobby. Das Haus ist bestimmt groß genug. Jean wird auf jeden Fall genug Platz für uns schaffen, sie hat ein Händchen dafür, dass man sich willkommen fühlt.«

»Warum hat sie uns eigentlich eingeladen?«, fragte Stella.

»Kates Mutter – und ihr Vater Don – waren für mich eine Art Ersatzfamilie, als ich jünger war …« Maggie brach ab.

»Wieso Ersatzfamilie?«

Maggie fing Stellas Blick im Rückspiegel auf und schüttelte leicht den Kopf. Stellas Augen weiteten sich ein wenig, dann verstand sie und sah kurz in Pearls Richtung. Maggie entspannte sich ein wenig; es war einfach noch zu früh, um solche Dinge zu erklären – es war alles so kompliziert. Wenn Pearl so weit wäre, dass sie von sich aus Fragen stellte, würde Maggie ihr ehrlich alle Fragen beantworten. Dazu war sie fest entschlossen.

»Ich hoffe, dass wir Kates Familie von jetzt an öfter sehen«, sagte Maggie zu den beiden Mädchen. Ihr Herz setzte einen Schlag aus, als sie nervös nach dem goldenen Medaillon griff, das wie üblich unter ihrer Bluse hing. Stella lächelte sie im Rückspiegel an, und Maggie freute sich, sie so zu sehen. Ihre Augen blitzten, und endlich sah sie mal wie ein normaler Teenager aus, nicht wie eine junge Frau Anfang zwanzig, die verzweifelt versucht, erwachsen zu sein. Sie trug kein Make-up, und ihre früher bunt gefärbten Haare hatten inzwischen einen natürlicheren, schmeichelhafteren Ton angenommen, was ihr gut stand. Maggie staunte darüber, was für eine Entwicklung Stella gemacht hatte, seit sie vor einem Jahr unglücklich und wütend bei ihnen eingezogen war.

Maggie dachte an ihren letzten Ausflug aufs Land, den sie vor gar nicht langer Zeit mit Tim und den Mädchen unternommen hatte. Das war kurz nach seinem katastrophalen vierzigsten Geburtstag gewesen, der als schlimmster Abend aller Zeiten in die Familienchronik der Walsh-Masons eingehen würde.

Als Maggie und Tim eines Abends, nachdem die Mädchen eingeschlafen waren, im Bett saßen und endlich über die ganze Sache sprachen, kam es ihnen vor, als hätten sie zum ersten Mal seit Monaten die Gelegenheit, sich richtig zu unterhalten.

»Ich hatte ein komisches Gefühl wegen diesem Kerl, Maggie. Aber es war nicht nur Stella, die etwas an ihm gefunden hat – oder liege ich da falsch?«

»Nein«, flüsterte Maggie voller Scham. »Tust du nicht.«

Der Schmerz, den sie daraufhin auf Tims Gesicht sah, brach ihr das Herz.

»Aber es ist nichts passiert«, sagte sie und strich ihm über die stoppelige Wange. Tränen liefen ihr übers Gesicht. »Das schwöre ich dir. Ich habe daran gedacht, aber … ich muss wirklich den Verstand verloren haben.«

Tim saß ruhig da, hörte ihr zu und nahm einen Teil der Verantwortung auf sich. »Ich habe in letzter Zeit einigen Dingen zu wenig Aufmerksamkeit gewidmet – auch dir. Bei der Arbeit war abartig viel los, und ich hatte das Gefühl, dass … du mich nicht mehr so attraktiv findest. Ich weiß, ich habe einiges an Gewicht zugelegt, ich kann dir keinen Vorwurf machen …«

»Nein, um Gottes willen, nein – ich kann nicht glauben, dass du das denkst!«, warf Maggie erschüttert ein. »Das ist mir doch egal. Ehrlich, Tim, ich finde dich immer noch umwerfend. Ich habe wohl irgendwie … für kurze Zeit vergessen, was für ein tolles Team wir sind. Ich war es, die dir nicht genug Aufmerksamkeit geschenkt hat, und ich habe mich nicht einmal für die ganze Arbeit bedankt, die du dir mit den Mädchen gemacht hast, wenn ich nicht da war … dieses Jahr war ich auf der ganzen Linie nachlässig – ich habe das Gefühl, in einfach allem versagt zu haben.«

»Nicht in allem.« Er lächelte, und Maggie wusste, dass er ihr verziehen hatte. Als er ihr mit einem Finger den Slip herunterzog, rollte sie sich auf ihn und war so dankbar für ihr Leben, wie sie es nie für menschenmöglich gehalten hätte.

Anschließend, während Tim schlief, schlich sie sich aus dem Bett und nach unten, um sich ein Glas Wasser zu holen. Als sie am Wasserhahn stand, fiel ihr Blick auf das Diadem, das sie beim Aufräumen kurz auf der Arbeitsplatte abgelegt und dann liegen gelassen hatte, und sie nahm es in die Hand. Es war immer noch wunderschön. Verführerisch glitzernd weckte es in Maggie die Frage …

Vielleicht war ihr Urteilsvermögen von dem Erlebnis mit Francesca getrübt, aber das Schmuckstück kam ihr schwer vor. Schwerer, als sie es in Erinnerung hatte. Es erschien ihr nicht richtig, es noch einmal zu tragen. Vielleicht hatte Ulrika recht, und es brachte wirklich Unglück. Deshalb hatte Maggie es nach oben gebracht und in ihrer Wäscheschublade versteckt.

»Hier muss es sein«, sagte sie jetzt, als sie den Blinker setzte und an einem Briefkasten aus Holz von der Straße abbog. Knirschend rollte der Daimler über die kurze, gekieste Auffahrt, und wenige Augenblicke später hielt Maggie vor einem lang gestreckten, von Spalieren umgebenen Cottage. Trotz erster Spuren des Verfalls hatte das Haus etwas Erhabenes an sich. Maggie ließ den Blick über den von wildem Efeu überwucherten Backstein und das Dach mit seinen grauen Schindeln schweifen und lächelte vor Wiedersehensfreude. Jean und Don hatten die Schönheit alter Dinge schon immer zu schätzen gewusst. Das Haus war perfekt, so wie es war. Bei dem Gedanken, dass Don nicht mehr da war, stockte ihr der Atem. Er war früher ein so wichtiger Mensch für sie gewesen – und dennoch der Auslöser für so viel Kummer …

Die Vorstellung, Jean nach all den Jahren wiederzusehen, schnürte Maggie den Magen zu. Sie kämpfte gleichermaßen gegen freudige Erwartung und Nervosität an. Nachdem ihre

Gedanken auf der Fahrt über die kurvigen Straßen etwas zur Ruhe gekommen waren, türmten sich jetzt die Fragen in ihrem Kopf. Sie öffnete die schwere Wagentür, stieg langsam aus und spürte die angenehm warme Luft auf der Haut.

Auf den Wiesen entdeckte Maggie Alpakas, die Jean wohl wegen der Wolle züchtete. Plötzlich wurde ihr mit großer Klarheit etwas bewusst, das ihr bisher noch nie in den Sinn gekommen war: Jean hatte sie es zu verdanken, dass sie den haptischen Freuden von Stoffen und Textilien überhaupt erst verfallen war. Jean und Don waren schon immer Bohemiens gewesen, dachte sie bei sich, schon lange bevor es in Mode gekommen war. Bei ihnen hatte sie nicht nur Stricken und Batiken gelernt, sondern auch zum ersten Mal Dinge wie Croissants und Avocados probiert und ihr erstes Glas echten Champagner getrunken. Sie hatten nie viel Geld gehabt, es aber immer für die richtigen Dinge ausgegeben. Zusammen mit dieser Erinnerung kam die Erkenntnis zurück, wie wichtig die beiden immer für sie gewesen waren. Tränen brannten in ihren Augen.

Und genau deshalb darf ich nicht kneifen … sondern muss zu Ende bringen, wofür ich hergekommen bin, dachte sie und nahm ihre Kraft zusammen.

Das Seitentor wurde quietschend geöffnet, und Kate kam heraus. »Ihr habt es geschafft!« Winkend kam sie in dreckverkrusteten Gummistiefeln auf sie zu, in der Hand einen Eimer mit klein geschnittenem Gemüse. Sie begrüßte Maggie mit einem Kuss. »Seht mich nur an, ich bin ein richtiges Landei. Wie war die Fahrt? Hi, Stella, gut siehst du aus, und Ihnen einen guten Tag, Miss Pearl. Ihr seid genau pünktlich – ihr könnt mir helfen, die Ladys zu füttern.« Sie führte sie zu dem kleinen

Hühnerstall hinter dem Haupthaus. Als sie näher kamen, wurde das Gackern immer lauter, und die Hühner pickten erwartungsvoll auf den Boden.

»Ihr kommt gerade rechtzeitig«, rief Lola, die aus der Eingangstür trat. »Jean ist in der Küche und bereitet das Abendessen vor. Hoffentlich habt ihr Hunger mitgebracht!« Sie gab Maggie einen flüchtigen Kuss und bückte sich dann, um mit Pearl die Nasen aneinanderzureiben. »Howgh, tapfere Squaw.« Sie hielt Stella auf Armeslänge von sich, um sie dann zu umarmen. »Sieh an, junge Dame, Sie sehen entzückend aus.« Stella strahlte vor Freude, und Maggie musste einmal mehr daran denken, was für ein Glück es war, dass sie den Kontakt zu Kate wiederaufgenommen hatte.

Ihr Herz füllte sich mit Freude. Wie viel sich doch in letzter Zeit verändert hatte – bei ihnen allen. Es war ein erstaunlicher Anblick.

Nach der Party hatte Tim – immer noch aufgebracht – zunächst darauf bestanden, Stella nach Hause in den Norden zu schicken, zu Louisa und den wachsamen Augen ihrer Großeltern. Aber weil Maggie inzwischen den wahren Grund kannte, warum Stella von dort weggegangen war, war sie überzeugt, dass das die schlechteste aller möglichen Lösungen war.

»Ich weiß, der Typ ist ein Widerling«, hatte Tim gesagt, »aber ich weiß auch, dass es nicht allein seine Schuld war. Ich habe einfach keine Ahnung, wie das mit Stella funktionieren soll … Es ist doch schrecklich, was sie uns zumutet. Und sich selbst auch.« Maggie hatte die Enttäuschung und Frustration auf seinen angespannten Zügen gesehen. »Ich glaube nicht, dass wir bei ihr etwas ausrichten können – sie lässt es einfach nicht zu. Sie ist völlig unkontrollierbar.«

Maggie wurde schmerzlich bewusst, wie sehr ihn die Erkenntnis erschüttert hatte, dass Stella schon fast eine Frau war – und viel schneller erwachsen geworden war, als ihm lieb war.

Maggie schloss die Schlafzimmertür und entschied sich, Tim nichts von Louisa zu sagen – noch nicht. Für heute Abend war alles schon kompliziert genug.

»Da bin ich anderer Ansicht«, sagte sie entschieden. »Bei uns ist sie besser aufgehoben. Ich möchte, dass sie bleibt.«

Überrascht fuhr Tim herum. »Wirklich? Ich dachte, du hast sie immer so schwierig gefunden …?«

»Ich weiß. Das war sie auch. Und wenn du den gleichen Vorschlag vor ein paar Monaten gemacht hättest, hätte ich dir wahrscheinlich zugestimmt. Aber die Dinge haben sich geändert. Geben wir ihr noch eine Chance.«

Trotz allem, dachte Maggie, würden sie und Tim lernen müssen, ein junges Mädchen mit dem Bedürfnis nach Stabilität und Sicherheit besser zu beschützen. Mutter ging vor Stiefmutter, so viel war sicher (wie würde sie sich fühlen, wenn Pearl bei jemand anderem aufwachsen würde? Es würde sie glatt umbringen), aber sie und Tim würden immer mit offenen Armen und offenen Herzen für die Mädchen da sein, wenn sie in Schwierigkeiten steckten oder sie brauchten. Genauso, wie Jean und Don immer für Maggie dagewesen waren.

Und Maggie hatte recht behalten. In den Monaten seit der Party hatte Stella die Kurve gekriegt und sich wieder von dem Abgrund wegbewegt, auf den sie so entschlossen zugesteuert hatte. Es war faszinierend, ihre Verwandlung mitanzusehen. Seit sie sich der Schule mit neuer Konzentration widmete, wurden ihre Noten besser, sie schlich sich nicht mehr heimlich aus dem Haus und schwänzte nicht mehr, außerdem hatte sie in dem Tanzstudio, in dem sie Hip-Hop-Stunden nahm, einen neuen Freundeskreis gefunden. Maggie sah mit Begeisterung, was für eine mutige, grazile Kehrtwendung die langbeinige Stella machte.

Für Rachel war es leider nicht so gut ausgegangen. Wenige Tage nach Tims vierzigstem Geburtstag gaben John und sie ihre Trennung bekannt. Auf Maggies Frage, ob der andere Mann noch auf der Bildfläche wäre, hatte Rachel nur den Kopf geschüttelt und traurig gelächelt.

»Ach Gott, nein, das ist vorbei«, sagte sie. »Als ich ihm erzählt habe, was passiert ist, hat er 'nen Rückzieher gemacht. Wahrscheinlich hatte er nie gewollt, dass aus uns was Ernstes wird.«

Allerdings schien es ihrer Freundin – den Umständen entsprechend – gut zu gehen, viel besser, als Maggie gedacht hätte. Trotz der Märchenhochzeit der beiden hatte sie immer das Gefühl gehabt, dass Rachel und John nicht ganz die Richtigen füreinander waren, und Rachel schien als Single besser dran zu sein.

Jetzt nahm Maggie die Reisetaschen aus dem geräumigen Kofferraum des Daimlers, um sie ins Haus zu bringen. Über das wilde Gackern und Pearls Quietschen hinweg rief sie: »Ich gehe nur schnell rein, um Hallo zu sagen.« Ihre Stimme zitterte ein wenig. Sie wappnete sich innerlich, nahm ihre ganze Kraft zusammen und berührte das Medaillon unter ihrer Bluse, um Mut zu schöpfen, als wäre es eine kostbare Reliquie.

Nach dem grellen Sonnenlicht war sie in der dunklen Kühle des Bauernhauses zunächst geblendet. Doch als sich ihre Augen umgewöhnt hatten, sah Maggie die Treppe, die sich direkt vor ihr erhob, und die Türen zu beiden Seiten, von denen die rechte in ein kleines Wohnzimmer führte. Plötzlich fühlte sich alles vertraut an – Maggie betrachtete die Wand neben der Treppe und sah die vielen Familienfotos in unterschiedlichsten Größen und Rahmen.

Da waren Kate und ihr kleiner Bruder David, die an einem Campingtisch saßen und breit in die Kamera grinsten. Ein anderes zeigte Jean, Don und Kate vor ihrem alten Haus in Basingstoke. Auf einem nahm Kate gerade irgendeinen Preis entgegen, auf einem anderen schnitten sie und Lola der Kamera Grimassen. Ein kleiner Schreck durchfuhr sie, als sie ganz oben sogar ein Bild von sich selbst entdeckte. Dann breitete sich Wärme in ihr aus, und sie stieg die Treppen hinauf, um es sich aus der Nähe anzusehen.

Dürr und sommersprossig, in Taillenjeans und Streifentop blinzelte eine siebzehnjährige Maggie in die Kamera, die Lippen zu einem ernsten Strich zusammengepresst. Das war kurz bevor sie aufs College gegangen war. An diesen Nachmittag erinnerte Maggie sich noch so gut, als wäre es gestern gewesen. Ein Streit mit ihrer Mutter war in ein Wettbrüllen ausgeartet, und Maggie war tränenüberströmt aus dem Haus gerannt und hatte eine Stunde an der Bushaltestelle gewartet, um sich verzweifelt zu Kate zu flüchten. Doch als sie dort ankam, war Kate nicht da – sie hatte vergessen, dass David und sie zu ihrer Tante in die Costwolds gefahren waren. Don bat Maggie trotzdem herein und nahm sie mit in den Garten, wo Kates Eltern mit Freunden eine Grillparty feierten, um die letzte Sommerwärme zu genießen.

An diesem Nachmittag saß sie mit lauter Erwachsenen am Tisch, die mit ihr sprachen wie mit einem richtigen Menschen mit richtigen Gedanken und eigenen Empfindungen. Sie gaben ihr das Gefühl, wirklich etwas zu sagen zu haben. Bei Maggies Eltern hingegen gab es nur Plattitüden und lastende Stille, gefolgt von hitzigen Ausbrüchen. Maggie und Kate wohnten in derselben Stadt, aber manchmal kam es ihr vor, als würden sie auf verschiedenen Planeten leben. Und aus diesem Grund hatte sie sich an diesem Abend so furchtbar lächerlich gemacht.

Maggie erinnerte sich daran, wie Don nach ihr gesucht und sie weinend in einem Zimmer im ersten Stock gefunden hatte. Wie er sich zu ihr gebeugt hatte, um sie in den Arm zu nehmen, aber für einen kurzen Moment hatte sie geglaubt, er würde mehr wollen. Völlig verwirrt hatte sie ihm ihre Lippen hingehalten. Don war erstarrt, plötzlich sehr verlegen geworden und hatte sich aus dem Zimmer zurückgezogen … Was war sie nur für eine dumme Kuh! Er hatte ihr nur helfen wollen, aber irgendetwas in Maggie war völlig aus dem Lot geraten und hatte ihre Gefühle für Kates Eltern mit jenem Abend auf dem Sofa vermischt, als ihr Vater auf ihrem Schoß das Bewusstsein verloren hatte.

Maggie ging wieder nach unten und versuchte, die schreckliche, beschämende Erinnerung aus ihrem Kopf zu verbannen. Der Geruch von Öl, Knoblauch und Thymian zog durch die Luft und vermischte sich auf köstliche Weise mit etwas, das im Ofen brutzelte. Vor Hunger und Nervosität zog sich Maggies Magen zusammen, als sie dem Duft zur Küche folgte und zögerlich im Türrahmen stehen blieb.

Vor einem hellgelben Aga-Herd an der anderen Seite des Raums stand eine untersetzte Frau in einer derben braunen Strickjacke, die etwas Zähflüssiges in einem Topf rührte – Karamell, dachte Maggie, als sie den unverwechselbaren Geruch von gebranntem Zucker roch. Plötzlich bekam sie weiche Knie.

Sie ließ die Taschen zu Boden fallen und tastete nach dem Medaillon unter ihrer dünnen Bluse.

»Jean?« Ihre Stimme klang fast wie ein Quieken.

Die Frau drehte sich um. Ihre Haare waren kurz geschnitten und ihr Gesicht war faltiger, als Maggie erwartet hatte, aber es war immer noch Jean, eindeutig und unverwechselbar. Wärme und Freude hellten die braunen Augen der Frau auf.

Maggie lächelte nervös.

»Maggie, Liebes!«, rief Jean aus, drehte das Gas ab und warf ihren Topflappen achtlos beiseite. Sie kam auf Maggie zu und zog sie in eine kräftige, herzliche Umarmung.

»Lass dich ansehen«, sagte sie und rieb dabei Maggies Schultern, als könne sie es noch gar nicht richtig glauben. Maggies Anspannung ließ nach, ihr Magen kam zur Ruhe.

»Du hast die Mädchen mitgebracht, ja? Wo sind sie? Ich kann es nicht erwarten, sie kennenzulernen.«

»Sie füttern mit Kate und Lola die Hühner«, sagte Maggie schüchtern. Eine Woge der Zuneigung überkam sie, als sie Jeans Umarmung erwiderte.

»Kate hat mir von deinem neuen Job erzählt«, rief Jean. »Das V&A-Museum! Du musst ja überglücklich sein, Liebes.«

»Oh ja, das bin ich.« Auch jetzt noch, einige Wochen nachdem sie die neue Stelle angetreten hatte, spürte Maggie die freudige Erregung. »Es ist wirklich wunderbar. Sie waren so flexibel. Ich bin nur drei Tage pro Woche da, so habe ich mehr Zeit für Pearl, und es macht mir riesigen Spaß, Ausstellungsstücke für das Museum zu suchen. Es ist wirklich ein Traumjob, ich muss mich jeden Tag kneifen.«

Jean zog an einer Seite des Bauerntischs zwei Stühle zurück und bot einen davon Maggie an. Als sie sich setzten, hatte Maggie ein starkes Déjà-vu-Gefühl. Es war, als hätte es die zwanzig Jahre, die zwischen ihnen standen, nie gegeben.

»Hilfst du mir mit den Erbsen, während wir plaudern?« fragte Jean und schob eine Schüssel mit leuchtend grünen Schoten zu Maggie hinüber.

»Die sehen köstlich aus, so frisch.« Maggie beugte sich über die Schüssel, sie konnte das frische, erdige Grün riechen und beinahe noch die Wärme des Sonnenlichts in ihnen spüren.

»Wie gefällt es dir hier?«, fragte Maggie. »Nach Basingstoke?«

»Hier in Bibury? Oh, ich liebe es ... Hier fühle ich mich nie allein, immer ist jemand in der Nähe. Die Einheimischen haben mich als eine von ihnen akzeptiert ... Aber wie geht es dir? Ich war so froh zu hören, dass ihr wieder Kontakt habt, du und Kate.« Sie sah Maggie mit prüfendem Blick an, und ein warmes, vertrautes Gefühl breitete sich in ihr aus – das gleiche wie beim Anblick des Fotos über der Treppe. Zu wissen, dass sie und ihre kleine Familie diesen Menschen wichtig waren ... fast hätte sie angefangen zu weinen.

Während Jean weiterplauderte, wanderten Maggies Gedanken zu Pearl, die sich in letzter Zeit ebenfalls verändert hatte. Sie ging nicht mehr so lange in die Kita, seit Maggie bei Bonningham's aufgehört hatte, und war sehr viel ruhiger geworden. Außerdem fühlte sich Maggie wesentlich besser in der Lage, mit ihr umzugehen. In letzter Zeit war es für sie alle einfacher geworden. Umstellungen waren immer schwierig, aber manchmal war es leichter, wenn einem die Entscheidung abgenommen wurde.

Maggie dachte daran zurück, wie sie Bonningham's verlassen hatte. Dieses furchtbare Chaos nach dem Einbruch. Ihre Besprechung mit Charles Bonningham, nachdem durchgesickert war, dass sie allein die Schuld daran trug. Fast der gesamte Schmuckbestand war gestohlen worden, unersetzliche, kostbare Juwelen und Diamanten aus ganz Europa, und das ausgerechnet am Abend von Tims Geburtstag.

Am Freitag vor der Feier hatte Maggie das Büro früher als sonst und in aller Eile verlassen, um sich mit Francesca zu treffen. Eigentlich hätte sie abschließen müssen, aber weil das Haus übers Wochenende geschlossen bleiben würde, machte sie sich wegen der Unordnung in ihrer Abteilung keine Sorgen. In Gedanken ganz bei Michael, Francesca und den letzten Partyvorbereitungen, hatte sie etwas getan, das sie vorher noch nie getan hatte: nämlich Judy ihre Schlüssel gegeben und sie gebeten, an ihrer Stelle abzuschließen.

Der Einbruch ins Auktionshaus geschah am frühen Samstagmorgen. Und natürlich war das erste Ziel der Täter die Schmuckabteilung. Die Möbel waren allesamt unberührt, die meisten Kunstwerke ebenso, aber Diamanten ließen sich allzu leicht stehlen und weiterverkaufen. Inzwischen mussten die Stücke aus Gold und Platin längst eingeschmolzen und mit anderen Steinen versehen worden sein. Nicht zu glauben, was sie für ein Pech gehabt hatten. Die Diebe schienen instinktiv gewusst zu haben, welches Rolltor an der Laderampe Maggie vergessen hatte, ihrer Kollegin zu nennen. Wenigstens die Büroräume waren verschont geblieben. Glück im Unglück.

Als die Polizei am frühen Sonntagmorgen anrief, eilte Maggie direkt zum Auktionshaus und überließ Tim das Aufräumen nach der Party. Die Befragung durch die beiden jungen Polizisten war unerbittlich und demütigend, aber Maggie nahm die volle Verantwortung auf sich – auf keinen Fall durfte Judy wegen dieser Sache ihren Job verlieren, obwohl alles allein Maggies Schuld war. Ihre Entscheidung dauerte nur wenige Sekunden: Sie reichte die Kündigung ein.

Wenigstens stellte Bonningham ihr ein gutes Zeugnis aus, obwohl sie wusste, dass sie ihn tief enttäuscht hatte. Aber wie hätte er sie weiterbeschäftigen sollen? Ihr Fehler brachte einige der wichtigsten Beziehungen des Hauses in Gefahr – Beziehungen, an deren Auf- und Ausbau sie jahrelang gearbeitet hatte – und kostete ein Vermögen an Versicherungsprämien. Deshalb nahm Charles Bonningham, als er an jenem Sonntag um drei Uhr morgens im makellosen Nadelstreifenanzug im Auktionshaus eintraf, ihre Kündigung mit bitterer Miene und grimmig geblähten Nasenflügeln entgegen.

Doch trotz der Tränen, die sie auf der Fahrt nach Hause vergoss, sollte sich alles zum Guten wenden – und das sogar bemerkenswert schnell. Die ersten Wochen zu Hause waren herrlich entspannend und taten ihr und Pearl unendlich gut. Doch als der Reiz des Neuen verflogen war, nahm Maggie all ihren Mut zusammen und beschloss, sich auf eine Teilzeitstelle im V&A-Museum zu bewerben. Mit der Referenz von Bonningham's waren die Vorstellungsgespräche ein Traum – auch wenn es noch einige Wochen dauerte, bis alle Formalitäten geklärt waren. Zum Glück hatte man im V&A bereits von Maggie gehört und kannte ihre Arbeit. Offenbar reichte ihr Ruf über die abgeschottete Welt der Auktionshäuser und Kunsthändler hinaus. Der Einbruch wurde zwar erwähnt, aber es konnte keinen Zweifel daran geben, dass Bonningham ihr verziehen und die ganze Sache vor Maggies neuen Arbeitgebern heruntergespielt haben musste.

Erst jetzt wurde Maggie bewusst, wie erschöpft und angespannt sie in den letzten Monaten bei Bonningham's gewesen war. Immer in Eile, immer spät dran, ohne je die Zeit zu haben, richtig zu verschnaufen; es war der reinste Wahnsinn gewesen. Jetzt konnte sie endlich wieder atmen.

»Ich bin am Verhungern! Was muss man hier tun, um ein bisschen was zu futtern zu kriegen?« Kate stieß die Tür auf, kam mit großen Schritten in die Küche und umarmte ihre Mutter. »Dann hast du sie also gefunden?«

Jean drehte sich auf ihrem Stuhl um. »Allerdings, und keine Minute zu früh, das Kind ist ja dürr wie eine Bohnenstange.« Mit einem Klaps vertrieb sie Kates Hand von den frischen Erbsen. »Nicht vor dem Essen, du! Es dauert nur noch eine Stunde.«

Plötzlich wurde Maggie bewusst, dass sie die Gelegenheit verpasst hatte, richtig mit Jean zu reden, da sie sich jetzt alle in der warmen, gemütlichen Küche drängten. *Später*, sagte sie sich.

Kate griff unbeirrt in die Erbsenschüssel und steckte sich ein paar in den Mund. »Nimm dich vor dem Drachen in acht, Pearl«, sagte sie grinsend.

»Weg da«, schimpfte Jean freundlich und scheuchte sie mit einem Geschirrtuch weg. Dann sah sie Stella und Pearl, die sich unsicher hinter Lola versteckten, und sprang auf.

»Hallo«, rief sie. »Du musst Stella sein. Und die Kleine hier ist Pearl? Du siehst genauso aus wie deine Mutter, als sie klein war! Was für ein entzückendes Mädchen. Und Stella, ich habe so viel von dir gehört!« Sie umarmte beide, und Maggie errötete vor Stolz, als die Mädchen die Umarmung erwiderten.

»Und, haben meine Hennen alles aufgepickt?«, fragte Jean.

»Ja!«, rief Pearl »Sie hatten solchen Hunger … Eine hat mir sogar in den Finger gepickt.« Sie hielt den Finger hoch. »Aber es hat nicht so doll wehgetan.«

»Sie wollte sie streicheln«, erklärte Stella, »hatte aber noch ein Stück Kartoffelschale in der Hand …«

Die Erwachsenen lachten, und Pearl sah mit einem Gesichtsausdruck, der irgendwo zwischen betrübt und erfreut lag, von einer zur anderen.

»Na ja, das kommt vor.« Jean nickte ernst. »Du musst in Zukunft einfach vorsichtiger sein.« Sie drückte beide Mädchen an sich. Als sie Maggie ansah, hatte sie ein Glitzern in den Augen und zwinkerte ihr zu.

Ein paar Stunden später saßen die Frauen zusammen im Wohnzimmer. Lola lehnte sich bei Kate an und Jean saß strickend in einem mit abgewetztem Chintz bezogenen Sessel. Maggie war schläfrig, angenehm satt vom leckeren Essen und innerlich von einer tiefen Zufriedenheit gewärmt – sie wusste, dass es das Richtige gewesen war, an diesem Wochenende herzukommen.

Jean hatte einen köstlichen Lammbraten mit allem Drum und Dran gemacht und zum Nachtisch Erdbeeren mit Sahne und Karamellsoße. Pearl war schon oben im Bett, nachdem sie am Esstisch auf Maggies Schoß eingeschlafen war. Stella saß auf dem Boden, hatte sich bei Maggie angelehnt und die langen Beine vor sich auf dem Teppich ausgestreckt. Hin und wieder drehte sie sich um, fing Maggies Blick auf und lächelte.

Maggie versuchte, die bohrenden Stimmen aus ihrem Kopf zu vertreiben, die darauf drängten, dass sie so bald wie möglich mit Jean sprechen musste. Es war besser, bis morgen früh zu warten.

Ein lautes Klopfen an der Haustür unterbrach ihre leisen Gespräche. Kate sprang auf und öffnete.

»Tut mir leid, dass ich es nicht früher geschafft habe«, sagte Tim. Er musste sich unter dem niedrigen Türrahmen hindurchducken.

»Du solltest doch anrufen, damit wir dich abholen können«, rief Maggie und sprang von ihrem Platz auf, um ihn mit einem Kuss zu begrüßen. Es war wunderbar, ihn hier zu sehen – mit ihm in ihrer Nähe fühlte Maggie sich gleich noch besser, gerade angesichts der Aufgabe, die ihr noch bevorstand.

»Das war kein Problem. Am Bahnhof stand direkt ein Taxi. Außerdem«, sagte er lächelnd, »wollte ich euch erst die Gelegenheit geben, richtig anzukommen.«

Was für ein Mann, dachte Maggie voller Liebe. Er schien immer genau zu wissen, was sie brauchte. Selbst dann, wenn sie selbst nicht den blassesten Schimmer hatte.

Jean legte Stricknadeln und Wolle beiseite und stand vom Sofa auf. Tim wollte ihr die Hand geben, doch sie nahm ihn einfach in den Arm.

»Sieh an, was für ein Prachtkerl. Maggie hat uns so viel von dir erzählt. Willkommen in der Familie.« Sie reckte sich, um ihm liebevoll die Wange zu tätscheln.

Maggie sah die Überraschung in Tims Blick – er konnte es nicht leiden, wenn ihn jemand im Gesicht anfasste – aber dann legte sich ein echtes, leicht schiefes Lächeln auf seine Züge.

»Gleichfalls, Jean. Danke für die Einladung und dafür, dass du dich so gut um meine Frau und die Kinder kümmerst. Maggie hat sich so gefreut.«

»Dann soll sie bloß hierbleiben. Ich wollte schon immer mehr Enkelkinder im Haus haben.«

Maggie errötete vor Freude.

»Na, vielen Dank«, sagte Kate mit gespielter Entrüstung. »Und was ist mit mir?«

»Von dir natürlich auch, Katie. Also, Lola, bist du bereit? Mach eine ehrbare Frau aus meiner Tochter. Na los, oder traust du dich nicht?«

»Himmel, willst du sie in die Flucht schlagen? Dann mach nur so weiter«, schimpfte Kate mit einem Seitenblick auf ihre Freundin.

»Ich gehe nirgendwohin«, sagte Lola lächelnd und streichelte Kates Hand. »Aber auf die Enkelkinder musst du vielleicht noch eine Weile warten, Jean.«

Als Maggie sich in der Runde umsah, wurde ihr bewusst, wie viel für sie auf dem Spiel stand: Sie hatte nicht nur Tim, Pearl und Stella, sondern auch wunderbare Pläne für ihr gemeinsames Leben. Und darüber hinaus hatte sie eine große Familie, mit der sie kostbare Zeit verbringen konnte, wie sie es sich immer gewünscht hatte, auch wenn es nicht ihre eigene Familie war. Vielleicht war es möglich, das alles zu bewahren, wenn sie nur diese eine Hürde überwand – und Jean endlich sagte, was sie ihr zu sagen hatte. Maggie atmete nervös durch und wagte zu hoffen.

VIERUNDZWANZIGSTES KAPITEL

Als Maggie am nächsten Morgen aufwachte, war es still im Haus, das erste schwache Licht der Morgendämmerung fing sich in den Fensterläden. Ohne Tim zu wecken, schlüpfte sie aus dem kleinen Schlafzimmer und schlich auf Wollsocken am Gästezimmer vorbei, das sich Stella und Pearl teilten, hinunter in die Küche. Sie war überrascht, Jean am Aga-Herd stehen zu sehen, die gerade den Kessel von der Flamme nahm.

»Ich dachte, ich wäre heute Morgen die Erste«, sagte sie und war froh, Jean allein anzutreffen. *Jetzt ist der perfekte Zeitpunkt,* dachte sie. *Bevor es noch schwerer wird.*

»Oh nein, vor mir wohl leider nicht. In letzter Zeit schlafe ich nicht sehr viel. Ich bin schon seit vier Uhr auf. Tee?«

Maggie nickte, hockte sich auf einen der rustikalen Holzstühle und zog sich die Ärmel ihrer Strickjacke über die Hände. Auf dem Herd köchelte etwas mit einem satten Blubbern. »Porridge«, sagte Jean. Die Erinnerung an den Haferschrot-Porridge ließ Maggie das Wasser im Mund zusammenlaufen. Jean machte ihn auf die echte schottische Art, mit Salz, Zucker und Sahne.

»Also, Liebes, was ist passiert? Wohin bist du damals vor so vielen Jahren verschwunden?«, fragte Jean ruhig. Sie stand immer noch mit dem Rücken zu Maggie und schrubbte einen Topf, der noch von gestern im Spülbecken stand.

Maggie wurde rot. Plötzlich fehlten ihr die Worte. Jetzt kam es also: das Gespräch, vor dem sie solche Angst hatte und für das sie extra den ganzen Weg hierhergekommen war. Mit gesenktem Kopf suchte sie nach den richtigen Worten – dankbar, dass Jean ihr immer noch den Rücken zuwandte. Sie wusste nicht, ob sie den nötigen Mut aufgebracht hätte, wenn sie ihre ruhigen, prüfenden Blicke gespürt hätte.

»Ich kann dir niemals genug für alles danken, was du für mich getan hast, das weißt du, oder?«, begann sie.

Jean starrte ins Spülbecken. »Don und ich haben dich geliebt wie unser eigenes Kind«, sagte sie. »Wir hätten dir bei allem beigestanden, egal was. Du hättest nur etwas zu sagen brauchen.«

»Es tut mir so leid, Jean«, sagte Maggie sanft. Ihr lief ein kalter Schauer über den Rücken. »Ich dachte, ich könnte euch nicht mehr besuchen, nachdem Kate aufs College gegangen war.« Die Worte lagen ihr wie Steine auf der Zunge. »Und ich hätte es nicht mehr ausgehalten, nach dem, was ich getan habe ...«

»Du meinst das Medaillon?« Jean drehte sich um, ihre Stimme klang ruhig. »Du hast es gestohlen.«

Maggie verzog schmerzlich das Gesicht und suchte wieder nach den richtigen Worten. Warum um Himmels willen hatte sie ausgerechnet die Menschen bestohlen, die sie am meisten geliebt hatten? Warum hatte sie die Menschen verraten, die sie mit offenen Armen in ihrem Haus aufgenommen hatten?

Jean sprach weiter, ohne den Blick von Maggies Gesicht abzuwenden. »Katie war überzeugt, dass es an ihr lag, an ihrer Sexualität. Sie hat sich deswegen furchtbar gefühlt, aber ich habe ihr erzählt, was mit Don vorgefallen ist. Von dem Medaillon habe ich ihr allerdings nichts gesagt – das hätte sie dir nie verziehen.«

Von Jeans Worten völlig aus der Fassung gebracht, stammelte Maggie: »Du hast es gewusst … was passiert ist?«

»Natürlich. Don hat mir alles erzählt. Dass du dich in einem Zimmer versteckt hast und geweint hast, als würde die Welt untergehen, dass er dich gefunden hat und du so verunsichert warst und seine Zuwendung als etwas anderes interpretiert hast … Aber da war nichts, weißt du? Don war nicht so.«

Maggie wurde tiefrot vor Scham. »Ich weiß! Ich habe mich so geschämt … Und danach habe ich es nicht mehr ausgehalten, in eurer Nähe zu sein. Vor allem nicht in Kates.«

»Aber warum hast du das Medaillon gestohlen?«

»Ich wollte es nicht verkaufen, Jean! Nichts in der Art. Ich trage es bis heute, die ganze Zeit«, brachte Maggie mit Tränen in den Augen hervor. »Es war … lass es mich bitte erklären …« Händeringend versuchte sie, die durcheinanderschreienden Gedanken in ihrem Kopf zu entwirren. »Ich habe einfach … etwas von euch gebraucht. Ich wollte unbedingt ein Teil eurer Familie sein. Aber ich dachte, ihr würdet bestimmt nicht mehr wollen, dass ich euch allein besuche, nachdem Kate ausgezogen war. Vor allem nach der Sache mit Don. Deshalb brauchte ich ein … Andenken. Etwas, das ich in Ehren halten konnte. Ihr habt mir so viel bedeutet, ihr alle … und das tut ihr immer noch.« Sie wischte sich die Tränen ab. »Kannst du das irgendwie verstehen? Ehrlich, ich bin keine Diebin.«

Jean schüttelte den Kopf und sah Maggie tadelnd an. »Ich hätte es dir geschenkt, wenn du gefragt hättest. Dieses Medaillon hat mir sehr viel bedeutet, du weißt, dass es meiner Großmutter gehört hat. Aber ich hätte es dir gegeben. Ich habe dich sehr geliebt.«

Maggie spürte Verzweiflung in sich aufsteigen. Gestern Abend war alles so voller Wärme und Liebe gewesen – alles, was sie sich vom Leben gewünscht hatte, alles, was sie je gewollt hatte. Und jetzt war es zerstört. Verloren. Vielleicht hätte sie lieber nichts sagen sollen. Aber Jean hatte es die ganze Zeit gewusst.

Und jetzt würde sie sie niemals wiedersehen, dachte Maggie. Sie stand auf und sagte mit brüchiger Stimme: »Es tut mir leid. Du, dein Leben, deine Familie – ihr wart immer eine Art Kompass für mich. Ich wollte ein Stück davon festhalten, um euch nicht zu verlieren.«

Sie zog das Goldkettchen unter ihrem Pullover hervor, drehte den Verschluss nach vorn, um ihn zu öffnen, und reichte Jean das Medaillon.

»Es tut mir so leid. Ich schäme mich so. Wir fahren gleich nach dem Frühstück ab.«

Jean rührte sich nicht. Die Uhr tickte. Schließlich streckte Jean die Hände aus, und Maggie legte das Medaillon hinein, weil sie die Geste missverstand.

»Das ist mir doch egal.« Achtlos warf Jean das Medaillon auf die Küchentheke, bevor sie Maggie umarmte und kräftig an sich drückte. »Natürlich verzeihe ich dir, dummes Ding«, sagte sie, und Maggie konnte nichts dagegen tun, dass sie leise und zitternd schluchzte.

Jean nahm Maggies Gesicht in beide Hände und trat einen Schritt zurück. Einen Moment lang sah sie ihr tief in die Augen, dann nahm sie das Medaillon, legte Maggie die Kette um den Hals und ließ den Anhänger wieder in ihren Ausschnitt gleiten. Maggie spürte das kühle Gewicht wieder über ihrem Herzen, und es fühlte sich richtig an.

»Du warst immer so nervös. So flatterhaft und furchtsam wie ein kleiner Vogel. Als hättest du ständig Angst, jemand wollte dir alles wegnehmen. Aber jetzt sieh dich an … Sieh nur, was du erreicht hast: einen reizenden Mann, eine eigene Familie. Die beiden Mädchen sind großartig, und zwar deinetwegen, du bist ihnen offensichtlich eine gute Mutter. Und für mich bist du wie eine Tochter. Das weißt du doch, oder? Das war immer so.«

Wieder schloss Jean sie in die Arme, und Maggie spürte heiße, salzige Tränen auf ihren Wangen. Ihr furchtbares Geheimnis, die entsetzliche, ekelhafte Scham, die sie so lange mit sich herumgetragen hatte – jetzt musste sie nicht mehr damit leben. Ihr war, als wäre ihr eine riesige Last von den Schultern genommen worden. Jean hasste sie nicht, das war unglaublich. Die Minuten strichen dahin, während sie mitten in der Küche standen und sich in den Armen hielten. Schließlich ließ Jean sie los, und beide wischten sich die Tränen ab.

»Ich bin so stolz auf dich, Maggie.« Sie lächelte herzlich.

Maggie nickte, sie hatte einen Kloß im Hals. Jeans Worte bedeuteten ihr mehr, als sie in Worte fassen konnte. *Aber du hast mich doch so lange nicht gesehen … und fast hätte ich alles total verbockt.* Sie brachte die negative Stimme in ihrem Kopf zum Schweigen – es war die Stimme ihrer Mutter, die sie stets als Erstes hörte – und zwang sich, die Aufrichtigkeit von Jeans Worten anzuerkennen.

»Da fällt mir ein, ich wollte dich gestern schon gefragt haben, aber ich dachte, du willst vielleicht nicht vor den anderen darüber sprechen. Wie geht es deiner Mutter?« Jean beobachtete Maggie genau, um ihre Reaktion zu sehen.

»Ach, Jean.« Maggie zitterte leicht und seufzte. Sie dachte an ihre ganz frühe Kindheit zurück, als ihre Mutter ihr leise Schlaflieder vorgesungen und zärtlich das Gesicht gestreichelt hatte. Es war schwer, dieses Bild mit der Frau zusammenzubringen, bei der sie vor Kurzem zu Besuch gewesen war und die eindeutig bewiesen hatte, dass es zwischen ihnen kaum noch etwas Verbindendes gab.

»Leider schlechter … Dad ist endlich ausgezogen. Es ist noch nicht lange her, und alles ist noch frisch. Aber vielleicht sucht sie sich jetzt ja Hilfe oder lernt sogar jemanden kennen … wer weiß. Ich hoffe, dass es besser wird. Aber im Moment glaube ich nicht, dass sie meine Hilfe will. Sie ist so wütend und von sich selbst eingenommen … Außer ihm scheint ihr niemand etwas zu bedeuten.«

»Das tut mir leid zu hören, Schätzchen«, sagte Jean tröstend und schüttelte den Kopf.

Die Realität zu akzeptieren, anstatt alles anders haben zu wollen, zu schätzen wissen, was man hat, anstatt zu wollen, was man nicht hat … *Das ist der Schlüssel*, dachte Maggie. Sie fühlte sich mit ihrer Vergangenheit so wohl wie schon sehr lange nicht mehr und besser dafür gerüstet, der Zukunft entgegenzusehen. Dabei immerhin hatte ihre Mutter ihr geholfen.

Eine Weile saßen sie schweigend da, jede in ihre eigenen Gedanken versunken, und lauschten dem Porridge, der leise auf dem Herd blubberte. Auf einmal hörten sie ein leises Geräusch, und als Maggie sich umdrehte, sah sie Lola mit wild zerzausten Locken in der Tür stehen. Sie trug einen leuchtend gelben Kimono, der mit Kirschblüten und Kranichen bedruckt war.

»Ihre Majestät würde offenbar für eine Tasse Tee töten«, sagte sie. »Ich störe doch nicht, oder?«

»Nein, nein«, sagte Jean. »Der Tee ist gleich fertig. Komm nur rein, meine Liebe, komm rein.«

Maggie rieb sich die Augen und fragte sich, wie sie selbst wohl aussah. Sie lehnte sich an die Küchentheke und sah zu, wie Jean sich um den Porridge kümmerte.

Ein paar Minuten später kam Kate im Schlafanzug in die Küche. »Jetzt ist es wie früher, nicht, Mum?«, sagte sie lächelnd. »Wenn Maggie hier ist?«

»Ja, das ist es«, sagte Jean und lächelte alle drei an.

In diesem Moment spürte Maggie, wie eine vertraute, unterschwellige Angst, die sie seit so vielen Jahren wie einen zu engen Gürtel mit sich herumgetragen hatte, von ihr abfiel.

Dann kam Pearl in die Küche gerannt, dicht gefolgt von Tim. »Mummy!«, rief sie, sprang auf ihren Arm und hätte sie dabei fast umgeworfen. Tim lächelte und gab ihr einen Kuss auf die Wange. »Hallo«, sagte er. »Alles gut?«

Maggies Antwort war ein Nicken. *Ja,* dachte sie bei sich, *es ist wirklich alles gut.*

Sie sah sich um und versuchte, diese ganze Freude in sich aufzunehmen – ihre Freunde und ihre Familie, die sie so sehr liebte. Sie spürte einen Funken wilden Glücks in sich aufflackern, der sie mit einer schwindelerregenden Wärme erfüllte. Es war, wie an einem warmen Tag in der Sonne zu liegen. Es war alles, wonach sie sich immer gesehnt hatte, und so viel mehr.

FÜNFUNDZWANZIGSTES KAPITEL

Aimée: Quebec, 1941

Als wir uns der kanadischen Küste näherten, war es stürmisch und schon beinahe dunkel. Neufundland war in Sicht, und weil mir kühl war, bat ich Jacques, mir meinen Wollmantel mit dem Pelzkragen zu bringen. Mein treuer Gefährte lief sofort unter Deck, um ihn zu holen. Er ist ein guter Mann. Ich weiß nicht, was ich ohne ihn täte. Europa war uns zu viel geworden, nachdem die Dunkelheit hereingebrochen war. Wir sind geflohen, um uns in Sicherheit zu bringen. Und hier sind wir nun. Nur Jacques und ich. Und fangen ganz von vorn an.

In den Zwanzigern sind entfernte Cousins von mir nach Quebec ausgewandert und haben dort Fuß gefasst. Es ist die einzige Verbindung, die wir de la Coursignons aus der Normandie zu diesem Ort haben, aber es muss genügen. Nachdem die Armee Vaters Anwesen requiriert hatte, gab es keinen Grund mehr, es zu halten. Anspruch darauf hatte ich nach französischem Recht ohnehin nicht mehr. Es ist schon lange zu einer Ruine verfallen.

Wer weiß, wer das Haus meiner Vorfahren erben wird, wenn – oder falls – sich der Staub jemals wieder legt? Ich habe alles bei mir, was ich brauche: die Bücher meiner Mutter und meine Erinnerungen. Der Rest ist in alle Winde verstreut. Verloren, wie die Träume eines dummen Mädchens.

Nach Vaters Tod waren Bernard und ich nach Villaneuve zurückgekehrt. Es war seltsam, durch das leere, hallende Château zu laufen, dem so gut wie alle kostbaren Gegenstände entrissen worden waren. Ich konnte die Zimmer flüstern hören. So viele Erinnerungen. An Vater, Nounou, Faustine … Gaston. Maman. Alle fort, alle tot und begraben. In meinem Alter habe ich gelernt, vieles loszulassen. Ich lebe für das Heute, und ich habe vor nichts Angst. Nicht einmal vor dem Tod.

Bernard hatte immer gesagt, dass Frankreich sich gegen sich selbst wenden würde. Zum Glück musste er es nicht mehr miterleben. Er ist in einer Nacht vor langer Zeit friedlich und würdevoll von uns gegangen. Typisch für ihn, so ruhig abzutreten. Wenn man mehrere Jahrzehnte lang so eng mit einem Menschen zusammengelebt hat, braucht es danach einige Übung, um wieder leben zu lernen. Aber Jacques gibt mir Halt. Er war schon so lange bei Bernard und mir und hat für uns gesorgt, dass er fast wie ein Sohn für mich ist, und ich für ihn wie eine Mutter.

Ironischerweise konnte ich Villaneuve durch die Hochzeit mit Bernard nicht retten. Im Osten sagt man, erst kommt die Hochzeit, dann die Liebe, und so war es bei Bernard und mir. Ich weiß nicht, warum ich solche Angst hatte und erwartete, dass er mir wehtun, mich ersticken und wie im Gefängnis halten würde – wie mein Vater.

Nach der Hochzeit kam alles heraus, die ganze Wahrheit. Mein Vater hatte alle Gendarmen in der Region bestochen, sodass sein Verbrechen viele Jahre lang ungestraft geblieben war. Doch irgendwann ging ihm das Geld aus … dann war es vorbei. Er konnte seine Lügen nicht mehr verstecken, und Amandines Geist hat ihn geholt. Ob er Maman mit seinem

Schlag absichtlich getötet hat, werde ich nie erfahren. Man fand Vater am Tag nach der Hochzeit in seinem Arbeitszimmer, der Schreibtisch überhäuft mit Rechnungen und Kreditwechseln. Er hatte eine Pistole benutzt. Ich konnte nicht um ihn trauern.

Ach, Gaston. Noch immer brennen meine Wangen vor Scham, wenn ich an jenen Morgen in seinem Zimmer denke …

Nachdem ich aus meiner Ohnmacht erwacht war, habe ich mich von Faustine verabschiedet und ihr diesen elenden Kragen geschenkt. Sollte sie damit tun, was sie für richtig hielt. Am Ende war sie so freundlich zu mir und wünschte mir alles Gute … ich glaube, auch sie hatte Angst vor Vater. Aber ich wollte ihr etwas schenken. Schließlich nahm ich nicht an, dass ich den Kragen noch brauchen würde, wenn ich mich von einer Brücke stürzte – genau das war nämlich mein Plan. Ich war verzweifelt und hatte verzweifelte Gedanken. Aber Bernard holte mich ab und brachte mich fort vom Château und von Vater, wie er es versprochen hatte, bis wir dann richtig verheiratet waren. Es war eine einfache Feier, ganz anders als der erste Versuch. Als er mich auf seine Arme hob, wurde mir zum ersten Mal bewusst, wie es sein musste, wenn jemand für einen sorgt. Endlich hatte ich meinen Platz gefunden, und ich konnte nicht aufhören, ihn anzusehen. Seine freundlichen Augen. Unter seiner Oberfläche, so ruhig wie ein See in den Alpen, verbargen sich ungeahnte Tiefen.

In jener ersten Nacht, die ich außerhalb von Villaneuve verbrachte, sagte er mir, wie sehr er mich liebte. Mich, die Seltsame, Ernste, Unbeholfene. Er hatte mich auf den ersten Blick geliebt – es sei wie ein Blitzschlag gewesen, sagte er. Wie benommen akzeptierte ich das Ungewöhnliche und Unvorhergesehene, aber ich muss gestehen, dass ich eine Weile brauchte, bis ich begriff, wie sehr er mich begehrte. Selbst jetzt noch rieselt mir ein Schauer über die Haut, wenn ich mich an die Berührung seiner gedrungenen, schwieligen, selbstsicheren Hände erinnere. Er war mein Herz und meine Seele, meine Luft zum Atmen und meine ganze Sehnsucht.

Nach unserer Hochzeit bat ich ihn, mich auf seine Seereisen mitzunehmen. Ich musste ein bisschen Überzeugungsarbeit leisten – aber weder konnte er lange an einem Ort bleiben, noch ertrug er es, nicht in meiner Nähe zu sein. Und so segelten wir auf unserem Boot gemeinsam über die salzigen Tiefen. Wenige Monate nach unserer Hochzeit nahm er mich mit nach Kairo. Was für eine Stadt! Die Gewürzmärkte, das Essen, die geheimnisvollen und unbegreiflichen Pyramiden ... Ich verliebte mich Hals über Kopf in diese Stadt und in ihn. Ägypten war erst der Anfang. Wir fuhren überallhin: Italien, Deutschland, England ... einmal sogar für ein Jahr nach Australien, wo wir per Pferd und Eisenbahn die Wüste durchquerten. Mein Mann schenkte mir die ganze Welt. Und alles, was er dafür wollte, war ich.

Ich habe nichts mehr geliebt, als an Deck eines Schiffes zu stehen, den Wind in den Haaren zu spüren und nach Land Ausschau zu halten, während er hinter mir stand und seine starken Arme um meine Taille legte. Und diese verträumten, windstillen Nachmittage in den Tropen, wenn wir fast nackt an Deck lagen und ich nicht widerstehen konnte, das Salz von seiner Haut zu lecken. Ich liebte den Geschmack seiner Haut.

Ich hätte nicht glücklicher sein können. Für manche mag die Institution der Ehe ein Gefängnis sein, aber mich hat sie befreit. Er war ein guter Mann. Kinder hatten wir nicht, aber das passte zu uns – wir hätten nicht reisen können, wären wir an Kinder und deren Bedürfnisse gebunden gewesen.

Manchmal frage ich mich, was aus meinem Hochzeitskleid und dem wunderhübschen Perlenkragen geworden ist. Hat Faustine ihn behalten oder für ein Almosen verkauft? Oder an jemanden, der sein wahres Wesen erkannt hat? … Das alles ist so viele Monde her. Hat das kostbare Stück seinen Sirenengesang auf seiner Reise durch die Zeit weitergesungen? Ist es noch einmal getragen worden? Oder hat Faustine es einfach weggeworfen? Ist es gierigen Flammen zum Opfer gefallen und zu Asche verbrannt wie so vieles in meinem Land?

Iss mich, trink mich, liebe mich. Diese Worte habe ich in den Kragen gestickt, die Worte meiner geliebten Rossetti. Ja, ich wollte besessen und verschlungen werden. Mit Haut und Haar. Und so ist es geschehen. Aber wenn ich heute darüber nachdenke, glaube ich, dass diese Worte auch Liebe und Opfer bedeuten – einer Versuchung zu widerstehen, um einen geliebten Menschen zu retten und sich vor sich selbst zu schützen.

Bernard stand mir bei, als der Ärger losging – die Geschichten von Vaters Geldproblemen und seinem dunklen Geheimnis. Am Ende kam alles heraus. Wie dumm von ihm zu glauben, seine Tat würde in Vergessenheit geraten. Aber wie dumm andererseits von Maman, ihn zu unterschätzen. Als sie sich in ihren Kammerdiener Terence verliebte, war ihr Schicksal besiegelt. Mir tun sie beide leid. Mit Vater und dem Château habe ich auch meine Ängste hinter mir gelassen.

Was denke ich nun über die Liebe und ihre verschlungenen Pfade? Es ist unwegsames Gelände.

Ich bezweifle, dass es den einen, richtigen Weg zu ihr gibt. Das Herz kann einem den Weg weisen, aber es kann einen auch in die Irre führen. Manchmal infiziert es uns mit heimtückischem Begehren – nach etwas, das mehr einem Spiegel gleichkommt als wahrer Liebe. Wir hören auf seinen Rhythmus, beschreiten unbekannte Pfade und fangen immer wieder von vorn an, bis wir unseren Pol finden. Bis wir unseren Frieden im Begreifbaren, Echten, Wahren finden.

Liebe wird für mich immer ein Mysterium sein.

Aber auch ein großes Abenteuer.

EPILOG

Pearl: London, 2014

Pearl stand in ihrem Zimmer, hatte die Hände in die Hüften gestützt und die Zunge vor Konzentration in den Mundwinkel geschoben.

Die klobige, holzbeschlagene Ledertruhe in der Ecke sah ein bisschen aus wie ein Schiff. Damit würde sie zu einer fantastischen Seereise aufbrechen. Sie stellte sich die Truhe auf stürmischer See vor, in ihrer Fantasie war sie mit Wikingern und Miezekatzen und Eulen bevölkert. Vorsichtig setzte sie ihre Puppe ab und lehnte sie an den Spiegel. »Bleib du hier, Lucy«, sagte sie. »Wir fahren in ein Abenteuer.« Sie rückte die schwere Truhe ein Stück vom Fenster weg und klappte den Deckel auf.

Pearl kramte in den Tiefen der Truhe und warf federbesetzte Masken, alte Fedoras und ein langes rosafarbenes Taftkleid beiseite. Da war es, ganz unten auf dem Grund: ihr Meerjungfrauenkostüm. Als sie daran zog, verfing sich die glitzernde Schwanzspitze an einer Schnalle, ein paar Schuppen rissen ab und flogen über den glänzenden Holzboden. Pearl zog sich das Kostüm über den Kopf, zupfte das paillettenbesetzte Oberteil vor der Brust zurecht und drehte sich vor dem Ankleidespiegel.

Aus einer Ecke der Truhe fischte sie einen Papierfächer und einen einzelnen Handschuh, und schließlich fand sie das letzte Stück, nach dem sie gesucht hatte. Da war es. Ihr Geheimnis.

Das, von dem Mummy nichts wusste. Jetzt war ihre Verkleidung komplett.

»Meins«, sagte sie stolz.

Sie wickelte ihre Puppe Lucy in das perlenbesetzte Diadem und wiegte sie in den Armen. »Ich bin die Mondkönigin, und du bist meine kleine Prinzessin«, sagte sie. Dann setzte sie die Puppe auf das dicke Federbett und knüpfte mit ihren kleinen Fingern Knoten in die Bänder des Diadems. Immer fester und fester, bis nur noch ein kurzes Ende überstand. Auf einmal riss eines der Bänder unter dem Druck ab, und Pearl wickelte es ihrer Puppe um das schmale Handgelenk. Als sie das kleine Loch sah, dass das Band im Diadem hinterlassen hatte, steckte sie den Finger hinein und zog daran. Mit einem satten *Ratsch* riss die Naht auf.

Sie bohrte den Finger tiefer hinein und zerrte an dem Stoff, die alten Baumwollnähte zerfielen in ihren Händen zu Staub. Der Diamant rutschte zwischen den Stofflagen hervor, fiel auf die Bettdecke und kullerte zur Wand. Er rutschte hinters Bett und blieb in einer kleinen Lücke in der Sockelleiste liegen. Dort steckte er zwischen dem Holzboden und dem rauen Wandputz und sandte ein letztes, mattes Funkeln aus.

Pearl lockerte den Saum weiter, bis ihre ganze Hand zwischen die beiden Lagen passte. Sie ertastete die raue Rückseite des Diadems und zog an den Fäden, bis die Perlen zwischen ihren Fingern hindurchpurzelten. Sie fielen aufs Bett und verteilten sich überall auf der Decke. Das macht Spaß, dachte Pearl und vergaß ihre Pläne für die Seereise.

Zehn Minuten später war das Diadem völlig ruiniert und nur noch ein zerknitterter Fetzen Stoff. Plötzlich beschämt, betrachtete Pearl, was sie getan hatte.

»Was hast du denn da, mein Schatz?«, fragte ihre Mutter. Sie kam ins Zimmer und setzte sich auf die Bettkante. Hastig versteckte Pearl das Diadem hinter ihrem Rücken, doch zu spät. Ihre Mutter schnappte leise nach Luft, als sie es sah.

»Tut mir leid, Mummy«, sagte Pearl. Mit einem Mal bereute sie, was sie getan hatte, und fragte sich, ob sie Ärger bekommen würde.

Ihre Mutter runzelte die Stirn. »Ach, Pearl. Das ist ein so kostbares Stück. Was sage ich immer? Wenn es alt und zerbrechlich ist, müssen wir ganz besonders vorsichtig damit sein, oder nicht?« Sie hatte ihr böses Gesicht aufgesetzt.

Pearls Unterlippe fing an zu zittern. »Tut mir leid, Mummy.«

Maggie seufzte und nahm sie in den Arm. »Schon gut, mein Schatz. Zum Glück ist es nicht allzu schlimm. Wir können es wieder ganz machen.«

Langsam wendete ihre Mutter das Diadem in den Händen und versuchte, den Schaden einzuschätzen. Dann hielt sie abrupt inne und breitete das Diadem auf ihren Knien aus, sah genauer hin und atmete scharf ein. Pearl beugte sich vor, um besser sehen zu können.

»Steht da was geschrieben, Mummy? Ein Geheimnis?« Aufgeregt hüpfte Pearl auf dem Bett herum. »Ist es ein Hinweis? Was steht da?«

»Nicht geschrieben«, sagte ihre Mutter mit konzentriert gefurchter Stirn. »Sondern gestickt. Das ist wie schreiben mit Nadel und Faden … Da steht, lass mal sehen, *Iss mich, trink mich, liebe mich* … Das steht da.« Ein seltsamer Ausdruck lag auf Maggies Gesicht, als sie die krakelige Schrift genau betrachtete.

»Wie bei Alice im Wunderland!« Pearl hüpfte aufgeregt auf und ab.

Zu ihrer Überraschung hob Maggie sie hoch, nahm sie auf den Schoß und umarmte sie fest. »Was ist denn, Mummy?«, fragte Pearl verständnislos.

»Nichts, mein Schatz.« Ihre Mutter lächelte und strich mit den Fingern über die Schrift. »Das ist der geheime Wunsch von jemandem, und ich weiß nicht, ob er wahr geworden ist … Ich hoffe es. Aber er war die ganze Zeit hier, gut versteckt. *Liebe mich …*«

Pearl ließ sich von ihrer Mutter auf dem Schoß wiegen, das mochte sie gern. Trotzdem war sie verwirrt. *Mummy ist verrückt*, dachte sie und sah ihre Mutter lächelnd an. »Warum weinst du?«

Geheimnisse waren nichts Gutes – das wusste selbst Pearl schon – aber Wünsche konnten etwas Gutes sein. Sie war nur froh, dass sie keinen Ärger bekommen hatte. Wenn es okay gewesen war, sich das Diadem zu nehmen, hatte Mummy vielleicht auch nichts dagegen, ihr andere Dinge zu überlassen. Sie streckte die Hand nach dem Medaillon aus, das mitten auf Maggies Brust hing. Sie mochte das neue Bild darin, ein Foto von ihr und Daddy und Stella. So etwas war ein gutes Geheimnis.

»Darf ich das haben, Mummy?«

»Nein, mein Schatz«, sagte ihre Mutter lächelnd. »Das gehört mir.«

»Aber, aber …«, protestierte Pearl.

»Ja. Wenn du älter bist, das verspreche ich dir, mein süßer Schatz. Aber noch nicht heute. Und jetzt komm, es ist Zeit zum Mittagessen.« Damit stand sie auf und hielt ihr die Hand hin.

Pearl nahm sie und merkte erst jetzt, dass sie großen Hunger hatte. Vielleicht kann ich ein Pirat sein, dachte sie. *Aber erst esse ich zu Mittag … dann segle ich über die sieben Weltmeere und werde die Königin der Welt.*

Ja. Genau das werde ich.